La Valse des jours

Alizé Cornet

La Valse des jours

Flammarion

À ma maman,
Et à notre papillon.

« La vie ce n'est pas d'attendre que les orages passent, c'est d'apprendre à danser sous la pluie. »

SÉNÈQUE

ISBN : 978-2-0802-6449-7

Chapitre 1

Décembre 1963

Le train roulait au pas. Brinquebalant dans un ronflement sonore, sa carcasse métallique oscillait lourdement tel un vieillard fatigué. Le visage collé à la vitre, Jeanne regardait défiler le paysage, fascinée. C'était donc ça, « rouler en rase campagne ». Elle avait parfois rencontré cette phrase au détour des lectures qu'elle aimait et elle s'imagina vivre un moment spécial, tout droit tiré de l'un de ces livres. L'espace de quelques minutes, elle se mit dans la peau d'une héroïne de roman. Elle s'appropria une histoire et une destinée, s'inventa une aventure digne de ce nom, comme elle le faisait de plus en plus pour échapper à la réalité.

En détournant son regard de la fenêtre, elle tomba sur le profil de son père, grave, inquiet, ses yeux clairs fixant le vide devant lui. Le profil d'un père qui emmenait sa fille de neuf ans, sa cadette, dans un préventorium à quatre cents kilomètres de leur maison. C'était si loin, pour lui et pour elle qui ne quittaient jamais le périmètre de leur ville natale. Il y a longtemps, son père avait fait son service militaire en Algérie ; il en parlait parfois, avec un drôle de regard. Mais il était si jeune, comme dans une autre vie qui avait pourtant laissé son lot de séquelles.

Depuis, Albert avait construit sa vie avec Hélène, son grand amour. De cette union était née Mouna, suivie de

Jeanne, quatre ans plus tard, et enfin Pierre, encore quatre ans après. Jeanne était l'enfant du milieu, de ceux qui ne font pas parler d'eux, qui n'ont pas envie de faire parler d'eux. Bonne élève, sage, frêle, tranquille. Presque transparente. Surtout, ne pas attirer l'attention, ne pas donner de soucis à ses parents, qui en avaient déjà tant.

Alors que Jeanne avait environ sept ans, son père, qui n'avait jusque-là jamais touché à une goutte d'alcool, s'était mis soudainement à boire et à devenir méchant, agressif. Jeanne ne comprenait pas comment le simple fait de boire quelque chose pût le changer à ce point. Ou alors les potions magiques existaient bel et bien, même si Mouna lui avait affirmé le contraire. Sans potion, il était attachant, artiste et joyeux. Mais ensuite, il perdait le contrôle et se métamorphosait. Il ne le faisait pas devant ses enfants, il se cachait encore un peu, mais Jeanne le voyait bien devenir malade, semaine après semaine, peu à peu rongé par la boisson maléfique.

Elle se souvenait précisément du jour où il était rentré à la maison pas comme les autres jours. Jeanne avait tout de suite perçu une intonation différente dans le son de sa voix, une lourdeur inhabituelle dans le bruit de ses pas franchissant le seuil de leur petit appartement de la Madeleine, à Nice. En apercevant cette lueur inconnue dans les yeux de son père, son instinct de fillette de sept ans lui avait soufflé que ce papa-là n'était pas celui de d'habitude, sans pouvoir en déterminer la cause. Maintenant elle savait, et elle y pensa tandis qu'elle observait du coin de l'œil la mine patibulaire de son père.

Le quotidien de Jeanne tournait autour de la place de l'église, de l'école, du catéchisme et des livres, des livres, toujours des livres. La vie ne s'écoulait pas toujours sereinement, loin de là, mais depuis peu, un voile plus sombre encore avait envahi son esprit. Celui de la peur. Elle avait peur pour sa mère, sa sœur, son frère, et un peu pour elle aussi. Surtout pour sa mère, si fragile à ses yeux, quand il arrivait à Albert de lever la main sur elle au moment où le papa de substitution alcoolisé prenait possession de lui.

Les livres étaient plus que jamais devenus son refuge, l'échappatoire qui lui permettait encore de laisser son esprit vagabonder librement, chose qu'elle ne s'autorisait que rarement désormais. Elle dévorait tout ce qui lui tombait sous la main ; des romans d'amour, des cahiers de poésie, des contes pour enfants, des classiques de la littérature. Hugo, Sartre, Zola, Molière, Hemingway, tout y passait. Elle en empruntait à la bibliothèque, à ses enseignants, à ses copines ; elle lisait même les manuels scolaires de Mouna, qui du reste n'y aurait pas touché, et les romans de son père, rangés dans le buffet. Elle était boulimique, fascinée par ce monde fictif où tout était possible, où son imagination était la seule limite. Et Dieu sait qu'elle en avait, de l'imagination. Chaque roman la conduisait dans des contrées inconnues et pourtant plus réelles que dans la vraie vie, lui faisait rencontrer des gens qu'elle connaissait mieux que sa propre famille, et chaque fin de livre était comme une petite mort qu'elle devait absolument combler par une nouvelle lecture.

Mais depuis quelque temps, Jeanne n'allait pas bien, et même lire était devenu une tâche ardue. Secouée de fortes quintes de toux, une fatigue intense s'était abattue sur elle et elle avait beaucoup maigri, ce qui ne lui laissait plus grand-chose entre la peau et les os, elle qui était déjà de nature chétive. Avec son visage soucieux, ses boucles châtain en bataille et son corps émacié, elle ressemblait à un petit animal sauvage, dont la méfiance et la gravité l'emportaient sur l'insouciance que ses neuf ans auraient dû lui octroyer.

Après la venue du médecin, le diagnostic était tombé : primo-infection tuberculeuse. Le mot tuberculose avait fait tressaillir sa mère. Pour guérir, il fallait que Jeanne parte au plus vite dans un préventorium, un centre médical pour enfants spécialisé dans ce type de primo-infections, expliquèrent les médecins à Jeanne et ses parents. Le choix de l'endroit fut l'Ardèche, la durée, neuf mois minimum. Neuf longs mois durant lesquels Jeanne ne pourrait pas veiller sur sa mère. Son plus grand souci était là, aucune inquiétude n'était plus étouffante que celle-ci.

Pendant que sa mère resterait en ville pour s'occuper de son frère et de sa sœur, son père l'accompagnerait en Ardèche. Ce serait la première fois qu'ils partiraient ensemble, rien que tous les deux... Drôle d'occasion pour un baptême du feu.

« Montélimar ! » annonça le chef de gare. Ils n'étaient plus très loin. Il neigeait, et une angoisse sourde envahissait la poitrine de Jeanne à mesure que les flocons se faisaient de plus en plus épais derrière la vitre du wagon.

Une voiture du préventorium vint les chercher à la gare de Beauchastel, leur destination finale.

« Regarde toute cette neige ! » s'exclama Albert sur un ton faussement enjoué alors qu'ils étaient en route. « Tu vas être bien ici.

— Oui », répondit Jeanne en observant le paysage ivoire et scintillant. Elle n'avait presque jamais vu de neige, du côté de Nice, et la pureté de ce spectacle était captivante.

« Tu vas pouvoir faire un bonhomme de neige avec les autres enfants.

— Oui.

— Tu es triste ?

— Non.

— Alors pourquoi tu pleures ? demanda-t-il en l'épiant dans le rétroviseur.

— Je pleure pas, c'est juste mes yeux qui ont froid, papa. »

Jeanne guetta la réaction de son père à ce piètre mensonge. Elle le sentait préoccupé et n'avait rien trouvé de mieux pour justifier les larmes qui coulaient malgré elle le long de ses joues. Elle espérait qu'il n'insiste pas, car elle était effrayée à l'idée de craquer et de lui créer encore plus de peine. C'était mal connaître son père.

« Jeanne, reprit-il, tu as le droit de dire que tu es triste.

— Dans le livre que je lis, ils disent qu'on ne doit pas montrer qu'on est triste, parce que ça fait de la peine aux gens qui nous aiment.

— Mais c'est un livre, ma fille, la vie c'est pas exactement pareil.

— Moi, je pense que les livres disent la vérité, s'obstina Jeanne.

— Peut-être, quelquefois... Mais certains livres disent aussi n'importe quoi, tu sais. Et puis, la vérité est souvent subjective », ajouta-t-il comme pour lui-même.

Elle n'était pas sûre de savoir ce que « subjectif » signifiait, mais se retint de poser la question. Le silence s'installa de nouveau. Jeanne était repartie dans ses pensées. En distinguant au loin les lumières de l'imposant bâtiment du préventorium, elle reprit la parole, une soudaine urgence dans la voix.

« Tu sais, papa, l'autre jour j'ai lu un livre où le papa était un peu malade parce qu'il buvait un peu trop, même quand il n'avait pas soif, mais comme son fils a eu un grave accident, il a compris que la vie était très importante et qu'il ne fallait pas la gâcher, alors il s'est mis à boire seulement quand il avait soif, et surtout de l'eau. »

Comme sonné par les paroles de sa fille, Albert répondit dans un souffle :

« C'est une belle histoire.

— Tu voudras que je te prête mon livre ?

— Je ne sais pas, Jeanne... oui, quand tu reviendras.

— Mais papa ! C'est dans neuf mois que je reviens, étouffa-t-elle dans un début de sanglot. C'est trop long ! Tu le prendras, il est dans ma chambre, sur mon bureau.

— D'accord, pitchoune.

— D'accord, d'accord, papa ?

— Oui, d'accord, d'accord. »

En sortant de la voiture, Jeanne leva les yeux vers le bâtiment à l'allure austère. Il était presque 20 heures et il faisait déjà nuit noire depuis bien longtemps en ce mois de décembre. Toutes les fenêtres étaient allumées et Jeanne devinait les silhouettes des enfants en pyjama qui se préparaient à aller dormir. Les lierres épars qui couraient sur la façade de la bâtisse lui conféraient un air triste mais sympathique, telles des centaines de ridules végétales sillonnant sa mine grisâtre. À la lueur de l'entrée, on pouvait également distinguer une partie du grand jardin blanc entourant le bâtiment, et Jeanne perçut de bonnes ondes se dégager de ce tableau qu'elle finirait de contempler à la lumière du jour.

Une dame avec un voile sur les cheveux les attendait au bas des marches pour les conduire elle et son père vers une maisonnette à deux étages adjacente au préventorium. Elle leur expliqua que cet établissement s'appelait le Lazaret et que Jeanne devrait y rester une semaine avant d'aller au préventorium afin d'y recevoir un premier traitement.

Nous étions le 23 décembre. Jeanne passerait donc Noël avec les enfants du Lazaret. Son premier Noël loin de sa famille. Elle préféra ne pas s'attarder sur cette pensée et fixa ses chaussures recouvertes de neige dont l'humidité s'infiltrait déjà jusqu'à ses orteils.

La dame au voile se prénommait Solène, et elle encouragea Jeanne à l'appeler Mamie Solène. Elle affirma que tous les enfants l'appelaient ainsi. D'ailleurs, Jeanne devrait surnommer Mamie Untel toutes les personnes qui s'occuperaient d'elle à présent. Jeanne trouva cette demande étrange, car cette femme n'avait pas du tout la tête d'une grand-mère, elle qui aurait tout juste pu être sa mère.

Mamie Solène lui montra le dortoir où elle dormirait, et son lit, paré d'une couverture à fleurs. Albert se tenait un peu en retrait sur le pas de la porte, laissant le temps à Jeanne de prendre timidement contact avec sa nouvelle chambre. Les autres enfants étaient dans la salle de jeux et n'allaient pas tarder à remonter. Elle appréhendait les présentations qui signifieraient officiellement le début de son séjour et le départ imminent de son père.

« As-tu soupé, Jeanne ? demanda Mamie Solène.

— Non.

— Viens, je t'emmène au réfectoire. »

Son père, qui sentit une ouverture propice aux adieux tant redoutés, annonça qu'il devait repartir, son train étant prévu à 21 h 30.

Le cœur de Jeanne se serra douloureusement, mais pour ne pas inquiéter son père, elle lui sourit et dit :

« Allez, papa, va vite, et pense à mon livre. »

Il lui dit au revoir, sans oser la prendre dans ses bras, bien qu'elle le vît hésiter. Elle aurait tant voulu écraser son chagrin contre le torse de son père et se laisser aller, pour une fois. Mais ils ne savaient pas faire et se mirent à rire bêtement, debout l'un en face de l'autre.

« Prends soin de toi, pitchoune », lui dit-il d'une voix qu'elle ne connaissait pas.

Comme si c'était elle qui allait prendre soin d'elle alors qu'elle était justement là pour qu'on la soigne. Elle pensa : Comme je t'aime, mon papa maladroit, tandis qu'il s'éloignait, les épaules voûtées sous un poids invisible.

Une fois au réfectoire, désert à cette heure, Mamie Solène lui donna une tranche de jambon et des épinards, mais la gorge de Jeanne était si serrée qu'elle eut du mal à avaler quoi que ce soit. Pour ne pas se mettre à pleurer, elle se concentra sur le visage de Solène pendant qu'elle mastiquait un bout de jambon. Avec ses cheveux courts noirs et ses taches de rousseur, elle paraissait encore plus jeune de près. Ses yeux marron en amande, un peu comme ceux de Jeanne, étaient empreints de douceur. Jeanne sentait qu'elle allait avoir besoin d'une amie durant ce long séjour, et elle se demanda si elle pourrait trouver ce réconfort auprès de la jeune femme.

Jeanne avait peur, une peur qui grondait dans son esprit jusqu'à la faire vaciller sur ses maigres jambes. Elle pensa au livre qu'elle avait lu il y a quelques mois et qui prétendait que la peur affaiblissait l'esprit. Elle ne voulait pas que son esprit soit faible, elle le voulait fort et volontaire. Alors elle se força à sourire, bien qu'elle ait juste envie de remonter dans sa chambre pour sangloter sous sa couverture à fleurs. Mais soudain, elle se souvint d'un autre livre, celui que M. Albertini, son professeur de français, lui avait prêté l'année dernière, dans lequel elle avait lu qu'on ne devait pas aller contre les émotions que l'on ressentait, mais qu'il fallait au contraire les accueillir avec indulgence.

Elle se bouscula intérieurement : Jeanne, arrête avec les livres, tu t'embrouilles toute seule ! Elle n'avait pas besoin de ce tourbillon de pensées pour se sentir déjà perdue.

Le repas terminé, Mamie Solène prit sa petite main dans la sienne et lui fit visiter le rez-de-chaussée de l'établissement pour tenter de la distraire.

« Ici ce sont les cuisines, à droite la salle de jeux, et la porte au fond du couloir, c'est l'infirmerie. À l'étage, il y a toutes les salles de classe. Tu verras, tu vas vite prendre tes marques », dit-elle en enserrant un peu plus fort la main de Jeanne dans ses doigts fins. Puis Solène l'emmena aux douches où Jeanne remarqua une longue rangée de douches à peine séparées les unes des autres par de fins rideaux. Elle se demanda si elle allait devoir se mettre toute nue devant tout le monde et sa pudeur exacerbée lui fit envisager cette option comme la torture la plus élaborée au monde. Elle décida donc de remettre ce problème à plus tard et monta se coucher.

Alors qu'elle fixait le plafond du dortoir, blottie sous sa couverture, elle entendit les autres enfants arriver dans la pièce en chahutant. Chacun trouva son lit dans une danse joyeuse et chaotique, sans même remarquer sa présence. Elle aperçut un chausson traverser la pièce dans un éclat de rire et entendit Solène réprimander l'auteur du « délit ».

« Paul ! On ne jette pas ses chaussons sur ses camarades, je ne te le dirai pas deux fois ! » Malgré son ton autoritaire, un minuscule tremblement dans sa voix trahissait son envie de rire.

Paul et Mouna s'entendraient à merveille, se dit Jeanne.

Les présentations seraient pour demain. La pièce plongea dans le noir ; seul un filet de lune filtrait encore à travers les rideaux, et le silence se fit en quelques minutes. Jeanne se demanda une fois de plus si elle allait se faire des amies. Elle continua de fixer le plafond qui s'écaillait par endroits en faisant des formes et des dessins, comme les nuages. Elle pensa à sa mère, à son père qui était dans le train ; elle espérait qu'il ne se perde pas sans elle. Puis elle pensa à Pierre, à Mouna. Que faisaient-ils ? Pensaient-ils à elle ? S'étaient-ils aperçus qu'elle n'était pas dans son lit ce soir et qu'elle ne formulait pas son habituel mantra : « Je me couche ! C'est le meilleur moment de la journée ! », auquel Mouna répondait inlassablement : « Tu es folle toi ! Le meilleur moment de la journée, c'est quand on fait des bêtises. » Un échange devenu un rituel de bonne nuit entre les deux sœurs.

Mouna s'y connaissait, en bêtises. Elle en inventait chaque jour de nouvelles, sans jamais avoir peur de se faire gronder, ou faisait-elle semblant pour entretenir le mythe. Un jour, elle avait même eu l'audace de voler un couteau à l'épicerie alors que sa mère l'avait envoyée acheter des pommes, puis l'avait présenté à Jeanne et Pierre au creux de sa main, une lueur de fierté brillant dans son regard espiègle.

Jeanne, au contraire, était terrorisée quand on posait les yeux sur elle d'un air réprobateur, alors elle travaillait bien à l'école, allait au catéchisme, jouait et lisait sagement, toujours.

« Toi, t'es vraiment pas rigolote, lui reprochait Mouna, tu te prends pour Mme Parfaite !

— C'est pas vrai ! » se défendait Jeanne.

Mouna ne le savait pas, mais elle pensait qu'en étant très sage et en travaillant bien à l'école son père ne s'énerverait plus et il serait si fier d'elle qu'il arrêterait de boire du vin dans le bar du Terminus en face du stade de foot.

Elle le voyait bien, appuyé au comptoir certains après-midi, quand elle passait devant pour aller chez sa copine Martine après l'école, et du coup, elle avait peur quand le soir arrivait. C'était toujours le soir que son père n'était pas lui-même. Quand il rentrait pour sa pause, le midi, il était gai comme un pinson, il cuisinait et se moquait gentiment de ses enfants. Mais à la nuit tombée, il se transformait en bête féroce. C'était peut-être un loup-garou, en avait déduit Jeanne.

Le lendemain matin, on aurait dit qu'il ne se souvenait plus de rien ; il lui arrivait même de chanter sous la douche, Charles Aznavour et Georges Brassens, de jouer de la guitare ou de l'harmonica.

Ce serait un bon papa si… Mais c'est un bon papa quand même, rectifia Jeanne pour elle-même.

Oui, mais il y a maman, il ne faut pas qu'il fasse du mal à maman.

Jeanne fit une prière pour sa mère, son père, Mouna et Pierre. Cela lui prit tant de temps qu'elle finit par se laisser happer par le sommeil avant de pouvoir terminer cette requête si chère à son cœur, celle de protéger sa famille en son absence.

Chapitre 2

Janvier 1964

Hélène achevait de ranger la cuisine en écoutant la voix de Claude François sur le vieux transistor posé à côté d'elle. Sa chevelure brune ondulait tandis qu'elle s'activait pour récurer la moindre parcelle de gras sur la gazinière. L'ecchymose sur son avant-bras avait à présent tourné au violet et elle la recouvrit de sa manche. Tant qu'elle ne voyait pas, elle n'y pensait pas, préférant investir son énergie dans l'essentiel, ses enfants. Or ces derniers temps, dans quelques rares moments de lucidité, elle avait fini par entrevoir ce à quoi pourrait ressembler son avenir si les choses continuaient ainsi. « Les choses. » Elle n'arrivait même pas à nommer ce qui se tramait dans sa vie, comme si donner un nom à ce cauchemar avait le pouvoir de concrétiser ses plus grandes peurs.

Mouna et Pierre étaient à l'école, du moins elle l'espérait. Mouna avait pris la fâcheuse habitude de faire l'école buissonnière quand bon lui semblait et d'ignorer royalement les menaces de son père de l'envoyer en pension, ce qui commençait à exaspérer Hélène. Voilà deux semaines que Jeanne était partie en Ardèche et elle lui manquait déjà terriblement. Passer Noël sans elle avait été bien plus douloureux qu'elle n'aurait pu l'imaginer, ce qui instilla une fois de plus le doute quant à l'utilité d'envoyer sa petite fille aussi loin pour la soigner. Certes, ils n'avaient pas vraiment eu le choix, le préventorium de Vernoux-en-Vivarais était spécialisé dans la pathologie de Jeanne et représentait par conséquent le choix le plus raisonnable pour lui permettre de guérir au plus vite. Mais sans voiture ni argent pour prendre le train, Hélène devrait endurer encore huit mois et demi d'une attente insupportable avant de revoir sa frimousse de petite sauvageonne.

Une fois la cuisine récurée de fond en comble, Hélène coupa le son du transistor où Jeanne Moreau chantait sa mémoire défaillante de sa voix cassée, et le silence de l'appartement l'oppressa aussitôt. Elle n'aimait pas se retrouver seule face à elle-même, seule face à ses pensées tourbillonnantes et envahissantes. Elle prit son manteau sur la patère de l'entrée et sortit sans réfléchir à sa destination. Il lui restait deux heures à tuer avant d'aller chercher Pierre à l'école ; elle se mit donc en route pour son tour de quartier habituel, comptant sur le pouvoir anesthésiant de la marche contre la surchauffe de son esprit.

Le froid de janvier s'insinua sous ses vêtements et elle frissonna. Ce n'était pas désagréable, au contraire. Elle aimait ce froid sec et revigorant qui lui rappelait son enfance à Arras. Elle se souvenait si clairement de sa mère qui l'aidait à emmitoufler ses petites mains dans des gants doublés de laine… Elle aimait tant ces rituels d'emmaillotage avant de sortir. Elle n'avait que quatre ou cinq ans, mais les souvenirs de sa mère avant que celle-ci ne la quitte étaient tous restés gravés dans sa mémoire. Vivaces, nostalgiques.

Pas besoin de gants dans le froid tout relatif du sud de la France ; elle trouvait même les hivers un peu trop doux à son goût, regrettant la rudesse des températures négatives et la beauté pure de la neige, si rare dans ce coin de l'Hexagone.

Son esprit vagabonda au hasard tandis que ses jambes la portaient machinalement vers le quartier Gambetta où vivait Viviane, son amie la plus proche, et pour ainsi dire sa seule amie. Elle avançait de sa démarche rapide et altière, le regard posé sur les façades baroques et colorées de sa ville d'adoption, sur ses épiceries animées et ses platanes aux branches nues. Du haut de son mètre 58, Hélène se tenait si droite qu'elle paraissait plus grande. Elle appelait ça « les centimètres de posture ». Et de talons aiguilles.

Aux terrasses des cafés, nombreux étaient ceux qui conversaient encore en niçois, le volume poussé à plein régime. Hélène ne l'avait jamais appris, mais elle aimait écouter les gens discuter avec animation dans cet occitan devenu si familier, les mains en l'air et l'accent mélodieux, telle une ode à l'héritage transalpin que la ville avait reçu à travers son histoire. Albert le parlait aussi à la maison, mais plus pour dire des grossièretés que pour honorer un quelconque héritage.

Nice l'avait recueillie à la mort de son père quand elle avait dix ans. Sa mère, d'abord, avait succombé à une longue maladie – probablement un cancer, bien qu'elle n'en fût jamais sûre – alors qu'Hélène venait de fêter ses six ans. Elle n'avait pas compris lorsque son père lui avait expliqué que sa maman était montée au ciel. Scrutant la voûte céleste pendant des jours et des jours après le trépas de sa mère, elle avait cherché une explication à ce drôle d'itinéraire de vie. Où était-elle exactement ? Pourquoi était-elle partie ? Hélène s'était alors mis en tête qu'elle avait sûrement dû faire une grosse bêtise pour que sa mère ne veuille plus s'occuper d'elle. Longtemps, elle avait gardé en elle la culpabilité de son départ, jusqu'à ce qu'elle comprenne que sa mère n'était pas partie de son plein gré, et qu'on ne revenait pas du ciel une fois qu'on y était monté.

Son père s'était remarié peu de temps après avec une femme acariâtre et possessive. Hélène avait vécu pendant trois ans avec son père et cette belle-mère infâme avant qu'il ne décède à son tour d'une maladie cardiaque. Pour les obsèques, sa marâtre la força à peindre ses petites sandales rouges en noir. Hélène ne retenait qu'un seul souvenir de l'enterrement : le goût salé de ses larmes devant le spectacle de ses sandales préférées défigurées avec brutalité par cette vieille folle. Depuis ce jour, elle s'était juré de ne plus jamais porter de noir, et elle n'avait jamais brisé sa promesse.

Sa belle-mère n'avait ensuite plus voulu entendre parler d'elle et l'avait envoyée vivre à Nice chez la dernière parente de son père, une cousine éloignée du nom de Jeanine. Jeanine, qui n'avait jamais eu d'enfant, l'avait élevée comme sa propre fille, mais Hélène ne s'était jamais sentie complètement chez elle. Le lendemain de son seizième anniversaire, elle avait quitté sa dernière famille. Elle avait arrêté l'école, trouvé du travail, un logement, et avait fini de s'éduquer toute seule avant de rencontrer Albert trois ans plus tard. Albert l'avait fait rire, l'avait fait vivre, lui avait fait découvrir tout ce qu'elle ignorait encore, la musique, l'art, la danse, l'amour. Un an plus tard, elle était enceinte de Mouna.

Hélène avait rencontré Viviane peu après la naissance de Pierre, cinq ans auparavant, sur les bancs d'un parc. Hélène y poussait son landau tout en surveillant Mouna et Jeanne. L'une essayait de descendre du toboggan à l'envers, l'autre était assise dans l'herbe à compter les fourmis. En les observant, elle se demandait comment Albert et elle avaient pu concevoir deux petites filles aussi différentes. Puis son regard avait croisé celui de Viviane, venue avec sa fille âgée de seulement quelques mois de plus que Pierre, et la bienveillance que cette dernière lui inspira la déstabilisa aussitôt. Elle s'était assise à côté d'elle et, une heure plus tard, elles avaient refait le monde et se promirent de se revoir.

Viviane habitait seule avec sa fille et travaillait chez un fleuriste qui avait choisi d'installer son atelier à cent mètres de chez elle. Son nom de famille, Genet, avait fini de la persuader qu'elle y avait trouvé sa vocation. Elle ne croyait pas au hasard. Passionnée par son travail, sa bonne humeur communicative avait fidélisé tous les clients de la boutique depuis une décennie, finissant de convaincre le propriétaire de renommer le magasin « Aux fleurs de Vi » en son honneur.

Depuis le départ de son mari, elle cultivait soigneusement son indépendance et endossait son statut de femme divorcée avec panache. Une bannière exhibée avec fierté pour contrer les regards obliques et autres commérages sur les raisons de cette séparation soudaine. Ainsi qu'elle le répétait souvent, imperméable aux jugements extérieurs, elle était « bien mieux toute seule que mal accompagnée ».

À présent, Viviane était devenue un membre à part entière de la famille d'Hélène, telle la sœur qu'elle n'avait jamais eue. Une sœur rousse aux yeux verts, tout en rondeur, qui créait un contraste saisissant avec le teint olive, les yeux ébène et la silhouette menue d'Hélène.

Elle tapa sur la vitre de la devanture et aperçut le visage de Viviane s'illuminer en la voyant. Une composition à base de jonquilles dans une main, elle lui fit signe d'entrer dans la boutique de l'autre.

« Léni ! cria-t-elle avec son accent chantant. On ne s'est pas vues depuis au moins, quoi ? Dix jours ! ? Mais c'est beaucoup trop ! »

Elle la prit dans ses bras et la serra fort contre elle, son bouquet de jonquilles toujours à la main. Elle sentait bon la lavande et le savon de Marseille, et cette odeur familière fit monter les larmes aux yeux d'Hélène.

« Bonne année, au fait, ma belle, lui dit-elle en prolongeant son étreinte. Tu sais tout ce que je te souhaite.

— C'est bon de te voir, répondit Hélène en se dégageant.

— Qu'y a-t-il, ma choupette ?

— Oh rien Vivi, et un peu tout à la fois. Rien que tu ne saches déjà. »

Ces deux dernières années, Viviane avait été témoin de l'assombrissement progressif de son amie. L'éclat dans ses yeux s'était terni ; même son port de reine avait perdu un peu de sa superbe.

« Tu as eu des nouvelles de Jeanne ?

— Pas encore, mais je sens qu'elle va bien, ici. » Hélène désigna sa poitrine et Viviane hocha la tête d'un air entendu. Elle savait ce que signifiait sentir son enfant dans ses tripes et dans son cœur, cette connexion organique et spirituelle à la fois qu'aucune mère ne pourrait expliquer.

« Et ton mari ? »

Au courant de la maltraitance récurrente d'Albert, Viviane ne prenait plus la peine de l'appeler par son prénom en signe de contestation ostentatoire.

« Pas d'incident depuis une semaine.

— Pff ! Et tu dis ça comme si tu t'en satisfaisais. Comme si c'était une bonne chose ! Une semaine que tu vis malgré tout dans la peur que ça recommence, j'imagine ? »

Viviane n'était pas du genre à mâcher ses mots, ce qui était une qualité appréciable, la plupart du temps. Hélène n'avait néanmoins pas besoin de ça maintenant ; elle voulait seulement faire une pause d'une heure dans sa vie, humer le parfum des fleurs et parler de tout et de rien avec sa meilleure amie.

« Vi… Pas maintenant. S'il te plaît. »

Mains sur les hanches, Viviane fixa son amie pendant de longues secondes avant de se remettre à travailler sur son bouquet.

« Raconte-moi plutôt les dernières cagades en date de Mouna, va, qu'on rigole un peu ! lança-t-elle pour changer de sujet.

— Que TU rigoles un peu, oui ! Parce que moi, la voir revenir de l'école avec du feutre bleu indélébile sur les paupières en guise de maquillage, debout à l'arrière de la Vespa du fils de Laurette, ça ne me fait pas rire du tout ! »

Hélène regarda Viviane pouffer dans ses jonquilles, et, presque malgré elle, éclata de rire à son tour.

Chapitre 3

Février 1964

Son père lui tomberait dessus à bras raccourcis s'il l'apprenait, mais la tentation était trop forte pour songer à y renoncer. Mouna s'approcha à pas de loup du guéridon, les yeux furetant en tous sens pour s'assurer que personne ne la voyait. Surtout pas Pierre ; celui-ci s'empresserait de la dénoncer. Les cinq sens éveillés par l'adrénaline qui pulsait dans ses veines, elle s'enivra un instant de cette sensation de flirter avec le danger. C'était plus fort que tout. Plus fort que les réprimandes de sa mère, que les colères noires de son père, que le silence indigné mais soumis de Jeanne la parfaite. Le jeu en valait la chandelle.

Les clés de la Vespa, posées en évidence à côté de l'entrée, étaient un appel insoutenable à enfreindre les règles. Ses parents la connaissaient, pourtant, comment pouvaient-ils encore être aussi naïfs ? Mouna ricana tout bas à cette pensée. Les ustensiles cliquetèrent dans la cuisine, signe que sa mère commençait à préparer le dîner. Son père était parti voir ses copains Dieu sait où, en tout cas, il ne reviendrait pas avant une bonne heure. C'était l'occasion ou jamais.

Elle s'empara du trousseau et le glissa discrètement dans sa poche.

« Je vais me promener avec Lucette ! » lança-t-elle à la cantonade. Puis, sans attendre la réponse, elle se faufila hors de l'appartement.

La Vespa de son père était garée à sa place habituelle, sous le platane de la cour intérieure. Mouna en fit le tour, jaugeant la bécane comme un animal sauvage qu'elle s'apprêtait à dompter. Elle était belle, avec ses formes rondes et sa couleur gris-bleu. Si ce dégénéré de Cyprien savait conduire ce genre d'engin, elle y arriverait aussi. Il ne fallait pas sortir de Saint-Cyr.

Sûre d'elle, elle enleva la béquille, enfourcha la selle et entendit avec satisfaction le moteur se mettre en branle une fois la clé tournée dans la serrure. Elle trouva rapidement son équilibre et, une excitation indicible parcourant tous ses membres, actionna son poignet pour accélérer. C'était compter sans son indubitable manque de délicatesse. À peine la poignée enclenchée, le scooter démarra brutalement et la déstabilisa, malgré sa tentative pour tenir bon.

Mouna fut projetée vers l'arrière, mais se rattrapa de justesse et termina sa chute à quatre pattes. La Vespa, quant à elle, tomba à la renverse quelques mètres plus loin dans un bruit de taule abominable qui semblait vouloir alerter tout le quartier.

Elle se releva d'un bond et courut redresser la Vespa tout aussi vite, le cœur battant. Le rétroviseur s'était brisé sur le sol, la peinture avait été vilainement endommagée, ainsi que la selle qui découvrait par sa plaie béante la mousse blanche de son intérieur.

Le guidon entre les mains, elle hésita une seconde entre s'enfuir le plus loin possible et retourner ni vu ni connu dans sa chambre. La seconde option lui parut la plus sensée ; elle pourrait toujours dire qu'elle n'avait pas bougé de sa chambre, qu'elle faisait ses devoirs. Elle remit la Vespa à sa place et remonta les marches de l'escalier deux par deux.

Trois minutes lui avaient suffi pour encore faire des siennes, et pas qu'un peu. Parfois, elle avait quand même envie de se mettre des baffes.

Mais Mouna ne craignait pas les représailles, car son père ne lui faisait pas peur. Il prenait souvent sa grosse voix, la foudroyait de son regard bleu perçant ou la raillait sur son manque de jugeote, mais au fond, elle savait que c'était un gentil. Il n'avait jamais levé la main sur elle, ni même menacé de le faire, même ces fois où elle croyait qu'il ne réussirait pas à se contenir tant la colère déformait son visage comme si des vers de terre se baladaient sous sa peau. Même ces fois où il empestait la vinasse à des kilomètres et qu'elle entendait du grabuge entre lui et sa mère dans la pièce d'à côté. Elle se bouchait alors les oreilles pour ne pas savoir ce qu'il se tramait, mais leurs disputes ne pouvaient pas être bien méchantes. Son père n'était pas ce genre d'homme.

Bien que Mouna ne cessât de tester ses limites, elle sentait qu'il ne s'en prendrait jamais à elle.

Elle aimait son père, autant qu'elle aimait le rendre fou. Qui aime bien châtie bien. De quelle manière aurait-il pu s'intéresser à elle sans cela ? Pierre était un garçon, Jeanne était une bonne élève, mais elle ? C'était une cancre et elle n'était pas sportive. Elle était l'aînée, mais n'avait jamais pris à cœur de donner l'exemple. Ou alors, *le meilleur des mauvais exemples*, comme disait Albert. Mais, loin de considérer la remarque comme un reproche, Mouna s'en félicitait : cela la rendait spéciale aux yeux de son père. Ils se ressemblaient, en fin de compte. Lui aussi était un facétieux, un provocateur. Elle le sentait de sa trempe, quand leurs affrontements lui faisaient parfois l'effet d'un miroir. Il se retenait, tenu à son rôle d'adulte, de père de famille, mais comme toute chose trop contenue, sa nature profonde ressortait occasionnellement, dans son humour pince-sans-rire, dans ses parodies et ses taquineries. Même envers sa mère qu'il n'hésitait pas à chahuter de ses traits d'humour noir.

Et bien qu'elle fasse semblant de lui en vouloir, ils finissaient toujours par s'embrasser en roucoulant dans la cuisine. Du moins jusqu'à il y a peu. Jusqu'à ce qu'il rentre à la maison éméché un jour sur deux, et que son humour se soit fait la malle en même temps que sa sobriété.

« Il faut savoir rire de tout, les enfants », leur disait-il à l'époque en leur frottant le sommet du crâne quand il voyait qu'il était allé trop loin, ou quand Hélène lui faisait les gros yeux, plutôt. Rire de tout, et surtout de lui, telle était son arme contre les coups durs, les traumas d'enfance ou les situations embarrassantes. La dérision, c'était son bouclier pour désamorcer la vie. Désormais, c'était surtout l'alcool.

Toutefois, en élève formée à bonne école, Mouna avait appliqué ses conseils. Ainsi, lorsqu'elle aurait dû craindre les représailles paternelles, elle riait de sa propre bêtise, de sa gaucherie, et le regardait tempêter avec satisfaction. Elle désamorçait. Cela pouvait s'apparenter à de l'insolence, mais ça n'était que sa manière de se défendre, et bien qu'horripilé devant son attitude effrontée, son père la comprenait, quelque part. L'arroseur se retrouvait arrosé.

Elle sentait bien que personne ne savait plus quoi faire pour qu'elle se tienne à carreau. La punir ? Elle trouvait toujours pire à faire. La menacer ? Elle n'en croyait pas un mot. La corriger ? Les coups de règle sur les doigts donnés par ses professeurs n'atténuaient en rien ses ardeurs. Pire, elle prenait plaisir à voir tous ces adultes perdre pied devant son aplomb. Elle en tirait une forme de gloire personnelle qui valait toutes les punitions du monde.

L'autorité n'avait aucune emprise sur elle, encore moins la douceur. Elle voulait n'en faire qu'à sa tête, au gré de ses envies. Peu importait la sanction tant qu'il y avait l'extase. Mais aujourd'hui, l'extase avait été de courte durée.

Depuis la cage d'escalier, le rugissement de son père ne tarda pas à se faire entendre.

« MOUNA ! »

Chapitre 4

Mars 1964

Penché sur son cahier à côté d'elle, Paul préférait s'exercer à dessiner des éléphants, des tigres, et toute sorte d'animaux exotiques plutôt que d'écouter ce que le père Charrin avait à dire. Jeanne, quant à elle, buvait ses paroles. Les mains posées sur son pupitre, le dos droit, elle ne le quittait pas du regard. Les cours de catéchisme du père Charrin ne ressemblaient en rien à ceux qu'elle suivait d'ordinaire avec le père Laugier à Nice. Il était certes question de Jésus, Marie et de la Bible, occasionnellement, thèmes qu'elle maîtrisait déjà à merveille après des années à jouer son rôle de grenouille de bénitier. Toutefois, les principaux enseignements du père Charrin s'étaient révélés bien plus intéressants aux yeux de Jeanne, et ces heures de cours avaient très vite suscité une vive curiosité de sa part. Bien qu'elle affectionnât toutes les matières au sein du cursus scolaire du préventorium, elle attendait les cours du père Charrin avec une dévotion et une impatience toute particulières.

Il paraissait plus vieux que son père, mais elle aurait été incapable de lui donner un âge. Ses cheveux grisonnants et sa peau marquée par les années attestaient d'une vie avancée, mais son visage expressif avait gardé un pétillement enfantin, une lueur incandescente et communicative qui se dégageait de tout son être. De ses yeux bleus surmontés de sourcils broussailleux émanaient une profonde chaleur ainsi qu'une malice inattendue. Comme chaque jour, il portait un élégant costume qui contrastait avec les soutanes sombres du père Laugier et de tous les autres prêtres qu'elle avait rencontrés jusqu'ici.

Sa voix grave vibrait avec passion dans la salle de classe lorsqu'il transmettait ses préceptes à son jeune auditoire. Il parlait de choses dont Jeanne ne connaissait rien et qu'elle n'était pas sûre de bien saisir. La thématique du jour, par exemple. L'amour de soi, et comment cet amour pouvait influer sur le reste de la vie. Il parlait de tolérance, de liberté, de bienveillance, envers soi-même, envers les autres. Il dénonçait les visions parfois étriquées qu'entretenait la religion, et les mauvaises interprétations qu'elle pouvait entraîner. Il lui arrivait de baisser le ton d'un air conspirateur, comme pour leur confier des informations gardées trop longtemps secrètes. Des révélations sur une prétendue énergie, celle qui les liait les uns aux autres, qui les liait à la nature, à l'univers, et comment Dieu était aussi dans cette énergie. Il expliquait que Dieu était loin d'être le même pour tout le monde, et qu'il fallait respecter tous les dieux et toutes les croyances, tant qu'elles incitaient à faire du bien autour de soi.

Jeanne n'avait jamais entendu pareil discours. Elle s'était même demandé si le père Charrin était un vrai curé, sceptique quant à cette approche si différente de son catéchisme habituel. Pourtant, ces enseignements avaient fini par résonner en elle de manière si juste qu'ils en avaient progressivement transformé sa vision de la vie.

Désormais, son Dieu avait changé de visage. Il n'en avait plus, à vrai dire ; il était maintenant partout, tout comme cette énergie dont parlait le père Charrin. Il liait tous les êtres vivants entre eux, il était présent dans le chant des oiseaux et dans l'herbe sur laquelle elle aimait s'allonger pour lire. Il était dans le rire des enfants autour d'elle et dans le regard de Mamie Solène. On ne pouvait Le voir, et pourtant elle Le sentait plus que jamais auprès d'elle depuis que le père Charrin lui avait fait entrevoir cette douce lumière qui entourait le monde. Sa foi n'en était que plus authentique, plus étincelante.

En trois mois, Jeanne avait trouvé ses marques. Mamie Solène, le père Charrin, Mamie Jacqueline, Annie et Paul étaient devenus sa nouvelle famille, sa bouée de sauvetage, et le préventorium, son foyer d'adoption. Bien que son traitement pour vaincre l'infection l'accable de temps à autre d'une immense fatigue, elle avait repris du poids et des couleurs. Elle se sentait bien, en sécurité, comme avant. Avant que la peur ne s'invite dans sa vie.

Le lendemain de son arrivée, elle avait fait le tour du propriétaire et était tombée sur une fille d'environ son âge qui lisait adossée contre un tronc d'arbre, malgré la neige et le froid. Elle avait de longs cheveux blonds qui lui descendaient jusqu'au bas des reins et de grands yeux ronds et bleus cachés derrière des lunettes tout aussi grandes et rondes. C'était Annie. Elle aimait lire et être seule.

Jeanne s'était arrêtée à sa hauteur.

« Bonjour… Je m'appelle Jeanne. Je suis arrivée hier soir. » Jeanne avait bravé sa timidité maladive pour se présenter ; sa famille lui manquait déjà beaucoup trop pour qu'elle ne recherche pas un peu de compagnie. Et puis, il y avait quelque chose d'original chez cette petite fille, quelque chose de curieux et d'inaccessible, de sauvage et de doux à la fois. Jeanne adorait les gens différents, ceux qui avaient l'air de sortir d'un roman. De plus, elle lisait, ce qui avait attisé son intérêt.

La fillette avait levé les yeux de son livre et l'avait regardée un moment en silence. Jeanne s'apprêtait à continuer son chemin, vexée par ce mutisme, quand une petite voix s'éleva dans l'air froid.

« Moi, c'est Annie. Je suis là depuis presque un an. »

Un an ! Jeanne ne pensait pas que l'on puisse rester prisonnier de cet endroit aussi longtemps et elle eut un haut-le-cœur en songeant aux neuf mois qui l'attendaient.

« Tu lis quoi ? demanda-t-elle.

— Apollinaire. *Alcools*.

— Ah, je connais. Je n'ai pas lu tous les poèmes, et je ne les ai pas tous compris, admit Jeanne, mais mon préféré, c'est “Automne malade”. »

Annie, visiblement impressionnée, la scruta de ses grands yeux. Puis elle remit ses lunettes en place sur son nez.

« Bon choix. Moi, c'est “Le pont Mirabeau”. Mon père me le récitait tous les soirs avant de dormir quand j'étais plus petite. »

Depuis, elles avaient décidé d'un commun accord de lire et d'être seules, mais ensemble. Elles s'échangeaient leurs livres et se promenaient dans le jardin sans parler, comme absorbées par le ciel et les bruits de la nature. Les jours de beau temps, elles aimaient passer des heures entières sur la balançoire en bois près du vieux chêne. Elles poussaient alors de petits cris de joie tout en se balançant avec frénésie, indifférentes aux grincements de la structure qui menaçait de s'écrouler à tout instant.

Mais ce que Jeanne adorait par-dessus tout, c'était brosser les longs cheveux d'Annie chaque soir avant de dormir. Leur texture soyeuse et leur odeur de propre l'apaisaient, à tel point qu'elle avait envie d'y enfouir son visage pour y respirer pleinement leur parfum. Elle aurait tant aimé que Mouna la laisse faire la même chose à la maison, mais son aînée ne tenait pas en place et n'aimait pas beaucoup avoir sa petite sœur sur le dos.

Annie avait onze ans et souffrait d'une maladie respiratoire dont le nom compliqué avait effrayé Jeanne. Son état désespérément stationnaire ne répondait pas au traitement, mais ne s'aggravait pas non plus. Elle faisait maintenant partie des meubles au préventorium et s'en était accommodée, dans l'attente d'un remède miracle qui lui permettrait de rentrer chez elle.

La rencontre entre Jeanne et Paul, elle, avait été à l'image de ce dernier : renversante. Dans tous les sens du terme. Paul avait littéralement fauché Jeanne au milieu de la cour de récréation improvisée à l'arrière du préventorium alors qu'il jouait au ballon avec d'autres garçons. Le terrain en friche où les quarante pensionnaires âgés de huit à douze ans pouvaient se dégourdir les jambes était pourtant suffisamment grand, sauf pour contenir l'énergie de Paul. Absorbé tout entier par sa partie de balle aux prisonniers, il ne la vit pas lorsqu'elle passa à côté du terrain de jeu et lui fonça droit dessus pour éviter le ballon lancé à toute vitesse. Le choc fut brutal pour Jeanne, qui, plongée dans son livre, se retrouva projetée sur le côté avec violence et atterrit les quatre fers en l'air sans comprendre ce qui lui arrivait.

Tandis qu'elle reprenait ses esprits, Paul se pencha sur elle, vérifia qu'elle n'avait rien de cassé, puis lui tendit la main pour l'aider à se relever.

« Je suis désolé, je ne t'avais pas vue ! Ça va ? »

Jeanne regarda son pantalon troué au genou d'un air contrarié, mais ne répondit rien. Paul était quant à lui en train de détailler son visage sans aucune gêne, manifestement ravi de ce malencontreux accident.

« Allez, Paul ! Reviens jouer, on t'attend ! »

Jeanne se souvint alors de son premier soir au Lazaret, quand Mamie Solène avait réprimandé un certain Paul et son chausson volant ; ça devait forcément être lui.

« Je dois y aller, mais on se reverra plus tard. Je t'accompagnerai voir Mamie Jacqueline, elle recoudra ton pantalon ! » Il repartit à toute vitesse en lui faisant un geste guilleret de la main. Sacré phénomène, se dit Jeanne en le regardant s'agiter dans tous les sens la seconde d'après.

Comme promis, Paul l'avait ensuite retrouvée, adossée à son arbre préféré, ignorant le froid encore vif de la fin de l'hiver. Elle était dans un état de concentration si extrême qu'elle ne l'entendit pas arriver.

« Alors, tu n'as rien de cassé ? » dit-il avec un sourire moqueur.

Jeanne sursauta et mit la main sur le cœur.

« Mais dis donc, tu vas arrêter de me faire peur aujourd'hui ? le sermonna-t-elle.

— Ce n'est pas ma faute si tu ne fais plus partie de notre monde quand tu lis », lui répondit-il tandis qu'il continuait de la dévisager. Jeanne détourna le regard, soudain mal à l'aise devant cet intérêt un peu trop intense à son goût.

« Alors, tu viens ? On va voir Mamie Jacqueline. Tu vas finir par attraper froid du genou. » Il gloussa à sa propre blague et lui tourna le dos pour marcher en direction du Lazaret.

« J'aime pas trop les livres moi, je préfère le sport et le dessin, reprit-il quand elle l'eut rattrapé.

— Je ne sais pas dessiner.

— Je t'apprendrai, si tu veux, c'est qu'une question de technique.

— Tu dessines depuis longtemps ? questionna Jeanne, curieuse.

— Ça doit faire trois ans. C'est mon grand frère qui m'a appris tout ce que je sais. Mais maintenant qu'il est parti de la maison, je dois me débrouiller tout seul pour progresser. Tu as des frères et sœurs ?

— Oui. Une grande sœur et un petit frère. » À l'évocation de sa famille qu'elle avait laissée derrière elle, elle sentit son cœur se serrer.

« Tiens, c'est ici. » Ils se trouvaient devant une porte bleue à l'arrière de la bâtisse, et Paul tapa dessus avec force.

« Elle n'entend plus très bien, se justifia-t-il. Mamie Jacqueline ! Vous êtes là ? »

Au bout de quelques secondes, le loquet se déverrouilla et une petite dame aux cheveux blancs passa la tête dans l'ouverture. Son regard s'illumina quand elle vit Paul.

« Paul, mon grand ! Comme je suis heureuse de te voir ! Tu viens m'aider à récolter mes choux ?

— Bonjour ! Non, pas aujourd'hui, je suis avec mon amie Jeanne et elle a déchiré son pantalon en tombant tout à l'heure.

— Et bien sûr tu n'y es pour rien, n'est-ce pas ? le taquina Mamie Jacqueline. Allez, entrez les enfants, je vais vous recoudre ça en moins de temps qu'il n'en faut pour le dire. »

Mamie Jacqueline vivait dans un studio indépendant qui sentait la soupe et les épices. Les nombreux meubles et bibelots qui agrémentaient chaque mètre carré de la pièce donnaient au studio l'impression d'être sur le point d'exploser. Près du poêle, des fauteuils en moleskine sur lesquels deux chats avaient élu domicile, confortablement roulés en boule, étaient une invitation à s'asseoir pour y déguster un chocolat chaud au coin du feu.

Comme si elle avait lu dans ses pensées, Mamie Jacqueline leur lança de la cuisine :

« Vous voulez un bon chocolat chaud ? Ça vous fera patienter pendant que je m'occupe de ton pantalon. »

Ils acceptèrent de concert et Jacqueline expliqua à Jeanne qu'elle avait été l'une des premières infirmières dans le préventorium de Vernoux-en-Vivarais. Elle en avait vu passer, des enfants, elle s'était attachée, les avait aimés, mais avait dû dire au revoir à chacun d'entre eux. L'essentiel était qu'ils guérissent et puissent reprendre leurs vies. Certains étaient revenus la voir ; ils avaient maintenant trente, quarante, voire cinquante ans, avaient des enfants, des petits-enfants, et rien ne pouvait la combler davantage que d'avoir pu participer à leur destin heureux. Il y eut aussi ceux qu'elle dut regarder partir en ambulance à la suite de complications, et qu'elle n'avait plus jamais revus. Heureusement, c'était rare, précisa-t-elle devant les yeux écarquillés des deux amis. Elle était à présent à la retraite, mais elle avait consacré sa vie entière à ces enfants et n'avait pas eu le temps de fonder sa propre famille. Le préventorium l'avait donc autorisée à rester dans ce qu'elle considérait comme sa maison depuis toujours.

Si Jeanne avait pu se choisir une grand-mère, elle aurait choisi quelqu'un comme Mamie Jacqueline. Elle n'avait pas connu ses grands-parents maternels, et sa grand-mère paternelle était une femme méchante et manipulatrice qui avait pris Jeanne en grippe sous prétexte qu'elle était trop silencieuse et trop obnubilée par les livres.

« Enlève ton pantalon, ma belle, tu peux utiliser la salle de bains là-bas et enfiler mon bas de pyjama en attendant, il est propre. »

Alors qu'elle se changeait dans la salle de bains exiguë, Jeanne entendit Paul et Jacqueline converser et rire avec complicité dans la pièce à côté. Paul ne devait pas être au préventorium depuis beaucoup plus longtemps qu'elle, pourtant, Mamie Jacqueline et lui avaient l'air d'avoir développé une relation particulière, et elle se sentit flattée qu'il lui présente une personne qui comptait pour lui.

Un peu plus tard, lovés dans les fauteuils avec leurs chocolats chauds à la main, ils ne cessèrent de bavarder tandis que Jacqueline s'affairait sur le pantalon de Jeanne avec dextérité. Ses mains presque tremblantes au moment de verser le chocolat chaud dans les bols s'activaient à présent comme par magie autour du fil et de l'aiguille, avec une habileté qui fascinait Jeanne.

Jacqueline remarqua son intérêt et sourit en coupant un fil avec ses dents.

« Tu voudras que je t'apprenne ? lui proposa-t-elle. C'est simple comme bonjour !

— Euh... Vous savez, je ne suis pas très douée avec mes mains...

— Balivernes ! Tout le monde peut y arriver avec un peu d'entraînement ! Passe me voir dans la semaine, ma porte est toujours ouverte pour mes petits. »

C'est ainsi qu'en quelques semaines, Jeanne apprit toutes les bases de la couture en compagnie de Jacqueline. Rapidement, elle sut coudre une boutonnière, faire un ourlet, poser une pression. Elle y prenait tant de plaisir qu'il lui arrivait d'aller la voir deux fois par jour pour dessiner des patrons et assembler les pièces de tissus avec avidité. Sa mère aussi était couturière à ses heures perdues mais avec Mouna et Pierre à surveiller, elle n'avait jamais eu le temps de lui apprendre quoi que ce soit. Quelle serait sa surprise quand elle la verrait maîtriser à merveille son sujet. Elle y pensait tout en maniant la machine à coudre de Jacqueline et souriait à l'idée de rendre sa mère fière d'elle.

Paul et Jeanne étaient restés très proches depuis cet après-midi chez Jacqueline. Le garçon ne cachait pas ses sentiments, et se moquait bien des refrains railleurs de ses camarades quand il traversait la cour pour lui déposer un baiser sur la joue alors qu'elle se promenait avec Annie. « Paul est amoureux, Paul est amoureux ! » criaient ses copains, surexcités. « Oui, et alors ? » avait-il un jour rétorqué, le torse bombé. Cela leur avait cloué le bec.

Jeanne n'avait pas l'habitude de ces démonstrations de tendresse. La réciprocité de ses sentiments était évidente, mais elle n'aurait jamais pu les lui dévoiler avec autant de facilité. Elle restait donc sur la réserve, mais chérissait plus que tout ces attentions et l'affection qu'elle discernait dans ses yeux. Au point de se surprendre à penser que la vie était douce derrière les murs de ce préventorium où elle était pourtant maintenue en détention.

Le père Charrin laissait Jeanne et Paul s'asseoir l'un à côté de l'autre pendant ses cours, tandis qu'Annie étudiait dans la classe d'à côté, accompagnée d'un autre groupe d'enfants plus âgés.

« Tiens, Jeanne, il est pour toi. » Le regard pétillant de fierté et d'appréhension, Paul lui tendit un jour le dessin de ce qu'elle devina être un lion dans la savane, entouré de gazelles et d'hippopotames, ou quelque chose du genre. Tout en bas à gauche de la feuille, un cœur avec un P + J écrit à l'intérieur avait été apposé en guise de signature. Elle n'avait jamais reçu de cadeau de la part d'un garçon et rougit sans oser le regarder dans les yeux.

« Il est très beau, merci, murmura-t-elle.

— Je me suis appliqué parce que tu méritais un beau dessin. Tu ne mérites que des jolies choses. »

Elle sentit son cœur battre plus fort en entendant ces mots. C'était de loin la plus belle chose qu'on lui ait jamais dite. Puis, reportant son attention sur le père Charrin qui avait fait semblant de ne pas voir la scène, elle se demanda si son père avait dit des mots similaires à sa mère avant qu'il ne se transforme en loup-garou.

Chapitre 5

Mai 1964

Toc toc toc.

Albert suspendit son geste, la main en l'air.

« Tout va bien là-dedans ? »

Hélène reconnut la voix de Mme Rossi, la voisine du quatrième. Albert raffermit sa prise et secoua sèchement son bras, lui intimant de rétorquer quelque chose afin de faire partir cette *ficanasse*[1], avait-il murmuré hargneusement, au plus vite.

« Oui oui Geneviève ! Je... Je me suis coupée en cuisinant. La vue du sang m'a fait peur, mais ce n'est rien.

— Vous êtes sûre ? Je peux vous aider à désinfecter.

— Non merci vous êtes gentille, c'est déjà fait.

— Très bien... Comme vous voulez. »

Après quelques secondes, et malgré le poids du scepticisme dans sa voix, les pas s'éloignèrent de la porte.

« Lâche-moi, maintenant Albert, lança-t-elle d'une voix qu'elle voulait assurée mais qui laissait transparaître sa peur. On va ameuter tout l'immeuble. »

Coupé dans son élan, il lâcha son bras, la foudroya du regard et partit se réfugier dans la chambre en titubant.

1. Curieuse.

Hélène inspira par saccades en laissant échapper quelques larmes. Des larmes de soulagement, d'angoisse, de désespoir, elle ne savait plus trop. Elle les essuya du revers de la main et se remit aux fourneaux en prévision du dîner.

Albert était rentré du travail dans un état déplorable, elle ne l'avait encore jamais vu comme ça. Les cheveux en bataille et la chemise froissée sortie du pantalon, il sentait le whisky à plein nez et parlait déjà dans sa barbe au moment de tourner la clé dans la serrure de l'appartement. Hélène cuisinait son plat fétiche, une blanquette de veau, quand elle l'entendit ouvrir la porte. Elle ferma les yeux comme pour se préparer à ce qui allait suivre, ne connaissant que trop bien le déroulé des événements.

Yeux vitreux, visage rougi et démarche incertaine, il entra dans la cuisine et, sans même la saluer, lui demanda où étaient les enfants. Hélène avait laissé Pierre quelques heures chez Viviane pour lui permettre de jouer avec sa fille tandis que Mouna n'allait pas tarder à rentrer de l'école. Elle n'eut pas le temps de terminer sa phrase qu'Albert déchaîna les foudres qui couvaient dans son haleine chargée d'alcool.

« Tu ne sais même pas t'occuper de nos enfants, cracha-t-il d'une voix pâteuse. Tu n'as que ça à faire de tes journées, pourtant. C'est ta faute si Mouna file un mauvais coton, tu ne sais pas comment l'élever, cette gamine. » Il s'arrêta comme pour réfléchir. « C'est quand même pas compliqué, quand je rentre du travail, je veux être accueilli par mes enfants ! »

Son ton était monté d'un coup et il empoigna Hélène par le bras pour l'obliger à lui faire face. Elle soutint son regard mais aucun son ne sortit de sa bouche. Avant de pouvoir réagir, elle sentit la douleur fulgurante de la gifle qu'Albert venait de lui asséner et poussa un cri de surprise. Puis elle le supplia à voix basse d'arrêter tandis qu'il la plaquait contre l'évier de la cuisine, ses yeux bleus menaçants fixés sur elle.

Il n'était pas lui-même, elle le savait, et si sa peur n'avait pas été aussi étouffante, elle aurait presque ressenti de la pitié pour cet homme qu'elle avait tant aimé. Cet homme qui la faisait danser avec son violon avant même que Charles Ingalls ne le copie quelques années plus tard dans *La Petite Maison dans la prairie*, qui la prenait par la taille en l'appelant Léna avant de lui glisser un baiser dans le cou. Il n'y avait plus aucune trace de cet homme-là dans son regard haineux. Il continuait à lui crier au visage à quel point elle était une mauvaise mère, ainsi que des bribes de phrases qui parvenaient jusqu'à son cerveau : « Jeanne… malade à cause de toi… pas prendre soin de tes enfants… incapable… » Autant de coups de poignard qui la feraient bientôt abdiquer. Il s'apprêtait à la gifler une seconde fois lorsque Mme Rossi avait toqué à la porte.

Il était moins une. Hélène avait tout juste repris en main son économe que Mouna rentra de l'école et déboula dans la cuisine, la mine réjouie.

« Maman ! Où est papa ? Il va pas le croire, j'ai eu un 7/10 en français ! Et j'avais même pas révisé, j'ai tout fait au pif ! »

Hélène regarda sa fille avec tendresse, priant pour qu'elle ne remarque pas la peau de sa joue rosie, mais Mouna était bien trop euphorique pour constater quoi que ce soit. À treize ans, elle devenait peu à peu une femme, du moins en apparence. Postée à cette croisée des chemins entre enfance et adolescence, elle oscillait, à son insu et à une fréquence déstabilisante, entre enfantillages et réactions d'adulte.

« Il est dans la chambre mais il est occupé, ma puce. Montre-moi ton devoir... »

Le soir venu, une fois les enfants couchés, Hélène se posa enfin dans le fauteuil du salon pour tricoter. Le dîner s'était déroulé en silence, troublé de temps à autre par le bruit des couverts que Pierre utilisait comme percussions contre son assiette. Après s'être fait réprimander par Albert, dont la chute du taux d'alcool le faisait peu à peu reprendre forme humaine, le silence était retombé, plus pesant encore. Hélène fuyait le regard d'Albert, et même si sa blanquette était délicieuse, personne ne lui fit de compliment. Puis Mouna s'était levée de table aussitôt sa dernière bouchée enfournée et avait quitté la pièce, vexée de n'avoir eu aucune félicitation de la part de son père.

Hélène entendit Albert approcher derrière elle mais garda son attention fixée sur sa pelote de laine. Elle le sentit hésiter, puis, penché au-dessus du fauteuil, il l'encercla de ses bras et elle eut un imperceptible sursaut de peur et de dégoût. Son haleine aigre effleura son visage tandis qu'elle continuait de tricoter, impassible. Une idée terrifiante la traversa. Elle se dit qu'elle saurait quoi faire avec cette aiguille à tricoter si jamais les « choses » devaient encore dégénérer. Oui, un jour, elle serait capable de la lui enfoncer au fond des tripes, si cela pouvait faire cesser cette folie.

« Je suis désolé, Léna... Je pensais pas ce que je disais tout à l'heure. J'ai perdu les pédales et j'm'en veux. Je vais arrêter d'aller voir les gars au bar, après le boulot, je te le promets...

— Hmmm.

— Tu dois me faire confiance, j'ai pas envie de continuer à me détruire, à nous détruire. »

Elle aurait tellement eu envie de le croire, si ce n'était pas au moins la dixième fois qu'elle l'entendait prononcer les mêmes promesses, les mêmes excuses.

Il déposa un baiser maladroit sur sa joue, cette même joue sur laquelle sa main était venue s'abattre avec violence quelques heures plus tôt, et sortit sur le balcon pour allumer une cigarette. Hélène se remémora le premier geste agressif qu'il avait eu envers elle, il y avait environ deux ans. Cela faisait quelques semaines qu'Albert rentrait régulièrement du travail un peu éméché, ne manifestant jusque-là qu'une mauvaise humeur passagère lorsqu'il dépassait le seuil d'alcool que son organisme non entraîné lui permettait d'encaisser. Jusqu'à ses trente ans, un ulcère à l'estomac récalcitrant lui avait longtemps interdit de boire, jusqu'à ce que la chirurgie fût bientôt le dernier cours à la douleur persistante. Une opération qui lui donna par la suite la possibilité de goûter au plaisir festif de la consommation d'alcool. Seulement, Albert n'était pas quelqu'un de mesuré ; c'était un passionné, un exalté, un torturé aussi. Élevé par une mère abusive qui lui envoyait régulièrement des fers à repasser à la figure en guise de preuve d'amour, il renfermait une colère profondément enfouie et refoulée. À jeun, il camouflait ses blessures d'enfance par un humour à toute épreuve et un cynisme grinçant, mais l'alcool, même à petite dose, ravivait cette colère et faisait ressurgir les démons de son passé. Son aigreur, sa frustration, sa rancœur.

Un samedi après-midi, alors qu'il revenait d'un déjeuner entre amis, il l'avait volontairement bousculée dans leur chambre tout en ronchonnant dans sa barbe des propos incompréhensibles mais visiblement dirigés contre elle. Elle en était restée paralysée. Albert n'était d'ordinaire que gaieté et taquineries. C'était un homme intelligent, doué, et elle était tombée amoureuse de sa sensibilité et de son humour. Elle décida donc d'accorder à cet incident isolé le bénéfice du doute. Cependant, s'étaient ensuivies des injonctions verbales de plus en plus virulentes, puis une première gifle à l'occasion d'un désaccord sur une sortie d'école de Mouna. Un prétexte insignifiant pour laisser enfin éclater cette rage sourde qui se ranimait en lui chaque fois qu'il buvait.

Elle en était restée totalement muette de surprise, une main sur sa joue meurtrie. Les yeux écarquillés, lui aussi semblait presque surpris. Surpris d'avoir passé ce cap, d'être soudain devenu ce genre d'homme. Il s'était enfui de la maison et, une fois dégrisé, avait imploré Hélène de le pardonner. Ce qu'elle fit. Elle voulait croire de toutes ses forces à sa bonne foi.

Mais une fois la limite franchie, ce ne fut toutefois qu'une escalade exponentielle. Il se mit à l'insulter, à la menacer, à la violenter alors que les enfants étaient dans la pièce d'à côté, la tenant parfois si fort par le bras qu'elle gardait pendant plusieurs jours des marques qu'elle s'appliquait à camoufler de son mieux. Bientôt, les ecchymoses n'eurent plus le temps de s'estomper, aussitôt remplacées par d'autres.

Le paroxysme de sa brutalité, atteint l'été dernier, avait constitué un point de non-retour pour Hélène. À peine rentré du travail, ou plutôt du bar, Albert avait pénétré dans la salle de bains pendant qu'elle se maquillait devant le miroir. Dans le reflet, elle avait vu son visage bouffi mais avait tâché de rester concentrée sur la pointe de son eye-liner. Albert s'était alors avancé, avait déboutonné son pantalon et uriné bruyamment dans le bidet, son regard insolent rivé sur elle. Excédée, elle avait esquissé un mouvement en direction de la porte.

« Tu te ravales la façade pour qui ? » avait-il demandé sur le ton de la conversation, tout en reboutonnant maladroitement son pantalon sans la quitter des yeux.

« Je ne… » Elle n'avait pas eu le temps de terminer, Albert l'avait déjà plaquée contre le mur et avait pressé son crâne contre le carrelage froid en réitérant sa question. Lentement, il avait essuyé une trace d'eye-liner du bout de son pouce, puis ses mains s'étaient refermées sur le cou fin d'Hélène qui n'arrivait plus à aspirer qu'un filet d'air entre deux sanglots. Sa voix n'était plus qu'un murmure.

« Pour qui tu te maquilles comme une traînée ?

— Pour… moi » avait répondu Hélène à bout de souffle.

Puis, la voyant presque tourner de l'œil, il l'avait relâchée sans un mot.

« Ne t'avise pas de me mentir », avait-il dit en sortant de la pièce en titubant.

Hélène était restée penchée au-dessus du lavabo pendant quelques minutes afin de reprendre sa respiration, puis avait osé regarder son reflet dans le miroir. Son mascara avait coulé et formé des rigoles le long de ses joues. Son chignon était défait, son cou rougi à l'endroit de la strangulation. Elle ne reconnaissait plus son mari, cet étranger dangereux, mais elle ne se reconnaissait plus non plus.

Le lendemain matin, au petit-déjeuner, Albert faisait rire les enfants en jouant avec ses tartines de confiture, barbouillant au passage le visage de Pierre, hilare. Elle eut cette pensée absurde : J'ai de la chance, au moins il ne touche pas aux enfants. Elle aurait eu envie de se frapper elle-même.

Pierre et Mouna ne se doutaient de rien ; à cinq ans, l'un était trop jeune et l'autre, trop absorbée par sa puberté. Ou trop aveuglée par son amour pour son père. Jeanne, elle, l'observait de ses petits yeux plissés, comme si elle lisait à travers elle, et elle savait, Hélène n'en avait aucun doute. Elle ne pouvait pas lui en parler, de peur de ne pouvoir revenir en arrière ou de confirmer ses inquiétudes, mais elle ne pouvait pas la rassurer non plus, car Jeanne n'était pas dupe et elle ne voulait pas lui mentir. Ces secrets semblaient avoir infecté la petite fille de l'intérieur, rongée pour le souci et le silence. Albert avait raison, ce n'était pas lui qui faisait du mal à ses enfants, c'était elle. Elle méritait son châtiment. Le départ de Jeanne pour le préventorium, aussi douloureux fût-il pour toutes les deux, ne pouvait être que bénéfique pour la santé physique et mentale de sa cadette.

Elle observa Albert, accoudé à la rambarde du balcon avec sa cigarette rougeoyante entre les doigts, les épaules voûtées, la tête basse, comme si tout le poids du monde était en train de l'écraser. Toutes ces années, elle avait tant admiré sa générosité, son humanité, son esprit vif et lumineux. Jour après jour, désormais, cette lumière périssait dans les ténèbres, sans qu'elle ne puisse rien y faire.

Et cette même question qui affleurait sans cesse : comment en étaient-ils arrivés là ?

Elle ne pouvait plus continuer ainsi. Dès que Jeanne rentrerait du préventorium, elle prendrait ses enfants et elle partirait. Elle ne savait pas comment, elle ne savait pas où, mais elle avait au moins une certitude, elle n'avait plus d'autre choix.

Chapitre 6

Juillet 1964

Un cri dans la nuit. Jeanne se réveilla en sursaut, le visage ruisselant de sueur. Elle attrapa sa couverture et y plaqua son visage pour étouffer un sanglot, puis ferma les yeux aussi fort qu'elle le put afin de faire fuir ces images insoutenables. À travers ses paupières closes, elle discerna la lumière de sa lampe de chevet qui venait de s'allumer. Une main se posa doucement sur le haut de son crâne et lui caressa les cheveux. Elle leva les yeux. Annie se tenait debout à côté du lit dans son pyjama jaune à rayures qui la faisait ressembler à une prisonnière. Elle avait accouru sans prendre le temps d'enfiler ses lunettes, et c'était la première fois que Jeanne voyait ses yeux dépourvus de ses lourds binocles. Des yeux inquiets et interrogateurs.

« C'est pas la première fois que je t'entends faire des cauchemars, et souvent tu appelles ta mère dans ton sommeil… Tu rêves de quoi ? »

Jeanne n'était pas du genre à se confier facilement ni à se plaindre, se mettre à nu ou avouer ses faiblesses. Dans sa famille, la pudeur des sentiments était de rigueur. On ne se laissait pas aller aux jérémiades. La forteresse qu'elle s'était construite avait jusque-là plus ou moins résisté aux assauts d'Annie qui essayait d'arracher la moindre confidence à son amie. Grâce à sa délicatesse et au temps qu'elles passaient ensemble, cette dernière avait tout de même réussi à lire entre les lignes, saisissant ce qu'il se tramait entre les murs de sa maison.

Cette nuit-là, pourtant, Jeanne eut envie de baisser la garde.

« En général, murmura-t-elle pour ne pas réveiller les autres enfants dans le dortoir, je rêve que je rentre de l'école et que maman est allongée dans le salon. Elle ne bouge plus. Son visage est paisible, c'est comme si elle dormait, mais elle ne bouge plus, même quand je la secoue. Et puis... Depuis quelque temps, c'est toujours le même cauchemar qui revient...

— Tu veux me raconter ? Ma mère dit que lorsqu'on raconte ses cauchemars en détail on les chasse par la bouche et ils ne peuvent plus revenir. Ouais j'y crois pas trop non plus, mais ça peut pas faire de mal d'essayer. »

Jeanne hocha la tête. En temps normal ses rêves s'évanouissaient rapidement après son réveil, mais celui-là était coriace, il restait net, vivace, et revenait même la hanter pendant la journée, ce qui lui provoquait des bouffées d'angoisse qu'elle parvenait tant bien que mal à contrôler.

« Avant qu'on m'amène ici, maman s'arrêtait parfois chez un ami à elle pour discuter quand on revenait des courses. Il s'appelle David. Je ne le connais pas bien, mais il a l'air gentil. Elle allait le voir chez lui et restait discuter une demi-heure, ou plus, mais elle ne voulait jamais que je vienne avec elle, parce qu'ils devaient se parler de choses de grandes personnes, elle me disait. Du coup, je m'asseyais avec mon livre sur un muret pas loin de la porte de M. David, juste à côté de l'épicerie de Mme Michelle. Maman et Michelle sont copines, et elle me surveillait de loin. Mais, de toute façon, moi avec un livre je bouge pas, tu me connais. »

Elle avait parlé très vite et reprit son souffle. Annie s'était assise sur le bord du lit ; Jeanne sentait son regard posé sur elle.

« Mais un jour, Annie, je venais de m'installer sur mon muret quand j'ai vu mon père débouler en Mobylette au bout de la rue. Il ne portait pas son casque, comme d'habitude, et je l'ai reconnu tout de suite, de très loin. Même avant de le voir j'ai comme senti sa présence, et quand j'ai tourné la tête je suis tombée tout de suite sur lui. J'ai eu tellement peur qu'il me voie que j'ai couru me cacher derrière un buisson. Je savais que s'il me voyait, ce serait foutu, il me demanderait ce que je faisais là toute seule, où était maman, et comme je n'arriverais pas à mentir, il la trouverait et il la tuerait ! »

Jeanne avait à présent les yeux grands ouverts, fixant un point devant elle.

« Ou imagine que ma mère ait ouvert la porte à ce moment-là et qu'il l'ait vue, sur le seuil de M. David ! Il serait devenu fou ! Il est si jaloux... J'avais les yeux rivés sur la porte et je sentais mon cœur battre dans ma gorge. J'arrivais même plus à voir clair tellement je pleurais. Ça a duré peut-être trente secondes, le temps qu'il passe, mais j'avais l'impression de voir la scène au ralenti, avec tous les scénarios possibles qui se bousculaient dans ma tête, et moi impuissante. J'étais... pétrifiée. »

Annie la laissa recouvrer ses esprits mais ne put s'empêcher de vouloir satisfaire sa curiosité.

« Et alors... Que s'est-il passé ?

— Ben... Rien. Il est passé sans me voir et moi je suis restée cachée derrière mon buisson jusqu'à ce que maman sorte de l'immeuble parce que j'avais peur qu'il repasse. J'avais envie de vomir... C'était horrible, Annie, je savais que maman était en danger, j'aurais pu aller taper à la porte, lui dire que papa était dans le coin, mais je ne pouvais pas bouger, mes jambes étaient comme de la guimauve. Quand elle est sortie, elle m'a vue avec mes yeux rouges et elle m'a demandé ce qu'il s'était passé, mais j'ai dit que j'avais déchiré mon livre sans faire exprès. J'ai même pas pu lui dire la vérité… Et depuis je fais des cauchemars où il me voit, et tout finit mal… »

Sa voix se brisa et Annie posa une main réconfortante sur son épaule.

« Tout va bien, Jeanne, ta mère t'a écrit la semaine dernière et elle va bien, non ? Et puis tu vas bientôt rentrer chez toi…

— Oui, mais… Après, c'est toi que je ne verrai plus, répondit Jeanne en levant vers elle ses yeux remplis de larmes.

— Ne t'inquiète pas pour ça. On s'enverra des lettres et quand on sera plus grandes, on partira à l'aventure ensemble, on fera le tour du monde ! »

Elle se leva et tournoya sur place, ses cheveux suivant son mouvement avec grâce.

« On ira voir les pyramides d'Égypte, la tour Eiffel, la statue de la Liberté ! Je serais même prête à aller en Amazonie voir tes arbres centenaires pour te faire plaisir. »

Jeanne sourit à cette vision. Elle s'imagina aux côtés d'Annie en exploratrice chevronnée, toutes deux livrées à elles-mêmes, jalonnant les routes en quête de découverte. Elle ne savait pas exactement ce que « plus grandes » voulait dire, mais elle avait déjà hâte d'y être.

Sauf qu'elle ne pourrait jamais laisser sa mère, son frère et sa sœur derrière elle. Elle devait veiller sur eux.

« Annie, je ne pourrai jamais partir loin de ma famille, ils ont besoin de moi, je ne peux pas les abandonner.

— D'ici à ce qu'on parte, ton frère et ta sœur seront grands eux aussi, et ta mère aura trouvé une solution pour arranger les choses, j'en suis sûre. »

Elle s'agenouilla et lui prit la main.

« Et puis un jour, tu devras vivre pour toi. »

Jeanne regarda Annie sans comprendre. Qu'est-ce que ça voulait dire exactement, vivre pour soi ?

Quand Annie retourna se coucher après l'avoir laissée lui coiffer les cheveux pour l'apaiser, Jeanne ouvrit le tiroir de sa table de nuit et en sortit une carte postale où figurait une rue étroite et colorée du Vieux Nice.

Ma fille chérie,

Encore quelques semaines et je ne t'écrirai plus car tu seras parmi nous. Nous attendons ton retour avec beaucoup d'impatience. Ici, tout le monde va bien, et j'espère qu'il en va de même pour toi.

Bisous de toute la famille,

Ta maman

Elle admira une fois de plus l'écriture élancée de sa mère, effleurant l'encre bleue du bout de ses doigts, puis plaça la carte sur son oreiller, tout près de son visage, avant de se rendormir.

Chapitre 7

Août 1964

Ils restèrent enlacés quelques instants avant qu'Hélène ne se dégage de leur étreinte pour le regarder droit dans les yeux.

« Merci… Pour tout.

— Courage, mon Hélène, le meilleur reste à venir. » Il hocha la tête d'un air encourageant. « Tu sais où me trouver. »

Elle sortit dans la chaleur étouffante du mois d'août le plus caniculaire qu'elle ait jamais connu et se dirigea vers Gambetta pour récupérer Pierre chez Viviane. La robe légère verte à col bateau qui découvrait ses épaules faisait ressortir ses cheveux noirs et sa peau bronzée. À trente-quatre ans, Hélène était plus belle que jamais. Mais son cœur n'était que désolation. Dans les rues surchauffées de la ville où tous cherchaient un peu de fraîcheur à l'ombre des platanes et des oliviers, son élégance ne passait pas inaperçue, à en juger par les regards appuyés et les quelques têtes tournées sur son passage. Qu'importe, elle ne les voyait pas, uniquement focalisée sur les derniers mots de sa conversation avec David.

« Ludmilla Grinda, 45 route des Jarres. »

Elle ne les avait pas écrits par prudence, mais ils demeureraient gravés au fer dans son esprit. Sa porte de sortie vers la liberté.

Cela faisait environ un an qu'elle passait voir David à raison d'une à deux fois par mois. Leurs longues heures de discussion dans la sphère rassurante de son appartement avaient progressivement guidé Hélène au bout de son raisonnement. Non sans peine, car devant ses changements d'humeur où s'entremêlaient désespoir, détermination et découragement, David avait fait preuve d'une patience et d'une bienveillance hors du commun pour lui redonner confiance en son avenir et lui faire entrevoir un autre destin que celui auquel elle se croyait attachée pour toujours. Désormais, elle était prête, plus que jamais décidée à reprendre sa vie et celle de ses enfants en main.

Tous deux se connaissaient depuis l'enfance, depuis l'arrivée d'Hélène à Nice et son premier jour d'école, il y avait presque vingt-cinq ans de cela. La mort de sa mère puis de son père en l'espace de quelques années avait laissé un vide incommensurable dans sa jeune existence. Depuis son emménagement chez Jeanine, elle vivait comme un automate, avec l'impression d'avoir abandonné son cœur et ses tripes dans le Nord.

Pourtant, dès ce fameux premier jour dans la modeste école mixte de Saint-Pancrace, sur les hauteurs de Nice, la jovialité et la sensibilité du petit garçon lui avaient plu. En ce temps-là, garçons et filles se devaient d'avoir le moins d'interactions possible sous peine d'être sévèrement réprimandés. Ils ne pouvaient donc pas jouer ensemble à la récréation ni s'asseoir côte à côte en classe, ce qui n'empêcha pas leur amitié de grandir malgré tout. Une connivence quasi muette, bâtie sur des regards, sourires ou signes de la main. Ils s'étaient apprivoisés autrement, comme une évidence, avant de devenir inséparables. Ils allaient à l'école et faisaient leurs devoirs ensemble, rattrapant à grand renfort de conversations interminables leurs timides débuts. Hélène l'aidait en histoire, David l'éclairait en arithmétique. Ils jouaient à la marelle dans la cour de l'immeuble où elle vivait, puis ils montaient prendre le goûter chez Jeanine qui était tombée sous le charme de sa bouille ronde et de ses bonnes manières.

Toutefois, ce n'était pas le cas de tout le monde. En classe, David était continuellement la risée des autres enfants, en particulier de Carlos et de sa bande qui avaient trouvé en lui un exutoire à leurs mesquineries. Pris à partie, il subissait moqueries et harcèlement physique, de la bousculade fortuite au surnom de « petit gros » communément employé par la moitié de l'école, ou de « petit youpin » pour les intimes. Par la suite, Hélène demanda le sens de ce mot à Jeanine qui, déstabilisée, répondit d'un ton abrupt :

« Je ne veux pas t'entendre dire ça, c'est un mot très laid, Hélène, très laid ! » Devant l'air interrogateur de la petite fille, elle ajouta : « C'est un terme odieux pour désigner les juifs. »

Hélène avait senti sa colère monter d'un cran.

Puis, un matin, Carlos s'assit derrière David en classe et s'évertua à lui donner une tapette sur le haut du crâne avec sa règle dès que la professeure avait le dos tourné. Une fois, deux fois, dix fois, sans que David ne manifeste la moindre réaction, résilient face à la bêtise de son camarade et aux rires gras des autres élèves.

Hélène, quant à elle, n'y tint plus. De sa place, elle saisit sa gomme et la jeta de toutes ses forces sur la tempe de Carlos. Elle finit au coin, punie par l'institutrice, les poings serrés devant tant d'injustice, mais étrangement satisfaite d'avoir osé se dresser contre cet idiot.

En devenant amie avec David, elle s'était peu à peu isolée avec lui. Et finalement, elle s'en était accommodée. Ils se suffisaient à eux-mêmes. Eux deux contre le reste du monde.

Un monde à feu et à sang qui tombait lentement aux mains de l'Axe et du Führer. C'était l'hiver 1941 ; en Europe, la Russie tentait de repousser l'armée allemande et leur mission Barbarossa prévoyant d'envahir Moscou, tandis que du côté de Chełmno, les premières chambres à gaz faisaient leur apparition en vue d'exterminer les dizaines de milliers de juifs polonais déportés.

Le 7 décembre, à Hawaï, les forces japonaises attaquaient par surprise la base navale américaine de Pearl Harbor, signant l'entrée des États-Unis dans la Seconde Guerre mondiale. Et en France, Hitler continuait de déplacer ses pions nazis, le tout en collaboration avec le maréchal Pétain.

Souvent, Hélène surprenait Jeanine assise dans la cuisine à côté de la radio, l'échine voûtée, une main posée sur la bouche. Quand elle l'entendait rentrer de l'école, elle éteignait le poste et se redressait vivement en s'essuyant le visage. Malgré les rumeurs atroces qui parvenaient à ses oreilles, l'étoile jaune apparue sur quelques uniformes, dont celui de David, ainsi que les semaines entières à manger de la soupe à l'oignon, Hélène, elle, ne se sentait que peu concernée par cette guerre lointaine et abstraite. Elle en avait décidé ainsi.

Jusqu'à ce matin d'août 1942 où David, son petit frère et ses parents furent embarqués par la Gestapo puis déportés dans le camp de Drancy. Hélène savait qu'elle ne le reverrait jamais. Elle pleura toutes les larmes de son corps. Et quand elle n'eut plus de larmes à verser, elle en tomba malade, contrainte à l'alitement pendant près d'un mois. La vie lui reprenait une fois de plus un être cher, et à seulement douze ans, son âme s'était flétrie de trop de douleur. Jeanine, inconsolable et enragée, avait même passé une nuit au commissariat après avoir outragé un soldat allemand en revenant des courses. Sa colère était devenue son seul moyen de tenir encore debout.

Cahin-caha, les deux femmes avaient fini par reprendre leur vie. Une fois la guerre terminée, David, comme tant d'autres, n'était pas revenu. L'année suivante, Hélène quitta le domicile de Jeanine, désireuse de tirer un trait définitif sur ce pan de sa vie.

Mais voilà qu'un jour où elle faisait le marché du cours Saleya avec Mouna, Jeanne et Pierre, elle entendit une voix hésitante dans son dos :

« Hélène ? Hélène Carlier ? »

Elle faillit ne pas réagir à ce nom de famille provenant d'une autre vie. Elle se retourna, interpellée, et se figea. Bien que cela fût impossible, elle le reconnut immédiatement. Son visage était le même, certes affiné, agrémenté de quelques rides et d'une fine moustache. Persuadée d'être confrontée à un fantôme, son cerveau ne put assimiler ce qu'elle voyait et elle dut se rattraper à un stand de légumes pour ne pas défaillir.

Il la soutint par le bras et la fit asseoir sur un banc quelques mètres plus loin.

« Ce sont tes enfants ? » demanda-t-il en désignant Mouna, Jeanne et Pierre qui observaient la scène, interloqués. Hélène ignora sa question.

« David... murmura-t-elle. C'est bien toi ? Co... Comment ? Je te croyais mort... »

Elle leva doucement la main pour lui toucher le visage, comme pour vérifier qu'il était bien réel, mais se retint et la posa finalement devant sa bouche.

« C'est une longue histoire, Hélène... Je me suis enfui, je me suis caché, et je suis revenu dans la région seulement l'année dernière. » Il regarda autour de lui. « Ces rues, ces odeurs, tout ça me rappelait beaucoup trop mes parents, mon frère... Je ne pouvais pas. Maintenant qu'ils s'estompent dans ma mémoire, j'ai besoin de les retrouver. »

Elle le dévisageait sans dire un mot, visiblement sous le choc.

« Tu as le temps de prendre un café ? »

Elle vérifia sa montre.

« Mon Dieu, non ! dit-elle en reprenant soudain contact avec la réalité. Je dois y aller, mon mari va bientôt rentrer du travail pour déjeuner. Mais je suis si heureuse que tu sois en vie David, que tu sois là. Nous allons vite nous revoir. »

Elle se leva prestement, prit la main de Pierre et se hâta en direction du boulevard.

« Hélène ! Attends. J'habite juste là, dit-il en désignant l'épicerie que tenait Mme Michelle. La porte grise à côté de l'épicerie, j'y habite avec mon compagnon. Tu es la bienvenue, quand tu le souhaites. »

Hélène l'embrassa sur les deux joues et lui promit qu'elle passerait.

En remontant le boulevard de la Madeleine flanquée de sa marmaille, elle prit conscience de ce qu'il venait de se passer. David avait dû voir des choses innommables et traverser des épreuves qu'elle n'osait imaginer. Elle aurait tant aimé en savoir plus, elle avait tant de questions à lui poser, mais l'heure était mal choisie et elle ne pouvait pas se permettre d'arriver en retard.

Son compagnon… songea-t-elle ensuite. Elle se souvint de l'avoir trouvé différent des autres garçons de son âge à l'époque, sans vraiment pouvoir mettre le doigt sur cette différence. Le savait-il déjà quand ils s'étaient connus ?

Juif et homosexuel, il lui fallait faire preuve d'un sacré courage pour assumer ce qui aurait dû paraître normal aux yeux du monde, mais qui pour beaucoup de gens ressemblait plutôt à une aberration de la nature.

De son côté, David l'avait regardée s'éloigner avec ses trois rejetons et avait perçu son regard affolé quand elle avait mentionné son mari. Son attitude transpirait la peur, il ne fallait pas être devin pour s'en apercevoir. Il ne fut donc pas étonné de la voir toquer à sa porte quelques jours plus tard, bouleversée après ce qui avait été la crise la plus violente d'Albert à son encontre.

Contrairement à Viviane, il n'avait pas dit un mot. Il l'avait laissée entrer, lui avait proposé un café puis s'était assis à table en face d'elle, le regard empreint de douceur. Viviane était un soutien sans faille, elle l'aimait de tout son cœur, mais ses remontrances presque culpabilisantes quand elle sentait son amie menacée n'étaient pas de tout repos. Son côté protecteur s'apparentait quelquefois à des leçons de morale et Hélène ne s'était pas sentie d'y faire face ce jour-là. Ce jour-là, elle avait honte, plus que jamais, de laisser Albert lui faire du mal, d'être ce genre de personne faible, impuissante, soumise.

Elle joua avec sa tasse, se demandant soudain ce qu'elle était venue faire ici. Après avoir avalé une gorgée de café, David prit la parole et lui raconta tout, depuis ce jour d'été 1942 jusqu'à aujourd'hui. Le déportement, le camp de Drancy, son petit frère emporté par une infection quelques semaines après leur arrivée au camp, son évasion désespérée alors que ses parents venaient d'être transférés à Auschwitz, la peur omniprésente, la mort, la fuite, les cachettes, la lâcheté et l'entraide. Puis la fin de la guerre, les foyers d'accueil, les cauchemars, les rencontres, la prise de conscience de son homosexualité, la honte, l'incompréhension. Et enfin son départ vers la liberté à seize ans, son baluchon sur l'épaule, le début de ce qu'il voulait être sa nouvelle vie. Les voyages, les fêtes, les drogues, l'intolérance et le jugement. Jusqu'à sa rencontre avec Rémi quelques années auparavant, et son retour sur la Côte d'Azur, tel un hommage à sa famille qui lui manquait encore tant.

À la fin de son récit, David eut un petit rire.

« Je crois que j'ai fait le tour de ces vingt-deux dernières années. Et j'ai moi-même du mal à croire ce que je vais te dire après t'avoir raconté tout ça mais... Je suis heureux, Hélène, comme je ne l'ai jamais été. Je suis un miraculé, et malgré toutes les horreurs que j'ai connues, la vie en vaut la peine. La vie, l'amour, j'ai tant de chances de pouvoir y goûter, et pour tous ceux qui ont péri, je ne bouderai pas mon plaisir. »

Son visage satisfait reflétait ses propos et elle ne put s'empêcher de le trouver extrêmement beau en cet instant. La force et le courage qui se dégageaient de David lui conféraient une aura extraordinaire.

« Et toi, Hélène... Quelle est ton histoire ? »

Hébétée par la tirade de son ami, Hélène laissa échapper une larme qui vint s'écraser sur la nappe bariolée.

Comment pouvait-elle encore songer à s'épancher après ce qu'elle venait d'entendre ? Sa douleur lui paraissait si futile comparée à la vie chaotique de David. Pourtant, comme quand ils avaient dix ans, l'éclat de son visage débonnaire eut raison de ses craintes. Vingt-deux ans d'absence furent effacés en un claquement de doigts, Hélène se sentit de nouveau en confiance en présence de cet ami qui ne l'avait jamais quittée.

Combien de fois elle s'était surprise à vouloir lui raconter telle ou telle anecdote, partager avec lui ses rencontres et ses échecs, et, chaque fois, son cœur se serrait si fort quand elle comprenait qu'elle n'entendrait plus jamais le son de sa voix. Maintenant qu'elle l'avait devant lui, revenu d'entre les morts, elle ne pouvait pas laisser passer sa chance.

Il l'écouta attentivement tandis qu'elle relatait les derniers mois de son calvaire. Quand elle eut terminé, il dit simplement : « Je suis désolé, Hélène. »

Il lui prit la main. « Peu importe ce que tu envisages de faire, je serai là pour toi. Si tu en as besoin, tu peux compter sur moi.

— Je n'envisage rien du tout pour le moment. Que veux-tu que je fasse ? Je suis mariée pour le meilleur et pour le pire. Après avoir eu le meilleur pendant des années, je récolte à présent le pire. Et puis je n'ai pas d'argent, pas de travail, et trois enfants à charge, je suis coincée. »

David marqua une pause, réfléchit.

« Lui as-tu proposé de faire une cure de désintoxication ? Il y a un bon centre à côté de Menton. Avec de la volonté, il pourrait se soigner en quelques semaines.

— Non, je n'y ai pas vraiment pensé, à vrai dire, et nous ne parlons plus beaucoup, tu sais... dit-elle en baissant la tête. J'ai peur de sa réaction si j'aborde le sujet.

— Tu m'as dit qu'il était agressif seulement quand il buvait, n'est-ce pas ? Parle-lui-en un matin avant qu'il parte au travail, ça pourrait sauver votre famille. »

Elle hocha la tête sans conviction.

« Dis-moi, Hélène, reprit David après un silence, est-ce que Jeanine est toujours en vie ? »

Devant son visage plein d'espoir, elle ne sut comment lui annoncer la nouvelle.

« Malheureusement non, elle est décédée il y a cinq ans... Elle aurait été si heureuse de te revoir, elle t'aimait tellement. Tu sais qu'après ton arrestation elle a passé une nuit en prison pour avoir craché sur un soldat allemand ? »

Malgré sa profonde tristesse, David rit aux éclats.

« Je ne sais pas si je dois en rire ou en pleurer, mais cela ne m'étonne pas d'elle. »

Ils reprirent ainsi leur complicité là où ils l'avaient laissée, ivres du temps à rattraper, enthousiasmés à l'idée de connaître les adultes qu'ils étaient devenus. De peur que leurs entrevues ne parviennent aux oreilles d'Albert – tout se savait dans le quartier –, ils se retrouvaient exclusivement chez lui, comme les réunions secrètes qu'ils faisaient lorsqu'ils étaient enfants.

En racontant à Viviane ses retrouvailles avec son vieil ami, elle constata avec stupéfaction qu'ils se connaissaient déjà puisque Viviane allait régulièrement dîner dans le restaurant où David était cuisinier.

« C'est tout bonnement incroyable ! s'exclama Viviane. Je te parle tout le temps de ce restaurant, tu sais bien, le petit italien qui fait l'angle de la rue Raynardi. David est un vrai chef ! Si j'avais su... Mon Dieu, quelle histoire ! »

Le monde est décidément bien petit, se dit Hélène.

À la suite de cette heureuse coïncidence, Viviane se joignait parfois à eux pour boire un café ou déguster un plat de pâtes carbonara dont seul David avait le secret et qui la rendait folle de joie. « J'en mangerais sur la tête d'un pouilleux ! » répétait-elle en abreuvant David de compliments, la bouche pleine et les lèvres luisantes de crème, telle une enfant affamée, ce qui arrachait des larmes de rire à Hélène. Cette amitié triangulaire était un soutien inestimable. Elle n'était pas seule.

Au mois de décembre, quand Hélène apprit que Jeanne devait partir pour le préventorium, elle alla voir David pour lui déverser sa peine. Il était redevenu un pilier dans sa vie. Une épaule sur laquelle pleurer, une oreille pour l'écouter. Hélène découvrit peu de temps après qu'en plus d'être à l'écoute, il cherchait activement des solutions pour la sortir de cette impasse. Grâce à lui, elle eut dans un premier temps le contact d'un médecin dans l'établissement de désintoxication de Sospel, une option qui s'avéra un échec cuisant le jour où Hélène eut le courage de soumettre cette hypothèse à Albert.

Elle se pointa chez David le lendemain et n'eut rien besoin de dire. Elle releva simplement sa manche pour lui montrer deux ecchymoses à l'endroit où Albert l'avait secouée avec violence.

« J'ai fait comme tu m'as dit, je lui en ai parlé hier matin, il a dit qu'il allait y réfléchir. Et le soir en rentrant… »

David dut prendre sur lui pour ne pas se laisser déborder par la colère. Il serra les poings.

« Je me sens responsable de ce qu'il t'a fait… souffla-t-il, la mâchoire serrée. Écoute, Hélène, s'il ne veut pas se soigner, on va trouver une solution, toi et moi. Tu entends ? »

Leurs réunions secrètes s'étaient transformées en conseils de guerre. Ils discutaient des différents scénarios et des options dont disposait Hélène pour mettre fin à sa persécution.

Elle reprit confiance, doucement, discernant ce qui pouvait ressembler à une lumière au bout du tunnel. Et aujourd'hui, David venait d'apporter la touche finale à leur plan d'attaque.

« Ludmilla Grinda, 45 route des Jarres, Contes. »

L'adresse d'un travail, d'un refuge, d'un avenir.

Chapitre 8

Septembre 1964

Le père Charrin se leva de son bureau et contempla sa petite assemblée avec tendresse.

« Les enfants, je vais vous poser une dernière question avant de vous libérer. » Il joignit les mains devant lui. « Selon vous, pour quelles raisons peut-on parfois devenir méchant ou intolérant envers autrui ? Avez-vous une idée ? »

Laissant ses jeunes élèves à leur réflexion, il fit quelques pas en direction de la fenêtre, devinant du coin de l'œil leurs visages circonspects. Le ciel sans nuages était d'un bleu intense, les feuilles des arbres illuminées d'un reflet mordoré par le soleil déclinant. En contrebas, le jardin fleuri dessinait des motifs colorés sur le sol. Chaque fleur, chaque arbre, chaque nuance semblait trouver sa place à la perfection dans ce paysage, créant une harmonie dont seule la nature connaissait le secret.

Il reporta son attention sur la classe. « Allez-y, n'hésitez pas à me dire ce qui vous passe par la tête. Pourquoi nous arrive-t-il de faire du mal autour de nous, même involontairement ? »

Paul qui, pour une fois, suivait le cours avec application, leva la main.

« Oui, Paul.

— Parce qu'on est énervé ?

— Et qu'est-ce qui t'agace, en général, Paul ?

— Humm... Quand on est méchant ou injuste avec moi.

— C'est un bon point. J'imagine que vous êtes tous d'accord. Cela est très désagréable lorsque quelqu'un d'autre ne nous traite pas avec respect, n'est-ce pas ? » Jeanne hocha la tête, accompagnée de ses camarades.

« Et nous avons tendance à riposter par le même comportement, ce qui n'arrange rien en général, au contraire, vous en conviendrez. » Les enfants acquiescèrent, avec plus de retenue cette fois.

« Bien, et à votre avis, qu'est-ce qui pourrait pousser une personne à être méchante avec vous sans raison apparente ? »

Les enfants restèrent interdits de longues secondes, jusqu'à ce qu'une petite fille brune ne lève la main au dernier rang.

« Sylvia ?

— Quand on veut se moquer de quelqu'un pour faire l'intéressant ? » dit-elle en rougissant.

Certains élèves étouffèrent un rire. Sylvia correspondait étrangement à cette description.

« Très bon exemple, Sylvia. Il peut arriver que l'on fasse de la peine à quelqu'un, en se moquant de lui par exemple, pour attirer l'attention sur soi, pour avoir de l'intérêt aux yeux des autres en les faisant rire aux dépens d'autrui. » Il fixa la petite fille avec un demi-sourire. « Pour chercher de l'amour, en quelque sorte. »

Didier, le voisin de Sylvia, lui donna une pichenette sur le bras. « Moi je peux t'en donner de l'amour si tu veux », dit-il avec un clin d'œil alors que Sylvia le poussait avec véhémence.

« Avez-vous un autre exemple ? Rappelez-vous les fois où cela vous est arrivé. Que ressentiez-vous quand vous avez eu envie de vous en prendre à l'un de vos camarades, de vos frères et sœurs, de vos parents ? »

Il adorait ces moments où les enfants se prenaient au jeu de ses interrogations. Il les regardait se creuser les méninges et puiser dans leurs expériences pour trouver des réponses qui pouvaient relancer le débat. Jeanne repensa à son père, à la colère qu'elle apercevait parfois dans ses yeux… Que pouvait-il bien ressentir avant de faire du mal à maman ?

« Quand on a peur, affirma Martin, sûr de lui.

— Tout à fait, la peur est un parfait exemple de ce qui peut nous rendre malveillant, je te félicite. La peur d'autrui, de ce que l'on ne connaît pas, de ce que l'on ne comprend pas, de ce qui est différent de nous. La peur de ne pas être aimé, de ne pas réussir, de décevoir. La peur de la mort également, de l'inconnu, et la peur de la vie, de ce qu'elle nous réserve. » Il fit une pause, ouvrit les bras. « Nous sommes tous pétris de peurs différentes, c'est normal, c'est humain. La peur n'est pas facile à dompter, elle peut nous rendre cruel et injuste. La peur nous éloigne de la vérité et de l'amour si l'on regarde le monde à travers son filtre opaque. Ne la laissez pas vous guider. Acceptez-la, mais osez ouvrir votre cœur, aimer sans condition. Partagez, donnez, écoutez, et la peur s'en ira d'elle-même. »

Sans prendre la peine de lever la main, Jeanne parla à voix haute comme pour elle-même, le regard fixe.

« Quand on est malheureux, on a envie de rendre les gens aussi malheureux que soi. »

Le père Charrin l'observa.

« C'est exact, Jeanne, et c'est précisément là où je voulais en venir, merci, dit-il en souriant. Que ce soit parce que l'on a peur, que l'on recherche de l'amour, ou que l'on a de la colère en soi, cela est généralement provoqué par un profond mal-être. Regardez, quand vous êtes heureux, que vous passez une bonne journée, que vous avez votre famille et vos amis autour de vous, que vous avez eu une bonne note, avez-vous seulement envie d'être méchant ou mal intentionné ? Je ne pense pas, car la vie est belle et votre esprit est tourné vers ce qu'il y a de bon dans le monde. En revanche, si vous êtes malheureux, inquiet, tourmenté, vous êtes plus irritable, moins patient, moins tolérant. Votre prochain devient votre ennemi, et n'importe quelle situation une menace potentielle, et pour vous en protéger, vous faites comme les chiens de garde, vous mordez. Mes chers enfants, si vous retenez cette leçon, cela vous ouvrira les portes du bonheur. »

Il prit une craie et commença à écrire sur le tableau noir.

« "Nul n'est méchant volontairement", disait Socrate. Si vous arrivez à percevoir la détresse de la personne qui essaie de vous faire mal, si vous comprenez que la virulence dont elle fait preuve à votre égard est en fait un appel à l'aide, et que vous prenez du recul pour ressentir la douleur chez l'autre et en éprouver de l'empathie, alors vous n'aurez plus de raison d'avoir mal ou d'être en colère, car vous saurez que cette personne a plus mal que vous. Si vous tendez la main vers l'autre à ce moment même où votre ego vous souffle de riposter, alors votre âme et votre cœur en sortiront grandis, apaisés, élevés au-dessus de tout ce que vous pouvez imaginer. »

Il laissa les mots flotter en l'air un instant, espérant qu'ils feraient leur chemin dans les esprits.

« C'est quoi l'empathie, mon père ? demanda Paul.

— L'empathie, c'est se mettre à la place des autres, comprendre leur ressenti. Je ne dis pas que c'est facile, bien au contraire. L'empathie c'est oublier son ego pour tendre la main à son prochain, pour écouter sans juger, pour pardonner. Pour mieux nous aimer les uns les autres, ce qui est l'essence même de notre existence sur Terre.

— Et l'ego, c'est quoi ?

— L'ego, mon cher Martin, c'est notre moi intérieur. Il n'est pas méchant, non, mais il fait beaucoup de bruit pour se faire entendre. »

Il couva du regard les mines captivées et en éprouva une joie presque incontrôlable. Il n'avait jamais regretté d'avoir suivi la voie du Seigneur, bien qu'il fût toujours habité par le sentiment d'avoir renoncé à une autre partie de lui-même. Cependant, la vie lui avait tant rendu à travers ces moments de partage avec ses paroissiens et ses élèves qu'il en éprouvait tous les jours une gratitude absolue.

L'horloge indiquait midi. Il tapa dans ses mains pour chasser son émotion. « Allez, il est l'heure ! La classe est terminée. »

Jeanne rangea son cahier dans le cartable bleu que Mamie Jacqueline lui avait confectionné pour ses dix ans, fêtés quelques jours plus tôt. Son cœur vibrait des paroles du père Charrin. Aujourd'hui était son dernier jour au préventorium, son dernier cours de catéchisme avec lui, et elle en était émue aux larmes. Tandis que les autres enfants sortaient de la classe, elle rangea sa trousse avec lenteur. Le père Charrin vint la voir à son bureau, un livre à la main.

« Je suis heureux d'apprendre que tu vas rentrer chez toi, Jeanne. Tu vas nous manquer. Tu m'as beaucoup donné par ton écoute et je t'en remercie. Demain, c'est moi qui vais prendre le train avec toi pour te ramener à Nice. J'ai de la famille à Menton que je n'ai pas vue depuis dix ans, cela me permettra d'aller leur rendre visite. »

Il posa une main sur son épaule. « Profite de ta dernière journée avec tes amis, sans penser au lendemain. Chaque moment compte. À demain, Jeanne. »

En sortant de classe, elle retrouva Paul et Annie qui l'attendaient dans le couloir en discutant. Annie, qui n'avait pas caché sa profonde antipathie pour Paul et ses manières sans gêne au début de l'année, était à présent devenue une fervente supportrice de sa franchise et de sa loyauté envers Jeanne.

« Choco chez Jackie ? lança-t-il à la cantonade.

— Oui ! » scandèrent les deux fillettes de concert.

Ils étaient tous les trois assis dans le petit salon de Jacqueline avec leur bol de chocolat chaud quand Annie brisa le tabou installé entre eux depuis le début de la journée.

« Alors, tu pars demain à quelle heure, Jeanne ?

— Je crois que nous avons un train très tôt, vers 7 heures. »

Le silence retomba, leurs trois visages plongés dans les bols fumants. Jacqueline vint s'asseoir sur le canapé en claudiquant, sa hanche la faisant souffrir de plus en plus depuis quelques semaines.

« Allez, les enfants, ce n'est pas la fin du monde ! Vous pourrez vous écrire et vous rendre visite de temps en temps. La vraie amitié ne meurt pas, elle perdure à travers les âges et les épreuves.

— Surtout que nous avons prévu de faire le tour du monde à notre majorité avec Jeanne ! clama Annie, les yeux brillants derrière ses lunettes.

— Quelle bonne idée ! Des aventures inoubliables vous attendent toutes les deux.

— Et moi, je suis pas invité ? bouda faussement Paul.

— Tu pourras bien me la laisser six mois avant de vous marier, de faire plein d'enfants et de vivre heureux jusqu'à la fin des temps ? » répondit-elle avec un clin d'œil tandis que Paul piquait un fard.

Jeanne, calée dans son fauteuil, survolait la scène, ailleurs. Elle détaillait le visage de Jacqueline, de ses amis. Ces gens qu'elle aimait tant. Leurs lèvres bougeaient mais elle les entendait à peine, à cause du bourdonnement dans ses oreilles. Afin de maîtriser le chagrin qui montait, elle se concentra de toutes ses forces pour graver leur image dans sa rétine, pour ne jamais oublier la douceur de ce moment.

Paul rentrerait chez lui, en Bourgogne, une semaine après Jeanne. Annie, dont l'état de santé n'avait pas évolué, prolongerait son séjour d'au moins deux mois. La nuit, celle-ci souffrait de terribles quintes de toux que rien ne pouvait enrayer. Par habitude, par lassitude, elle finissait par s'endormir, épuisée par sa toux. Ses parents, avait-elle confié à Jeanne, avaient demandé un transfert vers un autre établissement pour pouvoir trouver un traitement qui lui permettrait enfin de rentrer chez elle.

Le lendemain matin, Solène réveilla doucement Jeanne en lui tapotant le bras. Dehors, le soleil n'était pas encore levé. Elle était écrasée par le sommeil. À côté, Annie dormait profondément, et bien que son amie lui ait expressément demandé de la réveiller quand elle partirait, elle préféra la laisser dormir et fuir ces adieux déchirants. Jeanne s'habilla, prit sa valise au pied de son lit, puis jeta un dernier coup d'œil au visage d'Annie enfoui dans l'oreiller, ses longs cheveux blonds éparpillés autour d'elle. Elle ressemblait à un ange. Jeanne retint ses larmes et se promit de lui écrire à l'instant où elle arriverait à la maison.

Elle embrassa Solène avec émotion et descendit les marches du préventorium où elle retrouva le père Charrin qui l'attendait près de la voiture. Il lui adressa un sourire quand il la vit apparaître et s'avança pour l'aider à porter sa valise. Derrière lui, une forme bougea. Il faisait encore sombre et elle dut plisser les yeux pour distinguer la silhouette de Paul, posté devant la voiture, l'air solennel. Il avait mis son habit du dimanche – un pantalon bleu foncé et une chemisette blanche – et avait coiffé ses cheveux en arrière. Jeanne ne put alors contenir sa tristesse. Pour la première fois depuis qu'elle le connaissait, elle courut se jeter dans ses bras et pleura à chaudes larmes sur son épaule.

Paul lui caressa les cheveux.

« Tu ne croyais pas que j'allais te laisser partir comme une voleuse ? »

Il la prit par les épaules et plongea ses yeux bleus dans les siens.

« Je penserai à toi tous les jours, Jeanne Brunel. Et je t'enverrai mes dessins par la Poste. »

Jeanne le serra dans ses bras aussi fort qu'elle le put puis lui déposa un baiser sur la joue avant de monter à l'arrière de la voiture.

À travers la fenêtre, elle regarda les silhouettes de Paul et du préventorium s'estomper dans les lueurs de l'aurore, sa vision brouillée de larmes. Elle se souvint de son arrivée neuf mois auparavant ; jamais elle n'aurait imaginé trouver ici un tel foyer d'amour, une bulle de bonheur qui la transformerait à jamais.

Pendant le trajet en train, le père Charrin lui parla de son enfance à Marseille, de ses quatre sœurs qui l'avaient choyé et cajolé toute son enfance, de ce qui l'avait dirigé vers le chemin de l'Église.

« Mon père n'a pas été tendre avec moi, lui confia-t-il. Il pensait que la compagnie de mes sœurs allait me ramollir, me rendre faible et vulnérable. Il voulait que je sois dur, que je sois un homme, un vrai, selon ses dires. Son seul héritier se devait d'être un patriarche, implacable et autoritaire. Pourtant il se trompait. Ma mère et mes sœurs ont été de loin les personnes les plus fortes que j'ai jamais connues. Elles ont été ma plus grande inspiration et m'ont transmis quelque chose de bien plus puissant que cette virilité que mon père voulait m'inculquer. La bonté. Et pour répandre cette bonté, j'ai décidé à vingt ans que ma meilleure option pour toucher les gens était de passer par leur foi. »

Jeanne écoutait attentivement, les deux coudes posés sur la tablette qui les séparait.

« Je ressens cette même force chez toi, Jeanne, cette bonté d'âme qui ne te rendra que plus résistante aux épreuves de la vie. »

Le train dépassa Saint-Raphaël. Les pins parasols se succédaient à toute vitesse et laissaient entrevoir d'un côté le bleu profond de la mer, de l'autre les roches rouges de l'Estérel, synonyme d'une arrivée imminente en gare de Nice. Bien que soulagée de rentrer chez elle, l'appréhension envahit Jeanne et son cœur s'accéléra. Qu'avait-elle raté pendant tout ce temps ? Sa famille s'était-elle habituée à son absence ?

Sur le quai de la gare, le père Charrin fouilla dans son sac de voyage et en sortit un petit livret blanc.

« Tiens, ce livre est pour toi, j'ai cru comprendre que tu aimais bien lire, dit-il avec un clin d'œil. Et, bien que tu sois encore un peu trop jeune pour le déchiffrer complètement, il saura t'accompagner et te guider quand tu en auras besoin, un peu plus tard. »

Il lui tendit l'ouvrage que Jeanne saisit d'une main tremblante. *Pensées pour moi-même. Le manuel d'Épictète*, lut-elle sur la couverture. Elle ne sut quoi dire et murmura un simple « merci » tout en scrutant la couverture du livre.

Elle aurait aimé lui dire tant de choses, le remercier pour tous ses enseignements, pour avoir changé sa vie et lui avoir donné des raisons d'y croire. Mais aucun autre son ne sortit de sa bouche. Elle leva simplement son visage vers lui. Il ferma les yeux et hocha lentement la tête. Il savait.

Albert l'attendait au bout du quai. Ses yeux furetaient en tous sens pour tenter de repérer sa fille parmi la foule de voyageurs. Quand il l'aperçut enfin, avec sa valise et son livre à la main, son visage trahit une joie et une impatience longtemps contenues. Il fendit la foule dans sa direction puis, sans la moindre hésitation, la prit dans ses bras et la serra contre son cœur.

« Bienvenue à la maison, pitchoune. »

Chapitre 9

Octobre 1964

Penchée au-dessus de son gâteau d'anniversaire, Jeanne rayonnait. Elle ferma les yeux un instant puis souffla sur ses dix bougies avec fermeté. Plus Hélène l'observait, plus elle ne cessait de s'étonner de sa transformation depuis son retour du préventorium. Une aura grandissante se dégageait de tout son être. Elle se tenait plus droite, même ses traits s'étaient affirmés, tout comme sa démarche. Cela aurait pu passer inaperçu aux yeux de quelqu'un d'autre, mais pas pour son radar de maman qui avait détecté ce changement au moment même où elle était rentrée à la maison. Des mois durant, elle s'était inquiétée de l'état psychologique dans lequel elle retrouverait sa fille après neuf mois loin de chez elle, sans parler de son appréhension quant à sa guérison éventuelle. Une chose à laquelle elle ne s'attendait pas, c'était bien de la voir revenir plus épanouie que jamais. Elle en fut rassurée et heureuse, bien qu'une partie d'elle en ressentît aussi une forme d'amertume. Le constat accablant d'un échec familial, loin duquel Jeanne avait pu commencer son éclosion.

Elle ne put s'empêcher de comparer la transformation de Jeanne avec sa propre métamorphose. Celle-ci n'avait d'ailleurs pas échappé au regard acéré de sa cadette. Les derniers mois passés sous la menace d'Albert, les diverses stratégies échafaudées pour s'y soustraire, l'absence de sa fille comme un fardeau à porter au quotidien. De petits sillons encore inexistants il y a peu s'étaient creusés entre ses yeux et aux coins de sa bouche. Afin de cacher la perte de ses cheveux par poignées, elle les avait coupés beaucoup plus court, juste à la base de la nuque. Hélène était épuisée, mais maintenant que Jeanne avait réintégré le domicile familial, elle allait pouvoir avancer. Elle pourrait enclencher ce pour quoi elle se préparait depuis des semaines.

Quelques jours avant le retour de Jeanne, elle avait pris le bus pour Contes afin de rencontrer Ludmilla Grinda. Arrivée au 45 route des Jarres après quarante-cinq minutes de bus et quinze minutes de marche, elle se retrouva en face d'un immense portail vert bouteille encadré de deux statues de lions rugissants. Un nom était inscrit sur une plaque en acier au-dessus de la sonnette. Le Zéphyr. Les nombreux pins et cyprès qui délimitaient la clôture dégageaient une agréable odeur de résine. Hélène, déjà impressionnée, ne s'attendait pas à un tel spectacle au moment de franchir le portail entrouvert, et elle se sentit toute petite face à la bâtisse stupéfiante qui se dressait devant elle, à l'abri des regards. On aurait dit un manoir tout droit sorti de la campagne écossaise. À bien y regarder, elle n'aurait su dire à quelle catégorie appartenait cette demeure tant elle était unique en son genre. Était-ce un château ? Un manoir ? Une bastide ? Le mélange de style gothique, baroque et même d'une pointe de Renaissance donnait l'impression d'avoir superposé plusieurs époques sur la même architecture, le tout en un méli-mélo étonnamment harmonieux.

L'édifice majestueux en briques de couleur ocre s'élevait sur trois étages. Ses larges fenêtres étaient décorées de moulures dorées et son toit en ardoise doté de trois hautes tours pointait vers le ciel avec suffisance. La robuste porte d'entrée marron entourée de colonnes blanches apportait une touche coloniale qui parachevait ce tableau on ne peut plus éclectique. Le domaine complet courait sur quelques hectares peuplés d'oliviers et de citronniers, et tandis qu'Hélène admirait l'ensemble de la propriété, une femme avec un fort accent russe surgit du potager pour lui souhaiter la bienvenue, un petit sécateur à la main.

« Je ne connais pas de fleur plus exigeante que les roses, il ne faut pas les lâcher d'un millimètre ! Bonjour, dit-elle en lui tendant la main, vous devez être Hélène. »

Avant même qu'elle ne puisse réagir, Ludmilla l'invita à monter les marches du manoir pour s'installer dans la cuisine où elle lui raconta sa vie sans détour. Ludmilla Petrouskova était née en 1906 à Novossibirsk, Sibérie, où elle y avait rencontré son futur mari, Georges Grinda, alors qu'elle n'avait que seize ans. Son père était mort au front de l'Est, et sa mère n'était plus que l'ombre d'elle-même depuis. Bien décidée à quitter par tous les moyens une URSS affaiblie par la guerre, elle décida de suivre Georges quand il rentra en France et l'épousa sur-le-champ. De quinze ans son aîné, il était décédé cinq ans auparavant sans avoir pu lui faire d'enfant et lui avait légué tout son héritage et ses nombreuses propriétés dans l'arrière-pays niçois. Elle n'avait pas voulu refaire sa vie, préférant consacrer son temps et sa fortune à aider des gens qui en avaient besoin, comme dans ce centre destiné aux enfants et adolescents atteints de handicap mental, au sein même de la bâtisse où elles se trouvaient. Elle finançait également un établissement spécialisé dans les traumatismes psychologiques liés à la guerre.

« Vingt ans après, disait-elle, ces pauvres hommes sont toujours hantés par les images affreuses de cette terrible guerre. Ce sont des oubliés. »

Puis, passant sans transition de la mélancolie à une gaieté soudaine, elle ajouta :

« Et vous ? Vous pourriez commencer quand ? »

Face à ce débit continu de paroles, Hélène n'avait même pas eu le temps de se présenter correctement ni d'exprimer la raison exacte de cette entrevue, si bien qu'elle ne sut par quoi commencer. Elle n'eut pas besoin de le faire, Ludmilla anticipa une fois de plus sa réponse.

« Chérie, détendez-vous, je suis une amie de David, il m'a tout raconté. Sauriez-vous vous occuper d'enfants handicapés ?

— Euh… Oui. Je pense.

— Ces enfants-là demandent beaucoup de temps, d'affection et de tolérance. Je n'ai moi-même pas eu d'enfants, mais je les considère tous un peu comme les miens, ils sont si attachants. Il y a des pathologies différentes, mais nous sommes avant tout sur des troubles d'ordre mentaux, il faut donc beaucoup de patience. D'après ce que David m'a dit de vous, vous seriez parfaite pour ce travail. Mon offre est donc la suivante : je ne peux vous proposer qu'un petit salaire, mais vous pouvez vous installer dans la dépendance de l'établissement, vous et vos enfants. Ce n'est pas très grand, mais il y a tout ce qu'il faut. »

Hélène n'en croyait pas ses oreilles. Elle avait peut-être prononcé une dizaine de mots seulement lors de cet entretien, pourtant elle repartait avec une proposition qui dépassait tout ce qu'elle aurait pu imaginer.

Elle sourit en pensant à David. Cet homme était un ange gardien.

« Je ne sais comment vous remercier, dit-elle avant que Ludmilla ne reprenne la parole. Je vous donnerai une réponse définitive la semaine prochaine, si cela vous convient.

— Prenez votre temps, mon petit, nous avons toujours besoin de personnel ici, il n'y a que Jean-Marc et Céline pour une vingtaine d'enfants. Je vous garde la dépendance de côté pour l'instant. Il faut que je fasse un peu le ménage dedans, dit-elle en souriant. C'était l'atelier de mon mari et je n'y ai pas touché depuis son décès. »

Voyant Hélène hocher la tête sans poser de question, elle enchaîna à la hâte, non sans une certaine fierté dans la voix :

« Mon mari était peintre, un excellent peintre même, impressionniste, c'est ce qui l'a conduit dans de nombreux coins du globe, à la recherche de nouvelles perspectives à explorer, et ce qui me permet aujourd'hui de prendre soin d'autres personnes. »

Elle réajusta son chignon serré et lui lança un clin d'œil. « Il était très bien coté. Ma mère ne m'aurait jamais laissée partir si ça n'avait pas été un bon parti... Mais Dieu que je parle ! Il est bientôt l'heure du déjeuner. Voulez-vous vous joindre à nous, que je vous présente l'équipe du centre ?

— Non merci Ludmilla, j'aurais adoré, mais je dois récupérer mes enfants à l'école. Je vous donnerai rapidement de mes nouvelles. Encore merci.

— Avec plaisir, les amis de David sont aussi mes amis. »

Hélène n'osa pas lui demander comment elle connaissait David aussi bien, de peur d'être en retard pour aller chercher Pierre si Ludmilla repartait dans un monologue sans fin.

Elles se serrèrent chaleureusement la main et Hélène reprit le bus 41 en direction de la Madeleine, songeuse quant à cette nouvelle opportunité qui s'offrait à elle.

Le soir même, elle rejoignit Albert sur le balcon tandis qu'il fumait sa cigarette et s'adossa à la rambarde, le regard tourné vers l'intérieur de l'appartement.

Sans le regarder, elle se lança dans ce qu'elle estimait être sa dernière tentative pour sauver ce qu'il restait de leur mariage.

« Albert, je vais partir. Avec les enfants. Aussitôt que Jeanne sera rentrée. »

Albert se redressa et la considéra avec des yeux ronds, mais Hélène ne lui rendit pas son regard. Elle continuait de fixer un point devant elle. Tout l'après-midi, elle avait préparé ce qu'elle voulait lui dire pour ne pas reculer face à son imprévisible réaction.

« Tu le sais aussi bien que moi, nous ne pouvons pas continuer ainsi. Il te reste cependant une option. » Toujours sans le regarder, elle lui tendit un papier avec le nom du médecin que David lui avait recommandé. « Prends rendez-vous dans cette clinique de désintoxication et fais-toi soigner, sans quoi je ne resterai pas une semaine de plus dans cette maison. »

Son cœur battait à tout rompre dans sa poitrine, ses mains étaient moites, pourtant elle se sentit plus forte que jamais après avoir prononcé ces mots.

Albert jeta sa cigarette à demi entamée et saisit lentement le papier que lui tendait Hélène, sans poser les yeux dessus.

« Tu… Tu ne peux pas me faire ça. Tu ne peux pas tout détruire comme ça. Notre famille… »

Sa voix s'éteignit et Hélène se retourna enfin pour lui faire face.

« Ce n'est pas moi qui détruis tout, Albert, c'est toi. Je te donne la nuit pour y réfléchir. »

Elle allait s'engouffrer dans l'appartement quand Albert lui saisit doucement le bras. Elle se retourna à toute vitesse, affolée, pour lui dire de la lâcher, mais elle ne rencontra que ses yeux tristes et désemparés. Il lâcha prise, comme brûlé à son contact, et se rendit compte de la peur qu'il lui inspirait. Tombé des nues, il paraissait à peine prendre conscience de ces années de violence qu'il lui avait fait endurer.

Il secoua la tête, déstabilisé. Face à face sur le balcon étroit, le temps sembla s'arrêter.

« Je n'ai pas besoin d'une nuit pour prendre une décision, affirma-t-il, au bord des larmes. Je vous aime. Tous les quatre. Je ne veux pas vous perdre. Je ferai ce qu'il faut, Hélène. Et j'ai besoin de toi à mes côtés. »

Malgré son émotion, elle refusait de s'attendrir, l'enjeu était trop grand. Elle le toisa légèrement, accentuant l'emprise qu'elle arrivait enfin à avoir sur lui.

« Dans ce cas-là, nous irons ensemble à la clinique pour rencontrer le docteur Goldberg. Ce sera le plus beau cadeau que tu pourras faire à Jeanne pour son anniversaire. »

Elle rentra, les mains tremblantes, puis alla s'enfermer dans la salle de bains. Elle se regarda longuement dans la glace, ce soir-là, se répétant en boucle le mantra qu'elles avaient choisi, Viviane et elle, pour se donner du courage :

« Je suis forte, plus forte que je ne crois. Je mérite amour et respect, et je ne plierai pas. »

À présent, devant la mine réjouie de Jeanne entourée de son frère et de ses deux copines d'école, elle douta. Le peu d'espoir apparu à la suite de sa conversation avec Albert fondait déjà comme neige au soleil. Et si la cure de désintoxication ne marchait pas ? Était-ce son droit d'arracher ses enfants à leur père ? Ou était-ce son devoir ? Et si elle attendait trop longtemps avant de partir et que cette offre d'emploi à Contes lui passait sous le nez ? Combien de temps supplémentaire devrait-elle tenir avant de pouvoir trouver une autre option ?

Et, au contraire, si la cure fonctionnait et qu'Albert guérissait, aurait-elle la force de lui pardonner ces trois années de maltraitance ? Ou se transformerait-elle en une femme aigrie et malheureuse comme celle qu'elle était déjà en train de devenir ?

Autant de questions qui se bousculaient dans sa tête pendant que les enfants jouaient dans le salon avec les ballons gonflables colorés qu'elle avait achetés le matin même, tandis qu'Albert l'observait, sourcils froncés, comme s'il tentait de sonder ses pensées.

Tout à coup, la porte d'entrée claqua et tous se retournèrent vers Mouna, apparue sur le seuil. Comme tous les dimanches, elle avait passé son après-midi à errer dans le quartier en compagnie de sa bande de copains, tous plus âgés qu'elle. Elle passa devant le salon en coup de vent, sans leur adresser un regard, et partit se réfugier dans sa chambre. Ou plutôt leur chambre, celle qu'elles partageaient avec Jeanne.

Hélène soupira. Albert, lui, s'était déjà levé pour aller dire deux mots à sa fille aînée, mais elle l'arrêta d'un geste de la main. Elle désigna du regard Jeanne, dont le visage s'était imperceptiblement assombri. C'est sa journée, ne gâchez pas tout. On réglera ça plus tard, semblait-elle lui dire.

Albert saisit le message, se rassit et proposa aux enfants une partie de cartes qu'ils acceptèrent avec joie.

Depuis le retour de Jeanne, Mouna était devenue plus insaisissable que jamais. Elle profitait de l'équilibre fragile de l'atmosphère familiale pour afficher son indépendance du haut de ses quatorze ans, un âge bien trop précoce aux yeux d'Hélène pour se comporter comme une adulte. Mouna était une rebelle. Une jeune fille drôle et généreuse, mais aussi une insoumise qu'Hélène n'avait jamais réussi à dompter, malgré ses efforts.

Albert, dont le numéro de clown arrachait des hurlements de rire à son auditoire conquis, attrapa ensuite sa guitare, qui prenait la poussière dans un coin du salon depuis des mois, et les fit danser sur une improvisation endiablée. Hélène ne l'avait pas entendu jouer depuis si longtemps que cela lui fit l'effet d'un électrochoc. Une partie de son Albert subsistait-elle encore quelque part en lui ? Aurait-il eu une prise conscience miraculeuse depuis leur dernière conversation ?

Happée par la musique, elle finit par s'abandonner un instant en tapant des mains en rythme. Jeanne et Pierre regardaient leur père avec tant d'amour, tant d'adoration… Plus que pour elle-même, Hélène espérait de tout son cœur qu'Albert guérisse. Pour ses enfants, pour que cette lueur dans leurs yeux ne s'éteigne jamais.

Lorsque la fête d'anniversaire toucha à sa fin, Jeanne entoura son père de ses bras menus et lui murmura quelque chose à l'oreille. Surpris par sa spontanéité, il lui tapota le dos et déposa un baiser sur son front en souriant. Pierre se colla alors à eux, bien décidé à recueillir lui aussi sa dose de tendresse paternelle, et Hélène sentit l'émotion la gagner.

Elle n'avait pas passé de journée aussi heureuse depuis des années. Le désir chez chacun de vivre une vie meilleure troublait les visions et enflammait les cœurs. Oui, il y avait encore de l'espoir.

Une fois les amies de Jeanne reparties avec leurs parents, Albert aida Hélène à remettre le salon en ordre, tandis que Jeanne se lova sur le canapé avec Pierre pour lui lire une histoire.

C'est à cet instant que Mouna sortit de sa chambre pour se poster à l'entrée du salon et annoncer d'une voix forte :

« Papa, maman, j'ai trouvé un travail chez Marta à l'épicerie de la rue Bavastro. J'arrête l'école. »

Chapitre 10

Novembre 1964

Ils auraient dû voir leurs têtes. Trois masques figés comme des statues de sel.

Un silence de mort avait suivi son annonce, seulement perturbé par les chahuts de Pierre, visiblement peu concerné par les décisions de sa grande sœur.

Juste pour ce moment-là, pour cette courte stupéfaction dessinée sur leurs visages, Mouna sut qu'elle avait fait le bon choix. De toute façon, vu ce qu'elle apprenait à l'école, ce n'était pas une grande perte, ni pour elle, ni pour l'Éducation nationale. Sa seule déception avait été de surprendre le voile de résignation passer dans les yeux de son père, remplaçant aussitôt l'effet de surprise. Aucun n'avait pipé mot, ni même essayé de l'en dissuader. À quoi bon ? devaient-ils se dire. Avec Mouna, c'est peine perdue. Heureusement, le retour de l'enfant prodige était là pour leur rappeler qu'il y en avait au moins une qui en valait la peine sous ce toit.

À présent, assise derrière son comptoir, elle s'ennuyait un peu, à vrai dire. Après l'ouverture du magasin, elle restait de longues heures derrière la caisse, à ne pas croiser un chat pendant une éternité, et ce jusqu'à la fermeture. Tous les jours, sauf le dimanche, qu'elle passait à dormir, éreintée par les heures de présence à l'épicerie. Elle ne pensait pas dire cela un jour, mais elle se languissait de l'école. Pas de l'apprentissage en lui-même, certes, mais de tout le reste, tout ce qui faisait de l'école une antichambre du monde réel, un cocon d'insouciance : les copains, les jeux dans la cour, les bavardages, les heures de colle. Ça n'était pas si mal, en fin de compte.

Depuis qu'elle avait basculé dans le monde des grandes personnes, sans avoir l'impression de pouvoir revenir sur ses pas, elle se demandait si elle n'avait pas précipité un peu les choses. À vouloir toujours sortir du rang, on se retrouvait forcément seul, tôt ou tard.

Le gond de la porte d'entrée grinça, et depuis le bout de la pièce, Mouna aperçut sa mère entrer dans l'épicerie, un panier en osier sous le bras. Elle se redressa brusquement et fit mine d'être plongée dans le livre de comptes, ouvert à côté d'elle. Lorsque Hélène se rapprocha pour payer ses articles, Mouna feignit la surprise.

« Tiens donc ! Qu'est-ce que tu fais là ?

— Bonjour, ma chérie. J'achète juste deux, trois bricoles qui manquent à la maison. »

Mouna remarqua les deux boîtes de haricots rouges et leva un sourcil.

« Ce sera tout ? 2,50 francs, s'il te plaît. »

Hélène fouilla dans sa bourse en similicuir. « Ça va, tu te plais toujours ici ? » s'enquit-elle en lui tendant l'argent. Depuis que Mouna avait pris son poste, personne à la maison ne lui avait posé jusque-là la moindre question.

« Beaucoup ! en rajouta Mouna. J'apprends le contact avec la clientèle, l'esprit commercial, les chiffres. J'apprends à être aimable et serviable, quels que soient les circonstances ou le client. »

Elle répétait, mot pour mot, le discours d'accueil de Mme Roméro, la corpulente propriétaire, tel un petit singe savant. Son laïus sonnait creux, mais Hélène prétendit y croire en hochant la tête avec conviction.

Puis sa mère repartit, laissant de nouveau Mouna seule dans le magasin, le regard perdu à travers la vitrine de la devanture dans l'espoir d'y croiser un autre visage familier.

Au fil des jours, Mouna trépignait, regardant l'heure tourner aussi vite que si les aiguilles étaient engluées dans du mastic. Fournie en lecture par Clotilde, l'une des rares amies à venir lui rendre visite au magasin après la fin des cours, elle se plongeait avec hébétude dans des magazines de mode et de ragots. *Elle*, *Paris Match* et *Salut les copains* avaient remplacé ses livres d'algèbre et de français. Elle y apprenait les tendances automne-hiver, les défilés des tapis rouges, les péripéties de Johnny Hallyday et Sylvie Vartan. Elle rêvassait sur les robes en velours côtelé de Françoise Hardy et celles au décolleté plongeant de Claudia Cardinale, oubliant parfois de saluer les clients tant elle était absorbée par les images d'une vie qu'elle ne connaîtrait jamais.

Quelqu'un se racla discrètement la gorge, l'extirpant à contrecœur de son magazine. Un vieillard se tenait devant elle, un sac de pommes, quatre conserves de maïs et une boîte de biscuits dans son filet à provisions. Avec un bras tremblant et un sourire sur sa peau parcheminée, il fit tomber les quelques pièces dans la main de Mouna et ajouta en désignant le magazine :

« Quelle femme magnifique, cette Françoise Hardy. Mais avec des yeux comme les vôtres, vous n'avez rien à lui envier, jeune fille. »

Guidée par la main vacillante du vieil homme et la surprise d'une telle déclaration, l'une des pièces échappa à Mouna et roula sous le meuble attenant au comptoir. Elle bafouilla un juron suivi d'un remerciement gêné, congédiant le vieil homme qui repartit de son pas traînant.

Mouna, ventre à terre, dut s'employer pendant de longues minutes pour mettre la main sur le rond de cuivre, étirant son bras jusqu'à s'en déboîter l'épaule.

Une fois la pièce d'un franc au creux de sa paume, une idée germa alors dans son esprit. Et si elle n'avait pas retrouvé la pièce en question ? Après tout, elle s'était démenée pour la récupérer dans les moutons de poussière, comme en témoignait son bras endolori ; elle pouvait donc aussi bien la glisser dans sa poche en prétendant ne jamais l'avoir trouvée. C'est ce qu'elle fit, non sans ressentir la minuscule poussée d'adrénaline qu'elle convoitait tant depuis des semaines.

Le lundi suivant, soulagée par l'absence de commentaire de la propriétaire sur le franc manquant à l'appel, Mouna y vit là une ouverture pour prendre un peu plus de liberté, laissant volontairement traîner sa main dans le tiroir-caisse, écoutant son cœur se nourrir de l'interdit pour accélérer délicieusement sa cadence.

Dix centimes par-ci, vingt centimes par-là. Marta ne semblait pas s'en apercevoir, trop occupée par ses inventaires, ses commandes chez le fournisseur et l'organisation des différents étalages pour remarquer la perte d'un millième de son chiffre d'affaires hebdomadaire, que Mouna s'appliquait à masquer d'une écriture un peu moins lisible sur certaines lignes du livre de comptes. Avec son petit pécule, elle allait ensuite s'acheter un pain au chocolat pour son quatre-heures lorsque Marta était absente – soit la plupart du temps – ou un ruban pour les cheveux à la mercerie au bout de la rue, abandonnant pendant quelques minutes l'épicerie sans surveillance.

C'est lors d'un de ces retours en douce que Marta sortit de l'arrière-boutique, la faisant sursauter alors qu'elle rejoignait son poste à la caisse.

« Où étais-tu ? aboya la patronne.

— Aux toilettes, j'ai mes ragnagnas », mentit Mouna avec l'aplomb qui était le sien en toutes circonstances, malgré les miettes feuilletées collées au coin de la bouche. Marta Roméro croisa les bras sur son imposante poitrine, mâchoires serrées, mais Mouna ne se démonta pas. Devant son air effronté, la propriétaire décida de ne pas y aller par quatre chemins.

« J'ai un souci dans les comptes. J'espérais que tu pourrais m'aider à y voir plus clair. »

Mouna se déstabilisa imperceptiblement. Elle saisit le livre de comptes, l'ouvrit à la bonne page et fit glisser son doigt le long des colonnes.

« J'ai tout compté pourtant, affirma-t-elle avec sérieux, et le compte y est. Ah oui, il y a deux semaines, j'ai fait tomber un franc sous le meuble et je n'ai pas pu le récupérer. Il doit toujours y être.

— J'ai aussi recompté, et ce n'est pas le cas, Mouna. La semaine dernière, il manquait 3,30 francs, cette semaine, déjà 1,80 franc. Sais-tu où est passé cet argent ? »

Devant la négation innocente de Mouna, Marta Roméro commença à perdre son sang-froid.

« Je sais que tu ne brillais pas par tes résultats à l'école, mais ne me prends pas pour une imbécile. Tu te souviens encore combien font 2 + 2, n'est-ce pas ? »

Un couple de clients passa la porte dans le dos de Marta, mais celle-ci était trop en colère pour s'en apercevoir et continua sa logorrhée réprobatrice sur le même ton. Tout ce pataquès pour cinq petits francs, pensa Mouna en se retenant de lever les yeux au ciel. Comme si elle lisait dans ses pensées, la propriétaire s'avança et la toisa d'un regard menaçant.

« Ça suffit maintenant. Tu n'es pas une petite fille ici, tu es une adulte responsable, et tes actes ont désormais des conséquences. Je te laisse une seconde chance, Mouna, qui sera aussi la dernière. Les voleurs n'ont pas leur place dans le monde du travail, mais en prison ! »

Marta Roméro tourna les talons sur une Mouna crucifiée sur son tabouret, le visage rouge de honte devant le couple interloqué.

À côté des remontrances presque tendres de son père, celles de Marta étaient glaciales, humiliantes, culpabilisantes. Mouna retint une larme, avant d'admettre une bonne fois pour toutes la vérité. Celle qu'elle avait bien cherchée, avec ses envies d'émancipation. Elle ravala sa repartie cinglante et son insolence et accueillit les clients avec un sourire crispé.

Le temps de son enfance était bel et bien révolu.

Chapitre 11

Novembre 1964

Chère Annie,

J'ai bien reçu ton paquet pour mon anniversaire et ton cadeau m'a fait très plaisir. Tu as très bien choisi puisque je n'ai jamais lu ce roman, merci beaucoup !

Comment te sens-tu, mon Annie ? Sais-tu enfin si tu vas être transférée ailleurs ? Comment vont Solène et Jacqueline, et le père Charrin ? Vous me manquez tous beaucoup. Je n'ai pas eu de nouvelles de Paul récemment, mais je pense qu'il va bien. Comme dirait mon père : « Pas de nouvelle bonne nouvelle ! »

J'ai beaucoup de choses à te raconter pour ma part. Il s'en est passé des choses depuis ma dernière lettre !

Tout d'abord, la nouvelle la plus importante, c'est que mon père est parti à Menton pour faire une cure de désintoxication il y a trois semaines, et qu'il rentre demain ! Si tu savais à quel point j'ai hâte de le voir ! Et de le voir guéri. J'en ai profité pour passer beaucoup de temps avec maman depuis mon retour, je lui ai montré mes nouveaux talents de couturière, elle n'en revenait pas ! Nous sommes même allées faire les magasins la semaine dernière et elle m'a acheté une robe bleue qui te plairait beaucoup.

Deuxième nouvelle très importante, Mouna a décidé d'arrêter l'école et de commencer à travailler à l'épicerie du coin. Papa et maman n'ont même pas essayé de la faire changer d'avis. Comme elle a déjà eu un mal fou à passer son certificat d'études en juin, c'était sûrement la meilleure solution. De toute façon, Mouna elle fait toujours un peu comme elle veut. Et puis tu sais quoi ? Elle a même un petit ami depuis la semaine dernière ! Mais ça, papa et maman ne sont pas au courant, sinon je pense que papa se mettrait en rogne.

Autre nouvelle un peu moins importante, je suis première de ma classe devant cette chipie de Paula dont je t'avais parlé. Mais maintenant que j'essaie d'appliquer les conseils du père Charrin, je me dis que Paula ne doit pas être très heureuse, alors je lui souris quand elle est méchante avec moi, même si j'ai envie de lui coller des beignes.

Je dois te laisser car je dois aider maman à préparer le dîner, mais je pense très fort à toi et je prie tous les soirs pour toi !

Avec tout mon amour,

Jeanne

Chapitre 12

Décembre 1964

Les décorations de Noël avaient envahi les rues de Nice. D'immenses guirlandes rouges et vertes, suspendues comme par magie au-dessus des trottoirs, faisaient briller l'avenue Jean-Médecin de mille feux. Même les vieux platanes arboraient fièrement leurs ornements lumineux. Les gens marchaient, nombreux, pressés, des paquets à la main, dans l'espoir d'effectuer les dernières emplettes en cette veille de réveillon. Jeanne savait que ses parents n'avaient qu'un budget modeste pour les gâter tous les trois – le salaire d'artisan de son père ne leur permettait pas de faire d'écarts –, mais cela lui importait peu. Son plus beau cadeau était en cours depuis plus d'un mois, depuis que son père était rentré de la clinique et que le loup-garou avait disparu pour de bon. Il avait même passé son permis de conduire et embarquait régulièrement sa petite troupe dans sa nouvelle 4L pour les emmener manger une glace sur la place Garibaldi. Le comble du bonheur.

Le samedi soir, ils avaient le droit de regarder jusqu'au bout *Le Palmarès des chansons* avec Guy Lux. Étant la seule famille de l'immeuble à posséder la télévision, les voisins venaient parfois les rejoindre et chacun donnait son avis pour élire la meilleure chanson de la soirée. Les adultes sur le canapé, les enfants sous la table qui faisait office de cabane ; pour rien au monde Jeanne n'aurait donné sa part au chat.

Sa mère, toujours sur la retenue, semblait néanmoins reprendre confiance de jour en jour. Le phénix renaissait doucement de ses cendres.

L'avenue grouillait d'animation, mais Jeanne préférait marcher les yeux en l'air afin de contempler les lumières scintillantes dans l'air du soir. Tout en tenant la main de son petit frère, elle fit quelques pas les yeux fermés pour s'enivrer des sons et des odeurs féeriques de cette période : les chants de Noël qui résonnaient aux coins des rues, les enfants qui agitaient frénétiquement de petits grelots, les effluves de vin chaud, de gaufres et de marrons grillés qui lui chatouillaient les narines. Elle serra la petite main chaude de Pierre entre ses doigts et jeta un coup d'œil à Mouna, obnubilée par les vitrines des magasins, puis à ses parents qui discutaient devant elle. Elle était heureuse. Si heureuse qu'une douce chaleur émanait de tout son corps malgré le froid saisissant.

Le réveillon fut placé sous le signe de la gaieté et de la réconciliation. Viviane, qui n'était plus venue chez eux depuis une éternité, accepta l'invitation lancée par Hélène. Elle débarqua dans leur appartement flanquée d'une robe à sequins et d'un énorme nœud vert attaché dans ses cheveux roux. Un lourd sautoir bleu turquoise assorti à ses boucles d'oreilles tombait sur son décolleté plongeant et Hélène manqua d'éclater de rire devant cet accoutrement de danseuse de cabaret.

« Ça alors, je ne savais pas que l'on avait commandé un deuxième arbre de Noël, dit-elle en ouvrant la porte d'entrée.

— Ma foi, je passe des heures à essayer de me faire belle, je mets mes plus beaux vêtements, et voilà comment je suis reçue ! » protesta Viviane d'un ton faussement contrarié.

Hélène rit joyeusement. « Viens là, va, tu es magnifique ! Joyeux Noël, ma Vivi. » Elles s'étreignirent longuement, émues de passer leur premier Noël ensemble. Laura, la petite fille de Viviane, s'impatientait derrière sa mère et se rua dans les bras de Pierre à peine le seuil de la porte franchi.

« Tiens donc, on dirait que ces deux-là se sont drôlement rapprochés récemment, plaisanta Viviane. À cette vitesse on va vraiment finir sœur par alliance, ou Dieu sait comment ça s'appelle. Bref, je vais garder un œil sur ton petit gars, hein ! »

Elle dépassa Hélène et tomba nez à nez avec Albert. Ils ne s'étaient pas croisés depuis presque deux ans. Viviane avait pris soin de l'éviter de peur de lui coller son poing dans la figure. Ils se toisèrent mutuellement, puis Viviane s'approcha pour lui faire la bise. Elle en profita pour lui souffler quelques mots à l'oreille.

« Contente de te revoir parmi nous, Albert. »

Elle lui sourit puis se détourna pour embrasser Jeanne et Mouna qui manifestaient vivement leur appréciation pour sa tenue clinquante.

La soirée se déroula comme dans un rêve. Albert, cordonbleu à ses heures perdues, avait préparé un délicieux chapon aux morilles et une bûche à la crème dont Pierre finit par engloutir la moitié à lui tout seul. Il y eut des rires, des chants, des jeux, et quand Jeanne alla se coucher, elle repoussa le sommeil malgré ses yeux brûlants de fatigue. Des images se bousculaient dans sa tête. Laura et Pierre qui dansaient en se tenant la main, Viviane qui faisait essayer ses bijoux à une Mouna avide de paillettes, son père qui déposait un baiser dans le cou de sa mère... Elle aurait aimé que cette soirée ne s'arrête jamais. Elle pensa à Annie et Paul. Que faisaient-ils ? Étaient-ils heureux ? Elle aurait donné beaucoup pour les avoir auprès d'elle, pour les voir danser et rire. Le magnifique dessin que Paul lui avait envoyé le mois dernier était exposé sur sa table de nuit et son cœur se serrait quand elle le regardait avant de dormir. Annie, pour sa part, avait eu l'autorisation de rentrer chez elle pour passer Noël en famille avant de repartir à Lyon où elle intégrerait un établissement spécialisé dans les maladies respiratoires. Pauvre Annie, allait-elle s'en sortir un jour ? Elle imagina des retrouvailles avec ses deux amis et s'endormit enfin, le sourire aux lèvres.

« Jeanne, Jeanne, Jeanne ! » Elle ouvrit un œil ensommeillé et ne put distinguer dans son champ de vision que la bouille de son petit frère souriant jusqu'aux oreilles. Il avait grimpé sur son lit et la secouait avec un enthousiasme communicatif.

« Jeanne ! Le père Noël est passé ! Et tu ne devineras jamais ce qu'il a apporté ! Viens, viens, suis-moi, vite ! » Il lui prit la main et la tira du lit sans ménagement, déployant une force surprenante pour son gabarit. Elle le suivit jusque dans le salon, l'esprit toujours embrumé, et découvrit avec étonnement un petit vélo bleu trôner à côté du sapin ainsi que deux autres paquets entourés de bolduc doré.

Pierre courut réveiller Mouna et ses parents pour leur montrer tour à tour les prodiges du père Noël.

« Vous avez vu comme j'ai été sage ? J'ai été tellement sage que j'ai eu un vélo rien que pour moi ! » clama-t-il avec fierté.

Jeanne jeta un œil aux deux autres cadeaux. L'un d'eux portait son nom et elle s'agenouilla auprès du sapin pour le déballer délicatement. Bien que folle d'impatience, elle prit son temps, ce n'était pas Noël tous les jours, après tout !

Une fois le cadeau débarrassé de son empaquetage élaboré, elle resta émerveillée pendant de longues minutes devant la paire de bottines noires qu'elle avait à présent entre les mains. Elles étaient magnifiques, avec leur cuir doux, souple, et leur forme élégante. Jeanne se leva et alla discrètement remercier ses parents. Elle se sentait presque coupable de leur avoir fait dépenser autant d'argent.

« Ta sœur a aussi participé grâce à sa première paye du mois dernier », lui glissa sa mère à l'oreille. Jeanne ouvrit des yeux ronds, puis se dirigea vers Mouna pour lui déposer un baiser sur la joue.

« Il y a des avantages à travailler, lui dit-elle, malicieuse. Allez, essaie-les donc ! »

Plus tard dans l'après-midi, Pierre et Jeanne descendirent jouer dans la cour de l'immeuble. Celle-ci était peuplée de nombreux enfants, tous venus étrenner leurs jouets. Hector courait ainsi à toute vitesse en tenant au bout d'une ficelle un cerf-volant bariolé. Magali et Carole, les jumelles du deuxième, s'extasiaient devant leur nouvelle toupie, tandis que Jules inaugurait son nouveau ballon de foot en compagnie de Patrick et Christian. Certains parents étaient accoudés aux rambardes des fenêtres pour fumer une cigarette tout en guettant leur progéniture, amusés.

« Hector ! Regarde où tu vas ! Tu vas finir par te prendre un mur ! » cria une dame du quatrième étage.

Pierre, radieux, roulait autour de la cour depuis une heure sans interruption, s'amusant à faire retentir la sonnette stridente de son vélo pour effrayer ses jeunes voisins. Jeanne et lui faisaient la course, mais elle ne sentait plus ses jambes après l'avoir pourchassé aussi longtemps. Mains sur les genoux, elle chercha à reprendre son souffle.

La cour, accessible de la rue par un long porche, ne laissait pénétrer que les piétons, les vélos et les motocyclettes. La Vespa d'Albert était d'ailleurs garée dans un coin et Jeanne monta dessus en bombant le torse. Elle héla Pierre alors qu'il faisait demi-tour à l'autre bout de la cour.

« Un jour, petit frère, je n'aurai plus à te courir après, je te mettrai dans le vent en un clin d'œil.

— Ça, c'est parce que tu n'as pas encore vu à quel point je pouvais aller vite ! Vroum vroum ! »

Sur ces mots, il entama son accélération et pédala de toutes ses forces pour la rejoindre. Après quelques coups de pédales, il n'était déjà plus très loin de son but. C'est là que Jeanne perçut, au milieu des cris alentour, le bruit étouffé d'un moteur provenant du petit tunnel. Elle tourna la tête et fut saisie d'un violent haut-le-cœur en apercevant une roue sur le point de jaillir dans la cour. En une fraction de seconde, elle comprit qu'il était trop tard. La trajectoire du cyclomoteur allait forcément percuter son petit frère qui, concentré et volontaire, n'avait rien entendu du moteur pétaradant dans la coursive.

Complètement tétanisée sur le siège de la Vespa à l'arrêt, elle ouvrit la bouche sans pouvoir émettre le moindre son. Témoin de la scène au ralenti, son cœur s'était arrêté de battre.

Tout se déroula pourtant en une poignée de secondes. Le cyclomoteur lancé à trop grande vitesse émergea de l'obscurité du souterrain au moment où Pierre passait à sa hauteur. Jeanne reconnut Bertrand, le fils de Mme Marino, qui lui-même aperçut Pierre au dernier moment et tenta une embardée dans le but de l'éviter, sans toutefois y parvenir.

L'arrière de la moto faucha le vélo bleu avec violence. Pierre fut projeté dans les airs avant d'atterrir lourdement sur le sol quelques mètres plus loin. Jamais elle n'oublierait le craquement sourd de son corps contre le pavé. Il reviendrait parfois hanter ses rêves, longtemps après l'accident, pour lui rappeler sa part de responsabilité.

Jeanne descendit de la Vespa, manquant de tomber, et se précipita vers son frère. En s'approchant de son petit corps inerte, elle sentit ses jambes se dérober. Son crâne ouvert à l'arrière laissait échapper un filet de sang ; elle posa une main tremblante sur la blessure et sentit le liquide visqueux couler entre ses doigts.

« Pierre ! Pierre ! Réveille-toi ! »

Les autres enfants s'étaient rapprochés timidement et scrutaient la scène dans un mélange de terreur et de curiosité.

Elle maintint la tête ensanglantée de Pierre dans sa main mais ne perçut aucun signe de vie derrière ses paupières closes. Sa robe était maintenant imbibée de son sang. En proie à une panique absolue, elle hurla sans retenue, à s'en casser la voix :

« Papa ! Maman ! Venez vite, c'est Pierre ! Papaaa ! »

Des sanglots envahirent sa gorge et elle ne put continuer. Elle serra son frère contre elle et le berça d'une voix chevrotante. « Tiens bon, Pierre, on va te sauver. Je t'en prie, reste avec moi… »

Une rumeur monta. Elle entendit des pas accourir derrière elle et sentit quelqu'un lui enlever le corps de Pierre avec précaution. Elle resta assise par terre, groggy, assommée de peur et de détresse. Rapidement, un attroupement s'était formé dans la cour. Des cris, des questions et des injonctions fusaient en tous sens. « Mon Dieu, que s'est-il passé ? » « Appelez les urgences, vite ! » « Les enfants, remontez à la maison ! » « Allongez-le sur le côté ! » « Est-ce que quelqu'un a un bout de tissu ? » « Quelle tragédie… »

Jeanne percevait toute cette agitation comme à travers un écran de fumée. Une camionnette blanche arriva enfin ;

des gens en uniforme débouchèrent du tunnel et s'activèrent avec des gestes rapides et précis. De loin, Jeanne entendit les sirènes s'éloigner et les gens s'éparpiller peu à peu avant que le silence ne retombe complètement. Toujours accroupie au milieu de la cour, elle sentit une main se poser sur son épaule.

« Ça va aller, Jeanne, il va s'en sortir. Il respire encore. »

Elle reconnut la voix de Mouna mais garda la tête baissée, le corps secoué de spasmes.

« Tout est ma faute... Mouna, je devais le surveiller... À cause de moi il va mourir. »

Mouna se baissa à son tour et la prit maladroitement dans ses bras. « Mais non, ce n'est pas ta faute, c'est un accident, tu n'y peux rien. » Jeanne s'accrocha à sa grande sœur, sanglotant de plus belle. Cette dernière l'obligea à se redresser et à lui faire face. Elle était si jolie, avec ses yeux de chat et son nez droit. Jeanne lui avait toujours envié ce nez si fin, elle qui avait hérité du nez légèrement épaté de son père. « Maintenant tu vas être forte, tu m'entends ? Pour papa, pour maman, et pour Pierre. Ils vont avoir besoin de nous. »

Bien qu'elle ne fût plus qu'un pantin sans vie, Jeanne acquiesça, les joues ruisselantes de larmes. Mouna la releva et épousseta sa robe tachée de sang. Les coins de sa bouche tremblaient, Jeanne le voyait bien, mais elle avait endossé son rôle de grande sœur, celui qu'elle avait toujours rechigné à assumer. « Je suis là. Ça va aller, Jeanne. »

Le soir, alors que leurs parents étaient restés à l'hôpital avec Pierre, elles se couchèrent côte à côte dans le canapé du petit appartement de Viviane. Jeanne, qui ne trouvait pas le sommeil, sentit des larmes incontrôlables lui monter aux yeux. Afin de ne pas réveiller Mouna, elle se tourna pour étouffer sa plainte dans son oreiller. Mais Mouna ne dormait pas non plus et sa voix s'éleva dans la nuit :

« Tu veux que j'aille te chercher un verre de lait ? Ça t'aidera peut-être à dormir. »

Jeanne secoua la tête. « No… non, mer… merci » hoqueta-t-elle.

Elles restèrent allongées dans le noir en silence.

« Mouna… ?

— Humm.

— Je peux te brosser les cheveux ? »

Mouna soupira ostensiblement, puis répliqua, agacée :

« Tu sais bien que je n'aime pas ça. »

Jeanne rougit dans le noir et devina une autre émotion bien connue lui tenailler le cœur. Le rejet de sa grande sœur ne lui était pourtant pas étranger, mais elle aurait tout donné pour ne pas avoir à l'affronter ce soir, pour trouver en elle une complice, une amie.

Elle pivota sa tête vers le mur et repensa à Pierre, à son crâne ouvert et suintant qu'elle tenait entre les mains quelques heures plus tôt. Elle frémit.

« Bon OK… céda Mouna à voix basse, va chercher ma brosse dans la salle de bains, mais seulement cinq minutes, et pas une de plus ! »

Chapitre 13

1er janvier 1965

Cela faisait une semaine que Pierre était dans le coma. Une semaine qu'Hélène ne dormait plus, ne mangeait plus, ne parlait plus, ne vivait plus. Elle était devenue spectatrice de sa propre existence, celle-ci se trouvant reliée à la machine ronflante qui aidait Pierre à respirer jour et nuit. Traumatisme crânien, hémorragie cérébrale, les médecins n'avaient pas caché leur inquiétude quant à la gravité de la situation. Les cervicales n'avaient pas été touchées, une « chance » selon eux, mais chaque jour qui passait les éloignait un peu plus d'un miracle pour les rapprocher inéluctablement de graves séquelles à son réveil. S'il se réveillait.

Le médecin dont elle avait oublié le nom rendait visite à Pierre deux à trois fois par jour. Il plantait une aiguille dans son petit pied potelé afin de vérifier ses réflexes à la douleur, mais il ne se passait rien. Pierre ne réagissait à aucun stimulus, et le médecin repartait en prenant des notes, les sourcils froncés. Hélène restait à son chevet jusqu'à ce que les infirmières lui demandent de partir, puis elle revenait le lendemain matin avant le début des heures de visite.

Des jours de survie, répétés à l'identique. Se lever, tel un zombie, s'habiller, prendre le bus jusqu'à l'hôpital, boire un café infâme à la cafétéria en guise de seul repas, puis retourner au chevet de son fils pour lui tenir la main. Reprendre le bus en sens inverse, se déshabiller, se coucher sans dormir, laisser son esprit flotter dans les abîmes du pire, et ainsi de suite.

Albert restait la plupart du temps avec elle, assis de l'autre côté du lit, mais la vision de son petit garçon inanimé lui était presque insupportable et il quittait généralement l'hôpital avant elle. Elle le retrouvait attablé seul à la table de la cuisine, sa médaille en argent entre ses mains jointes. Il priait corps et âme, les yeux fermés, murmurant des paroles inaudibles, comme habité.

Le passage à la nouvelle année n'avait pas concerné Hélène, pas plus qu'il n'avait concerné Albert, Mouna et Jeanne. Leur vie à tous ne tenait plus qu'aux tubes et aux perfusions qui sortaient du corps de Pierre, inconscient.

Hélène n'avait pas versé une larme depuis l'accident. Grave et froide, elle semblait anesthésiée. Pourtant, à l'intérieur, son cœur n'était qu'une terre brûlée, et les larmes n'avaient pas encore trouvé le chemin pour apaiser la brûlure de son âme. La veille, elle avait surpris une conversation dans le couloir de l'hôpital entre le médecin de Pierre et Albert.

« Prenez soin de votre femme, Albert, son état m'inquiète réellement. Elle est en état de choc depuis maintenant six jours, elle ne s'alimente plus, elle a l'air épuisée, et si elle continue de contenir ses émotions de la sorte, je crains qu'elle ne finisse par nous faire une crise de nerfs. Sa santé psychique est en jeu. »

Elle avait eu la sensation que le médecin parlait d'une autre personne. Mais après tout, comment aurait-elle pu savoir comment elle se sentait ? Elle ne sentait plus rien. Rien d'autre qu'un vide abyssal sous ses pieds.

En rentrant à la maison après l'hôpital ce soir-là, elle se retrouva seule dans l'appartement déserté. Mouna dormait chez une amie et Jeanne était toujours installée chez Viviane, le temps que l'école reprenne. Elle ne savait pas où était Albert, et elle s'en moquait. Elle ingurgita la moitié d'une boîte de sardines à l'huile qui traînait dans le placard puis se mit au lit sans réussir à s'assoupir. Tard dans la nuit, elle entendit la porte d'entrée se refermer doucement. Albert la rejoignit sous les draps peu après. Elle fit semblant de dormir, mais flaira une discrète odeur de whisky et fut surprise d'y être complètement insensible. Le médecin avait peut-être raison, elle était en train de devenir folle, abrutie par sa propre douleur.

Assise sur le fauteuil à côté du lit, elle guettait la respiration régulière de son fils lorsque David toqua à la porte entrebâillée. Quand leurs regards se croisèrent, il y lut une telle lassitude, une telle fatigue, qu'il ne sut quelle attitude adopter. Elle était méconnaissable. Les yeux cernés de noir, le teint cireux et les cheveux en désordre, elle avait pris dix ans en quelques jours. Mais elle se tenait droite comme un i et sa dignité dans l'adversité la rendait admirable.

« J'ai fait aussi vite que j'ai pu. Nous étions chez les parents de Rémi pour les fêtes. Je suis rentré ce matin et Viviane m'a immédiatement prévenu de ce qui était arrivé… »

Il s'avança vers le lit et posa une main sur le bras de Pierre, le regard rivé sur son épais bandage et son visage impassible. Puis il le contourna et s'approcha d'Hélène. Elle lui saisit la main, la serra de toutes ses forces, sans dire un mot. Ils restèrent ainsi, sans parler, jusqu'à la fin des heures de visite.

Quand ils sortirent ensemble dans l'air froid, David réajusta l'écharpe autour de son cou.

« Viviane m'a dit que la cure d'Albert avait été une réussite. J'en suis tellement soulagé pour toi. Quand Pierre se réveillera, parce qu'il va se réveiller, Hélène, vous pourrez reprendre une vie normale. »

Elle n'eut pas le courage de lui parler de la nuit précédente et de la probable rechute de son mari, alors elle hocha simplement la tête, le regard baissé.

David l'embrassa sur la joue. « Si tu as besoin de quoi que ce soit par rapport aux enfants, Rémi et moi serions heureux de vous aider.

— Merci. »

Cette nuit-là, elle ne rentra pas tout de suite à la Madeleine. Elle erra sans but dans les rues désertes et glaciales, les bras croisés sur sa poitrine. Elle ne voulait pas croiser Albert à la maison, pas plus qu'elle ne voulait savoir s'il s'était remis à boire. Elle marcha au hasard, embrassant le froid ankylosant, et rentra peu avant minuit, persuadée de ne voir personne à son arrivée. Pourtant, avant même de pousser la porte de l'appartement, elle y perçut une agitation inhabituelle. Elle ouvrit et découvrit à sa grande surprise Mouna et Albert en pleine discussion au milieu du salon. Albert se précipita à sa rencontre.

« Où étais-tu ? cria-t-il. Je t'ai cherchée dans tout le quartier ! » Il la prit par les épaules, la secoua vivement. Son visage était éclairé par des yeux fous. Elle surprit une fois de plus son haleine nauséabonde. Il avait dû passer la soirée à se saouler, pensa-t-elle, obtenant une réponse à sa question tant redoutée. Pourtant ses yeux exprimaient autre chose, ce qui eut le don de l'agacer.

« Qu'est-ce qui se passe ? lui demanda-t-elle sèchement.

— Pierre, Léna ! Pierre vient de se réveiller ! L'infirmière m'a appelé il y a environ une heure, il a ouvert les yeux et a essayé de parler. Il est sorti du coma ! »

Hélène ne put digérer l'information, elle s'était tant préparée au pire que son cerveau faisait obstruction à cette nouvelle inespérée. Elle resta plantée dans l'entrée, abasourdie.

« Je suis partie à ta recherche et j'en ai profité pour passer prendre Mouna chez Christiane. Allez viens, ne reste pas plantée là ! Il est réveillé, je te dis, alors on va aller le voir. Prends ton manteau, Mouna, José me prête sa bagnole. »

Hélène se retrouva dans la Fiat 500 filant en direction de l'hôpital sans vouloir y croire. L'infirmière s'était peut-être trompée, il pouvait avoir ouvert les yeux et les avoir refermés, elle avait peut-être précipité son diagnostic et Pierre serait toujours branché à son respirateur quand ils arriveraient dans sa chambre. Surtout, ne pas tomber dans le panneau tant qu'elle ne l'aurait pas vu de ses propres yeux.

Mouna, Albert et Hélène coururent à perdre haleine le long des couloirs déserts de l'hôpital jusqu'à atteindre la chambre de Pierre. Un médecin penché au-dessus du lit leur obstruait la vue. Il se retourna et s'écarta avec un sourire.

« Il a ouvert les yeux vers 21 heures, nous avons effectué quelques tests avant de vous contacter. Il est hors de danger, mais nous ne savons pas encore quelles seront les séquelles motrices et psychologiques. »

Voyant l'expression tétanisée d'Hélène, il ajouta : « Il vous a demandée… Plusieurs fois. »

Tous les trois s'approchèrent du lit et c'est là qu'elle le vit vraiment. Le visage de son fils, tourné dans sa direction, les yeux ensommeillés mais ouverts. Ses lèvres entrouvertes remuaient dans le vide, tentant d'articuler des mots inaudibles.

« Mam… an… Mam… an… »

Elle approcha son visage tout près de celui de son fils et caressa sa joue chaude.

« Je suis là, Pierre, maman est là. Tu as été si courageux, tu es un incroyable petit garçon. Mon fils… »

Sa voix se brisa et elle s'agenouilla à côté du lit, fauchée par l'émotion. Accrochée à la main de Pierre, son front posé sur les draps, elle déversa toutes les larmes qui étaient restées enfouies au plus profond de son être. Elle laissa exprimer sa peur, son angoisse, son soulagement, sa gratitude. Elle ne pouvait plus s'arrêter, subjuguée par des émotions qui la percutaient de plein fouet. Ses sanglots déchirants forcèrent Albert à la prendre par les épaules pour l'emmener s'asseoir sur un des sièges du couloir. Mouna en profita pour s'approcher du lit à son tour.

« Tu nous as fait une sacrée frayeur, petit frère. » Elle déposa un baiser sur son front et s'assit à côté de lui pour le border. Elle en connaissait une qui allait aussi pleurer de soulagement. À l'heure qu'il était, Jeanne devait dormir profondément dans le canapé de chez Viviane. Elle sourit en imaginant son visage quand elle apprendrait la nouvelle le lendemain au petit-déjeuner.

Elle décida alors d'aller lui annoncer elle-même, et, après une courte nuit, elle se rendit chez Viviane aux premières lueurs du jour. Elle fut reçue par Laura, déjà bien réveillée, qui lui ouvrit la porte dans son pyjama rose à fleurs. Mouna se pencha à sa hauteur et lui murmura au creux de l'oreille :

« Tu sais garder un secret ? » La petite fille hocha la tête vigoureusement. « Pierre s'est réveillé, et je suis venue le dire à Jeanne. »

Laura la regarda avec de grands yeux écarquillés et lui sauta au cou en criant de joie.

Jeanne et Viviane débarquèrent dans l'entrée en chemise de nuit, l'air affolé.

« Pierre s'est réveillé ! Pierre s'est réveillé ! » entonna Laura à tue-tête en tournant sur elle-même.

Mouna éclata d'un rire où se mélangeaient soulagement et fatigue. « Pour quelqu'un qui sait garder les secrets, tu n'es pas vraiment digne de confiance ! »

La fillette s'arrêta net et mit ses deux mains sur sa bouche d'un air coupable, décuplant l'hilarité de Mouna.

Jeanne s'avança. « C'est vrai ? » demanda-t-elle fébrilement.

Mouna se contenta d'opiner en souriant. Bouche bée, les bras ballants, Jeanne refusait d'y croire. Elle ferma les yeux très fort puis les rouvrit pour vérifier qu'elle ne rêvait pas. Mouna s'approcha encore.

« C'est vrai de vrai, petite sœur. Il va bien. Habille-toi, on va le voir. »

Trois jours plus tard, Pierre réintégrait le domicile familial, affaibli mais heureux. À l'exception d'une côte cassée et d'un bandage volumineux serré autour de sa tête, il ne présentait pour l'instant pas de séquelle visible. Seul le temps leur permettrait de le considérer comme tout à fait sorti d'affaire.

Hélène n'avait pas encore abordé avec Albert le sujet qui lui brûlait pourtant les lèvres. Elle était si heureuse de voir Pierre en bonne santé, de le voir marcher, sourire, jouer, qu'elle eut envie de prolonger encore un peu cette insouciance. De plus, Albert n'avait pas été violent, du moins pas encore, elle décida donc de remettre ces questionnements à plus tard et de profiter de sa famille réunie.

Le dimanche suivant, alors qu'elle revenait du marché les mains chargées de lourds paquets de provisions, elle repensa à Ludmilla et à cette vie qu'elle avait espéré mettre définitivement de côté depuis le retour d'Albert. Aurait-il la force de résister à l'appel de son addiction ? Le ferait-il pour sa famille ? Pour son fils qui avait échappé à la mort ?

Elle monta dans le bus, pensive, et s'assit près de la fenêtre avec un soupir de soulagement. Elle frotta ses doigts meurtris par les courses trop lourdes puis regarda dehors. Il faisait beau et les températures clémentes avaient encouragé les restaurants à installer leurs terrasses au soleil. Les gens déjeunaient dehors, trinquant encore à la nouvelle année et à ses espérances. Comme toujours, la vie continuait, insensible au drame qui avait failli se dérouler dans la sienne. Le bus s'ébranla puis redémarra, quand, soudain, elle se figea. Un homme de dos, assis à la terrasse d'un café avec trois autres personnes, retint son attention. Bien qu'elle ne puisse voir que ses cheveux noirs et une partie de son profil, elle le reconnut instantanément. C'était lui. Mon Dieu… murmura-t-elle, oui, c'était bien lui. Le bus avança et elle dut se contorsionner pour continuer à l'observer quelques secondes, le nez collé à la vitre. Elle voulait être sûre de ne pas rêver. Avant qu'elle le perde de vue au tournant d'une rue, elle le vit passer tendrement un bras autour des épaules de la jeune femme assise à côté de lui, et son cœur se serra malgré elle. La jeune femme brune riait à gorge déployée, et leur complicité frappante fut la dernière image qu'elle entrevit depuis son siège.

Elle se remit droite, le cœur battant à tout rompre. Elle ne s'était pas aperçue qu'elle retenait son souffle depuis qu'elle l'avait entrevu, de peur de faire fuir cette vision du passé. Depuis combien d'années ne l'avait-elle pas revu ? Quinze ans, peut-être plus… Depuis ce jour où il lui avait brisé le cœur en lui annonçant qu'il partait faire ses études à Paris. Elle se prit la tête entre les mains. Il ne manquait plus que ça. Louis était revenu.

Chapitre 14

Février 1965

Ma très chère Jeanne,

Je suis si heureuse de lire que tu vas bien. Tu as laissé un grand vide au centre après ton départ, et tu ne cesses de me manquer tous les jours, mais j'ai moi aussi une grande nouvelle à t'annoncer.

Je suis rentrée chez moi, Jeanne ! Qui l'eût cru ? Moi-même, je ne savais plus si ce jour viendrait enfin. Cela fait trois semaines que je me sens bien mieux. À peine arrivée à Lyon, les médecins ont fait tout un tas de tests et de bilans pour finalement m'annoncer que j'étais en état de rentrer à la maison. Ils ne m'ont pas dit que j'étais complètement rétablie, mais que ma maladie ne représentait plus de réel danger. J'imagine que même eux ont baissé les bras sur mon cas, et puis je ne pouvais pas rester toute ma vie au préventorium de toute façon ! Je dois seulement prendre des cachets tous les jours et j'ai un inhalateur pour m'aider à mieux respirer.

Quelle sensation bizarre d'être de retour. J'avais vu mes parents une seule fois en un an et demi, et ma petite sœur a tellement grandi que j'ai failli ne pas la reconnaître. Ils m'avaient beaucoup manqué, mais bizarrement j'ai eu le mal de Vernoux, de Solène, de Jacqueline et des autres en rentrant chez moi. À tel point que j'en pleurais parfois la nuit, doucement, pour ne pas que ma petite sœur m'entende, elle n'aurait pas compris. Mais toi, je sais que tu comprends, tu sais que la bulle du préventorium était loin d'être aussi désagréable que ce que nos parents croient. On ne veut pas les blesser, on ne veut pas leur dire que notre propre maison nous paraît désormais étrangère, mais pourtant je me languis de mon arbre dans le jardin, des chuchotements dans le dortoir où nous étions tous confinés, et des chocolats chauds chez Jacqueline, qui n'avaient certes plus le même goût depuis que Paul et toi étiez partis. Tu sais, toi, que nous n'y retournerons jamais, et qu'au lieu de nous en réjouir une partie de nous en est chagrinée.

Mon Dieu que je suis bavarde aujourd'hui ! J'espère que je ne t'ennuie pas avec mes états d'âme.

Maintenant que je suis de retour en Bretagne, nous sommes plus éloignées que jamais par la distance. Mais rassure-toi, tu es toujours bien présente dans mon cœur, et moi aussi je prie pour toi avant de dormir. Pour toi et ta famille. Pour que tu continues d'être heureuse.

Je t'embrasse,

Annie

Chapitre 15

Avril 1965

M. Greuil était absent aujourd'hui, et Jeanne décida d'en profiter pour rentrer plus tôt à la maison. Depuis sa rentrée au collège – avec un an d'avance, elle qui avait avidement étudié toutes les leçons de CM1 et de CM2 au préventorium –, elle ne vouait aucun intérêt particulier aux cours de sciences de M. Greuil, elle en éprouvait même une certaine aversion et eut honte du soulagement qui l'avait traversée en apprenant qu'il était souffrant.

Marianne lui proposa de se promener jusqu'au parc afin de jouir du beau temps sans avoir de compte à rendre à leurs parents, mais elle déclina son offre, pressée à l'idée de retrouver sa mère qui lui avait promis un atelier couture après sa journée de classe.

Elle sortit du collège d'un pas léger, éblouie par le soleil éclatant de cet après-midi printanier. Une main en visière, elle tâta la petite pièce jaune au fond de sa poche et entra dans la boulangerie la plus proche pour y acheter un roudoudou. Pierre adorait ça. Son père lui donnait 5 francs d'argent de poche par mois et elle ne les utilisait que pour acheter des friandises à son frère. Depuis sa convalescence, elle agissait avec lui comme une deuxième mère, les bonbons en plus. Pierre ne tarderait probablement pas à la repousser devant tant d'égards et de ménagements exagérés.

Il avait pour sa part repris sa vie, loin d'être conscient de son sort de miraculé, avec l'insouciance de ses six ans, ses petites voitures et ses copains de classe pour qui il était devenu un héros de guerre grâce à sa cicatrice impressionnante à l'arrière de son crâne.

Jeanne prit son temps pour rentrer. Elle s'arrêta à la bibliothèque au début du boulevard, y rendit son livre et l'échangea contre sa prochaine victime. À peine sortie, elle ne put attendre pour le commencer alors qu'elle marchait en direction de chez elle. Le prochain serait le livre que lui avait offert le père Charrin, se promit-elle.

Le nez plongé dans son nouveau roman de Camus, elle monta les marches de son immeuble à tâtons et fut surprise d'entendre la voix de son père résonner dans la cage d'escalier. Elle s'arrêta un instant, l'oreille tendue. La peur succéda rapidement à la surprise. Une peur qu'elle connaissait bien et qu'elle avait presque oubliée. Les mains figées sur son livre, elle avança doucement vers la porte par laquelle sortaient des éclats de voix de plus en plus évidents. Elle sonda d'un regard anxieux les escaliers au-dessus et au-dessous d'elle à la recherche d'un soutien qui ne viendrait pas, puis posa la main sur la poignée. Celle-ci n'opposa aucune résistance. Elle entra discrètement dans l'appartement et discerna clairement les propos de son père à mesure qu'elle s'avançait à pas de loup vers la cuisine.

« Si tu pars, je te retrouverai, Hélène ! » Il y avait une telle agressivité dans sa voix qu'elle eut envie de prendre ses jambes à son cou. « Tu m'entends ? Regarde-moi quand je te parle ! hurla-t-il. Si tu pars avec les enfants, je vous retrouverai, où que vous soyez. »

Elle ne voulait pas voir cette scène qui resterait à jamais gravée dans sa mémoire, elle le savait. Pourtant, elle devait se confronter une bonne fois pour toutes à ce que sa mère subissait. Ses jambes tremblaient, le sang pulsait dans ses tempes. En poussant la porte de la cuisine, ce qu'elle vit la terrifia. Son père, debout dos à elle, était penché sur sa mère, elle-même acculée contre l'évier de la cuisine. Il lui tenait le visage avec sa main, enfonçant ses doigts dans ses joues avec force. Jeanne pouvait apercevoir sa mère se débattre pour détourner la tête pendant que son père lui maintenait la nuque de son autre main.

« Nous sommes mariés, je te rappelle ! Tu crois que tu peux me quitter comme ça du jour au lendemain et m'enlever mes enfants ? »

Jeanne était incapable de bouger. Comme dans ses cauchemars, sa mère était en train de souffrir, et elle était impuissante, transie d'effroi. Sauf qu'elle n'était pas dans l'un de ses cauchemars, et ce qui se passait devant elle était bien réel. Elle devait faire quelque chose, ce qui était juste, et sa peur ne guiderait pas ses choix.

Elle se campa dans l'entrée de la cuisine, le regard noir et déterminé.

« Papa ! Arrête ! »

Hélène la vit par-dessus l'épaule de son assaillant et porta une main à sa bouche pour étouffer un cri.

Son père la lâcha aussitôt. « Que fais-tu ici, Jeanne ? Tu ne devrais pas être au collège ? Toi aussi tu te mets à sécher les cours comme ta sœur ? »

La rigidité dans la voix d'Albert lui fit froid dans le dos, mais elle répondit calmement.

« Mon cours de sciences a été annulé. Ça suffit, papa.

— Ce qui se passe entre ta mère et moi ne te concerne pas, ce sont des histoires d'adultes.

— Mais maintenant que je suis là, vous vous expliquerez plus tard », riposta Jeanne.

Elle sentit une onde électrique lui traverser tout le corps, une force qu'elle ne soupçonnait pas, celle de tenir tête à son père et de défendre celle qu'elle aimait. Elle n'avait plus peur, là, face au regard courroucé de son père, et son aplomb la surprit elle-même.

« Ça va, Jeanne, se reprit Hélène. Nous avions terminé. Va faire tes devoirs dans ta chambre. »

Jeanne s'exécuta à contrecœur et s'assit sur son lit, furieuse. Des larmes de rage et d'incompréhension lui montèrent alors aux yeux, mais elle les essuya d'un revers de la main. Qu'était-elle supposée faire ? Devait-elle prévenir Mouna, elle qui était assez grande pour en parler avec sa mère ? Ou devait-elle au contraire garder son secret pour ne pas la trahir ? Fallait-il qu'elle aille chercher de l'aide ailleurs ? Sa mère en avait-elle parlé à quelqu'un ?

Une semaine se passa ainsi tandis qu'elle tentait de décider de la conduite à tenir, tiraillée de toute part. Elle avait perdu l'appétit, dormait mal, et elle guettait le moindre bruit suspect dans l'appartement, les sens aux aguets. Mais avant qu'elle ne pût se mettre d'accord avec sa conscience, sa mère vint la chercher au collège un après-midi.

« Viens, Jeanne, on va discuter au parc Blanchard. »

Elles marchèrent côte à côte, silencieuses. Jeanne n'avait plus vraiment parlé à sa mère depuis ce jour où elle l'avait surprise dans la cuisine avec son père, et elle ressentit un malaise grandissant à l'approche de cette entrevue qui paraissait si sérieuse. Avait-elle mal agi en se mêlant de leurs histoires de grands ? Les mains moites, elle s'assit sur un banc du parc à côté de sa mère. Cette dernière se tenait encore plus droite que d'ordinaire, ce qui ne fit que renforcer la gêne de Jeanne.

À peine installée, Hélène lui prit cependant la main et la regarda droit dans les yeux.

« Ma fille, tu es grande maintenant, et je vais te parler comme à une grande. Tout d'abord, je tiens à m'excuser de t'avoir fait assister à une telle scène l'autre jour. Ça... ça n'aurait pas dû arriver, rien de tout ça n'aurait dû arriver... » Elle cherchait ses mots, hésitante.

« Mais à présent, je ne veux pas essayer de comprendre pourquoi certaines choses arrivent, il est trop tard. Je veux tout simplement que vous soyez en sécurité, toi, ton frère et ta sœur, et que tu saches que je suis moi aussi en sécurité. Mais ton père ne l'entend pas de cette oreille. Quoi que tu puisses en penser, il nous aime, il vous aime, et ce serait avant tout un déchirement pour lui de nous voir partir. Seulement dans son état actuel, nous ne pouvons pas continuer ainsi. »

Jeanne ne bougeait pas d'un centimètre, elle n'osait même pas cligner des yeux. Sa mère ne s'était jamais livrée autant et elle n'aurait brisé cet instant pour rien au monde.

« Demain, à la sortie de l'école, Viviane viendra te chercher et t'emmènera chez elle. Vous y resterez toi et ton frère le temps que je mette en ordre certaines choses. Je ne serai pas avec vous, mais nous allons nous retrouver très vite, et Viviane prendra bien soin de vous.

— Où vas-tu ? questionna Jeanne à voix basse.

— J'ai trouvé un travail et un nouvel endroit pour vivre, mais à cause de l'école je ne peux pas vous faire venir avec moi. Pour l'instant. Je te promets que nous serons bientôt réunis.

— Et Mouna ?

— Mouna a choisi de rester vivre à la Madeleine avec ton père. C'est avant tout pour son travail, mais sache que si elle a le moindre problème elle déménagera avec nous. »

Jeanne baissa la tête, sonnée. À partir de demain, sa vie allait changer pour de bon, ainsi que celle de sa famille. Elle avait tant de questions à poser, tant d'interrogations sur leur avenir. Hélène lui releva doucement le menton et Jeanne fut soulagée de ne voir aucun doute dans les yeux de sa mère. Elle y devina plutôt une détermination contagieuse, une solide conviction qu'une meilleure vie les attendait.

« Ça va aller, Jeanne, fais-moi confiance. J'ai déjà laissé un sac d'affaires à Viviane cette semaine. Demain matin, prends quelques affaires supplémentaires dans ton cartable avant d'aller au collège. Il ne faut pas que ton père se doute de quoi que ce soit. »

Jeanne ne put fermer l'œil de la nuit. Une boule logée dans le ventre, elle ne parvenait pas à trouver le repos. À côté d'elle, Mouna, imperturbable, dormait d'un sommeil profond. Sa grande sœur ne semblait pas assaillie des mêmes inquiétudes ; devait-elle s'en sentir rassurée ?

En préparant son sac le matin, elle ne sut si elle pourrait revenir prendre ses livres et ses doudous. Dans le doute, elle préféra emporter son roman préféré et Gary, son lapin en peluche.

Son père prenait le café dans la cuisine en lisant son journal tandis qu'elle s'apprêtait à partir. Sa mère repassait dans le salon et elle lui adressa un signe entendu de la tête. Jeanne resta quelques secondes sur le seuil de la cuisine à observer son père. Elle ne savait pas quand elle reviendrait dans cet appartement, ni quand elle allait le revoir. Elle ne vivrait probablement plus jamais avec lui. Son corps faiblit à cette pensée sans qu'elle ne laisse transparaître son trouble. Mais alors qu'elle allait partir, elle ne put s'empêcher de revenir sur ses pas et d'étreindre furtivement son père, amusé de cette démonstration affective.

« Tiens donc ! Allez zou, ma fille, et travaille bien. »

Elle inspira l'odeur de son eau de Cologne et quitta la pièce, sa vision brouillée de larmes.

Chapitre 16

Mai 1965

« Loïc, tu finis tes haricots verts, mon grand ? »

Hélène s'assit sur la chaise libre à côté de lui mais le petit garçon resta immobile, le regard rivé sur ses légumes.

« Tu veux que je t'aide ? » lui demanda-t-elle d'une voix douce.

Loïc se prit la tête entre les mains et commença à gémir.

« Non non non non… » Il secoua la tête de plus en plus énergiquement tout en se lamentant. « Veux pas, veux paaas !

— D'accord, d'accord. Je ne te forcerai pas à finir ton assiette. Calme-toi. »

Mais Loïc ne l'entendait déjà plus. Il se balançait frénétiquement d'avant en arrière, menaçant de tomber d'une seconde à l'autre.

Hélène lui posa une main apaisante sur le dos, mais ce contact lui fit l'effet d'une vive brûlure au garçon qui se jeta par terre pour y échapper.

Elle assista à la scène, un instant décontenancée et impuissante face à la crise soudaine de Loïc. Elle apprenait chaque jour à mieux connaître les enfants du centre et à gérer leurs différentes réactions, mais elle se sentait encore souvent dépassée par certaines situations.

Jean-Marc, un éducateur, accourut. Mais Hélène lui fit signe d'attendre. Elle s'accroupit auprès du petit garçon qui gigotait sur le sol de la cantine, les mains sur la tête et la bouche ouverte tel un poisson hors de l'eau.

« Loïc... dit-elle doucement tandis qu'il gémissait de plus belle. J'ai repéré quelque chose qui pourrait beaucoup t'intéresser dans le potager de Mme Grinda. »

Ne remarquant aucune réaction, elle continua d'un ton posé :

« Pas loin du plant de citrouille, tu sais à côté de la clôture blanche, je suis tombée sur un sacré spectacle hier. »

Loïc continuait de se tortiller mais elle savait qu'il l'écoutait.

« Il y a là-bas une énorme fourmilière. C'est simple, je n'en avais jamais vu d'aussi grosse ! Elles sont des milliers à s'activer et en plus ce sont les fourmis que tu préfères, les grosses noires dont tu m'as dit le nom mais que j'ai déjà oublié. Je suis vraiment étourdie... Ce serait pas la *Namius* machin chouette ? »

Elle plaça les doigts sur sa tempe, simulant une active réflexion. Le regard en coin de Loïc se posa sur elle. « Bref, la fourmilière est bien cachée et tu as de la chance que je l'aie dénichée. Quand tu seras prêt, tu pourrais monter prendre ta loupe et aller y jeter un coup d'œil. Qu'en penses-tu ? »

Il avait à présent cessé de bouger, mais restait prostré en position fœtale.

« Nous pourrions même proposer à Stéphanie de nous y accompagner... » lança-t-elle nonchalamment.

Quelques secondes défilèrent dans un silence flottant, puis une voix enrouée s'éleva du corps en boule de Loïc.

« Ce sont des *Lasius niger*.

— Ah oui... C'est ça. Tu es vraiment fort. Tu m'accompagnes ? »

Le petit garçon bougea lentement et s'assit en tailleur à même le sol. Il resta de profil, les yeux baissés, puis acquiesça timidement.

Plus tard, alors qu'Hélène surveillait de loin Stéphanie et Loïc en pleine observation de la fourmilière en question, Ludmilla la rejoignit et se posta à côté d'elle.

« Jean-Marc m'a raconté votre intervention avec Loïc. Vous êtes douée avec ces enfants, Hélène. Cela ne fait pas un mois que vous êtes là, et ils vous ont déjà adoptée, dit-elle d'un ton enjoué. C'est fantastique. »

Hélène garda le silence, pensive.

« Vous devez avoir hâte que vos enfants arrivent... La bonne nouvelle, c'est que ça ne se saurait tarder ! »

Elle posa une main compatissante sur son épaule avant de retourner à son potager.

Dieu qu'elle se languissait de ses petits ! Plus encore que le manque, le remords de devoir les laisser une fois de plus livrés à eux-mêmes la rongeait de l'intérieur. Elle n'était descendue qu'une seule fois à Nice depuis son arrivée, il y a trois semaines. Et à cette occasion, Viviane lui avait confié qu'Albert avait essayé par deux fois de la menacer afin de récupérer ses enfants. Qu'elle dorme tranquille, lui avait-elle assuré, il en fallait plus pour l'impressionner. Pourtant, sa voix trahissait une certaine impatience de voir Hélène la soulager enfin de ce fardeau.

Au lendemain de l'incident dont Jeanne avait été témoin, Hélène avait appelé Ludmilla d'une cabine téléphonique.

« Bonjour Ludmilla, c'est Hélène, l'amie de David...

— Hélène ! Je ne m'attendais plus à avoir de vos nouvelles. Ce qui me réjouissait dans un sens... Quand pouvez-vous arriver ? »

Comme à son habitude, Ludmilla avait anticipé la raison de son appel et elle n'avait pas eu à s'épancher longtemps sur le sujet.

« La semaine prochaine, je dois juste organiser mon départ. »

Depuis leur dernière altercation, Albert s'était fait tout petit. Il ne lui avait plus adressé la parole, reclus dans la honte et la solitude. Leur fille avait pu voir de ses propres yeux ce dont il était capable, ce qu'il était devenu. Leur lien fragile s'était définitivement brisé. L'espoir envolé, la flamme qui avait failli se rallumer éteinte pour de bon. Hélène en fit le deuil à une vitesse surprenante et à l'instar d'un jeu d'échecs, ne pensa plus qu'à avancer son prochain pion. Elle ne pouvait pas prendre le risque de laisser quoi que ce soit au hasard.

Le rendez-vous avec l'assistante sociale ne se déroula pourtant pas comme elle l'avait espéré. Elle se retrouva face à une femme pressée et renfrognée qui passa son temps à prendre des notes sans la regarder une seule fois dans les yeux. Déroutée, Hélène se demanda un instant ce qu'elle était venue faire dans ce bureau, à déballer sa vie à une inconnue. Mais elle savait que pour installer ses enfants chez Viviane sans qu'Albert ne puisse intervenir, elle devait opérer de manière réfléchie, et légale.

L'assistante sociale lui posa quelques questions très intimes sans la moindre trace de compassion. Elle énuméra simplement les questions d'usage dans ce genre de circonstances, comme on déroulerait le fil d'une pelote. Depuis combien de temps les violences duraient-elles ? Combien de fois s'était-elle fait agresser au cours de ces six derniers mois ? Avait-elle le rapport d'un médecin ? Le père avait-il déjà levé la main sur ses enfants ? Y avait-il eu agression sexuelle ? Était-elle allée poser une main courante à la police ? Dans quel état psychologique se trouvait le père ? Les enfants étaient-ils réellement en danger ?

La voix était robotisée, les réponses notées à la va-vite sur son calepin, le tout sans le moindre soupçon d'intérêt pour son interlocutrice. La confrontation quotidienne avec la douleur humaine avait sûrement dû l'immuniser contre toute empathie, présuma Hélène. Elle se contenta donc de répondre, obéissante, précise, les mains posées sur ses genoux, la nuque raide.

L'entretien dura une trentaine de minutes. Hélène en ressortit épuisée et dubitative quant à la démarche à suivre. Elle n'avait pas de preuves physiques de ces agressions. Seulement sa bonne foi. Serait-ce suffisant ? « On vous recontactera » avait conclu la femme aux cheveux blonds peroxydés.

En rentrant chez elle, elle longea le café où, le premier de l'an, elle avait revu Louis. Son image, qu'elle s'était efforcée de repousser, lui revint en mémoire avec netteté. Elle ne put s'empêcher de se demander ce qu'il faisait ici et si la jeune femme de la dernière fois était sa femme.

Depuis son départ pour Paris, et malgré sa promesse de lui envoyer de temps en temps des nouvelles, elle n'avait plus jamais entendu parler de lui. Il avait disparu des radars, évanoui dans l'anonymat de la capitale. Et bien que la douleur fût féroce, lacérant son cœur de toute part, elle n'en avait pas été étonnée. Louis était un rêveur, avide d'aventure et de liberté, et qui plus est un coureur de jupons. Elle ne s'était fait aucune illusion sur l'avenir de leur relation, tentant vainement de se protéger contre ce fol espoir. À l'époque, elle avait seize ans, lui dix-huit. Elle venait de partir de chez Jeanine, et elle s'était fait amadouer par ce jeune homme aux cheveux de jais et aux yeux bruns rieurs. Il l'avait aperçue dans la rue alors qu'il fumait une cigarette, adossé à un mur avec deux autres garçons de son âge. Il portait un gilet bleu sans manches et un pantalon à pince beige. Il était élégant, nonchalant, et beau à tomber. Quand il la vit marcher sur le trottoir d'en face dans sa robe plissée, il abandonna soudainement ses camarades, jeta sa cigarette et traversa la rue en courant pour la rejoindre.

Arrivé à sa hauteur, il mit ses mains dans ses poches et lui emboîta le pas sans dire un mot. Au bout de quelques mètres, Hélène lui avait lancé un regard interrogateur.

« Vous sentez bon. Cela ne vous dérange pas que je marche à vos côtés pour humer votre parfum ? »

Elle ne connaissait rien au jeu de la séduction et trouva ce jeune homme bien étrange. Mais il paraissait si sûr de lui qu'elle le laissa l'accompagner jusqu'à son lieu de travail, troublée par sa présence. Contrairement à elle, lui savait exactement où il voulait en venir, et il ne tarda pas à obtenir d'elle ce qu'il recherchait.

Elle tomba follement amoureuse de lui. De sa belle gueule et de son bagout, puis de son corps et de ses caresses. Cet été-là, ils ne virent pas beaucoup la lumière du jour. Cloîtrés dans la chambre de bonne de Louis, ils passaient leurs journées nus, entrelacés, fiévreux d'amour et de désir, tout à la découverte d'une autre peau, d'un autre corps. Leur histoire fut aussi intense qu'éphémère. Dès le mois de septembre, Louis quitta la région pour suivre des études de droit dans la capitale. Et l'oublia.

Il fut son premier amour, un amour d'été teinté de nostalgie qu'elle avait soigneusement rangé dans un recoin de son cœur. Elle s'était souvent demandé si Louis l'avait réellement aimée. Puis elle avait rencontré Albert, fondé sa propre famille, et son souvenir s'était estompé.

Le savoir de retour l'avait momentanément déstabilisée, fragilisée, sans qu'elle ne prenne le temps d'analyser le pourquoi du comment. Elle devait avancer. Et de toute façon, Louis faisait partie du passé. Après quelques mois, il était retourné dans les archives de son esprit.

Trois jours plus tard, elle reçut une visite inattendue. Sur le pas de la porte, l'assistante sociale l'observait à travers sa frange décolorée. Elle avait fait le déplacement en personne pour lui annoncer d'une voix morne que son dossier, passé en urgence devant la commission de protection de l'enfance, lui avait permis d'obtenir l'accord pour placer temporairement ses enfants chez Viviane.

Après avoir terminé son communiqué, elle lui tendit un papier tout en mâchant son chewing-gum, puis lui souhaita une bonne journée. Malgré ses manières grincheuses, Hélène aurait pu l'embrasser sur-le-champ.

Elle avait progressivement transféré quelques affaires chez Viviane, éperdue de reconnaissance pour l'aide inestimable que son amie lui apportait. Bien qu'elle eût peur, chaque jour, qu'Albert ne voit clair dans son jeu et ne lui fasse payer son audace, il n'était plus question de reculer.

Le jour J, après le départ de Jeanne au collège et d'Albert au travail, elle sortit sa valise de sous le lit et emporta le strict minimum, pressée d'en finir. Lorsqu'elle accompagna Pierre à l'école, ce dernier leva son visage inquiet vers elle.

« Pourquoi tu as une valise, maman ? demanda-t-il, suspicieux.

— Parce que je vais partir me reposer un petit peu. Cet après-midi, Viviane viendra vous chercher toi et Laura et tu vivras chez elle pendant un petit moment. Avec Jeanne. Mais on va très vite se revoir, quand j'aurai repris un peu de force. »

Pierre parut soulagé. La perspective de passer du temps avec Laura et sa grande sœur semblait être un réconfort qui remédiait largement à l'absence de sa mère. Elle l'embrassa tendrement et il courut rejoindre ses copains dans la cour de récréation.

Enfin, elle se hâta vers la gare routière. Le bus pour Contes partait dans une quinzaine de minutes. Elle marchait à vive allure, mal à l'aise avec sa valise à la main, comme si les gens qu'elle croisait savaient ce qu'elle avait en tête, quand elle entendit une voix lointaine l'appeler.

« Yanou ! Yanou ! »

Elle s'immobilisa sans se retourner. Une seule personne l'avait déjà appelée ainsi. Son cœur fit un bond spectaculaire dans sa poitrine et elle dut se retenir pour ne pas s'enfuir en courant. Sans que son visage ne trahisse aucune émotion particulière, elle se retourna et le vit arriver en trottinant. Ce sourire... Elle secoua la tête pour chasser les flash-back qui menaçaient de la faire chavirer et se contenta de l'attendre. C'est à cet instant qu'elle eut l'une des idées les plus absurdes de sa vie.

« Yanou ! Quelle coïncidence ! Je t'ai vue passer et je n'ai pas voulu le croire. Tu n'as pas changé, enfin si, tu es encore plus magnifique » lui dit-il, essoufflé, en guise de bonjour.

Hélène le regarda d'un air circonspect, feignant l'ignorance. Une chose était sûre, il n'avait pas perdu ses qualités de beau parleur.

« Euh... Bonjour, répondit-elle. Nous nous connaissons ? Je suis désolée, je ne suis pas très physionomiste. »

Interloqué, Louis finit par sourire bêtement, convaincu qu'elle se payait sa tête.

« Je ne veux pas vous paraître impolie, mais je dois absolument prendre mon bus dans... cinq minutes » dit-elle en jetant ostensiblement un coup d'œil à sa montre.

Coupé dans son élan, il resta planté devant elle, interdit. De longues secondes passèrent, sans qu'Hélène ne se départît de son air interrogateur.

« Tu… Tu ne te souviens pas de moi ? balbutia-t-il.

— Mon Dieu, je suis confuse… Pardonnez-moi, j'ai l'impression de vous avoir déjà vu quelque part mais je n'arrive pas à m'en souvenir ! » annonça-t-elle, faussement joyeuse.

Son cœur battait à tout rompre. Elle se découvrait des talents d'actrice et se réjouissait intérieurement devant son visage désenchanté. Une revanche mesquine dont elle avait déjà honte.

« Oui… On peut dire ça comme ça. Nous sommes sortis ensemble pendant l'été 1946. Je sais que ça fait longtemps, mais je n'aurais jamais pu oublier ton visage…

— C'est pas vrai ! Louis ? C'est toi ? Je ne t'avais pas reconnu ! Quelle gourde ! En même temps, c'est si loin, j'étais une enfant » répondit-elle en riant. « Nous avions passé un bel été », ajouta-t-elle.

Louis esquissa un sourire, visiblement vexé de cet oubli. « Un bel été, oui…

— Cela me fait vraiment plaisir de te voir, le coupa Hélène, et j'aurais beaucoup aimé que l'on discute un peu plus, mais je dois vraiment y aller.

— Je comprends, bien sûr… Tu peux prendre un café dans la semaine ?

— Malheureusement non, je déménage à Contes alors je ne serai plus beaucoup à Nice désormais.

— À Contes ? Qu'est-ce que tu vas faire là-haut ? questionna-t-il, curieux.

— C'est une longue histoire, mais nous aurons sûrement l'occasion de nous recroiser maintenant que tu es rentré ?

— Y a-t-il au moins un numéro de téléphone auquel je peux te joindre ? »

Hélène fronça les sourcils, soudain méfiante.

« Pour quoi faire ? Je suis mariée, Louis, et j'ai une famille.

— En tout bien tout honneur, Yanou ! s'exclama-t-il en levant les mains. Moi aussi, je suis marié, mais j'essaie de reprendre contact avec mes amis de l'époque, pour que l'on se rappelle le bon vieux temps !

— Nous n'étions pas amis, Louis... murmura Hélène. Je dois y aller. À bientôt, peut-être !

— Hélène, attends ! Tiens, prends au moins mon numéro. Si tu redescends à Nice et que tu veux boire un café, appelle-moi. » Il lui tendit une carte de visite. *Louis Muri, agent immobilier, Nice.* Cet embobineur avait trouvé sa vocation, sans aucun doute.

« On a tellement de choses à se raconter. J'ai très envie de savoir ce que tu deviens.

— On verra bien, répondit Hélène en rangeant la carte dans la poche de sa veste. En attendant, prends soin de toi. »

Elle se détourna et lui fit un bref signe de la main, puis elle accéléra le pas au point d'arriver à la station au pas de course, les joues rougies par l'effort.

Dans le bus, elle repensa à Louis, à son visage, à son allure, à ses mains qui s'animaient toujours lorsqu'il parlait. Elle se demanda encore ce qu'il lui avait pris d'agir ainsi. Mais après tout, cet homme était d'une arrogance ! Croyait-il vraiment être inoubliable ? Seulement, elle devait bien admettre qu'il l'était, et son silence pendant toutes ces années l'avait blessée, plus encore qu'elle ne voulait se l'avouer.

Perdue dans ses pensées, elle faillit rater son arrêt. Elle sortit précipitamment du bus, remonta le long chemin de terre et se retrouva devant l'immense portail vert avec tout ce qui restait de sa vie dans sa petite valise. Elle sonna au carillon et fut accueillie à bras ouverts par Ludmilla.

« Venez vous installer, j'ai préparé la dépendance. »

À présent, elle se sentait ici presque comme chez elle. Ce travail, bien qu'éreintant, lui apportait une satisfaction qu'elle n'avait encore jamais éprouvée. Pour la première fois de sa vie, elle avait le sentiment d'être utile, compétente, et les enfants le lui rendaient bien. Elle travaillait en symbiose avec Céline, une petite brune débordant d'énergie, et Jean-Marc, dont la carrure de rugbyman renfermait un vrai cœur tendre. L'amour qui régnait en ces lieux avait fini de la convaincre que son choix était le bon.

Malgré tout, sa conscience lui jouait des tours. Quel genre de mère était-elle ? À prendre soin d'autres enfants à longueur de journée, sans pouvoir s'occuper des siens. Pour oublier sa culpabilité, elle donnait toute son affection à ces gamins qui, tout comme elle, avaient été coupés de leur famille par la force du destin. Un destin qui ne les avait pas épargnés.

Ce soir-là, pour se changer les idées, elle marcha dans le jardin en humant l'air tiède de la nuit. Chauffés par une journée ensoleillée, jasmin, magnolia, œillets, roses et lavande libéraient toute la puissance de leur senteur florale. Les enfants dormaient, Ludmilla s'était retirée dans ses appartements, Jean-Marc et Céline étaient rentrés chez eux retrouver leurs familles. Elle était seule au monde dans le grand jardin odorant, observant les lumières vacillantes de la ville au loin, et elle se sentait bien, parfaitement bien.

Cet endroit leur plairait, elle en était sûre.

Chapitre 17

Juin 1965

Chère Annie,

Je te prie de m'excuser pour mon silence à la suite de ta dernière lettre. De vilaines choses se sont passées et je n'ai pas eu le courage de te les écrire. Ta lettre a été d'un grand réconfort et savoir que tu vas bien et que tu as retrouvé ta famille me comble de joie ! Raconte-moi tes journées, que fais-tu en dehors de l'école ? Est-ce que tu t'es fait de nouvelles copines ?

Le jour de Noël, mon petit frère a eu un grave accident. Il s'est fait renverser par une moto alors qu'il faisait du vélo dans la cour, et tout cela par ma faute. Il est resté une semaine dans le coma, et nous avons tous cru qu'il n'allait jamais se réveiller. Cette semaine a été la plus longue de ma vie.

Mais il s'est réveillé, il a parlé, puis il a remarché au bout de deux jours, et maintenant il va bien. Il est drôlement robuste, mon frère. Je t'assure qu'en le voyant s'envoler dans les airs après le choc avec la moto, et après avoir tenu dans mes mains sa tête en sang, je pensais ne jamais le revoir vivant.

Lorsque Mouna m'a annoncé son réveil, j'en ai tellement pleuré de soulagement qu'au bout d'un moment je ne savais même plus pourquoi je pleurais. Malheureusement, je crois que cette semaine affreuse a fait replonger papa… J'en suis même sûre puisque je l'ai vu. Et que Pierre et moi nous partons vivre ailleurs avec maman à la fin du mois. Mouna reste avec papa, je ne la verrai plus beaucoup non plus. J'ai quitté si vite la maison pour ne pas alerter papa que je n'ai pas pu emporter beaucoup d'affaires. Je n'ai pas pu prendre mes livres, mes peluches, ni les quelques photos qui étaient rangées dans ma commode. Heureusement, j'ai calé ma robe bleue et tes lettres au fond de mon cartable, je ne voulais pas partir sans elles.

Je ne connais pas l'adresse où tu pourras m'écrire, mais je te l'enverrai une fois que je serai installée, je te le promets.

Ne m'oublie pas.

Je t'embrasse,

Jeanne

Chapitre 18

Juillet 1965

Le garçon passa un bras autour de sa taille, ce à quoi elle répondit par un sourire minaudeur, battant des cils tout près de son visage pour finir de l'appâter. Le garçon était plus vieux qu'elle d'au moins deux ou trois ans. Mouna lui en donnait dix-huit, flattée qu'un jeune homme de son âge puisse poser des yeux intéressés sur elle.

Elle l'avait vu traîner à plusieurs reprises dans le café à côté de l'épicerie en même temps qu'elle. Avec ses copines, elles y venaient presque tous les jours après le travail pour boire un café, et ils échangeaient des regards furtifs d'un bout à l'autre de la salle.

Elle s'était accoudée au bar pour commander une limonade et il l'avait rejointe avec ce geste intime qui lui avait donné des frissons. Il s'appelait Nino, avait une voix grave et travaillait à la menuiserie au bout du boulevard. Son autre main, posée sur le comptoir, semblait rêche et calleuse, et Mouna trouva cela extrêmement sensuel. Ils discutèrent un moment, puis Nino sortit un cigarillo de sa poche arrière, le mit au bord de ses lèvres fines et s'éloigna en lui donnant rendez-vous au lendemain.

Il l'attendait déjà dans son coin quand elle pénétra dans le café à l'heure dite. Il lui fit un signe de la main et se leva pour s'approcher. Sans préambule, il se pencha vers elle et lui chuchota à l'oreille.

« J'habite juste au-dessus, ça te dirait de monter ? On serait mieux pour discuter. »

Mouna acquiesça sans la moindre hésitation. Elle ne voulait sûrement pas perdre l'intérêt qu'il lui portait par un refus mal à propos.

Le studio de Nino était minuscule mais bien conçu, et chaleureux. Partout sur les murs, il y avait des posters de motos en tout genre. Des Harley Davidson, Ducati, Yamaha. Au-dessus de la kitchenette, il y avait même la photo d'une Vespa gris-bleu, exactement comme celle de son père, ce qui fit sourire Mouna.

Nino lui proposa à boire et Mouna opta pour un verre d'eau qu'elle but d'un trait. Elle se sentait nerveuse et curieuse à la fois. Elle n'était pas idiote, elle savait pourquoi elle était ici, et elle y était de son plein gré. À quinze ans, elle allait connaître les plaisirs de la chair, ceux pour lesquels les gens étaient parfois prêts à tout et qui suscitaient tant de concupiscence des uns et des autres. Sa copine Sandra lui en avait vanté les mérites comme si elle lui vendait un produit de supermarché.

« Tu devrais t'y mettre, mais prends un garçon un peu plus vieux, il aura plus d'expérience et tu seras plus satisfaite » avait-elle conclu avec un clin d'œil. Sandra n'avait que seize ans, mais elle l'avait fait déjà plusieurs fois. Et Mouna ne voulait pas être à la traîne sur le sujet.

À peine assis sur le canapé-lit de la pièce principale, Nino n'y alla pas par quatre chemins.

Il effleura sa pommette : « Tu es très jolie, tu sais. » Il l'embrassa, un baiser spectaculaire et expansif, où sa bouche semblait vouloir la dévorer tout entière, mais sans l'émotion qui allait avec. Il paraissait faire ça comme un automate, sans même ouvrir les yeux pour la regarder entre deux baisers. Nino les enchaînait plutôt comme il aurait enchaîné la coupe de ses plaques de bois, méthodique. Rapidement, il laissa courir ses mains massives sur les épaules et le dos de Mouna, puis sur son ventre et ses seins, et elle se laissa faire, observant les sensations de désir naissant au creux de son pubis.

Il se leva soudain, et se déshabilla précipitamment, révélant en quelques secondes son corps nu et couvert de poils bruns. En le détaillant de haut en bas, Mouna ne fut plus si sûre, tout à coup. Ce sexe tendu juste devant son visage ne provoqua en elle aucun appétit particulier. Elle était presque déçue. Voilà donc ce qui rendait les hommes si fiers ? Cette protubérance peu esthétique, peu ragoûtante, d'où venait leur illusion de supériorité ?

Elle aurait préféré partir sans demander son reste et remettre ça à plus tard, comme un devoir ennuyeux dont il faudrait tôt ou tard se débarrasser. Mais qu'allait-il penser d'elle si elle se refusait à lui maintenant, après s'être laissée guider jusqu'à ce moment, l'avoir fait espérer et se mettre dans tous ses états ? Il ne poserait plus ce regard de braise sur elle, voire plus de regard du tout. Il irait chercher une autre proie. Or elle n'en avait pas envie. Elle voulait qu'il continue de la regarder, de la désirer.

Il déboutonna doucement son chemisier, dégrafa son soutien-gorge puis fit glisser adroitement sa jupe le long de ses cuisses. Il n'en était pas à son coup d'essai, se dit Mouna, la peau hérissée de frissons parce qu'elle avait froid, soudain, en culotte. Elle croisa les bras sur sa poitrine pour couvrir sa nudité, mais Nino lui saisit les mains et les embrassa fougueusement. Il la bascula délicatement sur le canapé et retira la dernière pièce de vêtement sans rencontrer la moindre résistance. Ils étaient à présent nus, l'un contre l'autre. Une odeur légèrement âcre, de sexe et de transpiration, flottait dans l'air.

Aujourd'hui, elle serait une femme, une vraie.

Elle marcha jusqu'à la Madeleine, absente. Le bilan de son expérience était pour le moins mitigé : elle avait eu mal, et elle avait saigné, beaucoup. Elle saignait toujours, d'ailleurs ; elle sentait un peu de liquide poisseux coller au fond de sa culotte. L'acte en lui-même avait duré cinq minutes, tout au plus, avant que Nino ne pousse une sorte de mugissement animal et ne s'effondre à côté d'elle, exténué. Elle était sortie de là perplexe, mais Nino avait l'air bienheureux et rassasié, alors elle était rassurée.

Quand elle passa la porte de l'appartement familial, son père était déjà rentré du travail. Elle le trouva avachi sur une chaise du salon, le regard plongé dans le verre qu'il tenait à la main. Il l'interpella d'une voix rocailleuse.

« T'étais où ? Le repas va pas se faire tout seul.

— Moi aussi je travaille, je te rappelle, je peux pas être partout ! » rétorqua-t-elle, agacée.

Elle regretta soudain ces week-ends où son père investissait la cuisine pour préparer les repas en chantonnant. Des odeurs délicieuses ne tardaient pas à s'en échapper, les odeurs de sa cuisine méditerranéenne et ensoleillée à base d'huile d'olive, de basilic et d'herbes de Provence.

Depuis que Jeanne, Pierre et sa mère étaient partis, il ne mettait plus un pied dans cette pièce de la maison. Si elle n'était pas là pour s'y coller, il ne se nourrissait pas. Ou bien il remplissait son estomac d'autre chose, de liquide ambré par exemple.

Ce soir, en attendant qu'elle rentre, il avait déjà commencé son œuvre. Il lui lança un regard noir et se leva en s'aidant du dossier de la chaise. Il la désigna ensuite de son verre presque vide.

« Pourquoi est-ce que tu es restée ici, d'abord ? Hein ? À croupir avec ton ivrogne de père… Pourquoi tu n'es pas partie avec ta *déserteuse* de mère ? articula-t-il avec difficulté.

— Parce que ma vie est ici, je te l'ai déjà expliqué. »

Il s'approcha d'elle pour venir coller son visage à quelques centimètres du sien, mais elle tint sa position, déterminée.

« Qu'est-ce que tu veux ? le défia-t-elle en avançant un peu plus son visage. Tu veux que je parte, moi aussi ? Que tu te retrouves tout seul ? C'est ça que tu veux ? »

Leurs fronts se touchaient presque, et Mouna sentit les vibrations alcoolisées d'Albert dirigées contre elle.

« Ne fais pas ta maline, Mouna… » dit-il en saisissant fermement son bras. Mouna se dégagea aussitôt, enragée. Elle attrapa la main d'Albert cramponnée à son bras et la retourna à son envoyeur avec toute la force dont elle était capable.

« Arrête ça tout de suite ! Je ne suis pas maman ! » hurla-t-elle, hors d'elle.

Albert regarda son propre bras, sa propre main, comme s'ils ne lui appartenaient pas, comme s'il les découvrait à peine. Il demeura un instant muet. Puis, tel un château de cartes fauché par la brise, il s'effondra brusquement dans les bras de sa fille.

Un sanglot pathétique s'échappa de sa gorge sous les yeux médusés de Mouna. « Non, tu n'es pas ta mère… »

Hélène, elle, était partie. Pour toujours.

Chapitre 19

Août 1965

L'air était lourd et chargé d'humidité. Telle une chape de plomb, la chaleur avait atteint un pic quasi insoutenable lors de ces derniers jours du mois d'août. La sueur perlait sur les fronts le jour, engorgeait les draps la nuit. Les enfants du centre s'agitaient comme des mouches, énervés et incommodés par la canicule. Jeanne ne dormait pas beaucoup, elle restait éveillée de longues heures dans la moiteur de son lit en écoutant la respiration de Pierre et les coassements des crapauds qui s'en donnaient à cœur joie.

Qu'elle n'avait pas été sa surprise en découvrant le somptueux manoir de Ludmilla. Sa mère, qui était venue les chercher dès le premier jour des vacances d'été, leur avait demandé de fermer les yeux juste avant d'arriver à destination. Transportés d'avoir retrouvé leur mère, les deux enfants avaient joué le jeu avec entrain. Ils se tenaient tous les trois la main tandis qu'ils avançaient en rang d'oignon, guidés par la voix d'Hélène. Pierre trichait de temps à autre en ouvrant un œil curieux et se faisait gentiment réprimander par sa mère. Jeanne, elle, fermait les yeux du plus fort qu'elle le pouvait en marchant à tâtons sur le bord du chemin qu'elle devinait en terre sous ses pieds, sa valise fermement vissée à la paume de sa main.

Elle entendit le bruit d'un portail qui s'ouvre. Des odeurs de fleurs, de thym et de romarin caressèrent son odorat. Des rires d'enfants, aussi, quelque part au loin. Puis Hélène les autorisa à ouvrir les yeux.

Leurs mains toujours entrelacées, ils restèrent tous deux ébahis devant le spectacle du jardin arboré et de la bâtisse monumentale dont les toits semblaient piquer le ciel.

Pierre s'exclama, à moitié apeuré, à moitié excité :

« Maman, c'est un château hanté ! »

Jeanne et Hélène éclatèrent de rire. Hélène s'accroupit près de lui et lui ébouriffa les cheveux.

« Oh oui, il est hanté de plein d'autres enfants que vous devrez apprendre à connaître car ils sont un peu différents de vous. Il est hanté de jeux, de fleurs et d'amour. Mais pour l'instant, je n'y ai pas croisé de fantôme. Regarde, il y a même des poules ! »

Pendant que Pierre courait pour tenter d'attraper l'une d'elles, Jeanne repéra un arbre immense au fond du jardin et décréta pour elle-même que ce magnifique châtaignier serait désormais son compagnon de lecture. Son tronc massif possédait une petite alcôve où elle pourrait se lover confortablement pour lire. Ils visitèrent ensuite la dépendance qui leur ferait à présent office de maison. Ce n'était pas grand, il n'y avait qu'une pièce principale avec une kitchenette exiguë dans un coin et une table carrée sous une fenêtre. Un lit simple et un lit superposé venaient compléter le mobilier élémentaire. Les toilettes se situaient dans un renfoncement où une porte bancale avait été installée à la va-vite, tandis que les douches se trouvaient dans le bâtiment principal. C'était une minuscule maison de poupée, mais Jeanne s'en moquait, elle était avec sa mère et une nouvelle vie s'offrait à eux. Elle eut cependant un violent pincement au cœur en pensant à son père, à Mouna, à leur famille scindée en deux.

« Je prends le lit du haut ! » cria Pierre en escaladant l'échelle, excité comme une puce.

Jeanne laissa son spleen de côté et monta elle aussi sur la mezzanine pour taquiner son petit frère.

Elle passa les deux mois de vacances à lire sous son arbre et à jouer avec les autres enfants dont elle s'était rapidement prise d'affection. Certes, ils communiquaient différemment et avaient quelquefois des réactions qui la laissaient pantoise, mais ils étaient affectueux et pleins de vie, et elle adorait leur raconter des histoires ou leur inventer des chasses au trésor au sein de l'immense domaine. De rébus en devinettes, elle laissait parler son imagination et sa créativité à l'attention de ceux qui devenaient de jour en jour son meilleur public. La plupart des pensionnaires avaient environ son âge ; pourtant, un monde entier les séparait. Ils grandissaient physiquement, mais leur esprit, lui, resterait à jamais enfermé dans celui d'un enfant de cinq ans.

Pour le plus grand bonheur de Jeanne, Ludmilla possédait une gigantesque bibliothèque. Les rayonnages en noyer massif couraient sur toute la longueur du mur et regorgeaient d'ouvrages en tout genre. Certains livres étaient écrits dans un alphabet incompréhensible que Ludmilla lui expliqua être du cyrillique, l'alphabet de chez elle. Pour le reste, il lui faudrait certainement des années pour pouvoir tout lire, le nombre d'ouvrage se comptant par centaines.

Dans cette même bibliothèque, Ludmilla lui apprit également à se servir d'un tourne-disque et lui fit écouter un groupe dont elle s'était aussitôt éprise, les Beatles. Elle avait failli s'étouffer de rire sur la chanson *Twist and Shout* lorsque Ludmilla, dont les genoux pleins d'arthrose manquaient clairement de souplesse, s'était mise à se déhancher pour lui apprendre les rudimentaires du twist.

Leur rencontre avait été d'une simplicité déconcertante. En cinq minutes, l'affaire était pliée. Ludmilla avait su gagner la confiance de la jeune fille. Quant à Jeanne, elle avait sûrement dû la connaître dans une autre vie, il ne pouvait en être autrement pour expliquer cette mystérieuse connexion entre elles.

Jeanne aimait flâner dans les couloirs obscurs du manoir et observer les nombreuses peintures qui y étaient exposées. Elle plongeait son regard dans leurs paysages et voyageait à travers eux. Sa mère la retrouvait parfois plantée au milieu d'un couloir en train d'examiner minutieusement une œuvre sans bouger d'un cil.

Avec les grincements du parquet en bois sombre et les courants d'air, telles des respirations sous les hauts plafonds, Jeanne était convaincue que la demeure avait une âme. Elle n'était peut-être pas hantée, mais elle était chargée d'histoire, d'art et d'une essence presque divine, échappant aux lois du temps qui altèrent toute chose.

Avec sa mère et Pierre, ils étaient seulement descendus deux fois à Nice pour rendre visite à Mouna, mais la tension que l'événement avait provoquée chez sa mère les avait dissuadés d'y retourner. Chacun avait besoin de temps, d'espace. Ici, loin de leur ancienne vie, loin de tout, ils soignaient leurs blessures.

Dans quelques jours seulement, Jeanne intégrerait son nouveau collège, et cela l'angoissait. Elle se sentait usée de repartir de zéro, une fois de plus. Trouver sa place, se faire accepter, même à 10 ans trois quarts, tout ça n'était pas aussi aisé que les grandes personnes voulaient le lui faire croire.

Annie ne lui avait pas donné de nouvelles de tout l'été. Jeanne se demandait si elle ne s'était pas trompée en lui transmettant sa nouvelle adresse et lui renvoya donc une autre lettre pour lui raconter ses vacances, veillant à noter correctement l'adresse du centre au dos de celle-ci. Quant à Paul, son dernier dessin datait du début d'année, mais elle ne lui en voulait pas. Il lui avait déjà tant donné ! Elle savait qu'il pensait à elle de temps en temps, et cela lui suffisait.

Ce matin-là, l'air était encore plus pesant que d'habitude. De lourds nuages noirs s'amoncelaient sur les cimes avoisinantes, promettant à la terre assoiffée une douche réconfortante, presque vitale. L'orage approchait.

Pierre ouvrit au facteur et récupéra une petite liasse de lettres avec un grand sourire. C'était son plaisir de la journée, de distribuer le courrier à Ludmilla d'un air conspirateur. Il passa les lettres en revue à voix haute, fier de pouvoir en décoder chaque mot, puis courut vers Jeanne, assise au pied du châtaignier. Ses petites jambes maigrelettes tricotaient à toute allure.

« Lettre pour toi, Jeanne ! »

Annie, enfin. Elle tendit le bras avec impatience.

Malheureusement, l'écriture en pattes de mouche n'était pas celle d'Annie. Déçue, elle décacheta l'enveloppe.

Jeanne, mon enfant,

C'est le cœur lourd que je t'écris cette lettre. Je ne sais comment t'annoncer cette tragédie.

Au début du mois d'août, Annie a été victime d'une violente détresse respiratoire et elle est entrée en urgence à l'hôpital à côté de chez elle, en Bretagne. Malheureusement, son état s'est rapidement dégradé et elle est décédée le 10 août entourée de ses parents et de sa sœur.

Elle a laissé quelque chose pour toi, mais elle n'a pas eu le temps de te l'envoyer. Ses parents me l'ont fait parvenir à Vernoux en même temps que cette funeste nouvelle, et j'ai hésité à faire le déplacement pour pouvoir te dire tout cela en personne, mais certaines obligations au préventorium m'en ont empêché. Sache tout de même que toutes mes pensées sont avec toi.

Rien ne te consolera dans ce moment de douleur, mais j'aime me rappeler ceci lorsque je fais face à la perte d'un être cher : « Mieux vaut avoir aimé et perdu ce que l'on a aimé, que de n'avoir jamais connu l'amour. »

La trace de son amitié dans ton cœur t'épaulera toute ta vie.

Que Dieu te protège.

Père Charrin

Jeanne sentit une première goutte tomber sur son front. Puis, d'un coup, tout devint noir.

Chapitre 20

Deux ans plus tard
Novembre 1967

« Il y en a marre, Jeanne, tu as tout le temps des bonnes notes ! Quand est-ce que tu vas nous laisser exister un peu aux yeux des profs ? »

Jeanne s'empourpra puis éclata de rire tandis qu'elle sortait du collège en compagnie de Louise et Juliette. À 16 heures, la lumière déclinait déjà à la vitesse grand V. Elles se mirent en route sans tarder, bras dessus bras dessous pour se réchauffer, et marchèrent jusqu'à l'arrêt de bus tout en parlant avec animation. Alors qu'elles entamaient, à tue-tête, *Les Sucettes à l'anis* de France Gall – Jeanne n'en saisirait l'équivoque que des années plus tard, honteuse de sa naïveté –, le moteur d'une Vespa crachota derrière elles et s'arrêta à leur hauteur. C'était Michel, un élève de troisième qui tournait autour de Juliette depuis la rentrée sans se décourager devant la totale indifférence de la jeune fille à son égard. Il faut dire que son adorable minois aux pommettes hautes et aux yeux gris encadré de cheveux courts bruns faisait fureur chez les garçons du collège.

« Salut les filles, il y en a une de vous qui veut faire un tour ? »

Au moins, se dit Jeanne, il avait la politesse de faire semblant, bien que son regard ne fût fixé que dans une seule direction.

« Non merci ! répondirent-elles de concert.

— Vous êtes sûres ? Je suis certain que ça vous plairait, elle peut quand même aller jusqu'à 90 kilomètres à l'heure ! » proclama Michel en se redressant fièrement.

« N'insiste pas, Michel, rétorqua Juliette, tu vas nous faire tuer. » Elles continuèrent leur chemin puis gloussèrent en le regardant s'éloigner, déçu.

« Et toi Juliette ? Quand est-ce que tu vas nous laisser exister aux yeux des garçons ? la taquina Jeanne en lui chatouillant les côtes.

— C'est Michel, les filles, ça ne compte pas, c'est un *paillassou*[1] ! Il a dû redoubler au moins deux fois sa troisième ! Et puis qu'est-ce qu'il croit ? Que, parce qu'il a une Vespa, il va tout de suite plus m'intéresser ? s'insurgea-t-elle en soufflant sur sa frange qui lui tombait devant les yeux.

— Je me disais bien que ce n'était pas la peur de mourir qui te faisait refuser. Parce que si c'était Germain qui te demandait de faire un tour, tu n'en aurais que faire de mourir, n'est-ce pas ? se moqua Louise en pouffant.

— Pour Germain, je me jetterais sous un train ! » proclama Juliette en plaçant le dos de sa main sur son front d'un air théâtral.

Une fois encore, Jeanne rit aux éclats devant les caricatures de ses deux camarades. Depuis deux ans et le début de leur amitié, rien ne la faisait autant rire que leurs pitreries.

Elle était à une centaine de mètres quand elle aperçut son bus approcher de son arrêt.

« Je dois y aller les filles, je vais rater mon bus. À lundi !

---

1. Bon à rien.

— Tu viens à la soirée pyjama chez Francine, demain ?

— Je ne peux pas, les enfants font un spectacle de danse et je dois y être ! dit-elle en enfilant son cartable sur ses deux épaules avant de s'élancer.

— C'est ça, passe un bon week-end avec tes fous ! lui lança Juliette.

— C'est pas des fous ! » cria Jeanne en se retournant. Elle courut à grandes foulées pour rejoindre le bus prêt à quitter l'arrêt. L'été précédent, le corps de Jeanne avait commencé sa mutation. Ses cheveux, autrefois hirsutes, tombaient à présent en lourdes boucles brunes sur ses épaules ; ses jambes s'étaient allongées, accentuant leur maigreur, et sa poitrine s'était légèrement arrondie. La croix en or qu'Annie lui avait fait parvenir avant de mourir se balançait au bout d'une longue chaîne, et elle la rentra dans le col de sa chemisette par réflexe.

Le bus se déporta sur la gauche pour amorcer son départ lorsque Jeanne tapa à la porte vitrée, à bout de souffle. Le chauffeur lui ouvrit la porte en rigolant :

« Ben alors, Jeanne ! Respire un peu !

— Bon… bonjour monsieur Ju… Julian, peina-t-elle à articuler. Je crois bien que j'ai battu mon record personnel…

— Allez, dépêche-toi, j'ai croisé ta mère ce matin et elle m'a dit qu'elle avait besoin de toi pour préparer je-ne-sais-quoi au manoir. »

En arrivant au Zéphyr, Jeanne retrouva sa mère affairée dans la salle de jeux avec une douzaine d'enfants. Jean-Marc l'accompagnait, comme souvent, et elle resta en retrait pour les observer quelques minutes. Le jeu proposé était un mime, ce qui faisait beaucoup rire les petits pensionnaires. Quand le tour de Jean-Marc fut venu, il dut mimer une poule et Hélène ne put résister à son interprétation plus vraie que nature. Elle tapa dans ses mains et rit de bon cœur, la tête renversée en arrière.

Jeanne lui fit un signe de la main pour lui indiquer qu'elle était rentrée puis sortit dans le jardin malgré la pénombre et alla s'asseoir contre son arbre, Léon, ainsi qu'elle l'avait nommé. Elle aimait tant ses larges racines apparentes et son écorce rugueuse, ses longues branches comme des doigts tendus vers le ciel et ses grandes feuilles à dents pointues. Au début de l'automne, elle devait rester vigilante. Çà et là, des bogues épineuses grosses comme le poing tombaient sans crier gare. Mais ensuite, Ludmilla faisait griller des plaques entières de châtaignes au four et l'odeur qui s'en échappait était assez persuasive pour la faire rentrer illico presto.

Plus que tout, elle aimait la force tranquille qu'il lui transférait, rassurante et immuable. Quel que soit le déroulé de sa vie, Léon serait là, spectateur placide du temps qui passe. Il était là longtemps avant elle, et y resterait sûrement longtemps après. Cette pensée avait quelque chose de réconfortant, comme lorsqu'elle regardait le ciel étoilé et qu'elle se sentait infiniment petite et insignifiante au milieu de l'univers. « La vie continue » disait son père. Et c'était vrai. Peu importe l'ampleur des dégâts, à l'échelle d'un être ou de l'humanité tout entière, la vie continuait, toujours.

Elle sortit un carnet de son cartable, un crayon, et se mit à griffonner à vive allure, la nuque pliée.

Ma chère Annie,

Je suis sous mon arbre, celui que tu aurais sûrement adopté au premier regard si tu étais venue me visiter un jour au manoir. Ses feuilles commencent à roussir, on dirait qu'il s'est fait la même teinture auburn que Mamie France, tu te rappelles ? Sauf que la sienne lui donne plutôt bonne mine. Il fait frais et humide, on sent que l'hiver nous attend en embuscade mais qu'il n'ose pas encore totalement s'affirmer. C'est vrai qu'il a tendance à être toujours en retard dans la région.

Demain, tu aurais eu 15 ans. Ta sœur t'aurait probablement offert l'un de ses fameux colliers de nouilles et ton père vous aurait peut-être emmenées pêcher pour fêter ça. Ta mère, elle, se serait décarcassée en cuisine pour te préparer un énorme gâteau d'anniversaire au chocolat et elle aurait insisté pour faire de tes longs cheveux un tressage compliqué et magnifique. Tu m'as tellement parlé d'eux que j'ai l'impression de vous y voir. Bien que je ne sache même pas à quoi ressemble ta famille. Si je les croisais demain dans la rue, je ne saurais même pas que ce sont tes parents et ta sœur. Peut-être aurais-je un jour le courage d'aller les voir en Bretagne et de découvrir ta région natale qui avait l'air de tellement te manquer lorsque nous étions au préventorium.

Rien de bien nouveau de mon côté depuis ma dernière lettre. Ah si ! Il y a quand même un petit événement au manoir demain puisque Ludmilla, maman et les enfants préparent un spectacle pour le week-end portes ouvertes où tous les parents pourront venir nous rendre visite. Je t'avoue que ça risque d'être laborieux, les répétitions étaient déjà un vrai casse-tête, mais maman croit dur comme fer qu'ils seront prêts à temps. En parlant de maman, je crois qu'elle a un petit faible pour Jean-Marc d'ailleurs, elle est toute guillerette et j'ai vu qu'elle avait remis un peu de mascara ces derniers temps.

Je te laisse car je commence à avoir froid et puis je vais aller aider tout le monde à terminer les derniers préparatifs pour la fête de demain.

Où que tu sois, je pense à toi.

Je t'embrasse,

Jeanne

Elle arracha délicatement la feuille du carnet et la plia avec soin. Une fois à l'intérieur de la dépendance, elle fit glisser une boîte à chaussures de sous son lit et y introduisit la lettre. Il y en avait des dizaines d'autres, que Jeanne inspecta un moment tout en serrant la petite croix du bout des doigts, avant de refermer le couvercle et de replacer la boîte sous le lit.

Après avoir aidé à la mise en place de ce qui serait la scène du lendemain, Jeanne prétexta une fatigue soudaine et partit se coucher sans dîner. À peine arrivée dans la dépendance, elle s'allongea sur son lit et se roula en boule sous sa couverture, pliée de douleur. Elle n'était pas douillette pourtant, mais cet élancement violent au niveau de son ventre lui fit toutefois verser quelques larmes. Un rongeur semblait s'y être logé ; il la grignotait de l'intérieur et ne resterait bientôt de ses viscères qu'un amas de chairs ensanglantées. Lorsque Pierre et sa mère arrivèrent à leur tour pour se coucher, Jeanne fit semblant de dormir. Elle demeura néanmoins une partie de la nuit réveillée, les mains sur son ventre endolori. Ce ne fut qu'aux premières lueurs de l'aurore qu'elle finit par s'endormir, épuisée.

Deux heures plus tard, elle fut tirée de son sommeil profond par un martèlement continu et la sensation que Woody Woodpecker s'était invité à l'intérieur de son crâne. Les yeux fermés, vaseuse, elle identifia les onomatopées bruyantes de Pierre qui jouaient avec ses petites voitures ainsi que le sifflement aigu de la bouilloire. Son ventre la tiraillait toujours et elle aurait voulu mettre sa tête sous l'oreiller pour échapper à ce vacarme. De toute façon, à trois dans ce cabanon, c'était peine perdue. Elle souleva donc sa couverture pour sortir de son lit et découvrit une tache de sang impressionnante sur son drap. Paniquée, elle remit rapidement en place la couverture avant que sa mère ne puisse remarquer quoi que ce soit. Elle resta quelques instants assise sur son lit, effarée, puis alla s'isoler dans les toilettes sans dire un mot.

« Ça va, ma chérie ? Tu te sens mieux, ce matin ? lui demanda Hélène, son café à la main, en la voyant traverser la pièce.

— Hum hum. »

Elle constata avec effroi que sa culotte et sa chemise de nuit étaient elles aussi maculées de sang et resta pétrifiée face à la scène de crime qui s'étalait devant elle. Combien de temps allait-elle survivre avant de perdre tout son sang ? Après l'épisode de sa primo-infection et tout ce que sa mère avait déjà traversé, elle ne pouvait pas lui imposer plus de soucis. Maintenant qu'elle était de nouveau heureuse, elle devait l'aider à le rester.

Ne sachant que faire, elle se munit de papier toilette et en disposa un petit matelas au fond de sa culotte, puis enroula une serviette autour de sa taille avant de retourner s'asseoir sur son lit où elle fit mine de lire.

« Je vais y aller, Jeanne, je dois vérifier que tout est prêt pour accueillir les parents. Je t'ai préparé une tartine, si tu veux. Pierre, viens, Samir t'attend pour jouer. »

Pierre délaissa ses voiturettes sans se faire prier et se rua dehors. Jeanne le regarda disparaître en un éclair. L'énergie de son petit frère était décidément prodigieuse, contagieuse et épuisante.

« Je vous rejoins plus tard » répondit-elle laconiquement.

Hélène lui jeta un coup d'œil suspicieux puis haussa les épaules avant de fermer la porte. Après tout, Jeanne devenait aussi une adolescente, et d'ici peu, elle devrait se préparer à ne plus être en totale adéquation avec elle.

Dès que la voie fut libre, Jeanne s'empara d'un torchon et se mit à nettoyer frénétiquement la tache incrustée dans son drap. Elle fit ensuite de même avec sa culotte, penchée au-dessus de l'évier, tout en guettant un retour éventuel de sa mère. Elle ne devait laisser aucun indice.

Ludmilla, Hélène, Jean-Marc et Céline accueillirent les visiteurs au fur et à mesure de la matinée. Les enfants, dont certains avaient été privés de leurs parents depuis de longs mois, étaient euphoriques et nerveux, et Hélène dut redoubler d'attention pour faire en sorte que la journée se déroule sans accroc. Le spectacle pourtant brouillon rencontra un franc succès auprès de parents déjà conquis. Après quoi, la fête battit son plein dans l'immense salle de bal où le plafond voûté et les colonnes en pierre donnaient à la réception un air de banquet médiéval. Ludmilla avait mis les petits plats dans les grands ; traiteur, musiciens, serveurs, champagne, elle avait tenu à ce que tout soit parfait. Rayonnante dans sa robe rouge à pois et ses escarpins vernis, elle jouait son rôle de maîtresse de maison avec légèreté et élégance, comblée de pouvoir montrer à ses visiteurs que leurs enfants étaient entre de bonnes mains. Qu'ils étaient compris, acceptés, choyés, peu importent leur handicap ou leurs difficultés.

L'agitation joyeuse qui régnait au sein du manoir n'arrivait cependant pas à atteindre Jeanne, trop soucieuse pour participer aux festivités. Elle s'était mise en retrait, coupée du monde, dévorée par l'inquiétude.

Alors qu'elle s'éclipsait une fois de plus dans le couloir pour se rendre aux toilettes, Ludmilla l'intercepta, une coupe de champagne à la main.

« Tout va bien ma belle ? Tu étais toute pâle hier soir en allant te coucher et je te vois sans cesse aller aux toilettes. Tu es malade ? »

Elle ne demandait que ça, partager son fardeau, son effroi de la voir se vider de son sang inexorablement, mais elle savait que Ludmilla allait tout de suite en parler à sa mère.

« J'ai dû manger quelque chose de mauvais hier, j'ai juste un peu mal au ventre, mais tout va bien ! mentit-elle avec une étonnante facilité. Le spectacle était vraiment super, maman avait raison, les enfants sont pleins de ressources.

— Je t'avoue que je ne les aurais jamais pensés capables de ça, lança-t-elle gaiement, un peu grisée par le champagne. Ta mère leur a insufflé tant de confiance qu'ils se sont surpassés ! Tu as vu les yeux de leurs parents ? Même eux ne s'y attendaient pas. »

Jeanne approuva d'un hochement de tête.

« Pourras-tu nous aider à tout ranger ce soir ? Je sais que je t'en demande beaucoup, mais ton aide nous est vraiment très précieuse.

— Oui, bien sûr. »

Ludmilla posa une main sur son épaule et s'apprêta à rejoindre ses invités. Mais avant de pénétrer dans la salle, elle se retourna.

« Jeanne ! Je voulais te dire. Ta mère est l'une des personnes les plus fortes que j'ai rencontrées. Tu peux lui faire confiance. » Elle appuya son regard d'un signe de tête et disparut.

Les paroles de Ludmilla résonnèrent dans sa poitrine. Mais Jeanne ne pouvait changer d'avis. Elle ne supporterait pas de causer une fois de plus du souci à sa mère. De voir le pli entre ses yeux se creuser davantage.

Pour l'heure, elle saignait toujours abondamment. Les feuilles de papier toilette n'arrivaient plus à endiguer le flux de liquide poisseux qui s'échappait d'entre ses cuisses. Elle se demanda combien de temps il lui faudrait pour qu'elle se vide de son sang, et si elle ne devait pas en parler à quelqu'un avant de tomber dans les pommes pour de bon. Cela avait été si soudain, que lui arrivait-il ? La présence de Mouna lui manqua terriblement à cet instant. Sa grande sœur aurait peut-être pu l'aider sans trahir son secret. Oui, elle aurait su quoi faire. Malheureusement, entre son travail, son petit ami et ses sorties, Mouna n'avait eu que très peu de temps pour leur rendre visite, et le fil précaire de leur relation s'était peu à peu distendu.

Le lundi matin, après une nouvelle nuit blanche, elle arriva au collège d'un pas lourd, le visage fermé et les yeux cerclés de noir. Mue par son habituelle délicatesse, Juliette n'alla pas par quatre chemins pour lui faire remarquer sa mauvaise mine.

« Ben alors, Jeanne ! Vous avez fait une grosse fiesta ce week-end, on dirait ? »

Elle poussa Louise du coude en s'esclaffant, mais cette dernière lui adressa un regard noir. Du menton, elle désigna Jeanne qui fixait le sol d'un air désespéré. Louise lui prit le bras et l'entraîna à l'écart, sitôt rejoint par Juliette.

« Ça va ? lui demanda-t-elle doucement. Tu m'as vraiment pas l'air dans ton assiette.

— Je suis très malade... » murmura Jeanne. Les larmes en approche lui picotaient les yeux. « Je vais aller voir l'infirmière aujourd'hui, mais cela fait deux jours que mon état empire.

— Tu es malade ? Qu'est-ce que tu as ? » la questionna Juliette, à présent inquiète.

Elle garda les yeux baissés. « Je... Je suis très fatiguée et je... je perds beaucoup de sang... Beaucoup trop pour que ce soit normal.

— Du sang ? Où ça ? Tu saignes d'où ? »

Elle se sentait si mal à l'aise qu'elle n'osa prononcer un mot. Elle montra simplement du doigt son entrejambe, soudainement honteuse.

« Tu saignes de là ? Tu es bien sûre ? » lui demanda Louise qui ne put cacher le sourire dans sa voix.

Elle hocha la tête, les yeux toujours rivés au sol. Elle était sur le point de fondre en larmes.

Juliette et Louise échangèrent un regard avant de partir dans un fou rire incontrôlable.

Humiliée jusqu'au plus profond de son être, Jeanne se détourna avec rage et commença à marcher d'un pas rapide vers l'infirmerie.

Juliette la rattrapa et lui agrippa le poignet pour la forcer à s'arrêter. Jeanne la fusilla du regard sans que celle-ci ne se départît de son sourire.

« On ne se moque pas de toi ! On est juste soulagées. Tu n'es pas malade, *babatchou*[1] ! Tu ne vas pas mourir. Tu es juste une femme. »

Jeanne la regarda, interdite, persuadée que son amie continuait de se moquer d'elle. Louise intervint, plus sérieuse :

« Tu as tes règles, Jeanne. C'est pas grave. Toutes les femmes ont leurs règles. Et tu es la première de nous trois à les avoir, félicitations ! »

Elle n'avait aucune idée de ce que cela voulait dire. Elle les dévisagea à tour de rôle, confuse.

« Tu sais ce que sont les règles, quand même ? »

Après un instant d'hésitation, Jeanne secoua la tête.

« Tu n'as jamais parlé de ça avec ta mère ? Ta sœur ? Quelqu'un d'autre ? »

Elle resta silencieuse, prenant conscience de son ignorance.

« T'inquiète pas… lui dit tendrement Louise. On va te faire un cours de rattrapage. Et on ira demander ce qu'il faut à l'infirmerie. »

1. Nigaude.

Juliette enroula un bras autour de son cou.

« La bonne nouvelle, c'est que tu n'es pas encore débarrassée de nous ! » clama-t-elle en lui tirant la langue.

Jeanne observa le visage de son amie tout près du sien, le coin de sa bouche relevé en une mimique irrésistible, et ne put retenir un rire empreint de soulagement. Un rire venu de loin.

De retour au manoir en fin d'après-midi, Jeanne s'empressa de rejoindre sa mère qui s'affairait dans le réfectoire alors que le dîner allait être servi.

« Bonjour, ma puce, lui dit affectueusement Hélène en la voyant approcher. Tu as passé une bonne journée ? »

Sa mère, bien que souriante, avait l'air exténué. Jeanne hésita avant de lui parler.

« Coucou, maman. Oui, ça va, on va dire que c'était une journée instructive.

— Bien, bien » répondit-elle mollement avant de se remettre à placer les couverts sur les tables.

Jeanne resta un instant auprès de sa mère, empruntée, puis décida qu'elle pouvait encore attendre. Ce n'était pas le moment.

« Tu veux me dire quelque chose ? » lui demanda Hélène en se redressant.

Figée dans sa réserve et sa maladresse, Jeanne hocha simplement la tête et lui désigna la sortie.

« Céline ! appela Hélène. Tu peux finir de préparer les tables ? Je reviens dans cinq minutes. »

Elle suivit Jeanne à l'extérieur et toutes deux firent quelques pas dans le jardin. La nuit était tombée, Jeanne frissonna. Elle ne savait pas pourquoi elle appréhendait tant cette conversation avec sa mère. Après tout, d'après ce que lui avaient expliqué ses amies, elle passait par une étape tout à fait normale. Justement… Peut-être en voulait-elle à sa mère de ne pas l'y avoir préparée, de l'avoir laissée se ridiculiser par ses immenses lacunes.

« Maman… J'ai mes règles.

— Ah… » Hélène ne s'y attendait pas. Prise de court, elle chercha ses mots. « Et… depuis quand ?

— Samedi matin, dit Jeanne en rougissant.

— Oh… » Un nouveau silence s'installa.

« Cela fait plus de deux jours que tu as tes règles et tu ne m'en as pas parlé ? »

Jeanne baissa la tête.

« Je ne savais pas ce que c'était… J'ai cru que j'étais très malade et que… j'allais mourir, avoua-t-elle. Je n'ai pas voulu t'inquiéter… »

Hélène observa sa fille, si douce, et une émotion intense la submergea. Elle travaillait tellement depuis son arrivée au manoir, se dévouant corps et âme à sa nouvelle vie, en partie pour oublier l'ancienne, qu'elle n'avait pas eu de vraie conversation avec sa fille depuis des mois. Elle ne l'avait pas vu grandir et avait négligé bien des aspects de son instruction de jeune femme. Mais Jeanne était si indépendante, si raisonnable et discrète ; elle avait inconsciemment compté sur elle pour s'éduquer toute seule.

Le poids de la culpabilité lui coupa les jambes. Elle se frotta les yeux, proposa à Jeanne de s'asseoir sur les marches du perron, puis elle se tourna vers elle. Sa voix ne révéla rien de son cataclysme intérieur :

« Jeanne, dit-elle posément, je suis ta mère, et c'est moi qui suis censée te protéger, pas l'inverse. Oui, la vie n'a pas été toujours tendre avec nous, mais c'est la vie, Jeanne ! Chacun a son histoire et ses fardeaux à porter. J'ai trois merveilleux enfants, je fais un métier que j'aime, et les épreuves que j'ai vécues tout au long de ma vie m'ont renforcée. Je me sens très chanceuse d'en être là où je suis aujourd'hui. Alors je t'en prie, cesse donc de vouloir m'épargner ! »

Elle avait prononcé ces derniers mots d'un ton autoritaire et sentit sa fille se recroqueviller à côté d'elle. Après un long soupir, elle regarda droit devant, fixant l'obscurité.

« Profite de ton enfance, Jeanne, de ton adolescence, et de l'innocence qui va avec. Ou de ce qu'il en reste… Ces années passent trop vite, crois-moi. Laisse-moi m'occuper du reste, tu veux ? »

Jeanne hocha la tête, soudain libérée d'un poids. Elle brûlait d'envie de prendre sa mère dans ses bras et de lui dire à quel point elle l'aimait. Pourtant, elle n'en fit rien.

Les secondes s'égrenèrent, jusqu'à ce que les bruits de pas des enfants dévalant les escaliers leur fassent reprendre contact avec la réalité.

« On dirait vraiment un troupeau d'éléphants, plaisanta Hélène. Si tu n'as pas envie de manger au réfectoire ce soir, je t'ai préparé un plat de lasagne, tu n'as qu'à les réchauffer au four. »

Elle se leva et lui caressa la joue.

« Tu es bien jolie, ma fille. »

Le compliment, prononcé par la femme la plus raffinée du monde aux yeux de Jeanne, valait son pesant d'or. Flattée, elle décida de la croire un instant, même si elle ne se trouvait jamais à son goût devant le miroir, jugeant son nez trop fort, ses jambes trop maigres ou ses cheveux trop épais. Ce soir-là, elle se vit à travers le regard tendre de sa mère et se sentit, pour la toute première fois, parfaite telle qu'elle était.

Chapitre 21

Avril 1968

Il était à peine 9 heures en ce dimanche matin printanier, mais le soleil brillait déjà avec panache dans un ciel dépourvu de nuages, faisant scintiller l'herbe fraîchement mouillée par la rosée. Assise sur une chaise en paille avec une tasse de café noir, la tête appuyée contre la pierre ocre du manoir tiédie par le soleil, Hélène emmagasinait chaque rayon. Elle huma longuement le parfum d'arabica qui s'échappait de la tasse. Impossible de commencer sa journée sans sa dose de caféine. Son esprit restait embrumé, son humeur maussade, jusqu'à ce que la première gorgée du liquide brûlant – elle le buvait toujours à la limite du supportable – coule dans sa gorge et fasse son effet. Peu à peu, elle sortait alors des limbes du sommeil et devenait un être sociable.

Dans l'attente de ses invités, elle avait emprunté un roman à Jeanne, mais après avoir relu trois fois la même ligne sans en comprendre le sens, elle dut admettre que son impatience était bien trop grande pour essayer de se concentrer et offrit simplement son visage aux doux rayons du matin. Elle dégusta une gorgée de café sans ouvrir les yeux. Le manoir était silencieux, enfants et éducateurs étaient repartis dans leur famille pour le week-end de Pâques, Pierre et Jeanne dormaient encore. Elle goûta au silence avec délectation.

Vers 11 heures, alors qu'elle avait finalement réussi à se plonger tant bien que mal dans son livre, elle entendit un bruit de moteur approcher dans le chemin et se leva d'un bond, le cœur battant. Cela faisait presque un an qu'elle ne les avait pas revus, et c'était la première fois qu'ils lui rendaient visite au manoir, ce qui la remplissait de joie et d'une soudaine appréhension. Elle ouvrit promptement le portail et découvrit une Citroën DS flambant neuve qui remontait le chemin de terre.

Après s'être garé, David sortit de la voiture en premier, suivi de Viviane. Il rejoignit Hélène à grands pas, la prit dans ses bras et la fit tournoyer dans les airs, comme dans ces feuilletons à l'eau de rose que regardait Ludmilla sur la première chaîne le dimanche soir.

« Je suis si heureux de te voir ! Tu es radieuse ! » Il la posa à terre et l'embrassa sur les deux joues avec un bruit sonore.

« Et moi donc ! Vous m'avez tant manqué ! Et je vois que les affaires tournent bien au restaurant, dit-elle en examinant l'automobile. Tu le mérites, mon David. »

Elle se détourna de lui pour se jeter dans les bras de Viviane qui la serra si fort qu'elle faillit l'étouffer.

« Je n'ai pas la force de te soulever de terre mais le cœur y est, ma belle ! » Elles rirent avant de s'étreindre une seconde fois.

Jeanne et Pierre arrivèrent à leur tour et le visage du garçon s'illumina aussitôt qu'il aperçut Laura. À presque dix ans, une forme de réserve s'était installée entre eux, mais Pierre ne tarda pas à lui prendre la main pour l'emmener jouer avec lui.

« Viens, Laura, j'ai construit une super cabane derrière la maison, je vais te la montrer ! »

Ils détalèrent à toute allure vers le jardin sous le regard attendri de leurs mères.

« Moi aussi, je suis contente de te voir, petit Pierre », lança Viviane, sarcastique, avec un signe de la main. « Bon, on va dire qu'il y a des amitiés qui éclipsent toutes les autres, n'est-ce pas ? » dit-elle en faisant un clin d'œil à Hélène.

« C'est drôle, ajouta David, ces deux-là me font penser à toi et moi à leur âge. Ils ont l'air si bien ensemble, si complices !

— Sauf que là, ça ne m'étonnerait pas qu'ils finissent par flirter un peu. Enfin, on n'en est pas encore là, Dieu merci ! » ajouta Viviane, la main sur le cœur.

Hélène se pencha vers elle, l'air contrarié. « Mouna n'a pas pu vous accompagner ?

— Non… Elle m'a dit qu'elle passait Pâques chez les parents de Marco… »

Hélène baissa la tête mais refusa de se laisser aller à trop de sentimentalisme. Mouna avait presque dix-huit ans, elle avait toujours été très indépendante ; Hélène devait accepter ses choix. La déception qu'éprouverait Jeanne en découvrant son absence lui fendit néanmoins le cœur.

Cette dernière embrassa à son tour David et Viviane, qui ne put s'empêcher de s'exclamer d'un ton théâtral : « Mon Dieu comme tu as grandi, Jeanne ! Tu es magnifique !

— Merci, tante Vivi. Laura aussi a bien grandi. Vous nous avez manqué depuis tout ce temps.

— Presque un an déjà, ma Jeannette… Le temps passe beaucoup trop vite. »

Jeanne chercha un instant sa sœur du regard mais ne laissa rien transparaître quant à son absence. Hélène l'observa. S'était-elle déjà fait une raison ? Savait-elle qu'elle ne viendrait pas ?

Sur les marches du perron, Ludmilla apparut à son tour, parée d'un tablier maculé de chocolat.

« *Boje moï*[1] ! David ! s'écria-t-elle. J'étais en train de préparer un gâteau et je ne vous ai pas entendus arriver. »

Elle descendit l'escalier et courut les rejoindre, un sourire éclatant illuminant son visage.

« David ! dit-elle en le prenant dans ses bras. Comme je suis heureuse ! Tu as l'air en pleine forme. » Elle le regardait avec tant d'amour qu'Hélène, piquée par la curiosité, se demanda de nouveau d'où venait le lien qui les unissait. Il lui rendit son étreinte et enfouit sa tête au creux de son cou. Hélène et Viviane s'écartèrent pour offrir un peu d'intimité à leurs retrouvailles, mais après s'être laissé aller un instant dans ses bras, Ludmilla le repoussa gentiment :

« Tu en as mis du temps à venir me rendre visite ! » le sermonna-t-elle en lui donnant une petite tape sur la tête.

Toujours en souriant, elle essuya une larme au coin de l'œil, veillant à ne pas faire couler son mascara. C'était bien la première fois qu'Hélène la surprenait émue aux larmes, elle chez qui la fierté de l'Est et la bonne humeur communicative ne laissaient guère de place pour la nostalgie.

« Pardonne-moi, Liuda, avec le restaurant, je n'ai pas une minute à moi ! Il marche du tonnerre, tu sais. Tu devrais descendre un jour. Tu seras mon invitée.

— Oh, je suis bien ici tu sais, à la campagne, je suis une vieille femme maintenant...

— *Ty ne staraia, ty prekrasna kak den !*[2]

— Arrête un peu ton numéro de charme ! rougit-elle en lui prenant le bras. Et venez donc vous installer ! Il fait si bon aujourd'hui que j'ai dressé la table sous la tonnelle. Vous me direz des nouvelles de mon *Leningradsky*. »

1. Mon Dieu.
2. Tu n'es pas vieille, tu es belle comme le jour.

Installés sous la tonnelle en fer forgé, ils goûtèrent à la cuisine natale de Ludmilla qui se réjouissait de leur faire découvrir les saveurs de son enfance. Ainsi, après le *bortsch*, le fameux potage de légumes slave dont elle tenait la recette de sa grand-mère, vint le *golubtsy*, une variante de chou farci au bœuf et au riz, puis le *Leningradsky*, probablement le gâteau le plus riche qu'il avait été donné à Hélène de goûter.

« C'était absolument divin ! s'extasia Hélène. Vous vous êtes surpassée, Ludmilla !

— Je vais exploser, lâcha Viviane en se tenant le ventre. Je crois que j'ai abusé en reprenant une part de ce délicieux gâteau. Je suis incorrigible.

— Ne vous inquiétez pas, lui répondit malicieusement Ludmilla. Je connais un excellent moyen de faire passer tout ça. »

Elle se pencha et sortit une bouteille de vodka de sous la table, l'œil espiègle.

« Qui m'accompagne pour aller au bout de ce voyage culinaire ? »

Il faisait bon, les enfants jouaient dans le jardin, les effets de la vodka et leur bonheur d'être réunis les enveloppèrent dans un cocon de douceur.

« Je comprends que tu ne descendes plus beaucoup, Hélène, vous êtes au paradis ici, dit David en prenant une lampée du liquide transparent.

— Attends de voir les petits pensionnaires revenir comme des furies ! s'exclama-t-elle. Tu ne tiendrais pas deux jours ! »

Il leva son verre dans sa direction pour lui signifier qu'elle avait probablement raison, puis retrempa ses lèvres dans le spiritueux dont la brûlure le faisait grimacer à chaque gorgée, provoquant les moqueries de Viviane.

« Quelle petite nature, celui-là ! Pouvez-vous me resservir, Ludmilla ? J'ai une annonce à faire. »

Elle but son verre d'un trait sous les yeux ébahis de David et s'élança.

« Mes chers amis, j'ai rencontré quelqu'un !

— C'est fantastique Vivi ! s'exclama Hélène en lui prenant la main par-dessus la table. Qui est-ce ? Depuis combien de temps ? Es-tu heureuse ? Dis-nous tout !

— Mollo mollo, ma belle, la tempéra Viviane. Je ne veux pas m'enthousiasmer trop vite, mais... Oui, je suis très heureuse. » Hélène vit son amie piquer un fard. Ses grands yeux verts reflétaient son appréhension mêlée d'un espoir fou.

Le mari de Viviane était parti du jour au lendemain, quand Laura n'était encore qu'un bébé. Elle s'était retrouvée seule et désemparée, trahie par un homme qui avait fui au bras d'une autre. Elle avait souffert, beaucoup, longtemps, mais à présent, son désir de voir cette relation aboutir dominait enfin ses blessures du passé, Hélène le sentait. Son amie était prête pour ce bonheur à deux dont elle s'était crue définitivement exclue lors de ces dix dernières années.

« Il s'appelle Joseph, il a quarante ans, il est veuf depuis trois ans. Sa femme est décédée dans un accident de voiture, peuchère. Il a une fille de treize ans, il est antiquaire, et ça fait quatre mois que l'on se fréquente. C'est un homme gentil, patient, et un bon père. Nous nous entendons merveilleusement bien... Dans tous les domaines, ajouta-t-elle avec un haussement de sourcils explicite, le sourire aux lèvres. Il a très envie que l'on s'installe ensemble, mais je lui ai dit que je ne savais pas encore si j'étais prête. Depuis, j'ai l'impression qu'il a mis un peu de distance entre nous. » Elle passa une main dans sa crinière rousse. « Je crois... je crois que j'ai peur de lui faire confiance. Mais maintenant que je ne l'ai pas vu depuis une semaine, je sais que je suis complètement folle de lui ! Voilà, je suis foutue.

— Nos choix devraient toujours être guidés par l'amour, pas par la peur, déclara David en regardant à travers le liquide transparent dans son verre.

— Ça y est, deux shots de vodka et tu te transformes en philosophe ! se moqua Viviane.

— Il n'a pas tort, Vivi, il faut parfois prendre le risque d'avoir mal pour être vraiment heureux. Je sais que tu feras le bon choix.

— Hum hum, acquiesça-t-elle, sceptique, avant de s'animer à nouveau.

— Bon, et toi, Léni, tu as des informations croustillantes à nous mettre sous la dent ?

— Je vous laisse discuter, intervint Ludmilla avec délicatesse. Je vais aller voir si les enfants veulent un peu de gâteau. »

Elle s'éloigna avec son plat entre les mains et Hélène entendit Pierre s'exclamer depuis sa cabane.

« Liuda ! Monte dans l'arbre avec nous, il y a de la place pour tout le monde ! »

Viviane revint à la charge.

« Alors ?

— Non, pas vraiment… dit-elle timidement. Il y a un éducateur qui a l'air de bien m'aimer, mais je ne veux pas mélanger ma vie personnelle et professionnelle.

— C'est quoi, cette excuse bidon ? Tu ne sors pas de ce manoir, alors si tu ne trouves rien ici, c'est sûr qu'il ne risque pas de se passer grand-chose ! Tu as besoin d'amour, Léni, comme tout le monde.

— Mais j'ai plus d'amour que je n'en ai jamais eu, Vivi ! Cette maison en est remplie. Jeanne et Pierre me comblent de fierté, ils deviennent de petites grandes personnes extraordinaires. Les enfants du centre me donnent tant d'amour qu'ils me font peur à avoir autant de dévotion pour moi. Et Ludmilla est comme une mère adoptive. Cette femme ressent tout, mes moindres inquiétudes, mes questions, mes besoins. C'est une personne admirable. Pourquoi aurais-je besoin d'un homme ? Je suis plus heureuse que je ne l'ai jamais été ! »

Malgré l'air dubitatif de Viviane, Hélène décida de garder son secret pour elle. Après tout, il ne s'était pratiquement rien passé avec Jean-Marc, ce n'était par conséquent qu'un demi-mensonge. Un demi-mensonge bien gravé dans sa mémoire…

Un soir, l'hiver dernier, Jean-Marc était venu toquer à la porte de la dépendance à la fin de son service. Elle faisait manger les enfants et n'avait pas été surprise de sa visite. Ils se tournaient autour depuis des mois, mais ni lui ni elle n'avait tenté de faire le premier pas. En plus d'être bel homme, Jean-Marc était grand, drôle, et d'une douceur infinie avec les enfants. Elle n'avait pas eu d'histoire depuis Albert et pensait avoir renoncé aux hommes jusqu'à nouvel ordre. Au moins jusqu'à ce que les enfants soient grands, afin de ne pas les mêler à ses histoires de cœur et leurs potentielles conséquences.

Pourtant, ce soir-là, elle céda à la spontanéité et accepta de descendre au village pour prendre un verre avec lui. En plus des qualités qu'elle lui connaissait déjà, elle découvrit un homme sensible et intelligent qui n'avait pas voulu avoir d'enfants pour mieux s'occuper de ceux des autres. De ceux qui étaient déjà là et qui avaient besoin de lui. Il n'y voyait aucun sacrifice. De toute façon, il n'avait pas trouvé la bonne personne avec qui les faire, disait-il en souriant.

Quand il la raccompagna, ils marchèrent lentement dans la nuit noire en direction du portail jusqu'à ce que Jean-Marc lui prenne délicatement la main. Le contact de sa paume dans la sienne la fit frémir, et lorsqu'il l'attira vers lui pour l'embrasser, elle s'abandonna avec délice dans ses bras enveloppants. Ses baisers étaient chauds et sensuels, et le goût salé de sa langue souleva un désir brûlant dans tout son être. Elle lui rendit ses baisers avec fougue tandis que de la buée s'échappait de leurs lèvres entrouvertes et avides. Ils s'embrassèrent pendant de longues minutes, semblables à deux adolescents aux mains baladeuses, puis Hélène le repoussa imperceptiblement pour reprendre sa respiration.

« Jean-Marc… Tu es quelqu'un de bien, et tu me plais beaucoup…

— Mais… ? lui demanda-t-il en lui caressant les lèvres avec le pouce.

— Je… Je ne peux pas. J'ai encore besoin de me reconstruire. Je ne veux pas tout gâcher. Entre nous, au travail, avec mes enfants… C'est trop tôt.

— Je m'en doutais un peu, tu sais… Il y a quelque chose d'inaccessible chez toi, de triste aussi. »

Il remit une mèche de cheveux derrière l'oreille d'Hélène et chuchota tout près de son visage.

« Tu me plais aussi, Hélène, Dieu que tu me plais. Mais tu n'as pas à te justifier. J'espérais simplement que mon irrésistible charme t'aurait fait succomber. » Il lui sourit et l'embrassa une dernière fois avant de retourner à sa voiture. Alors qu'il allait s'engouffrer dans le véhicule, il ajouta avec malice :

« Mais je ne perds pas espoir ! » Hélène sentit son cœur tomber au fond de sa poitrine et rentra au manoir, frémissante d'un désir inassouvi.

Le lundi suivant, Hélène fut soulagée de constater que Jean-Marc était toujours jovial et taquin en sa compagnie et qu'aucun malaise n'était venu perturber leur relation amicale. Depuis, ils en étaient restés là, quelque part entre camaraderie et ambiguïté assumée. Hélène était persuadée d'avoir pris la bonne décision, bien que la proximité de son collègue au quotidien ne la troublât plus qu'elle ne voulait se l'avouer.

Ludmilla revint s'attabler avec eux et posa son plat vide sur la table. « Dieu qu'ils sont voraces, ces petits ! »

Hélène en profita pour changer de sujet et osa enfin poser la question qui lui brûlait les lèvres.

« David, Ludmilla, comment vous êtes-vous connus ? »

Ils se regardèrent un instant en silence. Avec un signe entendu, David s'éclaircit la voix.

« Ludmilla n'a pas toujours habité ici. Pendant la guerre, elle et son mari habitaient à côté de Paris, dans un village appelé Saint-Leu-la-Forêt, à la lisière de la forêt de Montmorency. Quand j'ai fui le camp de Drancy, j'ai erré pendant des jours à la recherche d'un abri, je me suis caché un certain temps dans cette même forêt, jusqu'au jour où, exténué de fatigue, de faim et de soif, j'en suis sorti pour toquer à la porte de la maison la plus proche. »

David fit une pause, puis tourna son regard vers Ludmilla.

« Georges et Ludmilla m'ont caché chez eux pendant trois ans. »

Hélène mit la main devant la bouche et le silence vint de nouveau s'immiscer entre eux.

« Comme je te l'ai dit, Hélène, nous n'avions pas pu avoir d'enfants avec Georges, reprit Ludmilla, alors nous l'avons accueilli et aimé comme un fils, cet enfant venu à nous, ce cadeau né de tant de souffrance. Nous avons veillé à son éducation et à son bien-être, je lui ai même appris un peu de russe, tout en étant très prudents quand les nazis venaient faire des rondes près de chez nous. C'était invivable, je ne dormais plus, et lorsque je dormais, j'entendais les boches taper à notre porte pour nous prendre notre David. Grâce à ses contacts, Georges a réussi à lui procurer de faux papiers au bout d'un an, et nous avons commencé à respirer, enfin. Mais je crois que la maladie de Georges s'est installée durant ces années d'angoisse, qui furent aussi des années de bonheur, celui d'avoir trouvé un fils à élever. Et nous voilà ici, réunis, près de vingt-cinq ans plus tard. »

L'émotion tenaillait les cœurs, les laissant dépourvus de mots, et ce fut une fois de plus Ludmilla qui brisa le silence.

« Allons donc, seul le présent compte désormais. Et à ce propos, qui veut du café ? » dit-elle avec un grand sourire.

Le soleil couchant inondait le jardin d'une lueur orangée lorsque Viviane et David prirent congé de leurs hôtes.

« *Spasiba*, Liuda. Je n'attendrai pas aussi longtemps pour revenir, lui promit-il en la serrant contre lui.

— Merci à toi, mon grand. Quel bonheur de voir l'homme accompli que tu es devenu ! Prends soin de toi... *Moy syn*[1]. »

Elle les quitta à la hâte, les yeux papillonnants, et leur fit un signe de la main depuis l'entrée du manoir avant de s'éclipser à l'intérieur.

Hélène regarda partir ses amis dans la voiture rutilante de David, les mains croisées sur la poitrine. Elle ne s'était pas aperçue à quel point ils lui avaient manqué. À présent, une étrange solitude lui collait au cœur. Une mélancolie carabinée.

1. Mon fils.

En fuyant sa vie d'avant, elle avait aussi laissé de côté ceux qu'elle aimait comme une famille. Ceux qui étaient seulement à quelques pas lorsque son quotidien devenait trop lourd à porter. Dorénavant, elle devrait se contenter de ces visites occasionnelles qui la comblaient autant qu'elles la frustraient.

Tandis que la voiture allait sortir de son champ de vision et qu'elle-même s'apprêtait à rentrer, elle aperçut une lointaine silhouette s'engager sur le chemin de terre. La voiture s'arrêta à sa hauteur pendant quelques secondes. Hélène plissa les yeux, intriguée. Quelqu'un que Viviane et David connaissaient ? Le retour des enfants n'étant programmé que pour le lendemain après-midi, qui pouvait donc débarquer un dimanche soir au manoir ?

Quand elle reconnut sa fille au loin, elle comprit. À sa démarche, sa robe ample et sa manière d'effleurer inconsciemment son ventre de la main, elle sut pourquoi Mouna était ici. Sa fille planta ses yeux dans les siens tout en se dirigeant vers elle, et Hélène écarta les bras pour l'accueillir.

Mouna s'y réfugia et se mit soudainement à pleurer.

« Maman… maman… gémit-elle.

— Mouna… Calme-toi. C'est peut-être un peu tôt, sûrement même, mais c'est le plus beau cadeau de la vie ! »

Mouna la regarda avec de grands yeux ronds, le visage baigné de larmes.

« Co… comment… ?

— J'ai été enceinte avant toi, ma fille, lui dit-elle en lui caressant les cheveux. Ça fait combien de temps ?

— Un peu plus de trois mois… Mais maman… » Mouna baissa la tête et gémit de plus belle.

« Qu'y a-t-il ? » demanda Hélène en lui prenant le menton pour la forcer à la regarder.

Les yeux remplis de désespoir, elle réussit à articuler entre deux sanglots.

« Marco n'en veut pas. Et… il est… il est parti. Il m'a quittée. »

Elle se prit la tête entre les mains, pendant qu'Hélène, les traits durcis par la nouvelle, continuait de lui frictionner le dos.

« Calme-toi… Tu n'es pas seule, Mouna. On est là, on va trouver une solution. »

Chapitre 22

Mai 1968

Jeanne était allongée sur son lit, ses yeux grands ouverts fixant les lattes du sommier du lit de Pierre au-dessus d'elle. Le silence régnait dans la dépendance, seulement troublé par la symphonie cadencée des grillons dans la nuit. Elle perçut un mouvement à côté d'elle ; Mouna ne semblait pas réussir à trouver le sommeil elle non plus. Depuis qu'elle était venue leur annoncer sa grossesse et le départ précipité de Marco, Mouna passait tous ses week-ends au manoir, recherchant auprès de sa famille une compagnie réconfortante qui atténuait l'espace de quelques heures l'angoisse profonde de voir son ventre s'arrondir. Elle dormait sur un matelas à côté du lit de Jeanne et la pièce de vie en était devenue si encombrée qu'on ne pouvait presque plus y circuler.

Sa voix cassée s'éleva près de son oreille.

« Jeanne, murmura-t-elle. Tu dors ?

— Non. » Elle se tourna sur le flanc et s'appuya sur son coude. « Toi non plus ?

— C'est à cause des grillons, ils en font un de ces boucans !

— On s'est habitués. C'est la campagne ici tu sais… »

Elles se turent quelques minutes, puis Mouna se redressa de nouveau.

« Tu voudrais bien me brosser les cheveux ? Je crois que ce soir c'est moi qui en ai besoin. »

Jeanne resta immobile, étonnée par la demande de sa sœur. Elle se saisit de la brosse qu'elle gardait sur sa table de nuit, croisa les jambes en tailleur et ordonna à Mouna de s'asseoir sur son lit.

En plongeant ses doigts dans la chevelure dense, elle ne put s'empêcher de penser à Annie, à la douceur de ses cheveux, de sa voix, et elle lutta pour contenir la vague de tristesse qui menaçait de l'engloutir tout entière.

Mouna se laissa faire, docile.

« Ça fait quoi, d'avoir un bébé dans le ventre ? demanda Jeanne à voix basse.

— Ça fait peur…

— Pourquoi Marco n'en veut pas ?

— Il m'a dit qu'il était trop jeune pour avoir un enfant… Qu'il ne se sentait pas prêt. Comme si moi j'étais prête ! Maman m'a dit de lui laisser un peu de temps, mais je sais qu'il ne changera pas d'avis. Et puis… Je ne lui pardonnerai jamais ce qu'il m'a fait. »

Sa voix chevrotante s'éteignit.

« Tu penses que tu vas arriver à être une bonne maman ?

— Je sais pas, Jeanne ! Tu veux pas arrêter avec tes questions ? » chuchota-t-elle, agacée.

Jeanne continua le doux va-et-vient de la brosse dans ses cheveux, impassible.

« J'en ai quand même une dernière… Comment va papa ?

— Il boit toujours… De plus en plus même, depuis que vous êtes partis. Je ne vais pas pouvoir rester avec lui.

— Il me manque… avoua Jeanne tout bas.

— Je sais. Mais il n'est plus lui-même, Jeanne, tu serais triste de le voir comme ça. C'est mieux ainsi. »

L'image de son père affalé sur le fauteuil du salon, une bouteille vide à la main, surgit devant les yeux de Jeanne. Ils l'avaient abandonné, et bientôt, il serait seul au monde.

Son cœur s'accéléra. Tel un monstre tapi dans l'obscurité, ses inquiétudes semblaient attendre la nuit et ses ombres menaçantes pour la prendre au collet et lui couper le souffle. Tandis que le rituel capillaire suivait son cours, Jeanne respira un grand coup et s'enhardit :

« Mouna… ?

— Tu avais pas dit que c'était la dernière ?

— Pourquoi on n'est pas copines ? »

Mouna resta muette jusqu'à ce que Jeanne s'immobilise, dans l'attente d'une réponse qui tarda à venir.

« Parce qu'on est sœurs. Les sœurs ne sont pas toujours des copines, c'est comme ça.

— Non, ce n'est pas ça, grinça Jeanne entre ses dents. Tu ne m'as jamais appréciée. Je me demande bien ce que je t'ai fait. »

Mouna se retourna. Jeanne ne pouvait voir qu'une partie de son visage, éclairé par un rayon de lune. Un visage dur, plein de rancœur.

« Tu ne m'as rien fait, à part d'être la préférée de cette famille depuis que tu es arrivée en ce bas monde, siffla-t-elle. La plus sage, la plus gentille, la plus forte à l'école. Tandis que moi… »

Elle paraissait sur le point d'exploser d'une trop longue retenue, mais finalement à court de mots, elle se détourna et se rallongea sur sa couche, le dos tourné.

Jeanne, mâchoire pendante, laissa retomber son bras sur sa cuisse. Sa grande sœur, l'indisciplinée, la téméraire, celle à qui toutes ses copines voulaient ressembler, fascinées devant son charisme et sa désinvolture, était jalouse de sa personnalité insipide et prudente. Alors ça, elle ne l'avait pas vu venir.

Maintenant que le voile était levé, il n'était plus question de jouer la victime. Malgré les mots acerbes de sa sœur et bien qu'elle tremblât de se faire rejeter une nouvelle fois, Jeanne descendit de son lit et se colla à son dos. Elles finirent par s'endormir toutes deux sur le matelas étroit de Mouna, serrées l'une contre l'autre.

Le lendemain, Jeanne se leva sans réveiller sa sœur et sortit dans l'air encore frais du petit matin. Munie de tissu, de fil et d'une aiguille, elle s'adossa contre son arbre et poursuivit son idée un peu folle, celle de se coudre à la main une robe Vichy tout comme celle qu'elle avait vue à la télévision sur Brigitte Bardot. Après avoir acheté le tissu à la mercerie pour une bouchée de pain, elle avait passé des heures dessus, butant sur la réalisation des manches ballon et pestant de devoir s'y prendre à plusieurs reprises afin d'avoir un rendu satisfaisant.

Elle en était à présent à la toute fin de sa création, impatiente de pouvoir la porter le lendemain au collège et de la montrer à Louise et Juliette. Concentrée à l'extrême sur son point, elle sursauta en entendant une voix encore enrouée par le sommeil.

« Ça va, ma chérie ? »

Sa mère se tenait devant elle, en robe de chambre, la joue marquée par le pli de son oreiller.

« Oui, j'ai bientôt fini, regarde ! dit-elle en étalant la robe sur ses genoux.

— Waouh ! Elle va être magnifique. Je ne sais pas comment tu as fait pour coudre tout ça à la main, tu m'impressionnes. »

Jeanne contempla à bout de bras son œuvre presque terminée tandis qu'Hélène s'assit à ses côtés.

« Jeanne, il faut que je te parle. »

Elle pivota la tête vers sa mère d'un air inquiet. Ses rares convocations n'étaient jamais bon signe. Surtout quand elle prenait une grande inspiration annonciatrice de bouleversements imminents.

« La situation ne peut plus durer. Nous ne pouvons pas vivre à quatre dans cette dépendance, même si ce n'est que les week-ends pour l'instant, et encore moins à cinq avec un bébé. »

Elle s'interrompit, consciente de l'uppercut qu'elle s'apprêtait à lui infliger. Au milieu du silence qui avait érigé une cloison invisible entre elles, seuls les oiseaux continuaient leur gazouillis, indifférents à leurs états d'âme.

« Nous allons devoir redescendre vivre à Nice, pour aider Mouna avec son bébé.

— Non non non... implora Jeanne en secouant la tête, les yeux fermés.

— Écoute-moi, Jeanne, lui dit doucement Hélène. Lorsque j'ai accouché de Mouna, papa ne gagnait pas beaucoup d'argent. Nous en avons été réduits à manger des épluchures de pommes de terre le soir en guise de repas. Très vite, je n'ai plus eu de lait à donner à Mouna. Elle était si maigre que nous avons dû l'hospitaliser, et j'ai vraiment cru que j'allais la perdre. Je ne veux pas qu'il arrive la même chose à mon petit-fils ou à ma petite-fille. Mouna est encore très jeune, il faut que nous soyons là pour elle... Tu comprends ? »

Jeanne serra les dents, les yeux toujours fermés. Elle entendait, elle comprenait même, mais la colère avait déjà déployé ses tentacules visqueux au fond de son ventre. Elle se leva précipitamment, manquant de trébucher, et courut en direction du manoir, les tempes brûlantes. Elle y retrouva Ludmilla qui regardait les informations, assise dans le fauteuil de la bibliothèque.

À la télévision, Jeanne aperçut des images d'une violence saisissante. Des centaines de personnes, vibrantes de colère, incendiaient des voitures, brisaient des vitrines et se battaient avec des policiers comme des animaux enragés, mués par une haine aveuglante. À vrai dire, même les animaux ne se battaient pas ainsi. Les caméras filmaient en noir et blanc des étudiants de l'âge de Mouna qui défilaient par milliers dans les rues électrisées de Paris, armés de banderoles et de porte-voix, poings levés et visages déterminés. À la vue de ces images, la colère de Jeanne s'estompa, comme chassée par une plus carnassière que celle qu'avait engendrée son quotidien perturbé. Plus légitime aussi.

Le menton posé sur sa main, Ludmilla secouait la tête, excédée devant les images barbares commentées par la voix flegmatique d'un journaliste.

Elle sentit la présence de Jeanne derrière elle.

« Toute cette violence, quelle tristesse ! dit-elle, lasse, sans détacher son regard de la télévision. C'est à se demander si certains ne sont pas là juste pour se battre. »

Elle chercha la télécommande en bougonnant. « L'homme trouve toujours un moyen de faire la guerre. »

Jeanne contourna le fauteuil pour se poster devant elle.

« Nous allons partir » annonça-t-elle d'emblée sur un ton de reproche.

Ludmilla perçut les sanglots aux portes de sa voix et tapota le siège à côté d'elle pour l'inviter à s'asseoir.

« Je le sais, *dorogaya*[1]. » Jeanne se laissa tomber lourdement sur le fauteuil en velours. « Ta mère me l'a appris hier. Elle appréhendait beaucoup de t'en parler. » Ludmilla lui prit la main.

« Cela me peine énormément de vous voir partir, mais comme disait mon défunt Georges, toutes les bonnes

1. Chérie.

choses ont une fin, et Dieu sait à quel point notre rencontre a été belle. D'autres aventures t'attendent à présent, mais tu seras toujours la bienvenue ici. »

Elle ouvrit ses bras et Jeanne s'y jeta pour y pleurer de longues minutes. Des larmes de dégoût, de frustration, de rage, contre sa sœur et sa mère qui l'arrachaient à sa terre promise, à son paradis bientôt perdu. Dire au revoir à Ludmilla, Louise, Juliette, aux enfants, au manoir, à son arbre, c'en était trop.

Pourtant, quinze jours plus tard, elle se tenait devant le portail dans sa robe vichy bleue trop grande à l'encolure, sa valise à la main. Elle attendait en compagnie de sa mère et son frère l'arrivée de David qui les accompagnerait vers le quartier de Magnan, où il leur avait trouvé un petit appartement à louer, à quelques kilomètres seulement de l'ancien. Retour à la case départ. Au moins, ils ne seraient pas complètement dépaysés.

Ludmilla avait regroupé les enfants dans la cour du manoir pour des adieux confus et agités qu'ils ne comprenaient pas. Certains pleurnichaient, d'autres criaient et gesticulaient en tous sens, d'autres encore se cramponnaient aux jambes des éducateurs, eux aussi moroses.

Pierre était inconsolable. Jeanne ne l'avait vu pleurer qu'en de très rares occasions, et son cœur se gonfla de chagrin au son de ses gémissements étouffés. De grosses larmes coulaient le long de ses joues, des larmes assumées qu'il essuyait avec la manche du beau blazer marine que Ludmilla lui avait offert pour son anniversaire. Contenant difficilement son émotion, cette dernière les étreignit avec force et leur souhaita bonne chance pour leur nouvelle vie, puis se dépêcha de rentrer se réfugier dans son antre en ordonnant aux enfants de la suivre.

Jeanne resta silencieuse pendant tout le trajet. Elle observa la campagne s'éloigner au fur et à mesure pour laisser place aux toits de tuiles rouges du quartier ouest de Nice. Un sentiment d'abattement infini s'empara d'elle lorsqu'elle franchit le seuil de leur nouvelle adresse. Elle crut faire une crise de claustrophobie en voyant les murs à l'immonde papier peint marron se refermer sur elle. Finis, les vastes espaces et la verdure luxuriante du manoir, le chant des grillons et l'odeur du mimosa. L'appartement était aussi grand qu'un cagibi, et leur unique fenêtre donnait sur l'immeuble d'à côté à seulement quelques mètres d'eux, si proche que Jeanne pouvait voir ce que la voisine d'en face était en train de faire revenir dans sa poêle.

Elle s'assit sur le maigre matelas qui lui faisait désormais office de lit et comprit que quelque chose ne tournait pas rond. Comment serait-il possible de vivre dans cet endroit avec Mouna et son bébé ? Dans la voiture, David avait dit à sa mère que ce serait une situation temporaire, mais temporaire pour combien de temps ?

Elle interrogea sa mère du regard, mais n'eut pas la force de poser la question. Elle s'allongea tout habillée et, malgré la dureté de sa couche et l'horloge indiquant 19 heures, plongea dans un sommeil lourd et sans rêve.

Chapitre 23

Juillet 1968

Elle lissa d'une main le dessus-de-lit satiné, puis arrangea les oreillers avant de sortir de la chambre. Une fois dans le salon, elle s'arma d'un chiffon et vérifia que chaque bibelot avait été dépoussiéré, de même que chaque statuette, vase et vaisselle en porcelaine qui ornaient les tables en chêne et commodes vernies. Elle épousseta les nombreux tableaux accrochés sur le papier peint à fleurs, ajusta le bouquet d'œillets sur la table basse, puis sortit sur le perron de la villa provençale. Accueillie par un soleil éclatant, elle mit la main en visière pour admirer le jardin verdoyant en contrebas, rêvant furtivement de s'allonger à l'ombre d'un des pins maritimes. Elle descendit les marches et s'approcha d'une vieille dame coiffée d'un chapeau de paille qui feuilletait un magazine sur un transat en bois.

« J'ai terminé, madame Courmont. Je vous ai également préparé un petit encas pour ce soir, vous n'aurez qu'à le faire réchauffer.

— Merci Hélène, c'est très gentil. Vous êtes si attentionnée. Attendez-moi ici, je reviens. »

Elle se leva difficilement et Hélène dut lui venir en aide pour l'aider à se mettre debout. Elle disparut ensuite à petits pas à l'intérieur de la maison et en revint quelques minutes plus tard, un billet de 50 francs à la main.

« C'est un petit supplément, et ne vous avisez pas de refuser, lui dit-elle. Vous ne comptez jamais vos heures et vous faites du très bon travail, vous le méritez. »

Hélène prit l'argent qu'elle lui tendait et la remercia timidement.

« À lundi, madame Courmont. »

Une fois dans la rue, elle sortit le billet de sa poche et l'étudia à contre-jour. Elle n'en avait jamais vu de pareil. Jean Racine y posait de trois quarts, avec sa figure replète et sa perruque grise permanentée. S'il avait su que presque trois siècles après sa mort, bon nombre de gens se baladeraient avec son portrait sur eux et en prendraient soin comme la prunelle de leurs yeux, il n'y aurait certainement pas cru. Portée par la sensation grisante d'avoir gagné à la loterie, elle eut un petit rire victorieux et se promit d'acheter trois éclairs au chocolat pour ses enfants avant de rentrer à Magnan.

Son dernier ménage achevé, elle fit un crochet par le Vieux Nice pour rendre visite à David. Elle ne l'avait pas revu depuis leur déménagement et n'avait même pas pris le temps de le remercier correctement pour son aide.

Elle frappa à la porte grise de chez lui et attendit, en vain. Alors qu'elle s'apprêtait à repartir, le visage de Rémi apparut dans l'embrasure de la porte.

« Hélène, bonjour ! Je prenais un bain, mais il me semblait bien avoir entendu quelqu'un toquer. Tu veux entrer ? Je ne suis pas très présentable, mais je peux toujours t'offrir un café.

— Merci Rémi, mais je passais juste en coup de vent pour faire une bise à David. Je vais devoir rentrer pour préparer le dîner. »

Rémi soupira.

« En ce moment, tu auras plus de chance de le voir au restaurant que chez lui. Il travaille tellement que je n'ai presque plus l'occasion de le croiser. Ce restaurant est en train de nous bouffer la vie ! »

Hélène inclina la tête en signe de compassion. Comme tous les passionnés, David n'hésiterait pas à se donner tout entier pour réaliser son rêve, quitte à négliger sa vie de couple au passage.

« Tu devrais aller le voir au restaurant, ajouta Rémi. C'est sur ta route et ça lui fera tellement plaisir. Demande-lui de te faire goûter son osso-buco, c'est devenu sa spécialité. »

Hélène le remercia et décida de rendre visite au Bella Storia. Elle en avait tant entendu parler, de la bouche de David mais aussi des nombreux habitués qui s'y bousculaient pour y déguster sa cuisine « *come in Italia* ». Un sacré clin d'œil pour un gamin né d'une mère israélienne et d'un père polonais nommé Gregorz. Par ailleurs, afin de ne pas attirer l'attention sur son passé, David répondait maintenant au nom de « chef Gregorio ». Un mensonge identitaire pour une cuisine italienne plus vraie que nature. Question de crédibilité.

Le Bella Storia jouissait d'une popularité grandissante, et Hélène ne fut pas étonnée en découvrant la file d'attente s'étirer jusque sur le trottoir malgré l'heure précoce. Découragée à l'idée de se faire remarquer en passant devant tout le monde pour entrer dans le restaurant, elle intercepta une jeune femme sortie servir des clients en terrasse et lui demanda de prévenir David de sa présence. La serveuse, pressée, la regarda à peine et répondit un « J'vais voir » du bout des lèvres avant de disparaître à l'intérieur du restaurant.

Hélène se plaça en retrait à quelques mètres de l'agitation et choisit d'attendre, bien qu'elle n'eût que très peu de temps devant elle. Elle lui devait bien ça. Au bout d'une dizaine de minutes, David déboula dans la rue avec son tablier et sonda la foule du regard, sourcils froncés. Les gens autour de lui ne tardèrent pas à l'identifier et à le saluer avec ferveur. Hélène n'aurait pas été surprise de le voir signer quelques autographes comme un chanteur à la sortie d'un concert. Quelle revanche, pensa-t-elle en lui faisant un signe de la main. Le visage fermé de David se fendit aussitôt d'un large sourire.

Il la rejoignit à grands pas et l'embrassa tendrement sur la joue.

« Quelle bonne idée d'être passée ! Même si le moment n'est pas idéal, cela me fait vraiment plaisir. Tu m'as manqué.

— Toi aussi, ces dernières semaines sont passées en un éclair. »

David sortit une cigarette de sa poche arrière, l'alluma d'un mouvement expert et inspira avidement les vapeurs de nicotine.

« Depuis quand ? fit-elle en mimant la cigarette avec ses deux doigts.

— Depuis que mon patron me presse comme un citron pour délivrer deux cents couverts par service. Et toi comment tu vas ?

— Je vais bien, répondit-elle en souriant. Mon travail ne me passionne pas comme toi le tien, tu t'en doutes, et les fins de mois sont plus que serrées, tout comme notre cohabitation, mais on y arrive. Mouna a dit à son père qu'elle partait vivre avec nous ; il l'a quasiment mise dehors à coups de pied aux fesses en lui criant qu'il ne voulait plus la revoir. Elle était anéantie. Elle a toujours soutenu son père, mais il faut croire que l'alcool lui a vraiment rongé les méninges. »

Hélène fixa les volutes de fumée s'échappant dans l'air, et reprit, la gorge serrée.

« Je vais devoir annoncer à Jeanne qu'elle part en pension à la rentrée. Après tout ce qu'elle a déjà encaissé...

— Tu l'aimes, elle le sait, et elle sait que tu fais de ton mieux. C'est une jeune fille très intelligente, elle comprendra. Et puis Rémi est allé en pension et il en garde un très bon souvenir ! Quelle pension as-tu choisie ?

— Celle de Don Bosco, à Fabron. Mais je n'ai pas vraiment choisi... C'est la seule que je peux lui payer. »

David fit la moue et écrasa sa cigarette avec la pointe de sa chaussure.

« Ce n'est pas très bien fréquenté d'après ce que j'ai entendu. »

Un homme trapu au front dégarni sortit du restaurant et tapota sa montre en direction de David.

« Mon patron... Je dois y aller, mon Hélène, c'est le coup de feu. Mais je passe te voir demain, je suis de repos. » Il lui déposa un rapide baiser sur le dos de la main et détala en direction du restaurant.

« Sauf que si tu ne le passes pas avec Rémi ton jour de repos, tu vas finir célibataire ! » lui rappela Hélène en le regardant s'éloigner.

Elle le vit lever les paumes de main vers le ciel avant de s'engouffrer dans le restaurant bondé, puis ses yeux tombèrent sur une table placée en terrasse à côté de l'entrée, dissimulée par une plante verte. Quatre hommes y étaient installés, et quelque chose interpella son attention chez l'un d'eux. Elle était relativement loin et ne voyait que l'arrière de son crâne à travers le feuillage de la plante, néanmoins, elle fut convaincue que c'était lui. Ou alors elle le voyait partout, ce n'était pas la première fois. Elle dut le fixer un peu trop longtemps, car l'homme assis en face de lui l'interpella avec un claquement de doigts avant de la désigner d'un mouvement de tête entendu. Louis se retourna, la chercha un instant du regard. Hélène fut prise d'une soudaine envie de se tapir dans la première cachette à sa disposition. Trop tard. Il l'avait aperçue. Il murmura un mot à son voisin et se leva pour se diriger vers elle.

Elle ne savait plus où se mettre. Une fraction de seconde, elle hésita à lui tourner le dos pour s'enfuir, mais ses jambes coulées dans le béton ne faisaient plus qu'un avec le trottoir sous ses pieds. Son cœur s'emballa, elle le sentit pulser jusque dans sa gorge en le voyant s'approcher d'elle d'un pas nonchalant, les mains dans les poches de son costume trois-pièces beige. Dieu qu'il est beau, se surprit-elle à penser. Elle croisa les bras sur sa poitrine et força son visage à ne trahir aucune émotion. Pourquoi lui en voulait-elle encore autant après toutes ces années ?

« Tiens donc, quelle bonne surprise ! s'exclama Louis en la prenant par les épaules pour lui faire la bise. Tu te souviens de moi cette fois ? » plaisanta-t-il joyeusement.

Malgré le tourbillon de souvenirs fugaces qui était venu la percuter de plein fouet en respirant son odeur, Hélène resta impassible. Au-delà du parfum boisé dont il s'était abondamment aspergé, l'odeur de sa peau, elle, n'avait pas changé.

« Bonjour, Louis. Comment vas-tu ?

— À merveille ! Bien que tu n'aies jamais appelé. Mais je suis ravi de retomber sur toi, une fois de plus. Décidément, la vie ne cesse de te mettre sur mon chemin, badina-t-il. Que fais-tu ici ?

— Je suis venue dire bonjour à mon meilleur ami qui est le chef de ce restaurant.

— C'est ton meilleur ami qui nous régale comme ça ? Tu lui transmettras toutes mes félicitations, je viens manger ici deux fois par semaine. Tu veux te joindre à nous ? lui proposa-t-il en indiquant la table où ses trois camarades fixaient la scène en ricanant.

— Merci, c'est très aimable à toi, mais je dois rentrer, mes enfants m'attendent.

— Et pas ton mari ? »

Hélène hésita une seconde, une seconde de trop, puis le dépassa pour se mettre en route en remerciant ses jambes de lui répondre à nouveau.

« À bientôt. »

Il lui prit délicatement le bras, soudain sérieux.

« Pourquoi me fuis-tu de la sorte, Hélène ? dit-il doucement. J'ai l'impression que nous avons des choses à nous dire, je me trompe ? »

Elle ne put dire un mot, partagée entre l'envie de passer un moment en sa compagnie, de connaître sa vie et celle de ne plus jamais avoir affaire à lui.

« Accorde-moi un café, juste un seul. Le jour que tu voudras, à l'heure que tu voudras. Retrouvons-nous ici. Que risques-tu ? »

Tout, pensa-t-elle.

« Je travaille beaucoup, je n'ai pas le temps. Une prochaine fois, répondit-elle simplement.

— Écoute, tu vois le café, juste là ? dit-il en lui indiquant une enseigne au bout de la rue. Je serai ici mardi prochain à 17 heures et je t'attendrai jusqu'à 19 heures. À toi de voir. Viens, s'il te plaît, je me suis si souvent demandé ce que tu devenais... »

Elle lui sourit en guise d'au revoir et se mit en marche sans se retourner. Bien que le poids du regard de Louis rivé sur elle alourdît chacun de ses pas, elle s'appliqua à paraître le plus aérienne possible, concentrée sur une démarche qui se voulait naturelle. Du moins jusqu'au coin de la rue suivante où, essoufflée, elle se rendit compte qu'elle était restée en apnée pendant toute la durée de son défilé.

Déstabilisée par cette rencontre fortuite, elle prit son temps pour rentrer chez elle. Cela faisait si longtemps qu'elle n'avait pas flâné dans le Vieux Nice un soir d'été… Elle en avait presque oublié le labyrinthe de ses rues étroites, le son des musiciens de fortune aux détours des allées, l'odeur des marchands de glace et des vendeurs de socca. La foule qui peuplait les ruelles piétonnes et les terrasses était bruyante et enjouée. Les femmes, coiffées de bandeaux colorés, se pâmaient dans de jolies robes à jupons au bras d'hommes élégamment parés de leurs costumes en tweed. Des enfants couraient en tous sens en jouant à chat perché, slalomant entre les passants avec des piaillements aigus et des éclats de rire tonitruants. Cette effervescence urbaine lui avait manqué, elle s'en rendait compte à présent. Elle se fondit dans la masse, goûtant un peu plus à l'atmosphère légère et insouciante, enivrée d'une liberté éphémère.

Un battement de cils plus tard, la cloche de l'église sonnait déjà 20 heures et la sortit brusquement de sa rêverie. Elle se hâta de rentrer en espérant que Jeanne ne se soit pas inquiétée de son absence.

À sa grande surprise, en ouvrant la porte de l'appartement, elle trouva les enfants affairés devant la gazinière dans un joyeux tohu-bohu. Jeanne remuait une cuillère en bois dans une mixture à l'apparence incertaine tandis que Pierre, de la farine plein les cheveux, n'en faisait qu'à sa tête en se servant d'une casserole comme d'un tambour. Jeanne lui donnait des consignes dont il se fichait royalement, mais elle se contentait de le regarder, attendrie, sans aucun signe d'agacement. Elle aperçut sa mère dans l'entrée et arrêta son mouvement de va-et-vient.

« Coucou maman ! On s'est dit qu'on allait préparer le dîner ce soir » lança-t-elle avec fierté.

Hélène s'approcha et huma la préparation qui mijotait.

« Mais ça m'a l'air délicieux, mes petits chefs ! s'exclama-t-elle. David pourrait presque vous embaucher dans son restaurant.

— Et on le renommera "Chez Tony" ! s'écria Pierre. Comme dans *La Belle et le Clochard.* »

Le lendemain, comme promis, David débarqua à l'heure du déjeuner, les bras chargés d'une bouteille de vin et d'un plat recouvert d'aluminium.

« Je vous ai apporté quelques restes d'hier, vous allez vous régaler ! » déclara-t-il gaiement en déposant le tout sur la table en Formica du studio.

Après avoir dégusté les meilleures lasagnes qu'il leur ait été donné de goûter, Jeanne et Pierre demandèrent la permission d'aller jouer en bas de l'immeuble.

« Fais bien attention à ton frère, ordonna Hélène à sa fille avant qu'ils ne déguerpissent en chahutant.

— Mouna n'est pas là ? s'enquit David.

— Elle dort chez une amie ce week-end. Je crois qu'elle se sent déjà à l'étroit dans son corps, elle attend que nous ayons un peu plus de place ici.

— Quand est-ce que tu vas lui dire ?

— Cet après-midi, répondit-elle en débarrassant la table.

— À ce propos… » amorça David, les coudes posés sur la table.

Hélène continua de ranger la cuisine dans un tintement de vaisselle et de couverts.

« Je me suis un peu renseigné ce matin, et j'ai peut-être trouvé une meilleure pension pour Jeanne.

— Ah oui ? Laquelle ?

— Elle s'appelle l'école Marie-Thérèse-de-l'Enfant-Jésus. C'est un internat catholique géré par des sœurs. »

Hélène se retourna avec un sourire moqueur.

« Oui, je sais, c'est un comble que je te propose ce genre d'établissement ! Mais il correspond bien mieux à son niveau scolaire, et même si ce sera peut-être un peu rigide sur les bords, c'est une école où elle sera en sécurité.

— Combien coûte-t-elle ? demanda-t-elle en passant un chiffon sur la table.

— C'est justement de ça que j'aimerais parler avec toi, dit prudemment David. Comme je te l'ai dit, ce pensionnat est assez réputé dans le coin. Et il n'est pas donné. Il coûte environ le triple de celui de Fabron. »

Hélène s'arrêta net et le regarda, interloquée. « Je ne pourrai pas le lui payer, tu le sais bien.

— Je pourrais t'aider... »

Elle émit un petit bruit de langue et se détourna vers l'évier en secouant la tête nerveusement. « N'y pense même pas, David. C'est hors de question.

— Hélène, je ne te fais pas la charité. Je vous aime, toi et ta famille, et j'aime Jeanne comme une nièce. »

Il s'interrompit, chercha ses mots, puis se leva et fit quelques pas dans la pièce.

« Écoute, je n'aurai probablement jamais d'enfants au vu de ma... condition, disons. Laisse-moi participer à son avenir. »

Ils se firent face. Son visage était empreint de tendresse, de bonté, de quelques regrets, aussi.

« Promets-moi d'y réfléchir. »

Hélène acquiesça, puis lui proposa de descendre rejoindre les enfants afin de profiter de l'après-midi ensoleillé.

« Pas trop longtemps, sinon je vais effectivement retrouver mes affaires sur le paillasson » s'amusa-t-il.

Hélène lui prit le bras pour le guider vers la sortie. Elle se pencha à son oreille.

« Au fait... Moi aussi je t'aime. »

Jeanne et Pierre revinrent de leur après-midi de jeu exténués, leurs fronts rougis par le soleil. Hélène s'étonnait de voir Jeanne s'amuser encore avec son petit frère pendant des heures entières. Elle semblait ne jamais s'ennuyer en sa compagnie. Elle semblait ne jamais s'ennuyer tout court.

Hélène ordonna à Pierre d'aller prendre sa douche avant de passer à table. Le garçon rechigna bruyamment. Jeanne lui frotta alors la tête et lui murmura quelque chose ; l'instant d'après, Pierre avait disparu dans la salle de bains.

Décidément, certaines choses lui échappaient.

Hélène fit signe à Jeanne de l'aider à mettre la table. Lorsqu'elle déglutit, elle eut l'impression qu'une boule de pétanque essayait de se frayer un chemin à travers son larynx. Elle dut s'y reprendre à deux fois, puis, d'une voix mal assurée, elle lui fit part de sa décision. Jeanne intégrerait une pension à la rentrée. Une pension toute proche ; elle pourrait rentrer tous les week-ends si elle le souhaitait, la rassura-t-elle. Bien que ce fût plutôt elle-même qu'elle tentait de rassurer. Exagérément appliquée sur le dressage de la table, elle fuyait le regard de sa fille sans s'attarder sur des explications à rallonge. À la fin de son court monologue, elle osa enfin regarder Jeanne, redoutant sa réaction.

« Je comprends, maman » dit-elle laconiquement.

Hélène fut désarçonnée par tant de résignation. Elle aurait préféré que sa fille s'indigne, qu'elle proteste, mais qu'elle lui parle, au moins. À la place, Jeanne posa le dernier verre sur la table, alla s'asseoir sur sa couche pour commencer à bouquiner, raisonnable, respectueuse, et Hélène n'obtint en échange que le froissement des pages qu'elle tournait dans le silence.

Chapitre 24

Septembre 1968

Ma très chère Annie,

Ce soir, j'ai grand besoin de t'écrire. Me voilà de retour dans un dortoir tout comme celui de Vernoux, sauf que cette fois, tout le monde est a priori en bonne santé, et aucune petite fille douce, intelligente et singulière ne m'attend sous un arbre pour être mon amie.

Avec l'emménagement de Mouna et l'arrivée prochaine du bébé, il fallait que je débarrasse le plancher. Mais je n'en veux pas à maman, tu sais, elle travaille dur et la pension qu'elle a choisie pour moi a l'air très bien, même si c'est un peu trop collet monté à mon goût.

Quand je suis arrivée pour la rentrée, les sœurs m'ont donné un uniforme, un chemisier blanc qu'elles nous forcent à attacher jusqu'au dernier bouton du haut, une veste bleu marine et une jupe grise sans forme. Il n'y a que des filles ici, et nous sommes toutes identiques, comme une ribambelle de sosies qui arpentent les couloirs du pensionnat.

Je n'ai pas encore de copine ; on dirait que tout le monde se regarde en biais, que mes camarades ne peuvent pas parler sans faire de manières. Louise et Juliette me manquent tant ! Les règles sont très strictes, et sœur

Fabienne, la mère supérieure, fait en sorte que nous les respections. C'est un peu le cerbère des lieux. Elle voit tout, elle entend tout, elle sait tout, et elle fait peur à tout le monde avec ses petits yeux perçants. Malgré ça, j'ai remarqué que certaines pensionnaires avaient trouvé un moyen de se faire la malle au nez et à la barbe de sœur Fabienne. Le samedi soir, elles font le mur pour aller danser à la discothèque en bas de l'avenue. Mais tu me connais, je mourrais de honte si je me faisais prendre, alors je vais rester bien sage pour l'instant.

De toute façon, David m'a prêté un livre bien plus intéressant pour me tenir compagnie pendant mes longues heures de solitude. Je l'aime tellement que j'essaie de ne pas le lire trop vite pour le garder un peu plus longtemps auprès de moi. Il s'appelle Belle du Seigneur. *Il est tellement bien écrit qu'il m'arrive même de relire trois ou quatre fois le même passage pour en savourer chaque mot. Des mots qui sonnent comme des notes de musique composant une grande symphonie littéraire. Et aussi parce qu'il est assez compliqué. C'est l'histoire d'un amour fou, interdit et torturé, et quand je referme le livre pour me coucher le soir, je reste un moment allongée à me demander si moi aussi, un jour, je vivrais une histoire d'amour aussi exaltée.*

Tu es avec moi, mon Annie.

Jeanne

Chapitre 25

Octobre 1968

Cette chose qui grandissait en elle, elle n'était pas sûre d'en vouloir. Encore moins toute seule. La peau de son ventre tendue comme celle d'un tambour sous ses robes amples et colorées la faisait ressembler à une montgolfière. Avec ses vingt-trois kilos supplémentaires sur la balance, elle était obligée de marcher les jambes écartées, mains sur les hanches, comme ces femmes enceintes qu'elle avait si souvent moquées sur leur passage. C'était son tour, et elle avait définitivement renoncé à dégager la moindre grâce dans ses déplacements, acceptant son sort tel qu'il était.

Cela n'empêchait pas Mouna de ruminer, comme une rengaine entêtante qui renforçait sa rancœur, encore et encore. Elle ne lui pardonnerait jamais d'être parti. À chaque journée qui s'écoulait, à chaque nouvel obstacle que sa grossesse la forçait à affronter, elle le blâmait intérieurement, le haïssait pour ça. Même s'il revenait en rampant, en lui promettant monts et merveilles, la colère ne cesserait jamais de la poursuivre. Une colère à la hauteur de l'amour qu'elle avait ressenti pour lui, des concessions qu'elle avait été prête à faire pour lui plaire. Elle s'était accommodée de sa jalousie, flattée de tant d'égards, même lorsqu'il ne voulait pas qu'elle regarde d'autres garçons. C'est tout juste si elle pouvait leur dire bonjour. Mais c'est parce qu'il était fou d'amour, expliquait-il en embrassant chaque partie de son corps avec délicatesse, en caressant ses lèvres et ses cheveux. Tellement fou d'amour qu'il s'était enfui la queue entre les jambes à la première difficulté. Qu'ils aillent au diable, lui et tous les lâches de son espèce !

Assise sur le canapé du salon, Mouna tenta de se relever et dut déployer une force considérable pour s'extraire de son siège moelleux. Son impotence lui donna envie de pleurer. Elle se servit un verre d'eau au robinet et s'appuya sur le rebord de l'évier, soulageant ses lombaires douloureuses. Le bébé bougea, comme de plus en plus fréquemment ces dernières semaines, donnant un petit coup de pied contre la paroi de son ventre. Il semblait vouloir se manifester, la prévenir de son arrivée imminente dans son monde. Mouna posa une main sur son ventre et eut envie de lui parler, lui dire quelques mots réconfortants, mais elle ne trouva rien. Et ce n'était que le début. Le bébé n'était pas encore là qu'elle se sentait déjà incompétente. Elle ne saurait pas faire, elle n'y connaissait rien. Heureusement, sa mère saurait l'aider, elle. Elle pourrait lui montrer, lui apprendre. Pouvait-on apprendre à être mère ? Ses pensées ne faisaient-elles pas déjà d'elle un cas désespéré ?

Elle vida son verre d'eau d'un trait et se traîna jusqu'à la fenêtre. La voisine d'en face, à quelques mètres seulement, lisait un livre avec un gros chat gris sur les genoux. Un demi-sourire remontait les coins de sa bouche tandis qu'elle lissait le poil soyeux du chat, tout aussi paisible qu'elle. La jeune femme semblait satisfaite de la simple compagnie d'un chat et d'un livre. Mouna secoua la tête, envieuse de la sérénité qui se dégageait du tableau en vis-à-vis. Force était de constater qu'elle n'était pas de cet acabit. La solitude, très peu pour elle. Elle était un animal de meute, elle aimait sentir la chaleur des autres près d'elle. Leur agitation, leur voix, leur présence. La foule, le brouhaha, c'était son élément, elle y naviguait comme un poisson dans l'eau, transcendée par la sensation de faire partie de ce tout.

Ainsi, depuis ses récentes contractions et l'ordre du médecin de se reposer, elle tournait comme un lion en cage dans le minuscule studio, broyée par l'inertie de son quotidien. Elle souffrait de cet isolement, d'autant plus depuis que ses copines ne voulaient plus vraiment la voir, sans toutefois le lui avoir dit en face. Au fur et à mesure que son ventre grossissait, elle avait été écartée contre son gré, son dossier classé dans une autre catégorie. Aux yeux de ses amis, elle n'était plus que la future maman précoce que l'on devait traîner derrière soi comme un boulet. Elle ne pouvait plus les accompagner à la discothèque ni déambuler indéfiniment sur l'avenue Jean-Médecin pour faire les magasins. Tout juste pouvait-elle encore aller nager à la piscine le dimanche matin avec les mémés pleines d'arthrose et les autres femmes enceintes jusqu'aux yeux.

Trop jeune pour être enceinte, trop enceinte pour être avec des filles de son âge, elle ne rentrait plus dans aucune case, et le monde auquel elle appartenait jadis continuait de vivre sans elle. Elle avait perdu sa légèreté, au sens propre comme au figuré.

Sa vie d'avant lui manquait. Ses activités, ses amis, sa peau lisse dépourvue de vergetures. Même le simple fait de dormir était devenu une mission. Elle en était arrivée à se languir de Jeanne, de sa compagnie lorsqu'elle passait leurs week-ends ensemble au manoir, de son regard fasciné de petite sœur. Mouna l'imagina dans sa pension, entourée de ses camarades, jouissant d'une vie sociale de collégienne, même si c'était dans cet internat de sœurs puritaines. Au moins, elle n'était jamais seule. Mouna sentit alors la pointe acérée de la jalousie qu'elle connaissait si bien lui piquer le cœur. Elle aurait volontiers échangé sa place. Elle leur aurait mis un sacré bazar, là-bas, pensa-t-elle en souriant. À l'heure qu'il est, les nonnes l'auraient déjà jetée dehors depuis belle lurette.

Cette vie-là était pourtant derrière elle. À présent, il n'était plus question de n'en faire qu'à sa tête. Elle n'était pas tout à fait adulte, certes, mais elle allait devenir maman, et il était de son devoir de bien se comporter. Bien que cela n'eût jamais fait partie de ses plans.

« Je sais faire, il y a aucun risque » lui affirmait Marco, sûr de lui, quand ils faisaient l'amour. « Tu parles ! » maugréa Mouna tout haut en effleurant son ventre rond comme une baudruche sur le point d'éclater. Ficher sa vie en l'air, ça oui, il avait su faire.

Elle repensa à son père, à la dernière fois qu'elle l'avait vu, les yeux sortis de leurs orbites quand elle lui avait annoncé qu'elle partait vivre avec sa mère. La tristesse aussi, dissimulée sous ses vociférations. Quitter l'appartement de son père avait été sa première décision responsable, pour elle et son bébé. Et sûrement pas la dernière, maintenant que son destin était lié à un autre être humain en cours de préparation.

Prise d'un vertige, elle retourna s'asseoir sur le canapé et plongea la tête entre ses mains. Un autre coup dans le ventre, plus doux cette fois, comme un murmure. « Ça va aller… » chuchota-t-elle en retour, une conviction cachée derrière sa voix chevrotante.

Lui, au moins, ne la laisserait pas tomber.

Chapitre 26

Novembre 1968

Une sonnerie aiguë retentit dans le bâtiment, arrachant Jeanne à son sommeil avec une telle violence qu'elle sursauta, le cœur battant à tout rompre. Elle enfonça le visage dans son oreiller. Pourquoi fallait-il que le réveil soit aussi assourdissant ? Chaque matin, le signal strident traversait les murs et pénétrait son esprit assoupi comme une lame aiguisée. Elle ne s'y faisait pas. Caroline, Denise et Diana, ses colocataires de chambrée, étaient déjà en train de se préparer pour leur premier cours du matin. Denise, debout devant le miroir, appliquait une épaisse couche de mascara sur ses cils, bien que le règlement interdise formellement le maquillage. Caroline, elle, montrait son nouveau soutien-gorge à Diana en vantant les mérites de sa dentelle venue d'Italie et son prix exorbitant. À quatorze ans, elle était bien plus développée que la plupart de ses camarades. Poitrine ronde et hanches pleines, elle était déjà faite comme une femme, et Jeanne avait entendu dire par Denise que son père l'avait envoyée en pension pour échapper à ses fréquentations masculines de plus en plus insistantes.

Jeanne attendit que ses trois camarades sortent de la chambre pour se lever à son tour. Elle n'avait rien à leur dire, surtout pas de si bon matin. Le reste du temps, elle jouait le jeu pour ne pas se faire exclure complètement de la bande, mais sans révéler une seule vérité sur elle et sa famille.

Au pensionnat, Jeanne avait décidé d'être une autre personne. Elle s'était inventé des parents, une maison, un chien. La fiction d'une vie qui n'était pas la sienne. Dans cette vie-là, elle était née en Italie, son père était un brillant professeur, sa mère une descendante de duchesse autrichienne. Ils vivaient tous réunis avec son frère et sa sœur dans une grande maison au mont Boron, avec un chien – un labrador – et un gigantesque mimosa au milieu du jardin. Ses parents l'avaient mise temporairement en pension car ils étaient partis en voyage d'affaires aux États-Unis et Jeanne préférait rester à Nice plutôt que d'aller à New York. Plus son mensonge était gros, plus il passait comme une lettre à la poste.

« New York, quand même ! s'était exclamée Caroline. À ta place, je serais partie, il paraît que c'est la ville idéale pour faire les magasins. » Elle s'était retenue de lever les yeux au ciel.

Jeanne n'hésitait pas à en rajouter, encore et encore, usant de toute son imagination pour faire avaler sa vie factice à des inconnues qui ne savaient rien d'elle. Après tout, elle ne faisait de mal à personne ; elle ne mentait pas à proprement parler, du moins, c'est ce dont elle s'était convaincue. Elle arrangeait seulement une réalité qu'elle-même ne voulait plus se raconter. Au début, l'adrénaline pulsait dans ses veines lorsqu'elle évoquait sa famille parfaite créée de toutes pièces. Puis elle s'était habituée, leurrée par ses propres mensonges.

Instinctivement, son ego lui avait soufflé qu'elle se ferait manger toute crue par ces adolescentes pourries gâtées si elle leur laissait entrevoir ses origines sociales.

Elle n'en avait pas honte, non, elle s'amusait simplement à jouer un rôle, comme une actrice en représentation permanente. Une question de survie dans la cage aux lionnes. Elle espérait cependant ne pas finir par se perdre dans les méandres de son imposture. Ni par se perdre elle-même.

Parfois, elle se demandait comment sa mère avait eu les moyens pour lui payer une pension telle que celle-là, mais elle savait qu'elle n'oserait jamais lui poser la question.

Après s'être habillée à la hâte, elle sortit de sa chambre et manqua de renverser sœur Françoise. C'était une femme toute menue qui disparaissait presque dans sa robe chasuble trop grande pour elle. Son voile blanc encadrait un visage lumineux, avenant, dont la peau de porcelaine n'était que très peu abîmée par le temps.

« Encore en retard, Jeanne ? la sermonna-t-elle gentiment.

— Pas encore, ma sœur ! » lui répondit Jeanne en se pressant vers l'escalier.

La journée se passa comme toutes les autres, rythmées par les heures de cours, de repas, de prières, et quelques inventions supplémentaires venant compléter la fable de sa vie. Aujourd'hui, elle avait raconté à un petit groupe de filles captivées son voyage à Paris avec ses parents, quand elle avait dix ans. Elle décrivait Notre-Dame de Paris, Saint-Germain-des-Prés, les quais de Seine et les bateaux-mouches, comme si elle y était. Elle parlait avec assurance de l'élégance des Parisiens et des Parisiennes, en avance sur la mode de la province, ainsi que du grouillement incessant du métro, ce train souterrain traversant la ville de part en part. Réunissant ses connaissances acquises à travers différents romans, comme celui d'Hemingway qu'elle avait lu pendant l'été, ou encore *Notre-Dame de Paris*, elle brossait un portrait de la capitale aussi fidèle que poétique. Son auditoire buvait ses paroles, tout ouïe. Elle se sentait connaisseuse, instruite, importante.

La fin des cours sonna. Les pensionnaires se retrouvèrent dans la salle commune quand une voix forte résonna dans le brouhaha ambiant.

« Jeanne Brunel ! » appela sœur Fabienne à la cantonade.

Jeanne se leva de son siège, timide.

« Vous avez une visite. Suivez-moi. »

Sœur Fabienne la précéda en silence dans le couloir sombre, le dos droit et le menton relevé. Dieu que cette femme était austère, pensa Jeanne. Arrivée en haut de l'escalier, elle aperçut sa mère en contrebas et dévala les marches à toute vitesse pour se jeter dans ses bras. Le parfum de sa mère, sa main sur ses cheveux, sa réalité. Elle eut envie de pleurer mais se retint.

« Mouna t'a fait un petit cadeau d'anniversaire à retardement » dit Hélène.

Elle la regarda sans comprendre. « C'est un garçon. Alexandre. Il est né tout à l'heure et il attend ta visite. »

Hélène avait obtenu une dérogation pour que Jeanne puisse aller voir son neveu à la maternité. Quand elles arrivèrent dans la chambre d'hôpital, Mouna tenait une toute petite chose contre elle, enveloppée dans une couverture. Elle semblait épuisée, les yeux marqués et tombant de fatigue. Pourtant, une force tranquille émanait d'elle et se répandait dans toute la pièce. Quand elle vit sa sœur s'avancer, elle parut si heureuse que Jeanne en fut presque déstabilisée. Mouna lui tendit le petit être endormi qu'elle cala contre son bras avec aisance. Elle se souvenait de tous ces gestes qu'elle avait appris si tôt à la naissance de Pierre. Elle berça le bébé et le contempla pendant de longues minutes. Il avait des joues toutes rondes, une bouche en cœur, et de fins cheveux bruns duveteux que Jeanne caressa longuement en lui murmurant des mots doux. Mouna la sortit de sa rêverie.

« Jeanne, est-ce que tu accepterais d'être la marraine d'Alexandre ? »

Les yeux écarquillés, elle crut d'abord à une plaisanterie. Elle passa de sa sœur à sa mère, stupéfaite, guettant une réaction quelconque. Il n'y avait cependant aucune trace d'hésitation dans leurs yeux.

« Pourquoi moi ? demanda-t-elle à voix basse.

— Parce que tu es ma sœur, que je t'aime et que j'ai confiance en toi. »

Jeanne ne sut que répondre. C'était bien la première fois qu'elle entendait ces mots dans la bouche de sa grande sœur. Une bouffée de chaleur la traversa, puis une joie immense qu'elle ne sut contenir longtemps.

« Oui, oui, oui ! J'accepte. »

Elle pencha la tête vers son filleul et lui susurra à l'oreille : « Tu as entendu ? C'est moi ta marraine, petit homme. »

Mais déjà, il était temps de rentrer. En sortant de l'hôpital, Jeanne discerna au loin une silhouette vaguement familière qu'elle ne put identifier dans l'obscurité. Elle s'arrêta, obligeant sa mère à faire de même, et attendit de distinguer clairement l'ombre qui s'avançait dans la nuit. Celle-ci les aperçut et s'immobilisa à son tour. Finalement, l'individu s'approcha, hésitant.

Jeanne le reconnut à peine. Plus de trois ans s'étaient écoulés depuis qu'elle l'avait vu la dernière fois, pourtant, son visage en avait vieilli d'au moins dix. Ses cheveux avaient grisonné et s'étaient clairsemés par endroits. Il marchait les épaules courbées, l'œil hagard. Un silence gêné s'installa.

« J'ai appris que mon petit-fils venait de naître. Je suis venu dès que j'ai su. »

Hélène se tenait en retrait, sur la défensive. « Je ne sais pas si Mouna a très envie de te voir, Albert. »

Il hocha la tête d'un air las.

« Bonjour, papa, dit Jeanne. Mouna m'a demandé d'être la marraine d'Alexandre.

— C'est bien, ma fille, je suis content pour toi... Bon, je ferais mieux d'aller les voir. »

Il s'engouffra dans le bâtiment et Jeanne sentit son cœur se serrer douloureusement. Elle aurait voulu courir après lui, lui dire qu'elle l'aimait et l'aimerait toujours. Qu'il restait son père, malgré tout. Mais Hélène s'était déjà remise en marche et elle la suivit, la mort dans l'âme.

De retour au pensionnat, elle fila directement dans sa chambre, l'appétit coupé.

Lorsque Caroline, Denise et Diana réintégrèrent leur chambre après le souper, Jeanne resta allongée sur le ventre, immobile. Ce soir, elle n'avait pas envie de mentir.

Chapitre 27

Décembre 1968

Soudain, il fit tout noir. Des mains s'étaient posées sur ses yeux, un baiser avait effleuré son cou. La mer qu'elle admirait depuis sa chaise bleue avait disparu, remplacée par un frisson sur sa peau, par un parfum. Son parfum.

Elle retira les mains de son visage et se retourna en riant. Il se tenait devant elle, toujours aussi élégant dans son long manteau en laine, ses yeux rieurs chargés d'un désir non dissimulé. Il la prit par la taille et l'embrassa sans retenue. Bien que la promenade des Anglais fût presque déserte, Hélène le repoussa doucement.

« Louis, fais attention. Si on te voit…

— Alors allons-y, ma douce » déclara-t-il en lui tendant le bras.

Elle était allée au rendez-vous. Le mardi, peu après 17 heures, elle s'était discrètement postée au coin de la rue pour vérifier qu'il tenait sa parole. Elle était restée cachée pendant plus d'une heure, désireuse de le prendre en flagrant délit d'impatience, de constater son manque de fiabilité, une fois de plus. Pourtant, il était demeuré assis, sagement. Il avait commandé un café, puis un autre, puis une bière, tout en guettant sa montre à intervalle régulier. À 18 h 30, elle commençait à avoir des fourmis dans les jambes et à se sentir ridicule. Louis avait posé les coudes sur la table, il se dégageait de lui un sentiment de découragement plus que d'agacement. À 18 h 45, elle décida que ce petit jeu absurde avait assez duré. Elle avait soif, elle avait mal aux jambes, et, ne lui en déplaise, elle avait très envie de discuter avec lui.

Sans s'annoncer, elle avait pris place sur la chaise vacante en face de lui.

« J'ai failli t'attendre », avait-il dit. Et malgré elle, Hélène avait souri devant son air narquois.

Ils avaient parlé jusqu'à tard et oublié toute notion du temps. L'urgence de rattraper ce temps perdu le faisait parler vite, de peur qu'elle ne s'évapore et disparaisse. Il raconta ses années d'études, sa vie parisienne, son changement de cap pour enfin assouvir ses envies, délaissant le droit au profit de l'immobilier. Puis, avec un peu plus d'hésitation, sa rencontre avec Antoinette, qui avait fini par le suivre dans le Sud mais qui ne s'y plaisait pas. Avant même qu'elle eût eu le temps de lui poser la question, il lui expliqua qu'ils n'auraient jamais d'enfants, car ils ne pouvaient tout simplement pas en avoir. Louis était stérile. Il avait mis du temps à l'accepter, puis avait songé à adopter, mais Antoinette ne semblait pas pressée d'être maman. Le projet était resté en suspens avant d'être implicitement abandonné. Ce n'était pas plus mal, prétendait-il.

Malgré son talent notoire pour tourner les choses en dérision, Hélène pouvait ressentir la douleur que cette impossibilité de procréer impliquait dans sa vie. Un vide difficile à combler, un besoin de paternité impossible à vivre.

En le regardant parler, volubile au possible, elle comprit ce qui lui avait tant plu chez lui. Sa façon de s'exprimer avec les mains, son visage expressif, son intelligence. Elle le trouvait drôle, sensuel, sûr de lui, mais pas trop. À présent, il possédait l'assurance d'un homme accompli où pointait un enthousiasme enfantin qu'il s'appliquait à masquer sans vraiment y parvenir.

Louis lui demanda ce qu'elle voulait boire. Après une courte hésitation, elle commanda un bloody mary en trébuchant sur la prononciation. Elle n'en avait jamais bu, mais trouvait cela très chic. À la première gorgée, la brûlure de la vodka et le goût prononcé des épices lui arrachèrent une quinte de toux involontaire. Louis éclata de rire tandis qu'elle s'évertuait à boire son cocktail en maquillant du mieux possible son dégoût.

Il voulut connaître sa vie. Alors elle lui parla de ses enfants, de son mariage qui avait été le plus beau jour de sa vie, de ses retrouvailles inattendues avec David, de Viviane. Elle ne s'attarda pas longtemps sur sa descente aux enfers, préférant lui annoncer qu'elle allait bientôt être grand-mère.

« Ça alors ! Tu es drôlement bien conservée pour une grand-mère, Léni » lui dit-il avec un clin d'œil.

La nuit était tombée, il faisait bon. Un accordéoniste jouait sur la place et Hélène l'écouta un instant les yeux fermés. Après avoir commandé un deuxième bloody mary – son goût de tomate n'était tout compte fait pas si désagréable –, elle se sentit légèrement grisée par l'alcool. Elle flottait dans un monde aux contours vaporeux où la compagnie de Louis était comme une couverture moelleuse dans laquelle elle avait envie de se blottir. Une douce chaleur l'envahit et elle se laissa aller contre le dossier de sa chaise, un sourire aux lèvres.

En se remémorant leurs années adolescentes, ils rirent de plus belle aux anecdotes que Louis s'appliquait à restituer avec engouement, tel un conteur d'histoires. De plus en plus étourdie par son troisième cocktail, Hélène était devenue son meilleur public. Elle tapait des mains à l'évocation de certains détails hilarants qu'il prenait plaisir à exagérer, encouragé par son rire communicatif. L'alcool délia les langues, doucement mais sûrement. Le fantôme de leurs nuits de désir ressurgit peu à peu, ravivant la nostalgie d'un temps où tout était encore possible, où leur amour semblait plus fort que tout.

« Tu n'as pas oublié tant que ça finalement… dit Louis avec un regard appuyé. Tu m'as fait marcher, avoue-le ! »

Pour toute réponse, Hélène se leva, chancelante, et se rattrapa de justesse au dossier de sa chaise. La tête lui tournait, mais ce n'était pas déplaisant, au contraire. Voilà donc ce dont Albert ne pouvait plus se passer, se dit-elle à travers les vapeurs de son ébriété. Elle avait prévenu Jeanne qu'elle rentrerait tard, mais elle espérait s'être désenivrée suffisamment pour réintégrer l'appartement en toute discrétion.

« Je dois y aller Louis, il se fait tard.

— Je vais te raccompagner. Je crois que tu as un peu forcé sur le bloody mary » plaisanta-t-il en lui offrant son bras.

Ils marchèrent longuement dans la nuit chaude et humide, serrés l'un contre l'autre en silence. Dans les rues à présent désertes, il n'y avait plus qu'eux au monde. Elle aurait voulu que ce moment ne s'arrête jamais.

En arrivant à Magnan, sa tête ne tournait plus. Il ne lui restait plus qu'une immense fatigue et une sensation de froid qui s'insinua en elle quand elle lâcha le bras de Louis pour lui faire face.

« Pourquoi n'as-tu jamais écrit ? » demanda-t-elle en le regardant dans les yeux.

Louis devint grave tout en soutenant son regard.

« Parce que j'étais jeune et stupide, Léni. Et lâche, surtout. Je ne voyais pas comment cette relation allait survivre, toi ici, moi là-haut, alors j'ai disparu. Pourtant, j'étais fou amoureux de toi. J'ai pensé à toi tous les jours pendant de longs mois. J'ai même songé à tout plaquer, à quitter mon école de droit pour te retrouver. Mais je ne pouvais pas renoncer à mes études, à mon avenir. Ma mère avait travaillé si dur pour me payer cette école, je ne pouvais pas… J'ai eu si peur de te blesser que j'ai préféré disparaître de ta vie. Je me disais que si tu me détestais tu passerais plus vite à autre chose. »

Il baissa la tête.

« Crois-moi, j'en ai énormément souffert. Si seulement je pouvais retourner dans le passé…

— Que ferais-tu ? questionna-t-elle.

— Avant de partir, je t'aurais remerciée de m'avoir fait connaître l'amour, de m'avoir fait devenir un homme. Puis, aussi cher que ça m'aurait coûté, je t'aurais dit de vivre ta vie mais de ne jamais m'oublier complètement, car pour ma part j'en aurais été incapable. Je t'aurais dit qu'un jour je trouverais un moyen de te revenir, en espérant qu'il ne soit pas trop tard. »

Il lui caressa doucement le visage.

« Puis je t'aurais donné un dernier baiser d'adieu, que tu aurais pu garder dans ton cœur comme une petite flamme… »

Il approcha son visage du sien. Hélène ne bougea pas, ses yeux rivés à ceux de Louis. Des lèvres, il effleura sa joue, puis le coin de sa bouche, délicatement, cherchant son consentement pour raviver une étincelle qu'elle croyait éteinte. Elle avait envie de le repousser, de l'attirer à elle, de le gifler d'une telle audace, de goûter à ses lèvres pleines. Un combat interne qui la paralysa jusqu'à ce que Louis l'embrasse et brise ses dernières résistances. Il plaça une main derrière sa nuque et appuya ses lèvres un peu plus fort sur celles d'Hélène. La fusion de leurs deux langues lui fit exploser le cœur. Elle crut qu'elle allait chavirer sous l'émotion, mais Louis la tenait fermement et continuait de baiser ses lèvres ainsi que chaque partie de son visage avec avidité. Il descendit dans son cou et fit glisser sa langue sur sa peau nue. Hélène fut submergée par une attirance incontrôlable pour cet homme. Cet homme qui partageait sa vie avec une autre femme. Avant de perdre toute raison, elle recula brusquement.

« Tu es marié, Louis… Nous sommes encore une fois dans une impasse. Je ne veux plus souffrir par ta faute. »

Sa vision se flouta de nouveau. Elle nageait en pleine confusion, à bout de souffle. Elle sentait encore ses lèvres sur son visage. Son désir était insoutenable. Pour échapper à son emprise, elle tourna les talons et marcha vers l'entrée de son immeuble. Il la rattrapa et fit quelques pas à côté d'elle.

« C'est compliqué entre ma femme et moi… Et depuis que je t'ai revue, je n'arrive plus à te sortir de ma tête. »

Il se plaça devant elle. « Laisse-nous une chance. »

Hélène le contourna, et, sans prendre la peine de le remercier pour la soirée, s'engouffra dans l'immeuble.

Cette nuit-là, elle ne put trouver le sommeil. Ses yeux grands ouverts sur l'obscurité, elle se repassa le scénario de la soirée en boucle. Ce qu'elle ressentait pour Louis allait bien au-delà d'une simple attirance, aussi puissante fût-elle. Elle n'était même pas sûre de l'avoir jamais ressenti pour Albert. Un lien inexplicable, déraisonnable, et pourtant bien présent. Fallait-il qu'elle prenne ses distances et s'interdise d'aimer ? Mais pourquoi, au juste ? Elle n'allait tout de même pas rentrer dans les ordres. Elle n'allait pas gâcher sa vie sous prétexte d'avoir peur de gâcher celle de ses enfants. Ils étaient grands, désormais. Et puis, le fait que Louis soit marié la libérait d'un engagement trop sérieux qu'elle ne se sentait pas prête à assumer pour l'instant. Elle ne voulait pas refaire sa vie, mais juste aimer de nouveau. Qu'elle soit prête ou non, il était de toute façon déjà trop tard.

Elle le revit la semaine suivante, puis la semaine d'après. Ils firent l'amour comme des adolescents, des après-midi entiers, affamés, insatiables, se délectant d'une peau qu'ils avaient crue perdue pour toujours.

Lorsque les horaires de travail d'Antoinette le leur permettaient, ils se retrouvaient dans un petit hôtel tenu par un ami de Louis, derrière la gare de Riquier. Ils complotaient, ils se cachaient, et la situation, bien que contraire à la morale, n'en devenait que plus excitante. La veille de leurs rendez-vous, gagnée par une euphorie sans précédent, elle ne pouvait retenir le sourire béat qui s'étalait sur son visage, ni les milliers de papillons qui avaient élu domicile au fond de son ventre. Afin de protéger cet amour secret d'une réalité qui finirait tôt ou tard par s'immiscer dans leur idylle, Hélène n'en avait rien dit à personne. Cependant, Viviane avait pressenti rapidement que son amie lui cachait quelque chose, mais, pour une fois, n'avait pas insisté. Elle-même était entièrement dédiée à sa relation avec Joseph avec qui elle avait finalement choisi d'emménager, ce qui suscitait chez elle une véritable angoisse.

Puis Mouna avait accouché et soudainement, elle fut complètement accaparée par le bébé ainsi que par sa fille, dépassée par son nouveau statut de mère. Un baby blues inconsolable laissa l'adolescente perdue et démunie face à un devoir maternel dont elle ne voulait pas. Il lui arrivait de passer des heures cloîtrée dans le studio à se lamenter tout en mangeant des bâtons de réglisse entre deux sanglots. Elle ne savait pas comment s'y prendre avec son enfant. Elle n'en avait ni la force ni l'envie. Pendant près de trois mois, Hélène dut gérer son travail, Pierre, Mouna et Alexandre de front. Elle le changeait, lui donnait le biberon jour et nuit, le berçait, le dorlotait. Alexandre était un bébé facile, magnifique de surplus. Elle avait rarement vu de bébé aussi beau. Un vrai poupon dont elle adorait contempler le visage angélique quand il s'endormait contre elle, son petit bras potelé retombant mollement dans le vide.

Le manque de temps pour voir Louis fit apparaître un manque primitif qui lui tordait les boyaux quand elle se mettait au lit le soir, fourbue. Elle était addict, elle était foutue.

Mais Mouna s'était ressaisie. Elle avait commencé par donner le sein, une proximité qu'elle avait refusée à son enfant depuis sa naissance. Puis elle l'emmena au parc dans son landau. Jour après jour, elle prit ses marques, apprenant avec l'aide d'Hélène les gestes d'une mère et la soulageant d'une tâche qui ne lui incombait pas. Un après-midi de décembre où elle finissait sa journée de ménage chez Mme Courmont, Hélène demanda à la vieille dame si elle pouvait lui emprunter son téléphone et composa le numéro du bureau de Louis.

Ce dernier fut si surpris d'entendre sa voix qu'il en resta muet.

« Tu es libre cet après-midi ?

— Promenade des Anglais, devant le Negresco. 15 heures » répondit-il simplement.

Ils étaient à présent entrelacés sur le lit qu'ils n'avaient pas pris la peine de défaire. La tête posée sur le torse de Louis, Hélène écoutait les battements de son cœur s'apaiser progressivement.

« Je vais devoir y aller, mon amour. Jeanne rentre à la maison pour les fêtes, je dois aller la chercher. »

Louis s'immobilisa, la main sur ses cheveux. « Je rêve ou tu m'as appelé mon amour ? »

Elle gloussa en s'asseyant au bord du lit pour se rhabiller. Dieu que l'amour pouvait rendre niais, pensa-t-elle. Mais là encore, ce n'était pas désagréable, bien au contraire. Le phénix de ses seize ans renaissait de ses cendres et l'emplissait d'un feu indomptable. Elle enfila ses collants et sa robe-tablier à carreaux sous le regard espiègle de Louis.

« Reste un peu, je n'en ai pas fini avec toi ! » dit-il en la prenant par la taille pour l'allonger sur le lit.

Elle s'était déjà mise en retard, mais elle ne savait pas lui résister. En marchant en direction du pensionnat, elle eut envie de chanter, de danser, de s'accrocher aux lampadaires pour clamer son bonheur comme dans *Singing in the rain*, le parapluie et la pluie en moins. Elle fredonna pour elle-même, ses doigts caressant les perles lisses de son nouveau collier.

Avant de partir, Louis lui avait tendu un étui rectangulaire ficelé par un ruban bleu. « Joyeux Noël, ma Yanou » murmura-t-il. À l'intérieur, un magnifique collier ras du cou en perles nacrées. De vraies perles, rondes et brillantes, distinguées, délicates. La main posée sur le cœur, Hélène en était restée bouche bée. Personne ne lui avait jamais offert un tel cadeau. Elle bredouilla qu'elle ne pouvait accepter, que c'était trop, mais Louis avait déjà ouvert le fermoir pour le lui passer autour du cou. En se regardant dans la glace, elle le trouva si beau qu'il était tout simplement impensable pour elle de s'en séparer.

Pourtant, à l'approche du bâtiment en briques rouges, elle fut prise d'un sentiment coupable. Elle enleva délicatement le collier et le mit dans la poche de son manteau. Jeanne l'attendait, assise sur un muret tout près de l'entrée, une petite besace posée à ses pieds. Penchée en avant, ses cheveux bruns cachaient son visage concentré. Elle était plongée dans un livre si épais qu'Hélène se demanda comment sa fille arrivait à absorber une telle quantité de mots sans jamais se lasser.

Jeanne releva la tête et le sourire qu'elle lui offrit en la voyant marcher vers elle finit de combler son cœur en fête. Bientôt, ils se retrouveraient entassés à cinq dans leur petit studio le temps des vacances. Elle avait hâte. Rien n'aurait pu entacher son bonheur.

Une fraction de seconde seulement, elle sentit pourtant poindre une intuition insaisissable, un avertissement imperceptible. Comme une ombre apparue dans son plexus solaire, puis repartie aussitôt. Oui, elle était heureuse, mais elle avait appris à ses dépens que cela ne durait pas. Elle chassa de son esprit le constat menaçant : oui, la vie était belle, mais pour combien de temps ?

Chapitre 28

Juin 1969

En plongeant son bras sous le lit pour y chercher le vêtement à tâtons, elle rencontra des moutons de poussière qui lui piquèrent les yeux et la firent éternuer. Lorsque sa main tomba enfin sur le tissu rêche, elle l'extirpa de sa cachette et le fourra dans son sac à la va-vite.

L'été avait bel et bien débuté. Les jours s'allongeaient paresseusement, les températures ne cessaient de croître, écrasantes le jour, étouffantes la nuit. Les filles de l'internat s'éclipsaient de plus en plus régulièrement pour passer leurs soirées à la plage en compagnie d'autres jeunes gens. Des garçons pour la plupart, des guitaristes qui se retrouvaient autour du feu de bois et leur jouaient tout le répertoire de Bob Dylan, de Georges Brassens et des Beatles. Denise se faisait un plaisir de lui relater ces soirées défendues avec un enthousiasme démesuré, si bien que Jeanne finit par les accompagner, de temps en temps. Finalement, ce n'était pas sorcier. Il suffisait de guetter l'extinction des feux dans la chambre de sœur Fabienne, puis de passer discrètement par la fenêtre de derrière, au rez-de-chaussée. Après avoir surmonté son appréhension de se faire prendre, Jeanne n'en appréciait que plus intensément ces moments volés de liberté. Elle aimait s'asseoir sur les galets chauffés par une journée de soleil, prendre place autour du feu, entourée d'autres gens plus âgés qu'elle et qu'elle ne connaissait pas. Unis par la musique, ils écoutaient les musiciens jouer avec facilité et chantonner des airs qu'elle connaissait déjà par cœur. Ils fumaient aussi, beaucoup, et l'odeur qui se dégageait de leurs mégots incandescents ne ressemblait en rien à celle des Gitanes de son père. Pour cela en revanche, elle préférait passer son tour.

Toutefois, ce week-end-là, son programme était différent. Et elle s'en réjouissait à l'avance.

Le vendredi, elle prévint sœur Françoise qu'elle passerait le week-end en famille et qu'elle serait de retour dimanche. Il était 16 h 30 ; si elle se dépêchait, elle arriverait peut-être à l'heure. Une fois sortie du pensionnat, elle se cacha dans le renfoncement d'une porte, ôta prestement son uniforme, puis enfila le jean Levi Strauss dissimulé dans son sac. Les bains d'eau salée dans lesquels elle l'avait plongé à plusieurs reprises avaient accéléré son délavage, surtout aux genoux et à l'entrejambe. Personne n'en avait de semblable. Elle défit quelques boutons au bas de son chemisier blanc et le noua au-dessus du nombril. Puis elle attacha ses cheveux bouclés en une queue-de-cheval haute, veillant à laisser quelques mèches rebelles s'en échapper. Quelques secondes plus tard, elle émergea de sa cachette, métamorphosée.

Il n'était pas 17 h 30 quand elle sortit du bus et se posta discrètement devant son ancien collège. De là où elle était, elle pouvait voir sans être vue. Sans savoir exactement pourquoi, un courant électrique parcourut son corps et la fit frissonner. Elle avait le trac.

Elle les vit franchir le portail avec un petit groupe de filles. Juliette, d'abord, qui mimait une situation déclenchant les rires hystériques de ses camarades, puis Louise, en grande conversation avec une jeune fille longue et mince qui hochait la tête d'un air captivé.

Jeanne s'avança timidement, les mains enfoncées dans les poches arrière de son Levi Strauss. Juliette la repéra de loin. Elle cria son nom et délaissa instantanément son public pour se précipiter à sa rencontre, suivie de près par Louise. Les effusions furent sincères, chacune serrant Jeanne dans ses bras jusqu'à l'étouffement. Elle sentit des larmes de joie lui picoter les yeux.

« Sympa, ton uniforme de pension, plaisanta Louise en la dévisageant de haut en bas avec une moue approbatrice. Tu es trop belle comme ça !

— Viens dormir à la maison, enchaîna Juliette en lui prenant la main. On a tellement de choses à se raconter. Tu nous as beaucoup manqué, Jeanne. J'ai fini par croire que tu ne reviendrais jamais... »

Juliette ne l'avait jamais regardée ainsi. Un mélange d'impatience et de candeur se dessinait au fond de ses yeux gris, preuve du manque que son départ avait suscité. Elle était si heureuse de voir que ses amies ne l'avaient pas oubliée.

« Je ne peux pas ce soir, je dois aller voir Ludmilla. Mais je vous rejoins demain matin sans faute et on ne se quittera pas du week-end !

— Parfait ! dit Louise en tapant des mains. En plus, demain soir, il y a le premier bal d'été au village. »

Voyant Jeanne faire la moue, elle ajouta, persuasive :

« Si tu n'as pas de robe, je t'en prêterai une, ne t'inquiète pas. On va bien s'amuser ! »

Sur le chemin de terre menant au Zéphyr, les puissantes odeurs d'aromates lui rappelèrent sa première venue au manoir. Le carillon résonna de l'autre côté du portail. Elle entendit les pas précipités de Ludmilla. « J'arrive ! »

Quand elle la découvrit sur le pas de la porte, elle poussa un cri de joie avant de l'embrasser chaleureusement. Jeanne la dépassait désormais en taille, et Ludmilla le lui reprocha pour la taquiner. Elle l'entraîna vers l'intérieur de la bâtisse, la fit asseoir dans la bibliothèque avec une limonade, « en souvenir du bon vieux temps », dit-elle, puis lui posa mille et une questions tout en prenant place à ses côtés.

« Et ta mère ? » demanda-t-elle après avoir raconté ses rosiers, ses dernières lectures, et son expérience traumatisante dans une pension de Novossibirsk. Après son récit, Jeanne s'était sentie bien chanceuse d'avoir atterri dans une école où personne ne lui mettait de la colle dans les cheveux pendant son sommeil, ni de gravier dans la soupe. « C'est ça, la Russie, avait-elle affirmé avec son accent roulant, c'est la loi du plus fort, du plus résistant. Et si tu te plains, tu es fichu ! »

« Elle va bien, répondit Jeanne, très bien. Je ne la vois pas beaucoup, mais elle est toute pimpante et toute guillerette quand je rentre certains week-ends. Je crois qu'elle a rencontré quelqu'un, mais elle n'en parle pas.

— Dieu soit loué, ce serait merveilleux ! Elle mérite qu'un homme la rende de nouveau heureuse. »

Puis Jeanne était descendue dans le jardin ; elle y avait retrouvé son arbre et la dépendance que Ludmilla avait laissée vacante depuis leur départ. Cette dernière ne désirait pas accueillir d'autres personnes, elle n'avait plus l'âge de supporter des adieux inévitables.

Dans la nuit, Jeanne écouta longtemps le chant des grenouilles et des grillons. Tous ces bruits rassurants dont elle avait presque oublié la paisible mélodie. Elle s'endormit le sourire aux lèvres. Enfin, elle était de retour chez elle.

Le bal commençait à 19 heures et promettait de se prolonger jusque tard dans la nuit. Synonyme de vacances et de fête, l'ouverture de la saison des bals était un événement attendu par tous les villageois. Toutes générations confondues, chacun se mettait sur son trente et un pour fouler la piste de danse au rythme du musette passé de mode. Deux guitaristes ressemblant étrangement à John Lennon et un batteur accompagnaient l'accordéoniste présent sur l'estrade. Sans transition, valse et java traditionnelles côtoyaient rock et twist dans une atmosphère bon enfant. Le bal se tenait en plein air sur la place du village où trônait un gigantesque chêne décoré de guirlandes blanches. Quelques tables en bois entouraient la piste de danse. Le vin et le cidre rosissaient les joues, la sueur perlait aux fronts des danseurs, imperturbables malgré le chahut des enfants au milieu de la piste.

Après une longue préparation supervisée par ses deux amies, Jeanne peinait à reconnaître son reflet dans le miroir. Louise lui avait prêté une robe sans manches en taffetas bleu ciel, légèrement évasée à la taille et qui lui arrivait juste au-dessus du genou. Elle avait préféré retirer le large nœud blanc et brillant faisant office de ceinture et qui la faisait ressembler à un œuf de Pâques. Sans ce nœud superflu, la robe était simple, chic, confortable. Elle portait des sandales beiges empruntées à la sœur de Juliette mais celles-ci, trop grandes pour elle, lui conféraient une démarche quelque peu bancale. Son épaisse crinière avait été disciplinée en un chignon bas très sage, trop sage au goût de Jeanne qui avait passé les doigts dans ses cheveux pour le défaire légèrement, lui préférant un aspect plus bohème. Juliette avait crié au sabotage de son œuvre d'art capillaire. Malgré tout, elle s'était trouvée jolie. Elle s'autorisa une pointe de mascara, vérifia son effet dans la glace et débarqua à la fête quelques minutes plus tard.

Un regroupement dense s'était déjà formé aux abords de la piste où Juliette et Louise retrouvèrent bon nombre de leurs copains de classe que Jeanne ne connaissait pas. Bien que ses amies prissent soin de la présenter chaque fois, elle se sentait comme une étrangère, ce qui ne fit qu'amplifier sa timidité.

Le garçon dont Juliette s'était entichée depuis quelques semaines arriva sur son Solex et lui fit un geste de la main dès qu'il l'aperçut. L'attraction avait l'air plus que mutuelle. Trépignant d'excitation, Juliette s'était préparée tout l'après-midi à se laisser embrasser pour la première fois par son « beau Parisien ». Tous les étés, il descendait avec ses parents et ses deux frères aînés dans leur maison de vacances à Sclos-de-Contes, tout près d'ici. Le jour de leur arrivée, chaque année, la même rumeur courait avec empressement : « Les Parisiens sont arrivés ! » Les trois frères étaient attendus, en particulier par la gent féminine du village. Ils étaient distingués, séduisants, musiciens. Courtois, serviables. Ils avaient tout pour plaire.

Le garçon s'approcha d'elles en souriant. Il était en effet très beau, avec ses épaules carrées, sa mâchoire dessinée et ses cheveux noirs. Il leur fit un baisemain cérémonieux à chacune, puis tendit sa main à Juliette pour l'inviter à danser.

Louise repéra la grande fille mince avec qui Jeanne l'avait vue sortir du collège la veille et s'éclipsa quelques instants. Jeanne resta debout, seule, ne sachant que faire de ses mains. Elle se sentit soudain godiche dans son accoutrement et ses sandales trop grandes. Elle aurait donné n'importe quoi pour troquer sa robe de bal contre son vieux jean délavé. Juliette lui fit de grands signes pour l'encourager à venir les rejoindre. Il fallait agir ou elle tournerait bientôt les talons pour rentrer se réfugier au manoir, loin des regards malaisants. Elle décida dans un premier temps d'enlever ses sandales et se sentit aussitôt libérée d'une partie de sa gaucherie. Sandales à la main, elle se fraya un chemin dans la foule pour atteindre ses copines qui se déhanchaient sans retenue au son d'un jerk endiablé.

Après quelques minutes d'hésitation, elle finit par se laisser aller, abandonnant son corps au rythme de la musique. Elle ne connaissait aucun pas de danse, mais elle n'en avait cure, cela faisait longtemps qu'elle ne s'était plus autant amusée. Un jeune homme, lui aussi brun, très grand, jaillit de nulle part et s'approcha du petit ami de Juliette, Claude ? Clément ? Elle avait déjà oublié son nom. Les deux jeunes hommes, dont l'air de famille trahissait leur lien de parenté, se murmurèrent quelque chose à l'oreille. Claude fronça les sourcils et fit signe à Juliette qu'il revenait, puis il suivit l'homme grand et mince vers l'extérieur de la piste. Jeanne avait furtivement croisé son regard ; elle avait entraperçu ses yeux verts et ses longs cils noirs. Il y avait une drôle d'élégance chez lui, dans son allure élancée, ses traits fins et ses cheveux longs. On aurait dit un poète du XIXe siècle téléporté dans cette fête de village à laquelle il n'appartenait pas. Elle le suivit quelques secondes du regard avant de retourner à sa chorégraphie. Un twist comme celui sur lequel Ludmilla avait remué frénétiquement les genoux quelques années auparavant. Elle rit toute seule au souvenir de cette scène cocasse.

L'accordéon entama une valse lente. Juliette chercha alors Claude désespérément, craignant de laisser filer une occasion parfaite pour obtenir son premier baiser, puis elle entraîna Jeanne et Louise dans la rue en quête de son cavalier.

Un homme d'une vingtaine d'années était assis sur une borne en béton, la tête basse. Il semblait presque endormi. Claude lui mit une tape dans le dos qui le fit sursauter. Il releva brusquement la tête en marmonnant dans sa barbe. Son œil droit était tuméfié, ses cheveux collés à son front, et il empestait la bière à des kilomètres. Juliette laissa échapper un juron. « Allez, Jonas, on y va » dit Claude en passant le bras de l'homme autour de son cou.

« Notre frère a encore trop bu, ajouta-t-il, Alain et moi allons le ramener à la maison. À bientôt, les filles. »

Juliette croisa les bras et soupira bruyamment en le regardant s'éloigner. Alain, le jeune homme aux yeux verts, observa Jeanne une fraction de seconde supplémentaire avant de leur faire un signe de tête et de lui emboîter le pas.

« T'inquiète pas, tu as tout l'été pour l'embrasser, ton Claude, la rassura Jeanne.

— Il s'appelle Charles, *babatchou* ! » dit Juliette en riant. Jeanne haussa les épaules d'un air faussement coupable puis retourna au milieu des gens, bien déterminée à prolonger sa nuit sur la piste de danse. Entre deux airs, entre deux pas, elle ne put s'empêcher de repenser à Alain et à l'intensité de son regard dirigé vers elle.

Cet été-là, elle passa ses deux mois de vacances chez Ludmilla. Au moment de demander l'autorisation à sa mère, celle-ci lui imposa comme unique condition d'emmener Pierre avec elle. Ce n'était pas un réel fardeau, Pierre s'amusait d'un rien, et ils s'entendaient à merveille. Elle pouvait l'emmener dans ses activités ou bien le laisser au manoir, il était toujours d'humeur égale et se satisfaisait de tout.

Son été passa en un battement de cils. Elle s'ennuyait et lisait des après-midi entiers – contrairement aux adolescents de son âge, elle appréciait à leur juste valeur ses longues plages d'ennui –, se promenait dans le village avec Juliette et Louise, donnait un coup de main à Ludmilla pour les tâches quotidiennes au Zéphyr et assistait à chacun des bals bimensuels du samedi soir. La bande de copains de ses deux amies devint également la sienne. Avec José, Martine, Juliette, Louise, Bernard et Daniel, ils migraient parfois à Menton pour une journée plage et cinéma. Le frère de Louise, qui avait dix-neuf ans, jouait le rôle de chauffeur, et ils se retrouvaient amassés jusqu'à six à l'arrière de sa Land Rover, euphoriques et bruyants.

Le dimanche, Daniel, qu'elle soupçonnait d'en pincer pour elle, la prenait sur sa Triumph pétaradante pour une virée entre Contes et L'Escarène. Cheveux au vent, elle fermait les yeux et respirait l'air tiède glissant sur son visage. Elle n'aurait pas pu rêver de meilleures vacances.

Des vacances dont elle suivit pour la première fois l'actualité avec intérêt. Fin juin, Georges Pompidou, le nouveau président de la République, fut élu. Elle ne comprenait pas grand-chose à la politique, mais Ludmilla exulta, alors elle décida de s'en réjouir aussi. Et puis, elle trouvait qu'il avait une bonne bouille, ce nouveau président au nom rigolo.

Le 21 juillet au matin, toujours en compagnie de Ludmilla, elle assista, médusée, aux premiers pas de l'homme sur la Lune suivi d'un planter de drapeau américain spectaculaire et prétentieux. Comme si celle-ci leur appartenait dorénavant. Quand même, la Lune ! Elle n'en revenait pas, Ludmilla encore moins. Les Russes avaient donc perdu leur course à la conquête spatiale. Ça jaserait au pays. Le soir même, en contemplant le satellite jaune, Jeanne essaya d'imaginer ce qu'avait pu ressentir Neil Armstrong en posant sa grosse botte d'astronaute sur la surface cratérisée.

À la mi-août, d'autres images provenant d'outre-Atlantique leur parvinrent dans toute leur démesure. Sur des hectares entiers de pelouse, des centaines de milliers de personnes agglutinées à perte de vue célébraient le premier festival de Woodstock.

« Que des hippies, avait précisé Ludmilla. Ils fument, voyagent, se droguent, et prônent la liberté sexuelle à tout va. Bref, la belle vie » avait-elle conclu avec un clin d'œil. Ce pays ne faisait rien comme les autres, se dit Jeanne.

Elle croisait régulièrement Alain au village. Quand elle apercevait au loin son allure dégingandée, elle détournait le regard, rougissante, de peur qu'il ne la surprenne à l'observer avec trop d'attention. Pourtant, elle remarquait aussi son regard se poser sur elle de temps en temps, quand ils se croisaient à l'épicerie ou au détour d'une rue. Il lui souriait d'un air très doux, sans prononcer le moindre mot. Elle souriait en retour ou feignait l'indifférence, essayant vainement d'étouffer les palpitations de son cœur derrière un masque de dédain.

Elle le voyait aussi certains soirs où les jeunes du village se regroupaient autour d'un feu de camp pour jouer de la musique et se raconter des histoires de fantômes. Le terrain abandonné qui jouxtait le cimetière en contrebas du village était leur lieu de prédilection. Ils s'y retrouvaient pour prolonger l'allégresse de ces soirs d'été, pour se faire peur, pour se faire rire. Tout comme les musiciens sur les galets de la « Prom », Alain jouait de la guitare avec ses deux frères, et elle surprenait de temps à autre son regard habité la fixer à travers les hautes flammes. Du moins, c'est ce qu'elle croyait. Ce qu'elle espérait.

Une semaine avant la rentrée, ils ne s'étaient toujours pas adressé la parole.

Pierre l'accompagnait souvent lors de ces réunions clandestines. Assis à côté d'elle, il tapait des mains avec ferveur ou tressaillait aux détails terrifiants de leurs récits d'horreur. Fier d'être admis chez les grands, son visage ne reflétait que gaieté et innocence. Jeanne devait se retenir pour ne pas le couvrir de chatouilles et de baisers envahissants.

Juliette, elle, avait fini par obtenir ce qu'elle convoitait tant, non sans avoir fait un compte rendu précis de ses prouesses salivaires à ses copines. Jeanne ne savait plus si elle trouvait ça fascinant ou répugnant. Avec Charles, ils étaient devenus le couple populaire du village. Ils déambulaient main dans la main, riaient aux éclats et se regardaient avec des yeux de merlans frits. Jeanne les trouvait beaux et complices. Elle était heureuse pour son amie, bien que, de manière prévisible, elle ne la vît plus beaucoup par la suite.

La rentrée pointait déjà à l'horizon lorsque le bal de clôture de la saison fut annoncé à Contes. Déjà nostalgique de la fin de l'été et de ses retrouvailles imminentes avec la pension, Jeanne choisit de ne pas y aller et resta au manoir avec Ludmilla. Vers 20 heures, alors qu'elles finissaient de préparer le dîner, le carillon grave du portail retentit. Perdue dans ses pensées, Jeanne s'essuya machinalement les mains sur un torchon, traversa la pelouse pour aller ouvrir et tomba sur Juliette et Charles. Ils étaient venus en Solex pour la convaincre de les accompagner au bal. Juliette la supplia de venir ; c'était probablement leur dernière soirée tous ensemble, elle ne pouvait pas refuser. D'abord réticente, puis flattée de se sentir indispensable, Jeanne pesa rapidement le pour et le contre. Juliette se pencha alors vers elle et murmura à son oreille :

« Et puis… Alain t'attend. »

Jeanne recula comme si elle avait pris un coup de jus. Elle pensait avoir été discrète sur l'intérêt qu'il suscitait en elle. Après tout, elle n'avait jamais entendu le son de sa voix. Mais il en fallait plus pour tromper Juliette. Cette dernière la considéra avec sérieux en attendant son verdict, les mains sur les hanches.

Jeanne hésita un instant puis hocha la tête. Juliette poussa un cri victorieux, enfourcha le Solex et lui ordonna de se dépêcher ; ils l'attendraient à la fête.

En mentionnant le nom d'Alain, son amie avait sans le vouloir engendré le chaos dans l'esprit de Jeanne. Tandis qu'elle se préparait pour partir, elle ne sut soudainement plus comment s'habiller, comment se comporter une fois sur place, comment réagir si Alain venait à lui parler... Elle finit par se décider pour une tenue ; dans le doute, toujours opter pour la sobriété. Elle enfila une robe blanche toute simple qu'elle avait elle-même confectionnée et une paire de tropéziennes. Son bronzage prononcé acquis au cours de l'été semblait faire étinceler la robe sur sa peau mate.

Arrivée au bal, elle fut accueillie par des exclamations de joie de la part de ses camarades et comprit qu'elle avait fait le bon choix. Juliette avait raison : elle n'allait tout de même pas laisser son cafard entacher ses au revoir avec le plus bel été de sa vie.

Instinctivement, elle chercha Alain du regard mais ne le trouva pas. Quelques minutes plus tard, la voix cassée d'une jeune chanteuse reprenait une chanson d'Édith Piaf que Jeanne adorait, *La Foule*. Les valseurs invétérés envahirent la piste. Jeanne, elle, se plaça sur le côté pour les observer et fredonna les premiers accords quand une main effleura son épaule, si délicatement qu'elle faillit ne pas y prêter attention. Elle se retourna et se retrouva face à Alain, une main tendue pour l'inviter à danser, paré de ce doux sourire qu'elle lui connaissait déjà. Son cœur fit un bond vertigineux dans sa poitrine. À deux doigts de perdre ses moyens, elle balbutia qu'elle ne savait pas vraiment danser la valse, et pour la première fois depuis deux mois, elle entendit sa voix grave s'adresser à elle :

« Ne t'en fais pas, je vais te montrer. C'est très simple. »

Envoûtée par la voix du jeune homme comme un serpent face à son joueur de flûte, Jeanne posa sa main dans celle de son cavalier tandis que ce dernier passait un bras autour de sa taille pour l'attirer doucement à lui. Le simple contact de la main d'Alain dans son dos accéléra un peu plus son rythme cardiaque. « Un, deux, trois, quatre. Un, deux, trois, quatre… » murmura-t-il en la guidant avec délicatesse et légèreté, son regard planté dans le sien. Elle s'appliquait à suivre le rythme, à ne pas marcher sur ses jolis mocassins noirs. Mais qu'il était difficile de se concentrer lorsque deux émeraudes semblaient fouiller votre âme jusque dans ses recoins les plus intimes. Ils étaient si proches à présent qu'elle pouvait distinguer les petites touches de marron irisé qui entouraient sa pupille.

La chanson accéléra de plus belle et la tête lui tourna. Au milieu du tourbillon, elle ne voyait plus rien, rien d'autre que le visage fin et harmonieux d'Alain d'où se détachaient les yeux les plus époustouflants qu'il lui eut été donné de voir.

Lorsque la chanson fut terminée, il lui proposa d'aller prendre l'air quelques instants, ce qu'elle accepta avec joie, soulagée à l'idée de retrouver une certaine zone de confort. Ils s'assirent sur un banc à l'écart de la fête qui battait son plein. La musique leur parvenait, atténuée, ainsi que les cris surexcités de leurs camarades. Ses battements de cœur à elle, quant à eux, n'avaient pas faibli pour autant.

Là, sur ce banc, ils parlèrent jusqu'à ce que les derniers danseurs désertent la piste et que les musiciens se taisent finalement. Absorbée par la personnalité chaleureuse d'Alain, elle n'avait pas vu les heures s'égrener. Géomètre depuis peu, il parlait de son métier avec passion et semblait y consacrer tout son temps ou presque. Jeanne n'était pas sûre de savoir exactement en quoi cela consistait, mais elle ne dit rien, de peur de trahir son ignorance. Il habitait au centre de Paris, dans le 9ᵉ arrondissement, tout près de Montmartre et de Pigalle – des noms de quartiers plus proches de la fiction que de la réalité à ses yeux –, dans un deux-pièces qu'il partageait avec un colocataire trompettiste. Il leur arrivait de jouer ensemble le soir en rentrant du travail, au grand dam de leurs voisins, peu amateurs de musique. Sa famille et lui descendaient tous les étés à Sclos depuis près de dix ans. Le Sud l'avait adopté, il n'aurait changé de destination de vacances pour rien au monde.

À dix-huit ans, il était le cadet de la famille, tout comme Jeanne. Tout comme elle, il aimait les livres et la poésie, les Beatles et Georges Brassens, ainsi que les fréquentes immersions dans les replis de sa vie intérieure.

Alors que leurs langues se déliaient et qu'ils passaient naturellement d'un sujet à un autre, Jonas fit signe à Alain qu'il était temps de rentrer. Il consulta sa montre, étonné de l'heure tardive, et proposa à Jeanne de la raccompagner au manoir. Il était hors de question de la laisser rentrer seule aussi tard, même pour une courte distance. Il lui offrit son bras pour l'escorter jusqu'à la voiture et Jeanne trouva ce geste banal d'une si grande galanterie qu'elle en rougit jusqu'aux oreilles.

À l'arrière de la voiture conduite par Jonas, l'aîné des trois frères qui, une fois n'est pas coutume, était resté sobre, elle se retrouva serrée entre Juliette, Charles et Alain. Ils chahutaient comme des enfants, enivrés par l'urgence de cette dernière nuit de vacances. La voiture tourna sur le chemin de terre menant au manoir lorsque Alain prit la main de Jeanne dans la sienne sans la regarder. Elle crut que son cœur allait bondir hors de sa poitrine pour finir sa course écrabouillé contre le pare-brise. Toujours en regardant droit devant lui, il entrelaça ses doigts dans les siens avant de les porter à sa bouche pour déposer un baiser sur le dos de sa main. Jeanne se figea, extrêmement troublée par le contact de ces lèvres chaudes sur une partie de son corps. Arrivée devant le portail, elle retira sa main avec regret et leur souhaita bonne nuit.

Une fois allongée sous ses draps, elle ne put trouver le sommeil, et c'était tant mieux. Ainsi, elle avait tout le loisir de visionner grâce à son projecteur mental la soirée magique qu'elle venait de vivre, surprise par la force de ses sentiments naissants pour Alain. Elle revoyait ses yeux verts dans la nuit, son sourire réservé et ses cheveux noirs qui lui tombaient sur les épaules. Elle sentait encore sa main sur sa taille tandis qu'ils dansaient, la tenant de manière ferme et délicate à la fois. Ses lèvres sur sa peau, d'une douceur infinie. Elle les imagina se poser sur d'autres parties de son corps et ressentit une chaleur exquise se propager dans son ventre, suivie de picotements délicieux au creux de son sexe. Elle eut envie de se caresser, d'explorer plus en détail ces sensations nouvelles, mais elle se retint, soudain honteuse de ses envies. Petite, sa mère l'avait un jour surprise à jouer avec sa « chose », comme elle l'appelait, et l'avait alors grondée de telles pratiques. Ce n'était pas des choses à faire pour une petite fille, c'était *mal*.

Après s'être retournée dans son lit toute la nuit, elle se leva aux premières lueurs du soleil et alla trouver du réconfort auprès de son châtaignier. Elle posa la tête contre son tronc robuste et observa le soleil filtrer à travers ses larges feuilles. Une légère brise les faisait onduler, presque danser. Un spectacle de la nature dans toute sa simplicité mais dont elle aimait percevoir l'extrême beauté.

Demain, elle redescendrait à Nice, retournerait au pensionnat et reprendrait le cours de ses mensonges qui ne l'amusaient plus, loin de ce cocon où elle pouvait être elle-même, et où cela suffisait.

Il fallait absolument qu'elle revoie Alain avant qu'ils ne repartent chacun de leur côté. Mais que lui dirait-elle ? Oserait-elle lui avouer qu'elle avait attendu tout l'été pour passer un moment en sa compagnie ? N'était-il pas déjà trop tard ?

Elle déjeuna sous la tonnelle en compagnie de Pierre et Ludmilla. Celle-ci n'était pas très bavarde, affichant un sourire figé, presque forcé. Après le repas, Jeanne fit le tour de la table et enroula ses bras autour de son cou. Elle aimait sincèrement cette femme, et ne voulait en aucun cas être la cause de son chagrin. L'après-midi fut consacré aux douloureux au revoir à ses amis, dont Jeanne voulut se débarrasser au plus vite autant qu'elle souhaitait les faire durer éternellement. « Toutes les bonnes choses ont une fin » disait sans cesse Ludmilla. Jeanne avait beau s'exhorter à éprouver de la reconnaissance pour ces moments de liesse vécus tout au long de l'été, une tristesse infinie l'emportait pourtant sur tout.

Le soir venu, elle n'avait toujours pas revu Alain et l'idée de partir sans lui dire au revoir lui parut insupportable. Mais il se faisait tard, et Jeanne se mit en route.

Alors qu'elle rentrait au Zéphyr, les épaules basses et le pas lourd, elle vit une silhouette postée au bout du chemin. Un espoir fou s'empara de tout son être. Il était presque 20 heures ; le soir tombant l'empêchait de distinguer clairement qui se trouvait là. Malgré tout, elle sut que c'était lui. Elle voulut courir pour le retrouver, impatiente de confirmer l'intuition qu'il ressentait la même chose qu'elle. À la place, elle conserva son sang-froid et avança vers lui d'un air détaché.

Les derniers mètres qui les séparaient parurent durer une éternité. Alain était bien là à l'attendre, gêné et souriant. Ils marchèrent quelques minutes au milieu des oliviers bordant la propriété, mais parlèrent peu. Jeanne se triturait les mains, nerveuse. Alain les lui prit délicatement et se plaça face à elle, lui faisant perdre tout à coup la trame de ce qu'elle voulait dire. Tout en se rapprochant, il repoussa une mèche de cheveux qui lui tombait devant les yeux et la lui glissa derrière l'oreille. Jeanne ferma les yeux pour contenir son émotion. Quand elle les rouvrit, le visage d'Alain était à seulement quelques centimètres du sien. Il se pencha encore ; elle sentait à présent son souffle tout près d'elle. Attirée par ses yeux comme par un aimant, elle ne put se retenir de combler le peu d'espace qui les séparait. Leur baiser fut long, doux, tendre. Alain avait gardé une main derrière la nuque de Jeanne et lui caressait la joue de son pouce légèrement calleux de guitariste. Elle n'avait jamais connu de sensation aussi délicieuse.

Mais lorsque Alain entrouvrit la bouche et que le bout de sa langue effleura les lèvres de Jeanne, une petite bombe déflagra dans sa cage thoracique. Enivrée par ce contact charnel, Jeanne se laissa faire. Leurs deux langues se mêlèrent alors et le baiser prit une tout autre dimension. Une vague, chaude et étourdissante, gonfla ses côtes, dilata son abdomen. Elle aurait juré que la Terre s'était arrêtée de tourner.

Une fois leurs bouches désunies à regret, il la serra longuement tout contre lui, l'enveloppant de ses bras protecteurs. Jeanne s'y blottit, respira son odeur musquée et éclata en sanglots. Alain prit son visage entre ses mains et lui dit, tout en baisant ses joues baignées de larmes.

« Au revoir, Jeanne. »

Chapitre 29

Septembre 1969

Les enfants sortirent de l'établissement par petits groupes. Hélène guetta les cheveux bruns et le visage réjoui de Pierre parmi le flot de collégiens dont certains le dépassaient déjà d'une tête et paraissaient bien plus âgés que lui.

Lorsqu'il l'aperçut, il marcha dans sa direction, la mine boudeuse. Il semblait si frêle, si juvénile au sein de cette cohorte d'adolescents. Hélène déposa un baiser sur son front et lui ébouriffa tendrement les cheveux, mais Pierre détourna vivement la tête.

« Que se passe-t-il ? lui demanda-t-elle.

— Il se passe que je suis un fils de *divorcés !* » Il avait appuyé sur ce dernier mot comme s'il s'agissait d'une insulte.

« Ce n'est pas vrai, nous ne sommes pas divorcés avec papa, seulement séparés, se justifia-t-elle.

— Et alors ? C'est pareil. Et on se moque de moi. On dit que j'ai pas de vraie famille. Et que toi t'es pas une bonne mère, parce que sinon tu serais restée avec papa. » Il baissa les yeux et croisa les bras sur sa poitrine.

Ébranlée par les aveux de son fils, Hélène maudit intérieurement les imbéciles médisants qui avaient proféré de telles méchancetés. Sans se rendre compte de la portée de leurs propos, les enfants pouvaient être d'une cruauté épouvantable. Elle tenta de poser ses mots.

« Tu sais, Pierre, les parents qui se séparent sont avant tout des parents courageux. Souvent, des gens malheureux restent ensemble car ils sont trop lâches ou trop effrayés pour changer de vie. Et ils entraînent leurs enfants dans leur souffrance. Nous ne vivons plus avec papa, mais c'est mieux comme ça, pour lui, pour moi et pour vous. Et puis, nous sommes toujours la même famille, et nous t'aimons tous les deux ton père et moi, c'est tout ce qui compte. Ceux qui se moquent de toi sont des idiots, et devraient d'abord s'occuper de leurs oignons » conclut-elle avec une pointe de colère dans la voix.

Ils se mirent en route ; Pierre semblait digérer l'information, silencieux. Au bout d'un instant, il reprit : « Tu es sûre qu'il m'aime ? Il ne vient presque jamais me voir…

— Oh oui, j'en suis sûre et certaine. Il doit gérer d'autres problèmes, mais il ne t'oublie pas, crois-moi. »

Aussitôt rassuré, Pierre lui prit la main et se mit à gambader joyeusement.

« Tu es drôlement belle, en tout cas ! Tu vas dîner avec ton amoureux ? »

Elle portait une jupe crayon rouge, un chemisier crépon blanc, et avait relevé ses cheveux en un chignon haut qui soulignait la courbe gracieuse de sa nuque.

Elle fut tentée de mentir ou de détourner la conversation, mais n'en fit rien. Les yeux admiratifs de son fils posés sur elle l'incitèrent à la confidence.

« Oui. Il s'appelle Louis. Il faudra que je te le présente, dit-elle avec un ton qu'elle souhaita le plus léger possible. Je vais te déposer chez Viviane et Joseph pour que tu joues avec Laura, et tu dormiras chez eux, ça te va ?

— D'accord ! » approuva-t-il d'un air satisfait.

Pierre avait intégré l'information en un rien de temps et n'y accordait visiblement aucune importance. Elle avait hésité si longtemps à lui parler de Louis, tentant désespérément d'anticiper sa réaction. Elle secoua la tête et sourit de son manque de discernement.

Le soir, tandis que Louis et elle dégustaient les petits plats du Bella Storia préparés avec soin par David, ce dernier sortit un instant de sa cuisine pour récolter leurs commentaires.

« Alors ? Comment trouvez-vous ma nouvelle recette ? »

Louis désigna son assiette vide. « Je crois que nos assiettes parlent d'elles-mêmes !

— C'était succulent, ajouta Hélène. On dirait que tu t'améliores encore.

— Merci, mes amis, je suis touché. Votre soutien me donne envie de me dépasser ! » Il posa une main sur l'épaule d'Hélène.

« Comment va Mouna ? »

Cette simple question posée par David souleva en elle une sensation étrange. Comme une révélation. Louis ne lui posait jamais de question sur ses enfants, comme si cela ne le concernait pas. Il ne faisait même pas semblant de s'y intéresser. Pourtant, ses enfants étaient ce qui comptait le plus au monde pour elle. Était-ce dû au fait qu'il ne pourrait jamais en avoir ? Elle sentit un malaise l'envahir. David s'en aperçut et accentua légèrement la pression de sa main.

« Elle va bien, David, c'est adorable de t'en soucier. »

En réalité, Hélène était très inquiète pour sa fille aînée. À la fin de l'été, Marco était réapparu dans sa vie et avait soudainement voulu endosser son rôle de père. Il lui avait fait tout un laïus, comme quoi il l'aimait encore et qu'il avait eu peur de la responsabilité qui lui incombait, mais qu'il était dorénavant prêt à assumer. Malgré tout ce qu'elle s'était promis, Mouna était immédiatement tombée dans le panneau. Une semaine plus tard, elle quittait le studio pour emménager avec lui, au grand dam d'Hélène. Ce garçon qui avait tant fait souffrir sa fille ne lui inspirait guère confiance, mais elle ne pouvait que se soumettre au choix de Mouna qui, butée comme à son habitude, n'avait pas voulu entendre ses mises en garde.

Le départ de Mouna avait provoqué un grand vide dans le petit appartement de Magnan. Les gazouillis d'Alexandre qui tiraient habituellement Hélène de son sommeil le matin lui avaient tant manqué au début qu'elle s'était réveillée plusieurs matins désorientée, le cœur cognant tel un animal en cage. Désormais seule avec Pierre, elle avait proposé à Jeanne de réemménager avec eux à son retour de Contes, persuadée que cette nouvelle l'enchanterait, mais à sa grande surprise, Jeanne avait demandé à rester au pensionnat. Sa fille était rentrée changée de ses vacances d'été. Outre son bronzage caramel et sa silhouette encore plus élancée, elle fut frappée par autre chose en la voyant. La même évidence que sur le quai de la gare à son retour du préventorium, quelques années plus tôt. Une nouvelle assurance, cette fois-ci mêlée d'un soupçon d'insolence derrière son éternelle timidité. La chrysalide était sur le point de donner naissance à un magnifique papillon.

Hélène se sentait en décalage avec ses filles, ces êtres humains sortis de son ventre mais qui, en grandissant, lui donnaient parfois l'impression de devenir des étrangères. Cette pensée la tourmentait mais elle n'en parlait pas à Louis, et elle savait maintenant pourquoi. Il s'en souciait comme d'une guigne.

À la place, à la seconde où David retourna à ses fourneaux, Louis aborda un tout autre sujet : sa femme.

Hélène sentit poindre l'agacement, la soirée prenait une tournure désagréable. Sa femme se doutait de quelque chose, il l'avait évoqué à plusieurs reprises à Hélène, lui précisant régulièrement à quel point Antoinette était une femme bien. Avec elle, il avait construit un quotidien confortable auquel il était très attaché, Hélène le savait, et il se faisait souvent rattraper par la culpabilité de lui infliger doutes et suspicion, qui plus est justifiés.

Stoïque, elle l'écouta lui expliquer le mal qu'il ferait à Antoinette si elle venait à découvrir leur histoire d'amour. Elle en ressortirait détruite. Hélène eut envie de le provoquer, de lui répondre que la solution était simple comme bonjour, qu'ils ne se devaient absolument rien et pouvaient stopper là leur aventure, mais au fond elle était terrorisée à l'idée de le perdre et s'abstint de tout commentaire. La tendresse qu'elle percevait dans sa voix tandis qu'il parlait de sa compagne la rendit folle de jalousie. Mais l'empathie qu'il éprouvait envers Antoinette ne le rendait que plus humain, plus attachant. Elle n'était simplement pas la bonne interlocutrice, ce dont il ne semblait pas se rendre compte en continuant maladroitement de déballer ses scrupules. Comme souvent depuis leur rencontre, elle fut confrontée à un dilemme : le gifler ou le prendre dans ses bras ? Le blesser ou le couvrir d'amour ? Le forcer à choisir ou accepter sa double vie ?

Au moment de se coucher, elle était anxieuse, vidée de toute énergie. Elle pressentait que son histoire avec Louis était sur le point de sortir de la zone d'insouciance dans laquelle ils avaient pris soin de rester jusqu'à présent. Elle devait se tenir prête à une évolution, quelle qu'elle soit. Cette nuit-là, elle fit un rêve étrange. Dans son rêve, elle se tenait au milieu du salon de Louis, tel qu'elle l'imaginait puisqu'elle n'y était encore jamais allée. Assis sur des fauteuils face à face, Louis et Antoinette discutaient tranquillement, leurs regards la traversant de part et d'autre sans la voir. Elle faisait de grands gestes, essayait de crier, mais aucun son ne sortait de sa gorge, et ils ne la voyaient pas. Puis Louis s'approcha de sa femme pour l'embrasser et commença à déboutonner son chemisier avec ce sourire coquin qu'elle aimait tant. Hélène tentait de détourner les yeux de la scène mais une force invisible lui maintenait la tête dans leur direction et la forçait à garder les yeux ouverts. Passive et écœurée, elle fixait leurs ébats, tandis qu'Antoinette poussait de petits gémissements de plaisir. Hélène se réveilla en sursaut, la bouche sèche, et ne put se rendormir.

Quand elle alla chercher Pierre le lendemain, elle avait une mine affreuse. Étonnamment, Viviane eut la délicatesse de ne rien dire et l'accueillit avec une accolade chaleureuse et parfumée. Elle était radieuse. Ses fines boucles rousses coupées plus court flottaient autour de son visage et la faisaient ressembler à un soleil. Joseph était un homme doux, prévenant, droit dans ses bottes. Son influence sur son amie et sa petite fille se voyait à leurs mines épanouies.

Elles s'assirent pour prendre un thé. Joseph devina leur besoin d'être seules et proposa aux enfants d'aller jouer dehors. Aussitôt la porte d'entrée fermée, Hélène mit les coudes sur la table et posa son menton dans ses mains.

« Bon, maintenant je peux te le dire, tu as la tête de quelqu'un qui a mal dormi, lança Viviane.

— C'est le cas. »

Elle lui raconta son rêve et la discussion de la veille avec Louis. Viviane soupira.

« Eh oui, ma belle, ce n'est pas facile de partager l'homme qu'on aime. Mais au moins il ne t'a pas prise en traître, tu étais prévenue.

— Je sais, je sais… » Hélène passa une main dans ses cheveux et se redressa vivement.

« Tu as raison, je dois me ressaisir. Je m'étais promis qu'après Albert aucun autre homme ne me ferait souffrir, sciemment ou pas. Changeons de sujet.

— À vrai dire, pas tout à fait. J'ai encore une petite chose à te dire à son propos. »

Viviane expliqua alors qu'une de ses clientes à la boutique, lors d'un passage à Monaco pour visiter son fils, avait aperçu Antoinette avec un autre homme. Le fleuriste, c'est comme le coiffeur, avait-elle affirmé, les gens bavardent, se confient. Surtout cette commère du quartier qui ne manquait pas une occasion pour jacasser. Au détour d'une rue, elle l'avait vue au bras d'un homme d'une quarantaine d'années en costume. Curieuse, elle avait avoué à Viviane les avoir suivis le long de la rue menant au port. Le temps de voir l'homme en question voler un tendre baiser à Antoinette. Le doute n'était plus permis, elle avait un amant.

Quand Viviane eut terminé son récit, Hélène resta interdite. Selon elle, le doute était au contraire de rigueur. Elle n'aimait pas les rumeurs, les « on dit », elle s'en méfiait comme de la peste. La cliente avait très bien pu se tromper, ou bien prenait-elle plaisir à colporter des mensonges. Après tout, elle ne la connaissait pas, et les Niçois étaient réputés pour avoir la langue bien pendue. De vraies *pastrouil*[1], disait Albert.

Viviane la tira de ses pensées. « Si Louis était au courant qu'Antoinette avait un amant, il arrêterait peut-être de culpabiliser. Mais bon, je dis ça comme ça. C'est à toi de voir. »

Pour Hélène, c'était tout vu. Elle ne souhaitait pas s'engager dans cette voie sans certitude, cela finirait par

1. Commères.

lui retomber dessus. De plus, elle n'avait pas grand-chose à y gagner. En dépit de sa soirée de la veille, sa relation avec Louis lui convenait très bien. Bien qu'à l'étroit dans son studio et malgré son métier ingrat, elle pouvait vivre sa vie, s'occuper de ses enfants, elle n'avait de compte à rendre à personne. Louis était toujours aussi attentionné, complice, et c'était un merveilleux amant. Si le prix à payer pour son exclusivité était de renoncer à sa liberté, elle n'en était pas encore prête. Et si Antoinette le trompait vraiment, il le saurait bien assez vite.

La semaine suivante, elle arriva pour son premier jour de travail dans un cabinet d'avocat à côté de la place Masséna. Elle y avait été embauchée pour faire le ménage trois soirs par semaine, avec un salaire avantageux comparé aux heures interminables qu'elle passait chez les particuliers pour une somme dérisoire.

Les bureaux meublés et décorés avec goût se répartissaient sur deux larges étages où, malgré l'heure tardive, les employés continuaient d'aller et de venir nerveusement d'une porte à l'autre, les bras chargés de dossiers. Certains maugréaient dans leur barbe tout en remplissant divers documents, d'autres répondaient, agacés, au téléphone qui ne cessait de sonner. Les pièces, mal aérées, sentaient le tabac froid et la transpiration.

Hélène se fit toute petite pour ranger et nettoyer les nombreux bureaux noyés sous des piles de papier et de classeurs de toutes les couleurs. Habillée de son tablier bleu ciel peu seyant, elle poussait discrètement son chariot dans les couloirs, s'appliquant à croiser le moins d'employés possible. L'atmosphère générale respirait le stress et l'empressement, et personne ne lui adressa la parole ni même ne la regarda lors de son premier jour. Elle était transparente aux yeux de ces gens. Invisible. Elle eut la conviction qu'elle aurait pu s'étouffer devant eux sans qu'aucun ne prenne la peine de s'arrêter pour lui venir en aide. Pire, elle percevait l'agacement que sa présence suscitait chez certains quand elle avait le malheur de les ralentir d'un dixième de seconde dans leur course contre la montre quotidienne.

Le deuxième jour, elle commença par nettoyer soigneusement le bureau d'un des associés du cabinet, d'après l'écriteau doré cloué sur la porte, un homme d'une cinquantaine d'années qu'elle avait vu sortir quelques minutes plus tôt. En dépoussiérant un guéridon placé dans un coin de la pièce, elle tomba sur une photo de famille composée d'un homme brun, d'une femme blonde aux yeux bleus et de trois enfants, deux adolescents et une petite fille qui ressemblaient comme deux gouttes d'eau à sa mère. La photo avait vieilli, mais Hélène y reconnut l'homme du bureau, rajeunit de dix ans. Elle prit le portrait dans ses mains et examina le sourire éclatant des cinq visages, leurs yeux rieurs tournés vers l'objectif. Sa famille à elle aurait pu ressembler à cette famille, soudée, joyeuse. Ses yeux s'embuèrent au moment où elle entendit une voix s'élever derrière elle :

« Posez ça tout de suite. » L'homme du bureau, qu'elle croyait rentré chez lui, se tenait sur le seuil et la fixait, sourcils froncés.

Elle mit une seconde de trop à réagir et vit l'homme se rapprocher à grands pas pour remettre le portrait de famille à sa place, lui arrachant sans ménagement le cadre des mains.

« Je vous prierai de ne pas toucher à mes affaires. Vous n'êtes pas ici pour ça, n'est-ce pas ? » dit-il d'un ton si agressif qu'Hélène sentit son visage s'empourprer.

Elle bredouilla des excuses et sortit de la pièce, honteuse. Elle poussa son chariot jusqu'aux toilettes et s'évertua à oublier sa gêne en se mettant au travail. Tandis qu'elle passait la serpillière, une femme en tailleur noir entra. Sans prendre la peine de saluer Hélène, qui s'était déjà accoutumée à cette indifférence assumée, elle se plaça devant le miroir pour vérifier son maquillage. Hélène l'observa furtivement du coin de l'œil. C'était une femme magnifique. Ses cheveux permanentés couleur miel tombaient en cascade sur ses épaules, ses yeux de biche étaient soulignés d'un trait d'eye-liner et son tailleur cintré semblait avoir été conçu sur mesure pour sa silhouette mince et galbée. Elle admira son reflet dans le miroir, satisfaite, puis réappliqua une couche de rouge à lèvres avec habileté. Pour finir, la femme s'empara d'un mouchoir en papier pour le placer entre ses lèvres afin d'en estomper la couleur. Elle les pinça et les fit claquer avant de laisser tomber dédaigneusement le mouchoir par terre. Sans un regard, elle le poussa vers Hélène du bout de son escarpin et sortit en ondulant.

Hélène suspendit son geste. Debout au milieu de la pièce, son balai à la main, elle regarda le papier coloré par le surplus de rouge à lèvres. Sentant des larmes de colère sur le point de jaillir, elle s'enferma dans l'une des cabines et s'accroupit pour pleurer doucement. Quelques minutes plus tard, elle sortit sans son chariot et se dirigea vers le bureau du directeur pour lui annoncer qu'elle ne reviendrait pas.

En quittant le bâtiment, elle prit une grande inspiration. Elle se sentait légère. Oh oui, il était urgent qu'elle se ressaisisse, car le temps où elle subissait sa vie était révolu depuis belle lurette. Elle était peut-être femme de ménage, sans mari ni argent, mais elle était quelqu'un, et elle était forte. Et rien ni personne ne pourrait lui faire penser le contraire.

Chapitre 30

Décembre 1969

Je n'oublierai jamais
Tes cheveux longs épars
Recouvrant légèrement tes épaules tel un voile,
Je n'oublierai jamais
Ton sourire, ton regard
Quand nous marchions ensemble
Le soir sous les étoiles.

Je t'avais pris la main
Comme pour te protéger
De la nuit qui tombait sur nous comme une ennemie,
Mon cœur en moi battait
Et nous avions marché
Entouré d'un bonheur
Qui n'accepte l'oubli.

Mais les obligations
D'un monde cruel et froid
Nous amenaient vite à nous dire au revoir,
Jamais ne fut plus triste
Ni plus amer pour moi
D'avoir à te quitter
Après ce dernier soir.

D'entendre tes sanglots
Qui déchiraient mon cœur
D'entrevoir ton visage
De larmes inondé,
Et quand fatalement
Nous séparer fut l'heure
Alors, marchant tout seul
Dans la nuit j'ai pleuré.

Jeanne, mon amour,
Si vraiment tu m'attends,
Si à mon souvenir
Doucement ton cœur tremble,
Je reviendrai, un jour
Je t'en fais le serment,
Et là si tu le veux
Nous resterons ensemble.

Elle le connaissait à présent par cœur. Chaque mot, gravé dans sa mémoire, ravivait le souvenir brûlant de leur premier baiser. Elle plia la lettre en quatre et la remit dans le tiroir de sa table de nuit. Alain arrivait ce soir, elle trépignait d'impatience. C'était la quatrième fois qu'il descendait depuis son retour à Paris à la fin de l'été. Un week-end par mois, il prenait sa voiture et parcourait les 900 kilomètres qui les séparaient l'un de l'autre. Chaque autre semaine, elle recevait une lettre, sans exception. Ce poème était arrivé dans sa première lettre et Jeanne avait cru se déliter de bonheur en l'imaginant penché sur sa feuille blanche, appliqué à lui restituer grâce à ses mots l'évidence qu'ils partageaient. Elle lui écrivait également, sans toutefois se lancer dans l'exercice périlleux de lui répondre par un poème, elle avait peur de ne pas être à la hauteur.

D'ailleurs, elle avait souvent peur de ne pas être à la hauteur. Alain était beau, élégant, vertueux et instruit. Brillant même. Il avait déjà beaucoup voyagé ; il lui décrivait des paysages et des contrées lointaines qu'elle rêvait d'explorer à son tour. Il s'était ouvert à d'autres cultures, avait vu d'autres continents. Elle le trouvait captivant, sans jamais se départir d'une grande humilité. Le soir, quand il la raccompagnait au pensionnat lors de ses visites, il sortait sa guitare du coffre de sa voiture, s'asseyait sur un banc, et chantait doucement pour elle, rien que pour elle. Elle aurait pu passer des heures à le regarder, ses doigts dansant sur les cordes de son instrument.

Pour sa part, Jeanne venait d'avoir quinze ans et n'était quasiment jamais sortie de sa région. Cela n'empêchait pas Alain de la trouver vive, intelligente et surprenante, et de lui vouer une admiration qu'elle ne savait expliquer. À ses yeux, elle ne ressemblait à aucune autre fille. Il la traitait comme une petite reine, ce à quoi elle s'habitua vite. Galant, il lui ouvrait les portes et lui tendait la main quand elle sortait de la voiture, telle une princesse descendant de son carrosse. Il l'emmenait au restaurant, l'aidait à enfiler son manteau, passait un bras protecteur autour de ses épaules quand elle avait froid. Respectueux, il n'avait jamais eu de gestes osés ou déplacés à son égard, se contentant de baisers langoureux, les doigts enfouis dans ses cheveux. Ils pouvaient passer des heures à s'embrasser, passionnément, fougueusement, électrisés par le ballet de leurs deux langues en communion, mais Alain ne dépassait pas les limites qu'elle ne semblait pas vouloir franchir. Ils avaient tout le temps du monde, disait-il, il attendrait autant qu'il le faudrait.

D'une patience et d'un calme à toute épreuve, il comprenait tout, pardonnait tout, même lorsque, impertinente et capricieuse, elle le faisait tourner en bourrique pour un oui ou pour un non. Elle aimait le pousser dans ses retranchements, tester la force de son amour pour elle. Lui demeurait inébranlable, habité d'une conviction qui transpirait de tout son être : Jeanne était la femme de sa vie.

Enfermés dans l'habitacle de sa voiture, il leur arrivait de pleurer ensemble, les yeux dans les yeux, en écoutant sur l'autoradio la mélodie poignante de leur morceau préféré des Beatles. Ils pleuraient d'amour, de cet amour qu'ils ne parvenaient plus à contenir, qui ne demandait plus de mots.

Après son cours de catéchisme, Jeanne repassa par sa chambre et s'empara de son nouvel accessoire fétiche, une grande paire de lunettes carrées dont elle avait retiré les verres. Elle les mit sur son nez, s'ébouriffa les cheveux, fourra son Levi Strauss dans son sac en bandoulière et descendit l'escalier en trombes. Il était 19 heures, Alain arriverait d'une minute à l'autre.

« Je rentre chez moi pour le week-end, ma sœur », mentit Jeanne en passant la tête par la porte entrebâillée de la mère supérieure.

Sœur Fabienne la considéra attentivement. « Très bien. »

Mais avant que Jeanne ne franchisse la lourde porte d'entrée, elle entendit la voix de sœur Fabienne résonner dans le hall.

« Attention, Jeanne, vous filez un mauvais coton, dit-elle d'une voix forte depuis son bureau. Prenez cela comme un conseil. Vous avez de grandes capacités, ma fille, ne gâchez pas votre avenir pour un homme.

— Tu m'étonnes ! » marmonna Jeanne pour elle-même en poussant la porte. Venant d'une nonne, ce discours ne l'étonnait guère. Mais elle regretta aussitôt sa pensée. Bien que maladroite, c'était la première fois que sœur Fabienne lui manifestait une certaine bienveillance.

Elle sortit dans la nuit froide et resserra son écharpe autour de son cou. Elle n'avait jamais connu un hiver aussi glacial. Elle n'avait pas de gants, n'en avait jamais eu besoin. Ses doigts s'engourdirent rapidement tandis qu'elle attendait Alain sur le trottoir. Il avait du retard. Elle souffla dans ses mains, les frotta énergiquement, puis se décida à rentrer au chaud plutôt que de geler sur place en l'attendant. Au moment où elle franchissait la porte, un groupe de filles passa devant elle pour se rendre au réfectoire.

« Alors Jeanne, ton prince charmant n'est pas venu ce soir ? Il est peut-être trop occupé à fréquenter de vraies femmes » persifla Claudette, ses yeux enfoncés dans leurs orbites la fixant avec mépris. Le groupe de filles gloussa. Jeanne demeura immobile, incapable de trouver une réplique cinglante.

« Non, mais tu crois vraiment qu'un mec dans son genre va rester fidèle à une gamine comme toi ? Tu crois qu'il fait quoi à Paris le reste du temps ? Qu'il t'attend gentiment ? Tu es tellement naïve, c'est touchant. »

Une autre fille, coiffée de deux tresses rousses à la manière de Fifi Brindacier, répéta en écho : « Tellement naïve. »

Derrière Fifi, Jeanne aperçut Caroline qui, tête baissée, semblait ne pas vouloir prendre parti, mal à l'aise. Le groupe s'éloigna, bras dessus bras dessous. Jeanne n'avait pas bougé, tétanisée par ces mots d'une justesse implacable. Leur amour lui paraissait si pur, si sincère, dénué de toute attente, qu'elle n'avait jamais envisagé qu'Alain puisse voir ailleurs pour pallier ses besoins d'homme.

« Et au fait, si tu crois que ça te vieillit de mettre des lunettes, tu te mets le doigt dans l'œil » lança Claudette en se retournant.

Fifi, son bras droit incontestable, ajouta en s'esclaffant : « C'est le cas de le dire ! »

Le groupe de fille disparut en riant dans la salle de réfectoire. Jeanne ressortit dans le froid, furieuse. Une larme de rage roula sur sa joue, qu'elle essuya du revers de la manche.

Un véhicule apparut alors au coin de la rue. Elle ne vit pas le modèle, mais sut immédiatement que c'était lui. La voiture s'arrêta au milieu de la rue et Alain en sortit impatiemment sans prendre la peine d'éteindre le moteur. Son sourire fit momentanément oublier à Jeanne les paroles acerbes de ses camarades. Il monta les marches en courant, la prit dans ses bras et la serra si fort qu'elle entendit l'une de ses vertèbres craquer. C'était devenu leur rituel, et Jeanne en rit en le serrant à son tour avec vigueur, humant le doux parfum de son cou.

« Tu es devenu myope ? » dit Alain en saisissant ses lunettes. Puis, se rendant compte que celles-ci étaient dépourvues de verres, il éclata de rire. « Tu n'es pas croyable, ma chérie ! Toi et tes accessoires. »

Tel un boomerang, les mots cinglants prononcés par Claudette vinrent ricocher contre les parois de son cerveau. Jeanne se renfrogna. Alain s'en rendit compte et écarta une mèche de cheveux qui tombait devant ses yeux voilés.

« Je ne voulais pas te vexer. Je te trouve très jolie comme ça » s'excusa-t-il.

Il était tellement gentil, trop gentil, pensa-t-elle, mauvaise. Ses camarades avaient raison, il était bien trop parfait pour être honnête.

« Tu peux me ramener à la maison ? demanda-t-elle sèchement.

— Je croyais que l'on allait se promener un peu avant. Tu m'as manqué, Jeanne. »

Mais elle se dirigeait déjà vers la voiture d'un pas décidé. Il la suivit, déconcerté, et resta silencieux le temps du court trajet jusqu'à Magnan.

Arrivé en bas de son immeuble à la façade grise et décrépite, il se tourna vers elle.

« J'aimerais rencontrer ta mère. Ce week-end. Je voudrais qu'elle sache pour nous deux, c'est important pour moi.

— Tu rencontres les mères de toutes tes copines ? » lança Jeanne, la voix emplie de colère.

Alain l'étudia calmement. « N'as-tu pas encore compris que mon cœur n'a d'yeux que pour toi ? »

Jeanne posa la main sur la poignée de la portière, hésitante. Au fond d'elle, elle n'avait qu'une seule envie, se lover contre lui et l'embrasser, comme elle en avait rêvé chaque soir avant de s'endormir. Cependant, muée par un désir aveugle de revanche, elle sortit de la voiture, claqua la portière et s'éloigna du véhicule. Elle se savait injuste, mais elle ne pouvait pas s'en empêcher.

Alain ouvrit la fenêtre côté passager. « Jeanne, cria-t-il, demain je passerai à 10 heures pour rencontrer ta mère ! Cette fois, je ne te laisse pas le choix. Et ensuite nous irons manger de la socca au marché de Noël. Pour ça non plus, tu n'as pas le choix. »

Elle tourna la tête tandis qu'il redémarrait la voiture. Bien qu'elle se trouvât ridicule et s'en voulût d'avoir gâché leurs retrouvailles, force était de constater qu'une fois encore il ne l'avait pas déçue. Elle le suivit un instant du regard, la lumière des lampadaires se réfléchissant dans la carrosserie noire, puis sourit, le visage caché dans son écharpe.

À 10 heures pétantes le lendemain, après que Jeanne eut prévenu Hélène du bout des lèvres, Alain sonna à la porte. Hélène l'accueillit d'une poignée de main franche, puis l'invita à prendre un café dans l'unique pièce de vie.

Jeanne, nerveuse, s'était enfermée dans la salle de bains. Elle distinguait leurs voix, mais ne voulait pas connaître le contenu de leur discussion. Au bout d'une demi-heure, elle se décida finalement à sortir après avoir entendu sa mère rire gaiement.

Quand elle mit le nez dehors, ils étaient en train de papoter comme deux vieux amis, attablés avec leur tasse de café qu'ils sirotaient à petites gorgées. Jeanne se joignit à eux. Alain posa sa main sur la sienne quand elle s'assit et lui sourit tendrement. Elle guetta la réaction de sa mère mais ne put lire dans son regard qu'une approbation non feinte. Elle crut aussi y déceler un éclat furtif de nostalgie, mais peut-être se faisait-elle des idées.

Lorsqu'elle rentra au pensionnat le dimanche soir, elle se laissa tomber lourdement sur son lit. Alain lui manquait déjà. Après sa visite du samedi matin, ils avaient passé le week-end dans une bulle de bonheur. Complice, amoureuse, elle n'aurait jamais pensé que deux personnes puissent se compléter aussi bien, se satisfaire autant de la présence de l'autre. Elle n'imaginait pas la possibilité d'atteindre une telle extase à travers les baisers d'un homme, de se fondre dans cette béatitude jusqu'à s'oublier complètement.

Quand elle ouvrit son sac en bandoulière, elle trouva un mot froissé qu'elle déplia aussitôt.

Alain m'a demandé si tu pouvais le rejoindre à Paris pour le jour de l'An, et j'ai dit oui. Je devais garder la surprise jusqu'à Noël, mais je savais à quel point cela te ferait plaisir. C'est un garçon bien, je suis heureuse pour toi. Je t'embrasse,

Maman

Jeanne cligna plusieurs fois des paupières, sans pouvoir y croire. Jour de l'An. Paris. Avec Alain. Son cœur, une seconde auparavant lourd comme un morceau de plomb suspendu dans sa poitrine, effectua une pirouette magistrale qui la fit se dresser sur ses jambes sans même qu'elle s'en rende compte. « Merci maman » souffla-t-elle en serrant le bout de papier contre elle. Ce bout de papier qui valait tous les assentiments du monde.

Noël se passa en comité restreint. Mouna était venue accompagnée de Marco et Alexandre. Ce dernier marchait depuis quelques jours seulement et titubait dangereusement sur ses petites jambes potelées. Jeanne ne les avait pas revus depuis de longs mois ; elle prit son filleul dans les bras et le couvrit de baisers bruyants qui lui arrachèrent des hoquets de rire.

Marco était un garçon sympathique, bien que peu loquace, tout comme Mouna, ce qui ne lui ressemblait guère. Jeanne n'aimait pas la manière dont Marco posait sans cesse une main sur son genou. Elle ne percevait pas de tendresse dans ce geste, plutôt une façon de marquer son territoire qui lui laissa une impression désagréable.

David et Rémi les avaient reçus dans leur nouvel appartement de la rue Barla, dont Jeanne admira le parquet brillant et les larges portes-fenêtres donnant sur une grande terrasse joliment éclairée. Lors de ce réveillon, elle découvrit un talent caché chez le compagnon de David qu'elle ne connaissait que très peu : il chantait divinement bien. Une voix chaude de baryton qui résonnait sous le haut plafond de l'appartement et les enveloppait dans une délicieuse étreinte vocale. Elle frissonna de plaisir en redécouvrant les chants de Noël interprétés par la voix grave de Rémi, puis elle pensa à son père, au duo que ces deux-là auraient pu constituer, avec son père à la guitare, ou au violon, ou à l'harmonica. Soudain, il lui manqua terriblement, comme une réminiscence du temps heureux où ils passaient encore Noël tous ensemble. Avec qui passait-il Noël ? Était-il seul ? Pourquoi ne cherchait-il jamais à la revoir ? Avait-il honte ? Elle refoula l'image de son père, prit Alexandre sur ses genoux et chanta en chœur afin de chasser ses questionnements douloureux.

Le 31 décembre au matin, elle prit le train dans sa jolie robe à fleurs qu'elle portait sous son manteau fatigué, agrémentée de collants opaques et des chaussures vernies qu'elle avait eues pour Noël et qui avaient dû coûter une somme rondelette à sa mère. Sa petite maman qui ne s'offrait jamais rien mais qui économisait le moindre centime pour gâter ses enfants.

Elle avait passé les neuf longues heures de son voyage à regarder les différents paysages défiler devant ses yeux, luttant contre les haut-le-cœur qui l'assaillaient chaque fois que son voisin remuait un peu trop sur son siège. L'odeur aigre de transpiration qu'il dégageait était insoutenable. Bords de mer, campagnes verdoyantes, villes et villages se succédaient tandis qu'elle tentait de maîtriser l'impatience qui montait en elle.

En débarquant sur le quai de la gare de Lyon, Jeanne se sentit perdue et oppressée. Jamais elle n'avait vu autant de monde agglutiné au même endroit. Pressé, impitoyable, chacun jouait des coudes pour poursuivre son chemin vers les célébrations d'une nouvelle année.

Elle suivit le flot de voyageurs comme un mouton et regretta un instant sa ville à taille humaine. Sa petite valise à la main, elle se dilua dans la masse de gens, transformée en une minuscule fourmi engloutie par une foule insensible à son sort.

Puis, tel un rayon de soleil à travers la foule, elle vit le visage familier d'Alain apparaître au bout du quai. Il s'en serait fallu de peu pour qu'elle ne court se réfugier dans ses bras, mais elle eut peur de passer pour une gamine apeurée, indigne de son statut de vacancière parisienne. Elle se composa in extremis une attitude désinvolte et confiante, de ces personnes qui trouvent immédiatement leur place, où qu'elles soient.

Le visage d'Alain irradiait de bonheur. Elle oublia subitement ses craintes quand il lui prit la main pour l'emmener dans le métro bondé. Peu importe l'agitation qui régnait autour d'elle ; collée contre lui, même dans une rame surpeuplée, elle n'avait plus eu besoin de faire semblant. Elle était à sa place.

Après une rapide visite du quartier Saint-Germain – elle l'avait expressément demandé à Alain, curieuse de parfaire la crédibilité de ses histoires auprès de ses camarades –, et de Notre-Dame, où elle resta bouche bée devant la beauté époustouflante de la cathédrale, ils passèrent le réveillon dans une boîte de jazz près de Montmartre en compagnie de Charles et Jonas qu'elle fut heureuse de revoir. D'autres amis qu'elles ne connaissaient pas les accompagnaient. Ils buvaient, dansaient et fumaient des sortes de petites cigarettes à l'odeur entêtante. Comme Jeanne, Alain tenait sagement un verre de jus de fruits à la main, et elle ne l'adora que plus encore. La musique rythmée jouée par les musiciens transcendés la ravit. Contrebasse, saxophone, trompette et piano s'accordaient comme par magie dans leur improvisation, et elle se laissa rapidement entraîner par cette musicalité vibrante et cadencée.

Hypnotisée, elle ne pouvait détacher son regard du saxophoniste. L'homme n'avait pas ouvert les yeux depuis leur arrivée dans la boîte ; il semblait avoir quitté les lieux pour une autre galaxie, absorbé par la musique jusqu'à la dernière petite cellule de son être. Elle l'enviait ; elle aurait aimé connaître les sensations que procurait cet état de grâce.

Les gens scandèrent le début du compte à rebours tant attendu. « 10, 9, 8... » Elle agrippa le bras d'Alain et l'attira vers elle. « 6, 5, 4... » Elle voulut lui crier son amour fou, se faire entendre dans la liesse assourdissante, mais elle se contenta de le regarder avec intensité. Entre eux, les mots étaient devenus superflus. « 2, 1... Bonne année ! » hurlèrent les voix accompagnées du son nasillard des trompettes.

Au milieu de la cohue et des embrassades, il n'y eut plus qu'eux, serrés et immobiles, drapés des promesses muettes dont témoignaient leurs regards. Ils s'embrassèrent longuement. Elle ne s'était jamais sentie aussi vivante.

« Un jour, ma Jeanne chérie, tu deviendras ma femme », lui souffla Alain dans l'oreille.

Elle ne répondit pas. Au milieu des cris, elle n'avait cru entendre aucun point d'interrogation à la fin de sa phrase.

Chapitre 31

Février 1970

Le petit garçon fit valser la cuillère d'un revers de la main, éparpillant son contenu, une purée carotte-pomme de terre-poireau qu'elle s'était appliquée à concocter, sur le carrelage de la cuisine. Dépitée, elle regarda la bouillie étalée par terre et les gouttelettes orange éclaboussant le sol jusque sous la table. *Encore une de gâchée.* Bien que la préparation d'une purée pour bébé demeurât en soi un exercice des plus simples, depuis quelques mois, du lever au coucher, et du coucher au lever, plus rien ne lui paraissait aisé.

En se penchant pour ramasser la cuillère échouée, Mouna sentit la moutarde lui monter au nez. Elle fulmina tout en passant un rapide coup de torchon sur le sol qui ne manquerait pas de voir sous peu d'autres ingrédients fouler sa surface carrelée. Son exaspération fut néanmoins de courte durée, désamorcée presque aussitôt par le sourire édenté qu'Alexandre lui adressa lorsqu'elle se releva. Les nerfs à fleur de peau, elle oscillait constamment entre agacement et extase devant cette forme de vie qu'elle avait elle-même conçue, ce petit être humain qui pouvait désormais marcher, sourire, jouer, et envoyer valdinguer sa cuillère de purée en toute impunité.

Mouna observa son fils et lui rendit son sourire, hypnotisée par les mimiques irrésistibles qu'il s'amusait à découvrir jour après jour. Comme pour venger son exil soudain, la contribution chromosomique de Marco était à peine visible sur le visage du petit garçon. Outre son duvet noir de jais, Alexandre était le portrait craché de Mouna, avec ses yeux de biche et ses fossettes. Les traits d'une petite fille qu'elle n'était plus, et qui avaient le don de lui octroyer une patience dont elle ne se serait jamais crue capable.

Mouna tenta de nouveau sa chance, tendant pour la énième fois la cuillère vers le visage du petit garçon tout en ouvrant grand la bouche – stratagème parental aussi intemporel qu'inefficace – dans l'espoir que son fils la copie et avale enfin son dîner.

Lorsqu'il accepta enfin de se laisser nourrir, Mouna se retint de pousser un cri victorieux, et le sourire de contentement qui se dessina sur le visage de l'enfant suffit à enflammer son cœur comme du petit bois.

La porte d'entrée claqua et Marco entra dans la cuisine. Il embrassa mollement Mouna et Alexandre, visiblement épuisé de sa journée de travail. Épuisés, ils l'étaient tous les deux. Élever un enfant à plein-temps n'était pas de tout repos, euphémisme que se gardait bien de dévoiler tout parent qui se respectait. Élever un enfant relevait plutôt d'un acte héroïque, mais cela, personne n'avait pris la peine de le lui expliquer. Les premiers mois, les nuits étaient courtes, les tâches ingrates et répétitives, mais assez rudimentaires, une fois qu'on s'y était accoutumé. Changer le nourrisson, le nourrir, le bercer, le stimuler. Et ainsi de suite, jusqu'à épuisement des protagonistes.

Désormais, avec l'apprentissage enivrant de ses premiers pas, l'attention constante dont elle devait faire preuve à chaque mouvement d'Alexandre, en plus du reste, consistait inévitablement à s'oublier soi-même, à faire fi de ses propres besoins, de sa faim, sa soif, son envie de faire pipi. Il lui suffisait parfois de tourner le dos une seconde, et le petit garçon disparaissait de sa vue, trouvant une nouvelle bêtise à faire, un nouvel objet à toucher, comme pour tester les limites de la patience de sa mère. Elle aurait dû s'en douter, les chiens ne faisaient pas des chats.

Rien ni personne ne l'avait préparée à ça. Alors elle improvisait, elle apprenait sur le tas. Et finissait ses journées sur les rotules.

Le soir, avant que Marco n'ait le temps de tenter une quelconque approche, elle s'endormait lourdement, profitant des quelques heures éparses de sommeil entre deux appels nocturnes provenant de la chambre adjacente. Ainsi, ils n'avaient plus fait l'amour depuis de nombreuses semaines, mais ni l'un ni l'autre ne semblait y faire cas, résilients face au tsunami de dix-huit mois qui avait investi leur vie.

Une fois Alexandre couché, Mouna et Marco dînèrent en silence dans le salon, chacun absorbé par ses pensées. Écrasée par le manque de sommeil, Mouna piquait du nez dans son assiette avant même le dessert lorsque la voix de Marco la fit sursauter.

« Si on en faisait un deuxième ? »

Mouna le regarda, interdite. « Un deuxième… ?

— Un deuxième enfant.

— Là tout de suite ? »

Marco émit un petit rire, puis redevint sérieux.

« Je serai là, cette fois, tout sera différent. Je voudrais te soutenir et regarder ton ventre s'arrondir, t'accompagner à la maternité et tenir notre enfant dans les bras lors des premières minutes de sa vie. Tout ce pourquoi j'ai été trop lâche la première fois. »

Mouna se tut. Non, rien ne serait différent. Elle aurait les mêmes nausées, les mêmes ballonnements, la même envie de se taper la tête contre les murs à partir du huitième mois. Son corps subirait les mêmes transformations, et l'accouchement n'en serait pas moins insoutenable. Elle en avait des frissons d'épouvante rien que d'y penser.

Et Marco, débordé par son travail, la laisserait tout gérer, ne prenant part qu'à un coucher sur deux, dans le meilleur des cas.

Ce dernier la regardait, un espoir démesuré au fond des yeux, celui de corriger les erreurs du passé, de se comporter enfin comme le père qu'il était devenu par la force des choses. Mouna pensa à son retour après avoir fui à l'annonce de la grossesse, à ses belles paroles qu'elle avait absorbées comme du petit-lait, malgré sa méfiance. Le besoin de l'avoir à ses côtés avait raflé la mise, l'emportant sur les douleurs du passé. Et puis, elle l'aimait encore, même après l'avoir détesté si fort.

Depuis, Mouna avait redécouvert un homme doux et attentionné, et un père aimant bien que souvent absent. Pourtant, derrière son flegme et ses yeux de cocker, se cachait une possessivité qu'elle n'avait pas vue venir. Sous forme de remarques mielleusement déguisées, Marco instillait des exigences auxquelles elle se pliait sans broncher, car il était normal d'obéir au père de ses enfants, celui qui subvenait à leurs besoins, celui qu'elle craignait plus que tout de voir disparaître de nouveau. « Je ne veux pas que d'autres hommes te désirent, tu comprends ? » lui soufflait-il d'un ton doucereux. « Je suis si heureux que tu sois à moi, rien qu'à moi. J'ai tant de chance. » Il noyait ses paroles dans une multitude de baisers, avant de reprendre, plus grave : « Il est inutile de t'afficher dans la rue avec ces tenues dénudées, tu ne cherches pas à séduire qui que ce soit, n'est-ce pas ? »

Alors Mouna secouait la tête, le rassurait, et lui se blottissait contre son sein, enfonçant un peu plus le clou. « Je veux que tu gardes tous tes atouts pour moi, et moi seul. »

D'autres fois, à la manière d'un mentor, du haut de ses deux ans de plus, il se permettait de commenter son comportement en public. Ce n'était pas un jugement, loin de lui cette idée, mais il trouvait que le ton de sa voix résonnait parfois un peu trop fort, que sa posture était un peu trop voûtée, son vocabulaire pas assez châtié. Il la voulait discrète, délicate et distinguée, là où son tempérament volcanique bouillonnait comme de la lave en fusion.

« C'est pour toi que je dis ça, ma chérie, affirmait-il lorsqu'elle rechignait à écouter ses perpétuelles objections. Pour ton image en société. Moi, je t'aime comme tu es, tu sais. »

Elle n'en était plus tout à fait certaine.

Marco lui prit les mains par-dessus la table pour continuer son argumentaire, la faisant revenir brusquement à elle.

« Donnons une petite sœur ou un petit frère à Alexandre. Construisons notre petite famille, soyons encore plus heureux. »

Sans être toutefois persuadée du bien-fondé de ces dernières paroles, une image d'Épinal dansa un court instant devant les yeux de Mouna. Une famille de quatre, deux bambins jouant ensemble dans une maison de campagne, un chien gambadant autour d'eux en jappant joyeusement. Marco couvant sa famille du regard, un fier sourire de patriarche aux lèvres.

« D'accord » s'entendit-elle répondre, sans vraiment y croire, l'esprit obstrué par la fatigue.

Elle désirait simplement que Marco reste auprès d'elle, et pour cela, s'il le fallait, elle lui ferait un deuxième enfant.

Chapitre 32

Mars 1970

Le soleil filtrait déjà à travers les volets et un rayon vint se poser sur son visage. Hélène ouvrit un œil, vérifia l'heure sur le cadran rond de son réveil – 6 h 30 –, puis s'étira en inspirant profondément.

Elle grimaça quand elle posa le pied par terre pour se diriger vers la salle de bains. Son dos lui faisait l'effet de s'être tassé pendant la nuit. Pierre dormait à poings fermés dans une position dont seuls les enfants ont le secret : un bras au-dessus de la tête, un autre sous la nuque et les jambes repliées telle une grenouille.

Elle retira sa chemise de nuit pour entrer sous le jet glacé de la douche. Le chauffe-eau de l'immeuble était en panne depuis plusieurs jours sans que personne ne vienne le réparer, malgré les réclamations insistantes des locataires auprès de la copropriété. Elle se frictionna avec vigueur. Au moins, plus besoin de son café habituel pour se sentir complètement réveillée, sans compter les économies d'eau.

Elle approcha son visage du miroir pour le détailler un instant. Ses yeux gonflés de sommeil dessinaient de petites poches disgracieuses, des ridules de plus en plus marquées lui entouraient les yeux et la bouche, et quelques fils de cheveux argentés ayant échappé à la teinture couraient dans sa chevelure toujours aussi épaisse. En se rapprochant encore plus, elle remarqua de petits sillons, à peine visibles et pourtant bien là, se répartir en soleil autour de ses lèvres fines. Elle recula face au miroir en pied. Il lui semblait que son corps vieillissait mieux, quant à lui. Ventre plat et seins fermes malgré ses trois enfants, un miracle. Elle se palpa les jambes ; la cellulite formait de petites alvéoles sur le haut de ses cuisses, ses fesses lui paraissaient s'être légèrement affaissées, mais l'ensemble restait harmonieux. Voilà pourquoi elle n'aimait pas se regarder trop longtemps. Être témoin de son vieillissement inéluctable ouvrait en elle un vide béant, une peur insondable.

Aujourd'hui, Hélène avait quarante ans. Et elle décida qu'à partir de maintenant elle ne voulait plus fêter son anniversaire. Dorénavant, ce jour serait un jour comme un autre.

Elle avait changé de travail. Michelle, la patronne de l'épicerie du cours Saleya, était partie en congé en Bourgogne jusqu'à l'été afin de s'occuper de sa mère malade. Avant de partir, elle avait demandé à Hélène d'assurer la relève pendant son absence, ce qu'elle accepta de bon cœur. L'occasion idéale de mettre en œuvre ses nouvelles résolutions.

Ce nouveau travail lui plaisait ; elle aimait le contact avec les gens, dont elle avait été tant privée lors de ses ménages. Un petit mot par-ci, une brève conversation par-là, un sourire, un regard ; elle avait appris à connaître les habitués, ces gens devenus en l'espace de quelques semaines des visages familiers dont elle savait peu à peu l'histoire. Il y avait Mme Dupuis, la veuve au chihuahua si petit qu'elle le transportait la plupart du temps dans les bras de peur que celui-ci ne se fasse écraser par un passant. Romuald, le jeune notaire du boulevard Scaliero, qui passait en coup de vent pour acheter un paquet de langues de chat, ses biscuits préférés. M. et Mme Garinier, le couple d'octogénaires qui se tenaient la main et échangeaient des regards complices tout en marchant à petits pas, les épaules légèrement voûtées.

Les journées étaient calmes en semaine, l'épicerie n'était pas beaucoup fréquentée. Elle sortait alors sur le trottoir pour offrir son visage aux rayons du soleil ou pour discuter avec les commerçants de la rue. Le printemps naissant ravivait les couleurs ternes de l'hiver tout juste passé, les arbres s'habillaient doucement de feuilles tendres et des effluves parfumés transportés par le mistral flottaient dans l'air. Les marchands de glace rouvraient leurs commerces en prévision des beaux jours. Même les façades pastel des immeubles du vieux Nice semblaient plus colorées. Un rythme paisible avait pris possession de son quotidien.

Elle n'avait pas vu Louis depuis des semaines. Un matin, elle avait trouvé une lettre sans timbre dans sa boîte aux lettres. Il y évoquait des « problèmes personnels à régler », puis proposait de se retrouver pour dîner le jour de son anniversaire dans « leur » restaurant. Enfin, il terminait sa phrase par un « Je t'aime » rassurant. Il lui manquait terriblement. Elle se voulait forte et indépendante, mais elle avait un besoin viscéral de sa présence réconfortante, de son amour dans sa vie. Ce silence l'oppressait ; toutefois, elle avait décidé de lui faire confiance.

Maintenant qu'elle se préparait pour leurs retrouvailles, elle se trouva nerveuse. Louis allait-il lui annoncer quelque chose qu'elle n'avait pas envie d'entendre ? Que signifiait tout ce mystère ? Elle appliqua d'une main mal assurée une couche de rouge à lèvres carmin, pinça ses joues pour les rosir, puis se fit violence devant tant de sentiments.

« Arrête donc d'avoir peur de tout, Hélène. Tu ne joues pas ta vie » lança-t-elle au reflet du miroir. Pas sa vie, non. Juste son cœur.

Elle arriva au Bella Storia en retard, comme à son habitude. Louis patientait sagement, mais elle perçut le mouvement nerveux de sa jambe et sentit sa gorge se serrer.

Louis tourna la tête et bondit de sa chaise quand il la vit. Il s'approcha, la serra contre lui, la couvrit de baisers sans se soucier des clients du restaurant qui observaient la scène avec intérêt. Sa peur se dissipa aussitôt.

« Les gens nous regardent, lui chuchota Hélène, amusée.

— Et alors ? Je t'aime et tu m'as tellement manqué que j'ai failli devenir fou. »

Il se retourna, son bras toujours passé autour de sa taille.

« Aujourd'hui, c'est l'anniversaire de cette femme merveilleuse ! dit-il d'une voix forte à l'attention des tables voisines. La femme que j'aime plus que tout au monde. »

Un murmure d'approbation parcourut l'assemblée, accompagné de quelques paires d'yeux levés au ciel. Désarçonnée, Hélène lui tira le bras, le forçant à s'asseoir.

Après s'être installé, satisfait de son effet, Louis lui prit la main par-dessus la table.

« Je ne peux plus attendre pour te le dire. Pour que tu comprennes ce qui m'a tenu éloigné de toi lors de ces dernières semaines. »

Hélène remua sur son siège.

« Antoinette a un amant. Cela fait plus d'un an, et je ne m'étais aperçu de rien. »

Devant l'air impassible d'Hélène, il lui lâcha la main. Sa voix monta dans les aigus. « Tu le savais ? »

Elle hocha la tête. En voyant la sidération se peindre sur le visage de Louis, dont la bouche était restée ouverte, elle n'avait pas imaginé la tournure que prendrait cette histoire du fait de son silence.

« Tu n'as pas cru bon de m'en parler ? Tout le monde était au courant, sauf moi ! Je te croyais de mon côté, et tu m'as laissé passer pour un abruti ! »

Il était en colère ; son ego avait été mis à l'épreuve par la révélation de l'infidélité d'Antoinette, et l'indifférence face à ce choc de la part de celle qu'il aimait lui fit l'effet d'un coup de couteau.

« C'était seulement une rumeur, bredouilla-t-elle. Je pensais… Je me suis dit que je n'étais pas la bonne personne pour t'en parler.

— Pas la bonne personne ? Mais qui d'autre ? dit Louis en serrant les dents, contenant son exaspération.

— Je suis désolée, Louis. J'ai préféré ne pas me mêler de vos affaires. »

Ils restèrent silencieux pendant de longues minutes. Louis triturait ses doigts, le regard perdu au loin. Elle remarqua qu'il ne portait plus son alliance. Il prit une grande inspiration.

« Bref, je ne vais pas la laisser gâcher notre soirée. J'ai une proposition importante à te faire. » Il planta ses yeux bruns dans les siens. « Hélène, dit-il solennellement, veux-tu vivre avec moi ? »

Hélène ouvrit des yeux ronds. Une curieuse sensation se diffusa au niveau de son diaphragme ; elle ne sut dire si c'était de la joie, une bouffée d'angoisse ou l'effet de surprise. Peut-être les trois à la fois.

« J'ai tout prévu, enchaîna-t-il à toute vitesse, j'ai laissé l'appartement de Riquier à Antoinette et je me suis déjà installé dans ma maison familiale à Aspremont. Ma mère y vit seule, mais la maison est grande, il y aura bien assez de place pour vous trois. Jeanne et Pierre pourront jouer dehors, en pleine nature, vous aurez de l'espace. Et tu ne seras même pas obligée de travailler. »

Le petit malin, pensa Hélène en souriant intérieurement, il jouait sur la corde sensible en évoquant tout de suite le bien-être de ses enfants. Il savait dévoiler ses meilleurs atouts au bon moment. Un court instant, elle imagina un doux tableau. Se réveiller auprès de Louis, contempler son beau visage endormi puis descendre en silence prendre un café en admirant la campagne de l'arrière-pays. Pierre grimpant dans un arbre du jardin, Jeanne lisant, allongée sur le ventre. Le son des cigales, l'odeur du mimosa. Des images furtives du manoir lui parvinrent, de cette époque heureuse et insouciante. Tout se mélangeait dans son esprit.

« On y sera bien, Yanou. Donne-nous cette chance. »

Il la regardait avec tant d'espoir qu'elle se sentit fondre devant la perspective alléchante d'un bonheur familial retrouvé. Louis était un homme bon, il veillerait sur eux.

« Si j'accepte, dit-elle avec précaution, ce ne sera pas avant juin. Je me suis engagée auprès de Michelle et les enfants doivent terminer leur année scolaire. »

Louis qui, visiblement, n'avait pas entendu de condition dans sa réponse, se leva pour l'enlacer, extatique.

« Tout ce que tu voudras Yanou, je ne suis plus à trois mois près ! Oh, je suis si heureux, si heureux. »

Hélène insista : « Je n'ai pas encore dit oui. » Puis elle s'abandonna et lui rendit son étreinte avec émotion.

Une semaine plus tard, alors qu'elle aidait Pierre à faire ses devoirs, elle entendit taper à la porte du studio. Elle trottina vers la porte d'entrée, souriante ; elle attendait de la visite. David devait rapporter à dîner, il était un peu en avance. Tant mieux, elle mourait de faim.

Lorsqu'elle ouvrit la porte en grand, son visage se décomposa. Devant elle se tenait Albert, appuyé contre le chambranle de la porte avec un demi-sourire.

Elle reconnut en une fraction de seconde cette lueur mauvaise dans son œil. Son cœur s'emballa. Instinctivement, elle recula d'un pas tandis qu'il pénétrait dans l'appartement. Il avait beaucoup maigri et semblait flotter dans ses vêtements – un jean et un pull informe –, tel un fantôme.

« Alors c'est là que tu vis ? dit-il en regardant autour de lui avec une moue de dégoût. Je comprends que tu aies envie de te barrer.

— Papa ? » Pierre, assis devant sa feuille de devoir, s'illumina en voyant son père et se leva de sa chaise pour l'accueillir.

« Pierre, va dans la salle de bains, lui dit sèchement Hélène.

— Mais pourquoi ?

— Tout de suite ! »

Le ton hystérique de sa mère le dissuada de discuter. Il lança un regard oblique à son père et fila dans la salle de bains sans un mot.

« C'est comme ça que tu élèves mon fils ? Dans la peur de son père ? »

Il parlait avec difficulté, sa bouche pâteuse l'empêchant d'articuler correctement. Ses yeux étaient injectés de sang, sa démarche vacillante, ses gestes saccadés. Il s'approcha d'Hélène à la manière d'un pantin sans fil, l'acculant contre la kitchenette.

« C'est pour ça que tu veux prendre mes enfants et les donner à un autre homme ? hurla-t-il soudain. Tu les as toujours montés contre moi ! »

Il s'empara de la table en Formica, dernier rempart entre eux, et l'envoya valser à travers la pièce. La table retomba dans un bruit fracassant. Dans un réflexe de survie, Hélène repéra le couteau en Inox posé à côté de l'évier et s'en saisit. Elle le brandit devant elle, la main tremblante, tandis qu'il la toisait avec mépris, un sourire cynique dessiné sur ses lèvres pâles, sans cesser d'avancer. La peur avait investi chacune de ses cellules ; elle crut qu'elle allait défaillir.

« Je ne laisserai pas mon fils se faire élever par ce *paillassou* d'agent immobilier, tu m'entends ? » reprit-il.

Il était à présent juste devant elle. Hélène sentit le sang déserter son visage et ses jambes se dérober sous elle. Pourtant, elle resta campée sur ses appuis et se prépara à frapper au hasard. Elle allait armer son coup lorsqu'elle entendit la voix de David résonner depuis l'entrée.

« Sors d'ici, Albert. »

Déterminé, David s'apprêta à le prendre par le bras mais Albert le repoussa violemment, le visage déformé de rage.

« Toi, la tarlouse, tu vas arrêter de me dire ce que je dois faire ! Je suis son mari, elle est à moi ! »

David l'observa calmement, puis la scène se déroula en accéléré sans qu'Hélène ne puisse en croire ses yeux. D'une droite sèche et précise, David éclata la pommette d'Albert sous son poing. Ce dernier poussa un cri de douleur en se tenant la joue tandis que David passait derrière lui pour s'emparer de son autre bras. Il le lui bloqua derrière le dos, menaçant de lui déboîter l'épaule. Albert meugla de douleur. Neutralisé en quelques secondes, il ressemblait à présent à un vieillard inoffensif. Ses yeux papillonnaient dans le vide, comme s'il ne comprenait pas ce qu'il venait de se passer. David le maintint avec fermeté puis dit, en le poussant devant lui sans ménagement :

« Je vais raccompagner ton invité et je reviens. »

La porte d'entrée claqua. Hélène n'avait pas bougé. Elle tenait toujours le couteau dans la main et le regarda d'un air absent. Elle finit par le reposer sur le plan de travail, puis se laissa glisser contre le mur, les yeux grands ouverts.

Elle cligna enfin des paupières lorsqu'elle sentit le corps de Pierre blotti contre elle, accroupi à ses côtés. Il pleurait à chaudes larmes en répétant : « Maman, maman…

— Chuuut… » souffla-t-elle en lui caressant les cheveux. Elle se rendit compte qu'elle tremblait comme une feuille.

La vérité crue s'imposa alors à elle. Il était temps de rechanger de vie.

Chapitre 33

Juillet 1970

« Jeanne ! Viens m'aider à étendre le linge » cria la voix à bout de souffle.

Jeanne lisait, allongée sur son lit, la chaleur assommante l'ayant dissuadée de mettre le nez dehors. Elle espérait que la vieille se décourageât en ne la voyant pas arriver, mais quelques secondes plus tard, la voix retentit de nouveau dans la maison, plus autoritaire.

« Jeanne ! »

Elle posa son livre à contrecœur et quitta son antre. L'une des seules choses vraiment agréables dans cette maison était qu'elle avait pour la première fois de sa vie sa propre chambre. Grande, lumineuse, avec un lit assez large pour y dormir à trois et une jolie coiffeuse en bois dans un coin. Elle aimait s'y réfugier pour lire, écrire à Alain, ou regarder la colline voisine par la fenêtre ouverte et la pointe des cyprès danser au gré du vent. Au-dehors, le chant des oiseaux était si puissant qu'il semblait provenir de l'intérieur de sa chambre.

Elle descendit les marches et arriva dans le salon où la petite silhouette voûtée l'attendait, un bac à linge rempli à ses pieds. Elle marmonnait en italien des propos que Jeanne comprenait et connaissait déjà par cœur. « Les jeunes de nos jours, ils ne font vraiment rien de leur vie.

Depuis Mai-68, ils se croient tout permis ! Il faut leur courir tout le temps après pour aider au foyer. Et dire qu'à quatorze ans je travaillais déjà cinquante heures par semaine », etc.

Jeanne s'approcha et se para de son plus beau sourire. Elle avait choisi la diplomatie avec elle, mais elle sentait son irritation grandir de jour en jour.

« Pardon, Assunta, je ne vous avais pas entendue. »

La mère de Louis la regarda, un sourcil relevé au-dessus de ses petits yeux noirs acérés. Son nez crochu et son visage fripé lui donnaient l'aspect d'une sorcière de conte de fées. Il ne lui manquait plus qu'un poireau sur le nez pour que la ressemblance soit totale. Surtout, pour une raison qui lui échappait, elle se comportait comme un véritable tyran avec Jeanne. Sa méchanceté chronique était sans doute la cause de son vieillissement prématuré qui la faisait ressembler à une figue sèche.

Elle désigna le bac à linge du menton, puis ouvrit la porte-fenêtre. Un air brûlant pénétra dans la pièce.

« J'ai failli me faire mal au dos à cause de toi. *Dai,* dépêche-toi un peu, *fannullona*[1] ! »

Assunta était née dans le sud de l'Italie en 1903, puis avait émigré en France avec sa mère et son frère après la Première Guerre mondiale. Son père, lieutenant dans le régiment d'infanterie de Bari, avait donné sa vie pour son pays. Sa mère, dévastée, n'avait plus voulu entendre parler de cette patrie qui lui avait pris son mari. Après avoir traversé l'Italie de part en part trois jours durant, elle avait eu un coup de cœur pour cette maison de campagne abandonnée aux bordures d'Aspremont. Elle l'avait achetée pour une bouchée de pain et l'avait entièrement retapée avec l'aide de ses deux enfants. Un chantier colossal

1. Fainéante.

les attendait, mais ils avaient relevé le défi à force de patience et de volonté. Puis Assunta avait à son tour construit sa propre famille, et n'en était plus jamais partie.

Le lourd bac à linge dans les bras, Jeanne sortit sur la terrasse ensoleillée et plissa les yeux. Le soleil qui se réverbérait sur la pierre rendait la chaleur insoutenable. Pendant qu'elle étendait le linge sur la corde tendue, elle laissa son regard errer par-delà le pré qui s'étalait à perte de vue devant la bâtisse. Plus loin, les collines de l'arrière-pays niçois, surplombées par les Alpes majestueuses.

Elle rentra trempée de sueur dans la maison. À peine eut-elle le temps de prendre sa respiration qu'Assunta lui ordonna d'un ton sec de passer la serpillière dans le salon, son dos ne lui permettant plus de rester courbée aussi longtemps. Jeanne prit la serpillière qu'elle lui tendait sans dire un mot. Pierre avait passé la journée au village chez son copain Noé ; elle aurait mieux fait de le suivre. De toute façon, Pierre n'avait jamais de corvée à faire pour la maison, ce traitement lui était exclusivement réservé.

Le soir, après avoir nettoyé la maison de fond en comble, repassé le linge et préparé le dîner, elle s'effondra sur son lit, épuisée. Elle perçut les voix de Louis et d'Assunta provenant d'en bas et se leva pour fermer la porte. Elle ne voulait plus entendre cette mégère pour aujourd'hui. Sa mère était aussi dans le salon, mais elle ne l'entendait pas parler. Comme souvent lorsque Louis et Assunta discutaient, elle restait silencieuse, effacée. Alors qu'elle s'apprêtait à fermer la porte pour retourner se coucher, Jeanne distingua son nom, doucement, presque chuchoté. Elle tendit l'oreille dans un réflexe. La voix nasillarde et déterminée d'Assunta lui parvint par bribes.

« Fainéante… Il faut lui faire comprendre… C'est presque une adulte… Elle doit participer… »

Jeanne sentit la colère lui monter aux oreilles. Participer ? Elle ne participait pas, elle faisait tout dans cette maison ! Cette vieille folle avait décidé de l'exploiter, ni plus ni moins. Elle sortit de sa chambre à pas de loup pour mieux entendre, la voix de la vieille était devenue mielleuse à présent.

« Mon fils, tout le monde dans cette maison doit aider au bon fonctionnement et au bien-être de ce foyer. Jeanne a bientôt seize ans, elle est largement en mesure de travailler pour apporter sa contribution. Ce n'est pas l'aider que de la laisser dans son petit confort.

— Maman, Jeanne fait des études, la rentrée est en septembre. Elle peut trouver un boulot d'été, mais ça s'arrêtera là.

— Des études ? Les femmes ne sont pas faites pour les études. Et puis, ce ne sont pas les études qui nous ont sauvés des deux premières guerres ! Quelle fantaisie… Il faut endurcir cette enfant, c'est comme ça qu'elle pourra résister à la folie de notre monde. Pas en faisant de stupides études qui seront en plus un vrai gouffre financier pour cette famille. »

La voix timide d'Hélène se fit entendre.

« David est prêt à continuer à nous aider… Jeanne est une bonne élève…

— Nous sommes une famille désormais, reprit Assunta avec fermeté, nous n'allons pas demander de l'argent à droite à gauche. Cela serait un déshonneur pour mon fils. Je ne l'accepterais pas. Il est temps que cette enfant prenne sa vie en main et arrête de passer son temps à rêvasser ou à se prendre pour une intellectuelle.

— On en reparlera, maman. Nous sommes fatigués, nous allons monter nous coucher. Bonne nuit. »

Jeanne entendit grincer les premières marches menant à l'étage et se hâta de retourner dans sa chambre sans faire de bruit. Elle ferma délicatement la porte, y appuya son front et écouta son cœur battre dans sa poitrine. Chaque battement faisait circuler un poison acide dans tout son corps. Les paroles d'Assunta résonnèrent dans ses oreilles, provoquant un bourdonnement désagréable. Elle eut un vertige et se dirigea vers son lit, chancelante. Sa mère ne la laisserait pas arrêter ce pour quoi elle était faite, se raisonna-t-elle, elle connaissait l'importance que cela avait pour elle. Elle se battrait pour que sa fille devienne quelqu'un de cultivé, de brillant.

Elle s'endormit en boule sur les draps et rêva qu'elle se noyait au fond d'un seau d'eau sale, étouffée par une serpillière. Elle appelait à l'aide, mais ses cordes vocales ne lui répondaient plus. Elle essayait de nager, mais son corps lourd comme du plomb coulait inexorablement au fond du seau. Ses poumons se remplirent d'une eau au goût de javel ; elle étouffait pendant que l'énorme tête d'Assunta apparaissait au-dessus d'elle pour la regarder sombrer, un rictus sur ses lèvres desséchées. C'est à ce moment-là qu'elle se réveilla en sursaut, essoufflée, les yeux écarquillés.

Les jours s'écoulèrent, et le sujet ne fut plus évoqué, du moins pas à sa connaissance. La canicule du mois de juillet suivit son cours ; les enfants du village allaient se baigner au ruisseau pendant qu'elle passait une grande partie de ses journées dévouée aux corvées ménagères et travaux de jardinage. Elle ne se plaignait pas ni n'en parlait à sa mère. Elle était prête à tout pour se faire oublier afin de retourner au lycée à la rentrée, quitte à passer son été à laver et repasser les dessous de la vieille.

Le week-end, quand sa mère était là – Hélène avait tenu à travailler à la boulangerie du coin, probablement pour échapper à sa belle-mère Folcoche –, Jeanne accompagnait Pierre au ruisseau et s'allongeait dans l'herbe pour contempler l'immensité du ciel bleu. Le samedi et le dimanche, elle revivait. Sur son corps de liane, le maillot de bain deux pièces jaune qu'elle avait elle-même confectionné ne couvrait que l'essentiel. Trois filles d'une vingtaine d'années qui se rafraîchissaient au bord du ruisseau lui avaient demandé le nom de la boutique d'où provenait le minuscule maillot en question. Lorsqu'elle répondit qu'elle l'avait elle-même fabriqué à partir de vieilles pièces de tissu, les filles lui lancèrent un regard dubitatif.

« Tu peux nous faire le même ?

— Ce ne seront pas exactement les mêmes, ce sont des pièces uniques, répondit-elle avec assurance. Combien vous en faut-il ? »

Taille, couleur, forme, les trois filles avaient passé commande pour le week-end suivant, impatientes de découvrir le résultat.

« C'est 30 francs par maillot » avait inventé Jeanne d'un ton sans équivoque.

Le peu de temps libre qu'elle eut cette semaine-là, elle le passa à fabriquer ce qu'elle considérait comme sa première ligne officielle de vêtements. La vieille piqueuse plate d'Assunta était difficile à manipuler et faisait un bruit de machine enrayée, mais rien n'aurait pu la détourner de sa mission. C'était peut-être cela, l'état de grâce. En quelques heures de travail seulement, la commande fut terminée. Elle y avait mis tant d'application qu'une excitation démesurée l'envahit quand arriva le jour où elle dut livrer son travail aux trois filles. La vision de leurs visages radieux et admiratifs en découvrant les bikinis colorés aux finitions impeccables calma son appréhension et la combla de fierté.

Elle empocha les 90 francs puis revint à la maison en sautillant, sa main refermée sur les précieux billets. Assunta voulait une contribution, elle l'aurait. Du moins, une partie.

Quand elle franchit la porte d'entrée, sa mère, Louis et Assunta étaient assis dans le salon autour de la table en acajou. Ils levèrent les yeux vers elle. Aucun doute, ils l'attendaient. Elle s'attarda un instant sur le pas de la porte, son rythme cardiaque en proie à une subite accélération.

Louis fut le premier à prendre la parole. « Assieds-toi, Jeanne. »

Elle s'exécuta, non sans avoir glissé discrètement les billets au fond de sa poche.

« Demain, tu vas faire ton premier jour à ton nouveau travail, lui annonça-t-il d'une voix d'automate. Nous en avons parlé tous les trois et nous sommes convenus que c'était la bonne décision. Nous ne roulons pas sur l'or, loin de là, tu es en âge de travailler et il va de soi que ton devoir est d'aider ta famille. »

Quelques secondes furent nécessaires à Jeanne pour assimiler la sentence tout juste prononcée. Elle ressentit un violent élancement dans la nuque, comme si quelqu'un lui avait asséné un coup de marteau à l'arrière du crâne. Elle lança un regard désespéré vers sa mère qui, tête baissée, ressemblait à une enfant punie. La consternation fit place à la colère.

« Je t'ai trouvé une place chez Pellafinet, à l'entrée du village. Je t'y accompagnerai demain » conclut-il.

Jeanne posa les mains à plat sur la table et se leva brusquement, manquant de faire tomber sa chaise. Elle tremblait d'une rage incontrôlable, les yeux remplis de larmes. Elle aurait voulu s'offusquer, leur crier son désaccord, se révolter contre cette décision insensée, mais elle ne savait pas faire. Hélène releva la tête, surprise. Leurs regards se croisèrent, Jeanne put y lire un mélange d'incompréhension et de soumission. Ne sachant dans quel camp se ranger, elle avait remis aux mains de Louis le destin de sa fille.

Jeanne pleura beaucoup cette nuit-là. Les torrents de larmes amères qui s'échappaient de ses yeux clos creusaient de profonds sillons sur ses joues, et dans son âme. Dans ses larmes, le deuil d'une vie qu'elle avait cru possible. D'une instruction qu'elle pensait juste. Le deuil d'une chance de rendre Alain vraiment fier, de s'élever à son niveau.

Les yeux bouffis, elle se rendit à l'usine le lendemain matin à la première heure. L'imposant bâtiment jaunâtre, où les lettres PELLAFINET s'étalaient en gros sur la devanture au-dessus de larges fenêtres rectangulaires, se dressait en garde menaçant à l'entrée du village. Louis serra la main à un homme moustachu qui fumait devant le bâtiment et désigna Jeanne du menton.

« Gaston, je te présente Jeanne.

— Bonjour, jeune fille. Rentre, Mimi va te montrer ce que tu dois faire. »

Sans un regard pour Louis, elle pénétra dans le hangar où elle fut accueillie par un bruit assourdissant. Sous l'immense toit de l'usine, des dizaines de tapis roulant, de machines ronflantes et d'ouvriers assidus œuvraient en un ballet bruyant et répétitif. Sur les tapis, des centaines de bouteilles en plastique défilaient afin d'être nettoyées, remplies de leur contenu, bouchées puis étiquetées. Une femme joufflue avec un bonnet en papier posé sur la tête s'approcha d'elle. Jeanne dut se pencher pour l'entendre.

« Je suis Mimi, tu vas travailler dans ma section. Viens avec moi. »

Elle conduisit Jeanne à travers l'usine, slalomant entre les machines et les ouvriers arqués sur leur tâche respective. Malgré l'heure matinale, chaque poste était occupé. Certains relevèrent la tête sur leur passage et saluèrent brièvement Mimi avant de se remettre à leur ouvrage. Jeanne observait d'un air absent la farandole de bouteilles circulant sur les tapis, effectuant par étapes leur trajet depuis leur fabrication jusqu'à leur bouchage.

Arrivée au fond de la fabrique, Mimi montra à Jeanne un emplacement au bout d'un tapis roulant où trois autres femmes s'affairaient déjà.

« C'est la dernière étape avant l'expédition des bouteilles. Tu devras vérifier que chaque bouteille est correctement étiquetée, puis tu les placeras dans ces porte-bouteilles juste ici. C'est tout. »

Jeanne avisa les dizaines de porte-bouteilles prêts à recevoir leur chargement. C'est tout. Oui, et c'était bien ça, le problème.

« Ça va aller ? » questionna Mimi.

Jeanne hocha la tête, prit le bonnet en papier que lui tendait Mimi et le plaça sur sa tête.

À la fin de ses huit heures de travail tout juste interrompues par une pause déjeuner d'une demi-heure, de grosses larmes roulaient le long de ses joues pour venir s'écraser sur le tapis roulant qu'elle peinait à distinguer à travers sa vision trouble. Une énième fois, elle plaça une bouteille dans l'un des porte-bouteilles après avoir vérifié le bon positionnement de l'étiquette d'eau minérale. Une fois encore, puis une fois encore. Comment faisaient donc tous ces gens pour supporter ce travail abrutissant sans montrer la moindre émotion ? Ils avaient forcément une technique, un bouton sur lequel appuyer pour débrancher momentanément leur cerveau, pour déjouer la folie qui les guettait à chacun de leurs mouvements robotisés.

Jaillissant de sa mémoire tel un diable de sa boîte, la vision fulgurante du père Charrin devant le tableau noir du préventorium la fit redoubler de sanglots. Les bancs de l'école étaient à présent bien loin derrière elle. Une sonnerie retentit dans le hangar, signant la fin de son martyre.

En rentrant à la maison, Hélène lui demanda d'une petite voix si sa journée s'était bien passée, mais Jeanne l'ignora et alla se coucher sans dîner, brisée de fatigue. Elle dormit d'un sommeil agité, mais le lendemain, elle se présenta à l'heure pour son deuxième jour, prête à se donner une nouvelle chance. Il était hors de question de se laisser broyer de la sorte, pas sans essayer de combattre l'ennemi invisible qui rôdait dans cette usine de malheur. Elle conversa quelques instants avec les trois femmes travaillant à ses côtés, mais le rythme effréné des bouteilles avançant sur le tapis ne leur laissa guère le loisir d'apprendre à se connaître. Et, à la fin de la journée, Jeanne avait mal au dos et au moins autant envie de pleurer que la veille. Elle le faisait discrètement, tête basse et menton tremblotant, pendant qu'elle rangeait une à une les bouteilles dans leur emplacement. Les trois ouvrières lui jetaient des regards inquiets, craignant qu'elle ne s'effondre d'un moment à l'autre. Une semaine plus tard, aveuglée par son chagrin, elle en devint si maladroite que de nombreuses bouteilles lui échappaient des mains pour venir rouler dans les pieds de ses collègues, à présent agacées. En se baissant pour ramasser l'une d'elles, elle se cogna la tête contre le tapis et poussa un cri de douleur.

Sonnée, elle se frotta la tête lorsque Colette, l'une de ses collègues de tapis, posa une main sur son épaule. « Jeanne, lui dit-elle avec douceur, va te mettre un peu d'eau sur le visage, tu es rouge comme un pébron[1]. »

Lorsqu'elle revint des toilettes, elle aperçut Colette en grande discussion avec Mimi. Les deux femmes s'interrompirent en la voyant, mal à l'aise. Jeanne se remit au travail, faisant mine d'avoir repris du poil de la bête. Elle n'aimait pas se faire remarquer.

1. Poivron en occitan.

Le lendemain, huit jours après avoir mis les pieds dans l'usine d'embouteillage, Mimi lui annonça qu'elle ne pouvait pas la garder. Son attitude pesait sur les autres ouvriers ; pour son bien et le bien de tous, elle devait quitter l'usine.

Honteuse et soulagée, Jeanne s'enfuit du hangar et marcha en direction du ruisseau, son casse-croûte à la main. Elle n'avait pas le courage d'affronter les regards courroucés de Louis et d'Assunta qui ne manqueraient pas de lui faire comprendre à quel point elle était un boulet pour cette famille.

Il était 9 heures, l'air était déjà chaud, le ciel sans nuages. Une magnifique journée d'été dont elle n'aurait rien vu si elle avait été là-bas, enfermée dans sa boîte de conserve à empiler des bouteilles du matin au soir. Tout en marchant, ses épaules se relâchèrent. Elle arriva au bord du ruisseau dont les berges étaient désertes, déambula pieds nus sur les gros galets ronds et luisants, ses chaussures à la main. Elle s'assit à l'ombre d'un pin et respira à plein nez les effluves de résine fraîche. Personne ne savait qu'elle était ici, elle avait la journée rien que pour elle. Elle était libre, chose qu'elle n'avait pas expérimentée une seule fois depuis son arrivée à Aspremont.

Avec les pierres les plus plates qu'elle trouva, elle fit des ricochets jusqu'à perdre la notion du temps, fascinée par le rebond des pierres sur la surface miroitante de l'eau. Le soleil était au plus haut dans le ciel quand elle aperçut un groupe de personnes arriver au loin. Elle se cacha derrière un arbre, elle ne devait en aucun cas être vue ici. Louis connaissait tout le monde au village.

Elle distingua d'abord deux jeunes hommes grands et bronzés, puis, juste derrière, les trois filles du ruisseau qui leur emboîtaient le pas en roulant des hanches dans leurs maillots flambant neufs. Elle les suivit du regard tandis que le petit groupe passait à proximité sans la voir, vérifiant chaque détail des maillots conçus de ses mains. Oui, c'était du bon travail, se dit-elle. Du très bon travail.

Une idée fit son chemin jusqu'à son esprit. Aussi hasardeuse qu'elle pût paraître, Jeanne fut tout à coup convaincue de la marche à suivre. Elle croqua dans le sandwich au thon qu'elle avait préparé le matin même et prit la direction du village.

Arrivée devant l'artisan couturier de la place principale, un certain Grisonet et fils, elle s'engouffra d'un pas décidé dans l'atelier encombré de machines à coudre, rouleaux de tissu et bobines de fil. Un joyeux débarras plein à craquer, une mine d'or pour Jeanne. M. Grisonet, un homme de soixante-dix ans aux cheveux blancs hirsutes, l'examina par-dessus ses lunettes en demi-lune. S'armant de son plus beau sourire, elle le salua et s'avança vers le comptoir. Une dizaine de minutes plus tard, elle était embauchée pour repriser et ouvrir le magasin tous les matins afin de permettre au vieil homme de ménager ses horaires. Elle inspira une grande goulée d'air puis se mit en route pour rentrer à la maison, une sensation satisfaisante au creux du ventre.

L'une des citations qu'elle avait lues dans le livre du père Charrin, celui qu'il lui avait offert sur le quai de la gare, lui revint alors en mémoire.

« Que la force me soit donnée de supporter ce qui ne peut être changé et le courage de changer ce qui peut l'être, mais aussi la sagesse de distinguer l'un de l'autre. »

Un sourire éclaira ses traits déterminés. Bien dit, monsieur Marc Aurèle.

Chapitre 34

Octobre 1970

Il se tenait devant elle, droit et grave, et la regardait de toute sa hauteur. Il lui aurait certainement plu aussi, vingt ans en arrière. Grand, des cheveux bruns soyeux qui lui tombaient au-dessus des épaules, le visage doux, le regard franc. Il avait même un petit air de Mike Brant, ce qui n'était pas pour lui déplaire.

Alain venait d'arriver de Paris, les traits tirés après neuf heures de route, quand il prit la liberté de lui rendre visite. Par chance, Louis et Assunta passaient la soirée chez le cousin de Louis, Hélène ayant prétexté une vilaine migraine pour s'accorder un peu de temps rien que pour elle.

Avant d'aller chercher Jeanne à l'atelier pour l'emmener dans sa maison de famille à Sclos-de-Contes – Assunta refusait catégoriquement que le petit ami de Jeanne dorme sous son toit –, il était venu perturber la quiétude tant convoitée de la maison vide. Surprise de le voir sur le pas de la porte, Hélène fut néanmoins heureuse de sa présence. Depuis qu'ils habitaient à Aspremont, Alain n'était pas le bienvenu ; elle ne l'avait donc que très peu vu depuis le début de l'été. Elle le fit entrer et lui proposa de s'asseoir, mais il préféra rester debout, nerveux.

« Je ne veux en aucun cas vous donner des leçons, Hélène, mais je pense que vous faites une grave erreur en ne renvoyant pas Jeanne au lycée. »

Après de brèves formules de politesse, il était allé droit au but.

« C'est une jeune fille brillante, vous le savez. Pourquoi lui couper l'herbe sous le pied comme ça ? Elle serait bien plus épanouie à étudier.

— C'est ce qu'elle t'a dit ? demanda Hélène.

— Non... Pas explicitement. Elle ne se plaint jamais, de toute façon. Mais je sais qu'elle adorait ça. Je suis si déçu pour elle ! »

Il avait lâché cette dernière phrase sans parvenir à dissimuler sa frustration. Il ne cherchait pas à blesser Hélène, juste à la bousculer pour lui faire entrevoir une réalité qu'elle semblait avoir oubliée. Il aimait profondément Jeanne, cela crevait les yeux, et il était de son devoir d'essayer.

Bien qu'elle eût conscience de ses intentions louables, Hélène se raidit. Elle reprit d'une voix ferme.

« Écoute, Alain, Jeanne est très contente à l'atelier, elle aime ça, elle a de très bonnes relations avec Grisonet, il lui laisse même faire ses propres créations. Elle a choisi ce qu'elle voulait faire, ce luxe n'est pas donné à tout le monde. » Elle fit une courte pause, s'adoucit. « De plus, je n'étais pas seule à prendre cette décision. Tant que Jeanne habitera sous notre toit, elle se pliera à ce que nous pensons être bon pour elle.

— Sauf que, avec tout le respect que je vous dois, vous savez que ce n'est pas le meilleur pour elle » répliqua Alain.

Tard dans la nuit, cette phrase répétée en boucle dans son esprit l'empêcha de trouver le sommeil. Elle se leva. Louis dormait profondément, un léger râle s'échappant de sa bouche entrouverte. Son profil détendu par le repos, il ressemblait à un enfant. Elle résista à l'envie de caresser son visage et sortit sur le balcon de leur chambre. La voûte céleste était d'une beauté à couper le souffle, les étoiles scintillaient de mille feux sur l'immensité d'une toile de fond noire. Pas un bruit aux alentours, pas même le chant des insectes de nuit ou les bruits des raclements étouffés des sangliers habitués à fouler leurs terres. Elle resserra les pans de sa robe de chambre malgré la douceur de l'air. Elle pouvait presque s'entendre penser.

Elle s'était tant reposée sur Louis depuis leur emménagement, lui donnant, par son silence, l'autorisation implicite de prendre en main leur famille recomposée. Une drôle de manière pour Hélène d'honorer ses résolutions que de subir de nouveau le cours de son existence. Mais en confiant les rênes de leur vie à une personne de confiance, qui saurait sûrement mieux qu'elle ce qu'il fallait faire, elle s'était dit que son quotidien et celui de ses enfants en seraient allégés. Louis était un homme bien, se répétait-elle pour se rassurer, et elle avait eu envie d'y croire.

Néanmoins, elle comprit rapidement qu'il n'était pas de taille à lutter face aux injonctions de sa mère. Cette belle-mère tyrannique avec qui elle ne partageait rien mais qui, aidée par sa lâcheté, avait pris le contrôle de la vie de sa propre fille. Hélène se massa les tempes. Comment avait-elle pu laisser Jeanne souffrir ainsi ?

Parfois, elle aussi étouffait au sein de cette maison dirigée par Assunta. Il lui arrivait même de regretter la solitude et l'indépendance de sa vie d'avant. Elle s'accouda sur la rambarde, laissant son regard se perdre au loin. Les petites lumières éparpillées sur la colline d'en face témoignaient de la présence d'autres maisons, abritant d'autres familles, d'autres secrets, d'autres problèmes. Hélène tenta une nouvelle fois de se convaincre de la chance qu'elle avait : une belle maison, un homme qui l'aimait, des enfants en bonne santé, un travail convenable à la boulangerie. Et ses amis qu'elle n'avait pas vus depuis des semaines et qui débarquaient demain pour déjeuner. Le vent avait tourné, elle devait se décider à être heureuse, elle avait tout de son côté pour l'être. Et il en serait de même pour Jeanne.

La vie ne les avait pas ménagées, certes, mais elles étaient chanceuses d'être là où elles en étaient aujourd'hui. Jeanne était assez raisonnable pour s'en rendre compte. Alain, fils de bourgeois, était habitué à tracer son chemin sans embûches, sans se rendre compte que la vie n'était qu'une succession de concessions. Hélène espérait qu'il aurait assez de tact pour ne pas remuer le couteau dans une plaie que Jeanne s'était appliquée à panser.

Pourtant, avant de s'endormir, elle entendit de nouveau la voix d'Alain résonner dans son oreille. « Sauf que vous savez que ce n'est pas le meilleur pour elle. »

À midi, le lendemain, tout était prêt pour recevoir David, Rémi, Viviane et Joseph. Hélène trépignait comme une enfant. Elle ajusta les couverts sur la table avant de vérifier la cuisson du poulet ainsi que le rangement du salon. Louis lui prit les mains et lui sourit tendrement.

« Tout est parfait, Léni. » Il lui colla un baiser sur la joue et monta prévenir sa mère de l'arrivée imminente des invités.

Alors que les discussions allaient bon train au moment du dessert – un tiramisu préparé par Assunta dont elle récolta les compliments dithyrambiques –, et que tout se passait au-delà de ses espérances, Hélène vit sa belle-mère tressaillir quand David posa furtivement sa main sur celle de Rémi en se levant pour se rendre aux toilettes. À la vue de son visage blême, Hélène comprit qu'elle n'avait pas été informée de la relation qui unissait les deux hommes. Une mine de dégoût se dessina au coin de sa bouche. Presque tremblante, elle se leva et claudiqua vers la cuisine.

« Hélène, venez m'aider à préparer le café. »

La raison de la convocation d'Assunta exaspéra Hélène au plus haut point. Tentant de maîtriser son agacement, elle la suivit tandis que Viviane continuait de clamer ses convictions sous les sourires indulgents de Rémi et Louis.

« La télévision n'a pour but que de nous manipuler, je vous dis. Les hommes n'ont pas pu marcher sur la Lune, je n'y crois pas une seconde. Tout ça n'est qu'une supercherie ! »

Hélène se serait moquée de sa paranoïa si elle n'avait pas eu le sentiment de marcher vers le bureau du proviseur après avoir séché les cours. À peine eut-elle franchi la porte de la cuisine qu'Assunta cracha son venin en se tenant à l'évier comme si le choc eut été trop dur à encaisser.

« Votre meilleur ami est… Il est… » Elle balbutiait, embarrassée, furieuse.

« Il est… ? demanda calmement Hélène.

— Il aime les hommes ? éructa-t-elle dans une affreuse grimace.

— Oui. Il aime surtout Rémi, depuis des années. »

Les yeux noirs de sa belle-mère reflétaient toute son aversion ; son visage n'était plus qu'un papier mâché pénible à regarder.

« Et autant vous le dire tout de suite, il est aussi juif. »

Assunta porta une main à sa poitrine. « Pour qui me prenez-vous, Hélène ? Je ne suis pas antisémite. J'ai moi-même du sang juif du côté de mon arrière-grand-père. On ne choisit pas ses parents ni d'où l'on vient. Mais ça… C'est… C'est abject ! »

Les deux femmes s'observèrent en silence. Hélène sentit un flux acide remonter le long de sa gorge, et crut un instant céder à l'envie de gifler ce visage sillonné de rides, d'amertume et de ressentiment. Elles furent interrompues par David qui passa la tête par l'entrebâillement de la porte, ses yeux noisette pétillant d'un léger abus de vin.

« Vous avez besoin d'un coup de main, mesdames ? »

À la manière dont Assunta lui tourna le dos avec un claquement de langue, son regard s'obscurcit.

« Ça va aller, merci » murmura Hélène dans sa direction. Il fit demi-tour, le visage fermé. Elle savait que David avait compris. La fête était officiellement terminée, et il ne remettrait probablement plus jamais les pieds dans cette maison emprunte de haine et d'ignorance.

Lorsqu'elle retourna dans le salon, seule, il avait déjà pris son manteau, encourageant Rémi à faire de même. Viviane, déstabilisée, continuait son monologue dans le silence pesant de la pièce.

« C'est ce que j'ai dit qui vous a contrariés ? Je ne suis pas complotiste, vous savez, il ne faut pas faire attention à ce que je dis. Surtout lorsque je bois un peu trop. Joseph, dis-leur ! »

Son compagnon, tétanisé par sa timidité, se contenta de sourire bêtement. Il s'approcha de Viviane.

« Ma chérie, calme-toi, je ne crois pas que ça ait un rapport avec toi.

— Oh » dit-elle simplement.

Ses amis partis précipitamment, Hélène resta seule, debout au milieu du grand salon. Puis elle débarrassa la table et le café refroidi, la gorge nouée. Louis était sorti raccompagner les invités, étonné de ce départ hâtif. Quand il revint, Hélène était assise à table, la tête plongée entre ses mains.

« Que se passe-t-il ? J'ai loupé un épisode ? » dit-il en lui posant une main sur le dos, un sourire dans la voix. « Où est maman ?

— Qu'elle aille au diable, ta mère ! » murmura-t-elle, les lèvres serrées.

Louis retira sa main, choqué par la hargne avec laquelle Hélène avait prononcé ces mots. Il ne l'avait jamais entendue parler ainsi. Son élégance et ses bonnes manières ne lui faisaient jamais défaut, même quand sa mère les irritait par son omniprésence. La plupart du temps, c'était même elle qui prenait sa défense. À l'évidence, Assunta avait dû aller trop loin cette fois. Il s'éclipsa tandis qu'Hélène fulminait toujours et s'assit sur le lavoir en pierre qui jouxtait la maison. Sa mère n'était pas tendre, certes, et la vieillesse aidant, elle devenait de plus en plus caractérielle, acerbe et autoritaire. Mais elle était forte et courageuse. Adolescente, après avoir perdu son père et fui son pays natal, elle avait retapé la maison de ses propres mains. Quelques années plus tard, elle perdait à son tour son mari, le père de Louis, dans un tragique accident. Employé sur la voie ferrée, le pauvre homme s'était fait faucher par un train à cause d'une erreur d'aiguillage. Mais Assunta n'avait pas flanché ; elle avait élevé son fils toute seule, en continuant à travailler d'arrache-pied pour lui permettre de grandir dans les meilleures conditions. Cette femme lui faisait penser à un taureau, puissant, obstiné et buté, fonçant dans le tas si nécessaire. Il parcourut le terrain du regard ; cette maison était la preuve de son opiniâtreté. Jamais son admiration pour elle ne faiblirait, quoi qu'elle puisse dire ou faire.

Hélène avait observé Louis sortir sans un mot et redoubla d'indignation. Quel lâche ! pensa-t-elle. Tout comme elle, finalement, qui n'avait pas osé remettre sa belle-mère à sa place et prendre tout haut la défense de son meilleur ami. Un ami qui ne lui avait jamais failli, qui l'avait soutenue contre vents et marées. Quant à elle, elle l'avait déçu à la première occasion, cautionnant par son silence hésitant l'attitude inacceptable d'Assunta.

Elle espérait que David lui pardonne, mais elle savait déjà qu'il le ferait, ce qui eut le don de l'accabler un peu plus. Elle monta l'escalier au ralenti puis s'allongea sur son lit, les bras en croix. Où était sa mère ? Jeanine ? Ces femmes qui avaient compté pour elle mais qui avaient disparu trop tôt, la laissant orpheline par deux fois. Le manque avait toujours fait partie de sa vie, elle vivait avec sans même s'en rendre compte. Ce jour-là, elle aurait pourtant tout donné pour se blottir contre sa mère, pour redevenir enfant et respirer l'odeur de rose musquée qui hantait encore ses souvenirs.

Une solitude immense l'entoura comme un courant d'air froid s'infiltrant sous son épiderme. Elle roula sur le côté et écrasa son visage dans l'oreiller. Seule, elle était seule, elle l'avait toujours été. Et peu importe qui partageait sa vie, elle le serait toujours.

Chapitre 35

Novembre 1970

Les yeux fixés sur l'aiguille qui montait et descendait à toute vitesse, Jeanne manipulait le tissu fluide avec dextérité, les deux mains posées de chaque côté du pied de biche. Le tissu coulait sous la machine, sans aucune hésitation, sans qu'elle eût besoin de s'y reprendre à deux fois. Alphonse Grisonet venait de recevoir dans son atelier la dernière Singer et ne se lassait pas de regarder sa jeune apprentie apprivoiser la machine avec une joie enfantine. Désormais, il avait donné à Jeanne carte blanche pour concevoir ses propres pièces de vêtements qui partaient comme des petits pains. Engager cette petite avait été de loin le meilleur investissement depuis le début de son affaire, il y avait de ça trente ans. En plus de lui ramener de nombreuses clientes d'Aspremont et des villages voisins, elle était toujours à l'heure, lui faisait la conversation, et ne rechignait jamais à la tâche.

Il aurait aimé que son bêta de petit-fils lui mette le grappin dessus. Jeanne était un sacré petit bout de femme qui lui aurait donné un peu de répondant. Il avait bien remarqué comment Gaston la reluquait chaque fois qu'il passait à la boutique, rougissant comme un imbécile sans pouvoir aligner deux mots. À son époque, les garçons savaient s'y prendre pour faire la cour aux demoiselles. Il se promit d'avoir une discussion d'homme à homme avec Gaston.

Après avoir terminé son ouvrage, un pantalon à pinces bleu marine, Jeanne lui demanda si elle pouvait partir un peu plus tôt de l'atelier. Sa sœur, qu'elle avait complètement perdue de vue au cours de l'année, devait venir prendre le thé à la maison avec Marco et Alexandre. Elle voulait être là pour les accueillir.

Elle enfila son manteau et courut à en perdre haleine jusqu'à la maison. Elle ne voyait pas le temps passer lorsqu'elle était à l'atelier, enfermée dans ces murs sombres imprégnés d'une odeur de bois et d'infusion à la réglisse dont Grisonet se servait pour apaiser son arthrose. Elle s'y sentait en sécurité, à l'abri des regards, dans une bulle où son esprit fécond inventait des modèles plus vite qu'elle ne pouvait les confectionner. Maintenant, elle était en retard. Sa mère ne manquerait pas de lui faire les gros yeux à son arrivée.

Quand elle fit irruption dans le salon baigné de la douce lumière du crépuscule, la famille au complet avait déjà pris place sur le canapé du salon et les fauteuils vert bouteille qu'elle détestait. Alexandre, occupé à caresser Kiwi, le chat gris du voisin qui avait élu domicile chez eux, l'aperçut et courut dans sa direction à bras ouverts.

« Anne ! Anne ! » Jeanne le souleva de terre, enfouit son visage dans son cou gracile et y gonfla ses joues bruyamment, déclenchant une cascade d'éclats de rire chez le petit garçon. Elle n'avait pas vu son filleul depuis de longs mois, mais du haut de ses deux ans, il ne l'avait pas oubliée. Une bouffée d'amour inouïe l'inonda, un attachement inconditionnel pour ce petit être dont elle ne savait presque rien mais à qui elle aurait pu tout donner.

Mouna la salua du canapé sans prendre la peine de se lever. Vêtue tout de noir, avec son pantalon et sa blouse peu saillante que Jeanne aurait bien reprisée pour lui apporter un coup de jeune, elle ressemblait à une veuve. Elle avait troqué ses longs cheveux soyeux contre une coupe courte à la garçonne qui soulignait son visage fin et ses pommettes hautes. Elle lui sourit machinalement, sans aucune chaleur. Marco avait posé une main sur sa nuque, ses doigts entourant son cou dans un geste protecteur. Jeanne reposa Alexandre avant d'aller embrasser sa sœur et son compagnon à contrecœur.

Marco prit la parole d'une voix forte.

« Nous t'attendions, Jeanne. Maintenant que tout le monde est là, nous avons une annonce à vous faire. » Il fit une pause, ménageant un suspens inutile. « Nous allons avoir un deuxième bébé ! »

Tout le monde se réjouit de la nouvelle. Louis descendit chercher une bouteille de champagne à la cave tandis que Mouna précisait à voix basse son terme prévu pour le mois de mars. Enfoncée dans le fauteuil vert en velours, Jeanne observait sa sœur parler. Elle ne la reconnaissait pas. Mouna la rebelle, Mouna l'insoumise, celle qui impressionnait Jeanne par son insolence et son culot, n'était plus qu'une pâle copie d'elle-même. Était-elle fatiguée de sa grossesse ? S'était-elle assagie après l'arrivée d'Alexandre, ou plutôt après le retour de Marco ? Et cet accoutrement si sombre, elle qui portait habituellement des jupes colorées été comme hiver. Son regard était éteint, ses gestes apathiques. Quant à Marco, il ne lâchait pas le contact physique avec elle, même pour prendre son verre de champagne des mains de Louis. Il la couvait sans cesse du regard ; un regard de convoitise plus que de tendresse.

« Félicitations, Moun » lui dit Jeanne en se levant. Elle n'aimait pas ce qu'elle voyait. Était-elle la seule à le percevoir ? Sa mère faisait-elle semblant de ne pas saisir ce qui se tramait ? Elle souriait comme si de rien n'était, aveugle face à cette emprise malsaine qui transpirait de toute part.

Avant que sa colère ne la trahisse, Jeanne monta à l'étage préparer ses affaires. Ce soir, Alain arrivait. Sa mauvaise humeur se dissipa à cette idée tandis qu'elle sortait tous les vêtements de son armoire pour les étaler sur son lit. Dans sa dernière lettre, Alain y évoquait une surprise pour ses seize ans tout juste passés. Un anniversaire qu'elle n'avait même pas fêté en famille, chacun étant trop occupé à s'éviter le plus possible. L'ambiance dans la maison était devenue presque irrespirable ces derniers temps : des regards, des tensions palpables, entre sa mère et Louis, entre Louis et Assunta, entre Assunta et sa mère. Un triangle infernal qui transformait leur quotidien en un chassé-croisé intentionnel.

Elle se demanda pour la énième fois quelle était donc cette surprise que lui manigançait Alain, priant pour que celle-ci n'implique personne d'autre que lui – elle n'aimait pas être le centre de l'attention. Une boule de trac se forma dans son ventre. Depuis qu'Assunta avait jugé bon de bannir Alain de son champ de vision, ils avaient passé leurs week-ends mensuels dans la grande maison déserte de Sclos, et avaient pour la première fois dormi dans le même lit. Jeanne se souvint de ce qu'elle avait ressenti quand elle était sortie de la salle de bains dans sa longue chemise de nuit. Assis sur le lit, Alain avait levé les yeux, puis sourit, d'un sourire qui aurait dû abattre ses dernières défenses. Sa pudeur l'avait malgré tout rattrapée ; elle avait tripoté ses mains nerveusement, passant les doigts dans ses boucles pour les lisser tout en fuyant le regard du jeune homme. Elle s'était finalement allongée timidement à côté de lui et s'était laissée bercer par ses doux baisers avant de lui souhaiter bonne nuit d'un ton sans appel.

L'abstinence devait sans doute lui peser, Jeanne en était consciente. Elle sentait le désir d'Alain émaner de tout son corps quand elle s'endormait contre lui, sa joue contre son torse chaud. Après plus d'un an d'un amour chaste ponctué de baisers brûlants, Jeanne ne se sentait toujours pas prête à aller plus loin, persuadée que lorsque le moment serait le bon, elle le saurait.

Lors de sa dernière visite, Alain s'était toutefois montré un peu plus audacieux. Il avait glissé une main hésitante sur son sein à travers sa chemise de nuit, tel un effleurement inopiné, puis ses doigts avaient délicatement accentué leur pression. Jeanne, frissonnante, à l'écoute de ces sensations nouvelles, l'avait laissé faire dans un effort pour le satisfaire. Tout en l'embrassant, il l'avait caressée avec plus d'assurance, descendant son autre main le long de son dos. Des émotions contradictoires avaient alors traversé Jeanne avec une force insoupçonnée. Le désir ardent d'abandonner son intimité aux mains de cet homme qu'elle aimait tant et l'angoisse irrationnelle de regretter ce qui allait se passer se renvoyaient la balle dans son esprit, la dépossédant de toute spontanéité. Malgré la passion qui le consumait, Alain perçut sa rigidité soudaine. Elle continuait de lui rendre ses baisers, mais son corps ne lui répondait plus. Il prit son visage entre ses mains, l'embrassa sur le front, puis l'entoura de ses bras dans le silence de la chambre plongée dans le noir.

« Merci » avait-elle chuchoté.

Une étrange urgence ne la quittait plus depuis. Alain n'allait pas l'attendre éternellement, elle devrait sauter le pas un jour ou l'autre, ou bien les prédictions de cette jalouse de Claudette allaient finir par se réaliser. Si ce n'était pas déjà le cas. Son cœur se fendit à cette idée. Non, c'était décidé, ce week-end, elle irait jusqu'au bout. Bien qu'il ne lui ait jamais fait ressentir aucune impatience, elle savait qu'elle n'avait pas le choix si elle voulait le garder. Et puis, ça ne doit pas non plus être la mer à boire, tout de même ! se persuada-t-elle en examinant son reflet dans le miroir de la coiffeuse.

Elle entendit toquer à la porte et fut arrachée à ses pensées. La frimousse de Pierre apparut dans l'entrebâillement de la porte, ses cheveux en bataille donnant l'impression qu'il venait de se réveiller.

« Ça va, Nanou ? » Il la surnommait ainsi depuis ses tout premiers mots et Jeanne ne put s'empêcher de sourire en croisant son regard. Elle hocha la tête. Heureusement que son petit frère était là ; sa bonne humeur était une bouffée d'oxygène dans cette maison.

« Et toi ? »

Les lèvres de Pierre s'affaissèrent en une moue désabusée.

« Elle est bizarre, Mouna, non ? On dirait qu'elle est droguée.

— Parce que tu sais ce que c'est la drogue, toi ? » répondit Jeanne, amusée.

Il haussa les épaules et vint s'asseoir sur le lit. Jeanne passa une main dans ses cheveux en une tentative désespérée de les remettre en ordre mais Pierre s'écarta vivement.

« Laisse, je ressemble un peu à Jim Morrison comme ça. »

Jeanne leva un sourcil, retenant l'envie de se moquer de lui. Pierre enchaîna :

« Qu'est-ce que tu fais ? Tu vas voir Alain ? Ça fait longtemps que je ne l'ai pas vu, je l'aimais bien, Alain, moi… Surtout quand on jouait aux petits ch'vaux.

— Il est pas mort, hein, tu le reverras, promis. Apparemment il me prépare une surprise, c'est pour ça qu'il faut que je choisisse une belle robe. Tu m'aides ? »

Peu après 19 heures, Mouna et sa famille repartis, elle se jetait dans les bras de son bien-aimé quand il vint la chercher devant le portillon, se gardant bien d'entrer dans la propriété. Il était très élégant, avec son gilet sans manches et son pantalon cigarette ; il s'était même coiffé les cheveux en arrière avec du Pento, mais ses lourdes mèches ne tenaient pas en place et ne cessaient de retomber sur son front. Il la prit par les épaules et la contempla, les yeux pétillants d'admiration.

« Que tu es belle. »

Pierre avait choisi pour elle une robe en lin beige à manches longues agrémentée d'un sautoir qui pendait en dessous de sa poitrine. Aux oreilles, des créoles dorées et aux pieds, des bottines à petits talons qui allongeaient un peu plus ses jambes fines. Son petit frère avait manifestement du goût lui aussi.

Ils parcoururent la demi-heure de route entre Aspremont et Sclos-de-Contes dans un débit de paroles ininterrompu, tous deux avides de cette liberté orale après un mois de contact épistolaire. Alain lui caressait la joue de sa main libre, une joie indicible dans le regard. Jeanne regardait son profil se découper dans l'habitacle sombre de la voiture, son nez droit, ses mèches folles ayant eu raison de la gomina, jusqu'à ce que la route faite de lacets interminables finisse par lui donner mal au cœur.

Arrivé sur le dernier tronçon de route, Alain bifurqua soudainement à gauche en direction de Contes.

« Où vas-tu ? On ne devait pas passer chez toi d'abord ? questionna Jeanne.

— Je dois aller chercher les clés chez Marcel. »

À travers la vitre, elle observa les ruelles de ce village où elle avait passé de si bons moments. Les meilleurs, songea-t-elle. Elle n'avait pas revu Ludmilla depuis l'été dernier, plus d'un an s'était écoulé sans qu'elle lui donne de ses nouvelles. Elle s'en voulut de son silence. Une douce nostalgie embruma son esprit, elle ferma les yeux pour s'en imprégner. Lorsqu'elle comprit que la voiture s'avançait sur le chemin de terre qu'elle connaissait si bien, elle se tourna vivement vers Alain.

« Qu'est-ce que… ? »

Elle plaqua une main sur sa bouche. Suspendues à l'aide d'une banderole accrochée de part et d'autre du portail vert, les lettres JOYEUX ANNIVERSAIRE JEANNE émergèrent dans la nuit, illuminées de guirlandes colorées.

Alain était déjà sorti de la voiture pour lui ouvrir la portière. Recouvrant ses esprits, Jeanne le suivit en silence, franchissant le portail donnant sur le jardin désert. Aucune lumière derrière les grandes fenêtres, le manoir semblait endormi. Ses jambes engourdies ne lui répondaient plus, et sa tête élaborait déjà des dizaines de scénarios différents. Son imagination lui joua des tours et la projeta en reine de la soirée, au centre de tous les regards, abordée par les centaines d'invités venus de Contes et de Navarre à la demande d'Alain, des gens qui chantaient pour elle, criaient son nom… Elle se raidit, mais Alain la prit par la main et la guida jusqu'à l'intérieur de la bâtisse.

Ils pénétrèrent dans la salle des fêtes plongée dans le noir. Jeanne retint son souffle pendant qu'Alain actionnait l'interrupteur, révélant la pièce vide, dénuée de la moindre décoration ni d'une quelconque activité récente. Seul un aspirateur demeurait abandonné par terre dans un coin de la pièce, ainsi qu'une table ronde esseulée au milieu. Leurs pas contre le carrelage résonnèrent dans le silence absolu. Pas une âme qui vive à l'horizon.

Alain se frotta le menton, perplexe, tandis que Jeanne, pour le moins soulagée, s'avança vers la table recouverte d'une nappe à fleurs. Au centre, une feuille pliée en deux que Jeanne saisit avec précaution. Fébrile d'une excitation retrouvée, elle déchiffra l'écriture qu'elle reconnut immédiatement.

Tant que tu n'auras pas salué ton meilleur ami, fidèle confident et fier gardien de tes secrets, tu ne pourras trouver ce pour quoi tu t'es hâtée.

Alain se pencha au-dessus d'elle pour lire à voix haute les mots écrits par Ludmilla.

« On dirait une énigme. Alors ça, c'est pas banal ! Je croyais être au courant de tout dans cette histoire. Tu sais de quoi elle parle ? »

Évidemment qu'elle savait.

« Viens » lui ordonna-t-elle. Elle traversa la salle, longea le grand couloir menant à l'entrée, puis descendit la volée de marches à toute vitesse, Alain sur ses talons. Elle marcha d'un pas décidé vers le fond du jardin, devinant l'ombre imposante de celui qui avait partagé deux années de sa vie.

Elle caressa l'écorce du châtaignier. « Bonjour, Léon » murmura-t-elle. Elle fit le tour de son large tronc, puis releva les yeux vers ses branches nues en quête d'un signe.

« Là, regarde ! » Alain se pencha pour attraper un minuscule morceau de papier posé au pied de l'arbre.

« Ludmilla s'est vraiment prise pour Miss Marple. Ça dit quoi ? s'esclaffa-t-il.

— "Quand un arbre cache la forêt, c'est à se demander la nature du bois dissimulé. Pour le découvrir, souviens-toi de la première fois où tu as vu un scarabée se tordre et crier" » lut-elle tout haut avant de se tourner vers Alain. Ses sourcils arqués trahissaient son ignorance.

« Ça ne me dit rien du tout… avoua-t-elle.

— Attends, donne-moi le papier. »

Pendant qu'Alain le tournait et retournait entre ses doigts, Jeanne se creusait la tête pour élucider la devinette posée par Ludmilla. Elle tentait de se remémorer, en vain, une histoire avec l'un des enfants du centre, peut-être avec Loïc, le passionné d'insectes.

Soudain, Alain éleva la voix.

« J'ai compris, Jeanne ! Un scarabée, c'est *beetle* en anglais. Et bien sûr, se tordre et crier, c'est leur morceau *Twist and Shout*, tout simplement ! »

Ses yeux brillaient dans la nuit ; il se prenait au jeu de cette chasse au trésor improvisée. Simple, oui, pour quelqu'un possédant un niveau d'anglais suffisant, contrairement à elle qui avait toujours rêvé de parler la langue de Shakespeare. Elle baissa les yeux.

« Ce n'était pas si facile, lui dit-il en relevant son menton. Je suis juste trop fort. »

Jeanne étouffa un rire.

« Dans ce cas-là, tout s'éclaire ! » lui dit-elle joyeusement en lui prenant la main.

De retour à l'intérieur du manoir, rien ne présageait la présence de quiconque en ces lieux. Pas un souffle de vie, pas même un murmure ou un craquement de pas. Ils montèrent à l'étage ; là encore, les couloirs plongés dans le noir et les chambres vides révélaient l'absence totale d'habitants. Les enfants étaient probablement rentrés chez eux pour les vacances de la Toussaint. Mais où étaient donc les invités surprises ? Y en avait-il seulement ?

En pénétrant dans la bibliothèque, Jeanne fut assaillie de souvenirs. Elle pouvait encore se voir, quelques années plus tôt, assise dans ce vieux fauteuil en velours, à converser avec Ludmilla. Cette dernière lui parlait de son enfance, des grandes étendues blanches de Sibérie, des pulls doublés de laine que sa grand-mère lui tricotait pour affronter des températures qui pouvaient descendre jusqu'à moins 40 °C certains hivers. De son arrivée en France, des nouvelles coutumes à adopter, si différentes de celles de son pays, de cette langue à apprendre, si complexe et sophistiquée.

Instinctivement, Jeanne s'approcha du tourne-disque. Sous le phonocapteur, un troisième papier.

N'en as-tu pas marre de courir après une chimère au lieu d'aller danser ? S'il n'y a personne ici, le stroboscope attend de t'éclairer.

Elle tendit le papier à Alain.

« Je ne comprends pas, le manoir a l'air vide. Elle n'aurait pas fait tout ça pour rien quand même... »

L'impatience commençait à la gagner. Tant de fois elle avait organisé des chasses au trésor pour les enfants du centre, elle comprenait maintenant d'où venait leur frustration quand ils ne trouvaient pas ce qu'ils cherchaient. Ils sortirent de la pièce, descendirent les marches en silence.

« Il y a un stroboscope dans cette maison, au moins ? demanda Alain.

— Je ne sais pas. Mais si c'est le cas, il est à la cave tout en bas, dit-elle en désignant le sol. Liuda entrepose tout dans ce débarras. »

Elle frémit. « Je déteste cette cave... Il y a des rats, des cafards, des toiles d'araignée, des choses gluantes et assez de poussière pour s'étouffer. Elle m'a toujours filé les jetons. Ne compte pas sur moi pour mettre les pieds là-dedans.

— Petite joueuse, se moqua Alain en la prenant par les épaules pour la faire avancer. Ne me dis pas que tu as peur d'une petite cave toute sombre et humide ? »

Elle s'arrêta net. « Vas-y, toi, si tu veux ! Tu verras que tu n'iras pas bien loin. Et elle n'est pas petite, elle est immense, c'est encore pire. »

Elle l'accompagna jusqu'à une porte marron cachée à l'extrémité de la cuisine. Ouverte, elle donnait sur une rangée de marches en bois décrépites qui semblaient menacer de s'écrouler au moindre appui. Les murs étaient recouverts d'une moisissure grise qui s'insinuait dans chaque fissure courant le long de la pierre.

Alain fronça le nez. « En effet, comme ça, ça ne donne pas très envie. Mais la curiosité est trop forte. »

Il posa un pied sur la première marche, vérifia que celle-ci supportait son poids, puis s'enfonça dans les profondeurs du manoir avec pour seule lumière une ampoule nue suspendue à un fil.

Au bout de ce qui lui parut une éternité, Jeanne passa la tête par la porte. Le souvenir du seul et unique jour où elle avait descendu cet escalier en compagnie de Pierre lui arracha un demi-sourire. Ce jour-là, Jean-Marc, un doigt sur la bouche en signe de confidence, leur avait raconté que Ludmilla cachait dans une des galeries du manoir un trésor digne de *Rackham le Rouge*, hérité de ses ancêtres soviétiques, et qu'elle interdisait quiconque d'y pénétrer. Deux raisons suffisamment convaincantes à leurs yeux pour les décider à s'y aventurer, bravant leur peur en se tenant par le bras, frémissant au moindre bruit suspect provenant de « la grotte ». C'est ainsi qu'ils avaient renommé le débarras souterrain où Ludmilla avait entreposé plus de trente ans de souvenirs. Jeanne devait avoir dix ans, Pierre six. Lorsqu'ils étaient arrivés tout en bas, la même ampoule faiblarde ne les avait pas éclairés à plus de deux mètres. Une odeur âcre les avait assaillis, mélange d'urine, de vieux bibelots et d'humidité. Des bruissements le long du mur, hors de portée du halo de lumière, leur avaient laissé imaginer le type de population qui peuplait la grotte.

Ils s'étaient avancés de quelques pas, peureux. Une fois leurs yeux acclimatés à la pénombre, ils avaient pu distinguer des dizaines de boîtes en carton, des meubles anciens, des tapis, des tableaux, une vraie caverne d'Ali Baba. Jeanne avait repéré une sorte de grosse poupée ronde en bois abandonnée sur un vieux buffet. Elle était lisse et peinturlurée de couleurs vives, avec de grands yeux brillants et des joues rosées. Elle n'en avait jamais vu de pareille. En la manipulant, une partie de la poupée était tombée avec fracas sur le sol, faisant tressaillir Pierre qui s'était retourné en imitant une position de combat. Jeanne avait ricané en ramassant la poupée scindée en deux. Elle avait alors découvert une autre poupée, plus petite, emboîtée dans la première. Puis une autre, dans la deuxième, et ainsi de suite. En ouvrant toutes les poupées, elle s'était retrouvée, émerveillée, en possession de huit figurines encastrées les unes dans les autres par taille décroissante, la dernière ne dépassant pas la taille d'un grain de riz. Elle avait trouvé cela fascinant, cette collection de poupées colorées aux visages expressifs qui dépendaient les unes des autres pour ne faire qu'une.

Sans prévenir, Pierre avait alors poussé un cri aigu avant de se précipiter vers les marches. « Quelque chose m'a frôlé la jambe ! » Au bord de l'hystérie, il avait communiqué son angoisse à Jeanne qui avait senti à son tour de multiples effleurements à la base de ses jambes. Elle avait précipitamment délaissé les poupées posées à terre pour se presser vers la sortie, se promettant au passage de ne plus jamais remettre les pieds dans cet endroit.

« Hé oh ! Ça va, là-dedans ? »

Pas de réponse. Elle trépigna sur place, hésitante.

« Je crois que tu devrais venir voir… » La voix mal assurée d'Alain lui fit craindre le pire. La découverte d'une colonie de rats mutants en bas de ces maudites marches par exemple, ou d'un cadavre putréfié dévoré par ces derniers… « Tu parles d'un anniversaire surprise, maugréa-t-elle.

— Jeanne ! Viens tout de suite. » Elle se fit violence. Au diable sa promesse du passé, elle n'était plus une enfant. Elle inspira profondément et descendit les vieilles marches en colimaçon d'un pas décidé. Comme dans son souvenir, l'escalier sombre s'enfonçait au cœur du manoir pour déboucher sur la cavité tant redoutée. Tout en retenant son souffle à l'approche de l'odeur infecte qui ne manquerait pas d'assaillir ses narines, elle discerna un bruit. Un pas précipité, une voix étouffée. Que diable se passait-il dans cette cave ?

En découvrant le spectacle qui l'attendait, Jeanne s'arrêta net sur les dernières marches. Bouche bée, incapable d'avancer davantage ni de produire le moindre son, elle contempla la cave réaménagée en une salle de réception époustouflante d'excentricité.

Son regard ébahi se posa sur les dizaines de ballons multicolores qui flottaient contre le plafond en une voûte ondoyante, puis sur les tableaux qui ornaient les murs en pierre dans leurs imposants cadres en bois doré. Représentant pour la plupart des paysages, les tableaux, signés de la main de Georges Grinda, étaient magnifiques de réalisme. Jeanne s'avança d'un pas. Sur le sol autrefois poussiéreux, des pétales de roses blanches avaient été disséminés çà et là, et elle n'osa continuer de peur d'écraser ces roses pour lesquelles Ludmilla investissait tant de temps et d'énergie. La cave était éclairée par de vrais chandeliers dont les flammes se reflétaient dans la boule à facettes, projetant des milliers de cristaux autour d'elle. L'éclectisme de la maîtresse des lieux avait encore frappé. Un instant, elle crut rêver et résista à l'envie de se pincer pour en avoir le cœur net.

Une musique s'éleva, mais Jeanne l'entendit à peine. Elle assistait à la scène au ralenti, prisonnière de ses sens, saisie à vif par l'émotion comme un bout de viande jeté sur le gril.

Devant elle se tenaient ses amis les plus chers, leurs visages radieux tournés vers elle, leurs bouches articulant une chanson d'anniversaire muette. Elle fit circuler son regard de droite à gauche. Juliette, Louise, Martine, José, Daniel, Bernard, cette précieuse tribu qui lui avait fait passer les moments les plus joyeux de sa vie, gesticulaient gaiement aux côtés de Ludmilla. Cette dernière, les yeux humides, avait joint les mains en prière. Jeanne se tourna vers Alain, dont l'émotion trahissait une fois de plus les sentiments. Oui, elle l'avait, sa grande histoire d'amour, celle qui les changerait tous deux à jamais. Celle qui resterait gravée jusqu'à la fin, quelle qu'en soit l'issue.

Ludmilla s'approcha d'elle. « Joyeux anniversaire, ma Jeanne » murmura-t-elle. Elle lui tendit un objet rond et lisse que Jeanne reconnut immédiatement. « Ma mère me l'avait offert pour mes seize ans, comme sa mère avant elle. Je l'avais délaissée dans ce débarras pour ne pas me rappeler sans cesse que je n'avais personne à qui la léguer. Maintenant, elle est à toi. »

La vision de Jeanne se brouilla quand elle saisit l'objet. La poupée russe brillait de mille feux, majestueuse, chargée d'une histoire familiale dont elle faisait désormais partie.

Elle regarda de nouveau autour d'elle et s'attarda sur chacune des personnes présentes. Ils n'étaient pas beaucoup, juste ce qu'il fallait, juste ceux qui comptaient. Ses poupées russes à elle. La famille qu'elle s'était choisie.

Chapitre 36

Avril 1971

« Je pars. »

Les mots, lâchés dans la quiétude d'un après-midi printanier, avaient jailli de sa bouche presque à son insu. Louis, plongé dans un article de *Nice-Matin*, ouvrit de grands yeux, son visage figé en un masque de surprise. Son ton ne trahissait aucune hésitation. Des mois qu'Hélène étouffait, recluse dans les murs de cette maison si vaste et pourtant si étriquée. Assunta avait eu raison de sa patience. Ses exigences, ses injonctions, son aigreur l'avaient asséchée comme une fleur sans eau, absorbant sa joie de vivre dans une bouche vorace que rien ne pouvait satisfaire. Elle s'était sentie flétrir à son contact, dépassée autant que crispée par la relation fusionnelle entre une mère irascible et son fils magnanime qui lui pardonnait absolument tout. Il n'était plus question de tenir la chandelle, passive, spectatrice de sa propre déchéance.

Pris de court, Louis essaya à peine de la retenir, posant mollement son journal sur la table basse avant de balbutier quelques malheureuses tentatives pour la raisonner.

Le soir même, accompagnée de ses deux enfants, Hélène prit ses valises, monta dans le bus de 21 h 05, le dernier pour Nice, et débarqua chez Viviane la tête haute malgré son regard alourdi par le poids de l'échec. Viviane ne lui posa aucune question, et sans la moindre hésitation, Joseph et elle les accueillirent le temps pour Hélène de retrouver un emploi et un appartement. Peu importe si sa vie amoureuse n'était qu'une suite de désillusions, ses amis et ses enfants, eux, constituaient sa plus grande réussite. À quarante et un ans, il était temps pour elle de se rendre compte de sa chance et de s'en satisfaire. Les hommes, source de déception permanente, n'avaient à présent plus leur place dans l'équation.

Aussitôt au courant de son retour, David lui proposa une place de serveuse au Bella Storia qu'elle refusa catégoriquement : elle ne voulait plus être redevable à qui que ce soit, surtout à lui, qui en avait déjà tant fait pour elle.

« Cette fois, c'est toi qui me rendrais un service, Hélène, répliqua David. Je viens de racheter le local attenant pour agrandir le restaurant et j'ai besoin de deux nouveaux employés. Alors je t'en prie, aide-moi ! »

Elle le sonda, sceptique, mais ne sut déchiffrer son petit jeu et accepta son offre, rassurée à l'idée de lui venir en aide, ignorant qu'un poste supplémentaire avait tout juste été créé rien que pour elle.

Puis elle trouva un appartement, loué par un ami de Joseph dans le quartier du Port, et renoua avec son rythme solitaire. Le matin, elle se faisait réveiller par les cris moqueurs des mouettes et des albatros tournoyant près de sa fenêtre. En l'ouvrant, elle pouvait même sentir les effluves marins, l'odeur du sel et du poisson. Elle fermait les yeux et se laissait envahir par le parfum de la houle.

Tout recommencer de zéro, une fois de plus. Cela ne lui faisait plus peur, elle devenait même une experte en la matière. Sa liberté valait bien tous les sacrifices du monde. Même le sacrifice de l'homme qu'elle aimait encore à s'en rompre le cœur.

Jeanne, qui ne s'était pas fait prier pour quitter la maison d'Aspremont, avait malgré tout continué à travailler chez Grisonet pendant quelques semaines avant de se décourager devant les deux heures de trajet qu'elle devait effectuer quotidiennement. Navrée, elle avait annoncé au vieux monsieur qu'elle partait pour raison familiale et ce dernier, si déçu de la perdre, lui avait proposé d'habiter gratuitement dans le studio aménagé au-dessus de l'atelier. L'idée, tentante, fit longuement hésiter Jeanne qui déclina sa proposition. Sa vie était auprès de sa famille, de sa mère et de son petit frère.

Hélène avait senti sa fille affectée par cet abandon forcé. Elle aimait ce travail, et Dieu sait qu'il était rare pour une femme de trouver une quelconque source d'épanouissement professionnel en ce bas monde. Depuis, elle cherchait dans tout Nice un nouveau travail et épluchait les annonces d'emploi dans le journal sans trouver chaussure à son pied. La question des études n'était plus revenue sur le tapis, et, égoïstement, Hélène en fut soulagée. Jeanne n'en demeurait pas moins exigeante, décidée à retourner ciel et terre afin de ne pas opter pour un travail par défaut. Bien qu'Hélène admirât cette pugnacité, l'argent vint cependant vite à manquer. Le salaire de son métier de serveuse ne suffisait pas à couvrir leurs trois bouches à nourrir, dont un garçon adolescent, le loyer et les quelques vêtements qu'elle achetait avec parcimonie au marché aux puces le dimanche.

Ce matin-là, un sentiment de gêne lui enserra les boyaux quand elle s'approcha de Jeanne. Sa fille, fidèle à son rituel matinal, était absorbée par la lecture des petites annonces.

« Alors, ça avance, cette recherche ?

— Justement, je viens d'entourer ceci » annonça Jeanne avec un sourire satisfait en lui montrant l'annonce en question.

Hélène se saisit du journal.

« Cherche assistant/assistante en préparation de plantes médicinales dans l'herboristerie Marchand. Compétences requises en phytothérapie et aromathérapie. Entretien sur RDV. 5 rue Scaliéro, 06300 Nice. »

Elle regarda sa fille d'un air interrogateur. Jeanne, confiante, continuait de lui sourire.

« Travailler dans une herboristerie, quel bonheur ! L'odeur des plantes, leurs utilisations, leurs mélanges à des fins thérapeutiques pour aider les gens. Ça va être merveilleux, je le sens. »

Elle s'y voyait déjà.

« Mais… Euh… Tu n'as aucune des compétences requises, ma fille.

— Ce n'est pas un problème. J'apprends vite, et Ludmilla m'a déjà appris quelques… trucs.

— Tu es sûre que ces quelques *trucs* t'aideront à décrocher ce travail ? » La voix d'Hélène s'était durcie ; elle commençait à perdre patience. Quelle était donc cette idée fantasque ? L'heure n'était plus aux essais, les fins de mois étaient aussi abruptes qu'une falaise bretonne. À ce rythme-là, ils plongeraient bientôt la tête la première dans l'abîme.

Jeanne garda le silence. Tu verras bien, semblaient affirmer ses yeux déterminés.

Hélène se radoucit. « Je voulais te dire, Jeanne. Nous ne pouvons plus nous permettre d'attendre davantage. Je suis désolée. Tu dois trouver quelque chose.

— Ne t'inquiète pas, maman, c'est comme si c'était fait. »

Elle se leva, mit son chapeau capeline sur la tête et sortit promptement de l'appartement, le journal à la main.

Après son service du midi, Hélène décida de faire un détour par le mont Boron où Mouna vivait dans un bel appartement avec vue panoramique sur la ville. Marco travaillait dans le bâtiment et gagnait suffisamment bien sa vie pour dispenser Mouna de toute autre activité que celle d'éduquer leurs enfants. Elle passait par conséquent tout son temps à la maison, obéissante, dévouée à sa tâche. Elle ne venait plus leur rendre visite, encore moins depuis la naissance de la petite Julie, deux mois auparavant. Hélène s'inquiétait pour elle ; ce n'était pas dans le tempérament de sa fille de s'isoler.

Elle secoua la tête pour chasser ses pensées alarmistes. Son esprit ne cessait de lui jouer des tours, et Louis y revenait plus souvent qu'elle ne l'aurait souhaité, nonobstant ses efforts constants pour l'en éloigner. Depuis son départ, il lui avait envoyé trois lettres, toutes plus ou moins similaires, et malgré les maladresses de sa plume, elle put y ressentir son immense désarroi. Une certaine incompréhension aussi, celle de ne pas avoir vu venir sa décision. Il lui demandait de revenir, lui promettait qu'ils iraient vivre ailleurs, lui déclarait qu'il ne pouvait pas continuer sans elle.

Quittant l'arrêt de bus, Hélène choisit de marcher pour tenter d'arrêter le ronronnement permanent de son cerveau. La montée de la corniche André-de-Joly était pentue, et bien qu'habituée à arpenter les rues de Nice, les muscles de ses jambes la brûlèrent, contractés jusqu'à la corde. Rapidement essoufflée, fourbue, elle finit par s'asseoir sur un muret pour regarder défiler les voitures. Elle se sentit brutalement vidée et vieille, incapable de lutter contre ses ruminations. Elle n'était pas sûre de pouvoir vivre sans lui non plus, mais tout était mieux que ces derniers mois passés dans la prison dorée où il l'avait enfermée. Du moins, c'est ce qu'elle avait cru. Le manque de lui était-il moins douloureux à supporter que cette sensation de lente asphyxie ? Elle n'en était plus sûre non plus.

Après s'être remise en route, elle arriva devant la jolie résidence aux volets verts.

Elle pénétra dans l'immeuble, monta au cinquième étage et s'arrêta en haut des marches pour reprendre son souffle. Émergeant de l'appartement de Mouna, les cris stridents de la petite Julie, que rien ne semblait pouvoir consoler, résonnaient jusque dans le couloir. Hélène s'approcha de la porte, tendit la main pour sonner mais retint son geste au dernier moment. Elle pouvait à présent entendre Alexandre pleurnicher en répétant « maman, maman, maman » inlassablement. Le moment semblait mal choisi, bien qu'à vrai dire les plages propices à une visite chez une mère de deux enfants en bas âge n'existassent pas, elle en savait quelque chose. Elle demeura un instant figée dans son hésitation. Sans intention d'espionner sa fille, la voix de Mouna lui parvint alors à travers la porte, suppliante, désespérée.

« Je t'en prie, Alexandre, arrête de chouiner, tu n'es plus un bébé ! Là, là, Julie, calme-toi, chuuut... »

Un puissant instinct maternel guida la main d'Hélène vers la sonnette. Peu importe le moment, sa fille avait besoin d'aide, et de réconfort.

Les pleurs redoublèrent tandis qu'Hélène perçut de l'agitation à l'intérieur de l'appartement. Après quelques secondes, Mouna ouvrit la porte, la tête brune de Julie dépassant de la couverture qu'elle tenait entre ses bras. Son visage empourpré était déformé par les cris assourdissants qui s'échappaient de sa minuscule cage thoracique. Des cernes bleutés alourdissaient le regard de Mouna qui sourit en l'apercevant. Derrière son sourire, Hélène pouvait percevoir la fatigue accumulée des nuits sans sommeil, l'irritation et l'impatience qui creusaient de petits sillons au niveau de sa bouche et de son front. Elle était toujours en chemise de nuit malgré l'heure avancée et ses cheveux courts hirsutes semblaient ne pas avoir été lavés depuis des jours. Mouna lui proposa d'entrer avant de lui mettre Julie dans les bras.

« Je n'y arrive plus. Elle pleure depuis des heures sans s'arrêter. Je vais craquer ! »

Elle se prit le visage entre les mains et se frotta les tempes. Hélène berça sa petite-fille en lui susurrant des mots apaisants.

« Elle ne veut plus prendre son biberon, je ne comprends pas ! »

Hélène releva la tête, surprise. « Tu ne l'allaites plus ? »

Mouna rangea les jouets d'Alexandre qui traînaient dans le salon, éparpillés aux quatre coins de la pièce.

« Je… Non. Je n'ai pas assez de lait, dit-elle en fuyant le regard de sa mère.

— Pourtant, pour Alexandre, tu en avais presque trop » s'étonna Hélène.

Mouna se tourna vivement vers sa mère.

« L'allaitement c'est pas obligatoire à ce que je sache, non ? » Son ton était abrupt, presque agressif.

Hélène garda le silence puis se concentra sur le visage boursouflé du nourrisson. Alexandre vint se coller à sa jambe. « Mamie, pourquoi elle pleure tout le temps, Julie ?

— Coucou, mon grand. Je ne sais pas. Les bébés ne peuvent pas s'exprimer, alors ils pleurent.

— Alexandre, prends ces jouets et rapporte-les dans ta chambre » ordonna Mouna.

Le petit garçon s'éloigna sans rechigner, mains pleines et dos courbé.

Mouna s'éclipsa dans la cuisine et en revint avec deux tasses de thé fumantes qu'elle posa sans ménagement sur la table du salon.

« Marco ne veut pas que je l'allaite, voilà. »

Optant pour une approche en douceur, Hélène inclina la tête mais se heurta au regard buté de Mouna, vestige de son adolescence rebelle.

« Pourquoi ? » finit-elle par demander.

Mouna fit tourner le sachet de thé dans sa tasse sans cesser de la fixer, visiblement gênée de devoir se justifier.

« Parce qu'il dit que mes seins ne sont pas pour le bébé mais pour lui. Il ne veut pas que je les abîme à allaiter. »

Hélène ouvrit la bouche mais ne dit rien, se retenant de justesse d'une réaction impulsive à pareille absurdité. Afin d'atténuer son mécontentement, elle fit le tour du salon en tenant fermement le bébé contre elle. Julie commençait à se calmer, ses yeux se fermaient par intermittence, exténués par tant de sanglots.

Quand elle s'endormit enfin, la pièce se plongea dans un silence embarrassé. Hélène déposa avec précaution le nourrisson dans son landau avant de se tourner vers sa fille.

« Et tu es d'accord avec ça ? la relança-t-elle calmement.

— Je sais pas ! s'agaça Mouna. J'avais aimé le faire avec Alexandre, mais ça ne me manque pas plus que ça. »

Ses yeux embués, toutefois, trahissaient son mensonge. Une vague de chaleur envahit le visage d'Hélène qui serra la mâchoire à s'en faire crisser les dents. Sous prétexte d'amour, Marco avait complètement manipulé sa fille. Non, Mouna ne pouvait pas commettre les mêmes erreurs qu'elle, et sombrer sous la domination d'un homme, et le laisser lui dicter sa vie. Hélène savait où cette influence mènerait sa fille, et elle se devait de lui ouvrir les yeux. Elle tenta de maîtriser la colère qui perçait dans sa voix :

« Depuis quand tu te laisses dicter ce que tu dois faire ?

— Depuis que je suis mariée à un homme que j'aime ! explosa Mouna, au bord de la crise de nerfs. Et je ne suis pas sûre que tu sois la bonne personne pour me juger à ce sujet ! » renchérit-elle.

Les deux femmes se firent face jusqu'à ce que Mouna baisse le regard pour se replonger dans sa tasse de thé. Ses paroles avaient enfoncé leur dard et diffusé le venin d'une vérité crue dans le cœur d'Hélène. Sa fille avait raison, de toute évidence.

« Si tu as besoin de quoi que ce soit, je suis là, Mouna. »

Elle embrassa Alexandre puis quitta l'appartement sans se retourner de peur de révéler son émotion.

De retour chez elle, elle trouva Jeanne assise à la table de la cuisine en train de feuilleter une énorme encyclopédie, le front plissé par la concentration. Les deux mains sur le bas de son dos, Hélène esquissa une grimace. Elle ne s'était jamais sentie aussi harassée, écrasée par un poids colossal qui lui tassait les vertèbres autant que l'âme.

« Alors, comment ça s'est passé ? demanda-t-elle l'air de rien en sortant des restes de gigot du réfrigérateur.

— Je commence lundi prochain. »

De nouveau, Hélène leva les sourcils, déconcertée. Mais Jeanne continua de lire, imperturbable, prenant des notes de temps à autre et marmonnant des mots en latin qui ressemblaient davantage à des formules magiques qu'à des noms de plantes.

« Ça alors, il faut croire que j'ai parlé un peu vite, se réjouit Hélène. Félicitations ma grande ! »

Plongée dans ses révisions, Jeanne se contenta d'un modeste sourire dans lequel Hélène put néanmoins déceler une grande fierté. Elle commença à préparer le dîner pendant que ses pensées la ramenaient une fois de plus vers le visage de l'homme dont l'absence lui tordait les boyaux. Ses yeux bruns, son sourire en coin, ses mains expertes qu'elle pouvait encore sentir sur sa peau, chaque détail, si impitoyablement présent dans son esprit, lui rappelait sans cesse ce qu'elle avait perdu.

Elle éminçait les champignons quand le couteau glissa de ses mains et s'enfonça de quelques millimètres dans la pulpe de son pouce. Le sang jaillit de la coupure et coula dans sa paume, puis dans l'évier. Elle passa son doigt sous le robinet tout en regardant la plaie peu profonde et des larmes silencieuses roulèrent malgré elle le long de ses joues. Des larmes d'une tout autre douleur, qui, refoulées depuis trop longtemps, se frayaient un chemin pour enfin lui échapper.

Chapitre 37

Juin 1971

Valériane, thym, achillée millefeuille, passiflore, curcuma, ortie, chardon et toutes les offrandes prodigieuses que la nature avait à proposer n'eurent bientôt plus de secret pour Jeanne. Assoiffée de connaissance et déterminée à rattraper son retard en la matière, elle passait le plus clair de son temps dans l'herboristerie aux côtés d'Elizabeth, une Anglaise de cinquante ans qui avait racheté un local à l'abandon pour en faire l'un des commerces les plus fréquentés du port. Nombre de personnes s'y pressaient afin de soulager leurs maux ou de prendre conseil auprès d'Elizabeth qui avait gagné leur confiance grâce à ses résultats éloquents et sa bonne humeur contagieuse.

Passionnée par son nouveau métier, Jeanne apprit à une vitesse fulgurante comment utiliser les plantes au service d'autrui. Elle savait préparer les tisanes, les décoctions, les gargarismes, les fumigations et les cataplasmes. Elle aimait élaborer des mélanges en choisissant les plantes adéquates pour que la magie opère à travers elles. Dans cette boutique, elle se sentait utile et forte, telle une druidesse aguerrie dont les diverses préparations avaient la faculté de soigner les gens. Elle pensait à cela nuit et jour, grisée par tous les mystères dont la terre recelait et dont elle ne savait encore rien quelques mois auparavant.

Afin de se perfectionner, elle s'isolait dans l'arrière-boutique après la fermeture du magasin, se servant d'elle-même comme d'un cobaye pour parfaire ses gammes. Un soir, lors de sa toute première semaine de travail, elle avait confondu laurier et laurier-rose dans une décoction qu'elle s'était administrée après avoir appris les bienfaits des feuilles de laurier sur la digestion. La nuit suivante, les vomissements dont elle avait été victime lui laissèrent à peine le temps de reprendre son souffle. Elle avait compris, à ses dépens, que le pouvoir des plantes n'était pas à prendre à la légère, et qu'elle devrait mettre les bouchées doubles pour prétendre à ce qu'elle voulait devenir.

Lors de leur première rencontre, Elizabeth avait perçu sa curiosité, son amour pour la nature, ainsi qu'un aplomb qui n'avait pas été pour lui déplaire. Elle avait fait le pari de l'embaucher à l'essai malgré son absence totale d'expérience. Un mois plus tard, Jeanne en savait plus que ses trois autres employées, et sa voracité d'apprendre finit de convaincre Elizabeth de la prendre sous son aile. Elle légua ses livres et donna de son temps à cette jeune fille insatiable et volontaire qui, bien qu'il fût trop tôt pour y réfléchir, ferait une héritière parfaite pour reprendre un jour les rênes de la boutique. D'ici quelques années, Elizabeth retournerait à Richmond, son village natal au nord de l'Angleterre, pour y vivre une retraite bien méritée, mais pas avant d'être sûre que l'herboristerie, la prunelle de ses yeux, le fruit de vingt ans de travail, serait entre de bonnes mains.

L'attention prononcée d'Elizabeth envers sa nouvelle protégée entraîna peu à peu une jalousie intestine au sein de l'équipe. Au fil des semaines, la tension ne cessa de croître entre Jeanne et ses trois collègues. L'une d'elles en particulier, Charlène, une grande fille rousse à peine plus âgée qu'elle, semblait considérer l'ascension de Jeanne comme un affront personnel. Focalisée sur le moindre signe de favoritisme, elle observait Jeanne avec mépris et lui en faisait payer les frais dès que la patronne avait le dos tourné.

Un matin, tandis qu'elles préparaient l'ouverture, Jeanne demanda à Charlène de lui donner quelques racines de pissenlit pour organiser le présentoir. Pour toute réponse, cette dernière la plaqua contre le mur de la remise. Elle la dépassait d'au moins une tête.

« T'as cru que tu étais la boss, ici ? siffla-t-elle à son oreille. Parce que tu as les faveurs de la vieille *roastbeef* ? Fais gaffe à toi, c'est la dernière fois que tu me donnes un ordre. T'es personne, petite merdeuse. »

Elle s'empara des racines de pissenlit et les jeta au visage de Jeanne qui, pétrifiée contre le mur, sentit ses yeux prêts à déborder. Charlène retourna dans la boutique avec un sourire mauvais, tandis qu'elle se penchait, les mains tremblantes, pour ramasser les racines éparpillées sur le sol. Quand elle se releva, son regard était froid, son visage dénué d'émotions. Cette grande gigue pouvait s'acharner sur elle tant qu'elle le voulait, il en faudrait désormais plus pour la déstabiliser.

Les regards en biais lourds de sous-entendus des autres employées, Agathe et Maria, deux mères de famille de quarante ans, pesaient également sur Jeanne. Cependant, elle n'avait que faire de leurs états d'âme : elle était là pour apprendre, bien faire son travail et rapporter sa paie à la maison. Qu'importe si sa détermination ne lui apportait pas les faveurs de ses collègues. Elle décida de ne plus prêter attention aux messes basses, aux moqueries et aux intimidations pressantes de Charlène.

Un après-midi, alors qu'elle sortait du magasin pour rentrer chez elle, un jeune homme l'aborda timidement.

Elle reconnut Augustin, le fils d'une cliente régulière qui ne lui avait jusque-là jamais adressé la parole.

« Bonjour Jeanne, tu veux aller boire un café ? » L'effort que lui avait coûté cette question en apparence anodine se reflétait sur la couleur soudain écarlate de son visage. Il avait parlé d'un trait, accouchant de sa demande sans se laisser la possibilité de se défiler.

En le regardant attentivement, elle aima tout de suite ses taches de rousseur et son sourire retenu. « D'accord » se surprit-elle à répondre. Pensant s'exposer à un refus, le jeune homme ouvrit de grands yeux – des yeux couleur azur, nota Jeanne –, et bafouilla quelques mots en lui indiquant un café en direction des arcades du port.

Tout en marchant en silence à ses côtés, Jeanne pensa à Alain, et à ses dernières lettres auxquelles elle n'avait pas donné suite. Plusieurs fois, elle s'était assise pour lui répondre, mais chaque fois, elle restait démunie devant cette feuille blanche sur laquelle les mots ne voulaient plus se poser. Elle savait la vérité, elle la sentait au plus profond de son cœur, mais elle était incapable de la lui dire, optant pour un silence qui devait le laisser dans l'incompréhension la plus totale. Elle n'était pas fière de sa lâcheté, mais l'idée de lui faire du mal lui était insupportable.

Avec l'installation récente du téléphone au magasin, Jeanne célébrait chaque sonnerie métallique en se jetant sur le combiné pour annoncer d'une voix chaleureuse : « Herboristerie Marchand, bonjour ! » Elizabeth riait de son enthousiasme. Mais un jour, le sourire de Jeanne se figea en entendant la voix d'Alain résonner au creux de son oreille.

« Bonjour Jeanne. C'est moi.

— Ah, dit-elle simplement, la main ramollie sur le combiné.

— J'espère que tu vas bien… Écoute, je ne sais pas ce qu'il se passe, ni pourquoi tu me laisses sans nouvelles de toi, mais je ne peux plus subir cette indifférence de ta part sans avoir au moins une explication… Jeanne, tu es là ? »

Elle respirait fort dans le combiné, incapable de trouver les mots, de formuler l'explication qu'il méritait. Alain reprit : « J'ai une question très simple pour toi. Ne réponds pas tout de suite, prends ton temps et quand tu seras sûre de toi, fais-le-moi savoir. Jeanne, est-ce que tu m'aimes encore ? »

N'obtenant qu'un silence à l'autre bout du fil, Alain raccrocha.

Nul besoin de creuser bien loin pour connaître la réponse à cette question. Elle ne l'aimait plus, du moins plus comme avant. Son cœur se drapait de nostalgie au souvenir de l'amour fou qui l'avait embrasée pendant près de deux ans. Sans trop savoir comment ni pourquoi, la tendresse avait d'abord remplacé l'amour aveuglant. Puis, pernicieusement, la lassitude et le désintérêt s'étaient installés et l'avaient plongée dans un profond désarroi. Elle ne comprenait pas. Elle aurait tant voulu l'aimer encore, obliger son cœur à prolonger ces sentiments qui l'avaient rendue si incroyablement vivante. Mais l'amour s'était envolé et ne reviendrait pas. Tout finissait par s'effacer, par s'abîmer. Les corps, les souvenirs, les sentiments. Et l'homme qu'elle avait cru aimer pour la vie redeviendrait bientôt un simple étranger.

Jeanne ressentait aussi l'envie de tester son pouvoir de séduction sur la gent masculine. Elle se savait jolie, avec sa chevelure aux boucles brillantes, ses yeux noirs en amande et ses longues jambes hâlées. Elle n'était pas de nature minaudeuse, mais elle savait s'y prendre, sous son air réservé. Sans forcer son talent, les hommes se bousculaient au portillon, et la délectation de se sentir désirée avait un peu plus éloigné Alain de ses pensées.

Des images de sa dernière visite lui revinrent en mémoire. Distante et détachée, elle avait troqué leurs embrassades passionnées contre de chastes baisers du bout des lèvres. Alain avait accepté sa bouderie sans sourciller, sans la questionner davantage sur l'origine de son malaise. Il avait l'habitude de se faire mener par le bout du nez. Pourtant, juste avant de reprendre la route pour Paris le dimanche après-midi, il avait pris son visage entre ses mains, l'avait longuement regardée avant de lui dire « je t'aime » d'une voix grave. S'étaient ensuivis deux courriers d'une infinie douceur, semblables à des adieux fatalistes, qui l'avaient irritée. Ne comptait-il pas se battre pour elle ? La laisserait-il partir aussi facilement ?

Et puis, il y avait eu ce coup de téléphone. Bien qu'elle n'appelât pas vraiment ce léger sursaut de sa part une tentative pour sauver leur amour. Alain restait Alain. Gentil, juste, indulgent. Peut-être trop pour elle.

Elle se sentait d'autant plus coupable de son désamour qu'il l'avait patiemment attendue pendant deux longues années sans que jamais elle ne s'estime prête à se donner entièrement à lui. Ce n'était pas faute d'y avoir pensé pourtant, à maintes reprises, d'avoir essayé de le laisser entrer dans son intimité la plus profonde. Jamais elle n'avait réussi à baisser la garde. Elle avait même songé à faire l'amour avec lui afin de relancer ses sentiments, mais n'avait pu s'y résoudre, tant elle refusait que sa « première fois » soit par dépit. Ses attentes étaient beaucoup trop hautes pour franchir le pas de cette manière. À vrai dire, elle commençait à se demander si les conditions seraient un jour réunies pour lui permettre de dépasser ses peurs. Une peur intrinsèque de se laisser aller, de perdre le contrôle dans les bras d'un homme. Elle n'y parviendrait peut-être jamais et finirait vieille fille avec ses chats pour seuls compagnons, comme Mme Rossi, leur ancienne voisine…

Elle était encore plongée dans ses pensées quand ils arrivèrent devant le café des Arcades. Jeanne commanda un cappuccino, Augustin un café serré.

« Alors, ça te plaît, le travail à l'herboristerie ? questionna-t-il lorsqu'ils furent servis.

— Oui, énormément.

— J'entends beaucoup parler de toi à la maison, tu sais. Ma mère ne jure que par tes préparations depuis que tu as réussi à soulager ses migraines. »

Le visage de Jeanne se fendit d'un franc sourire. Voilà pourquoi elle aimait tant son métier. Trouver des solutions à travers les plantes pour changer le quotidien de gens en souffrance, pour le rendre plus facile à porter. Augustin aussi se passionnait pour son métier dans l'entreprise familiale dirigée par son père, une menuiserie spécialisée dans la restauration de meubles anciens. Il lui raconta son amour pour le travail du bois, la progressive transformation qu'il apportait de ses mains pour redonner vie à des meubles parfois centenaires. Il les polissait, les enduisait, les repeignait, les chouchoutait. Il avoua tout bas qu'il lui arrivait même de leur parler quand il se retrouvait seul à l'atelier.

Ses yeux pétillants attendrissaient Jeanne, et l'amour du bois leur faisait un point commun, bien qu'elle le préférât vivant que mort en forme de table.

Les deux heures passées à la terrasse du café lui semblèrent ne durer que quelques minutes. Augustin était drôle, affable et éperdu d'admiration pour elle. Au moment de se quitter, il prit sa main et y apposa un baiser théâtral.

« Je serais ravie de te revoir, Jeanne. »

Elle lui sourit sans répondre et se mit en route d'un pas rapide. Elle aussi voulait le revoir. Des larmes amères lui montèrent soudain aux yeux. Elle se rendit à l'évidence : chaque jour qui s'écoulait n'était qu'une confirmation de son manque de courage, de sa cruauté envers Alain. La distance avait certes creusé un fossé de plus en plus profond entre eux, mais c'était bien elle qui avait mis leur amour en terre et s'apprêtait à reboucher le trou. Une bonne fois pour toutes.

Les yeux brouillés de larmes, elle fouilla dans son sac besace à la recherche d'un ticket de bus et s'agaça de ne rien y trouver. Elle remarqua aussi que ses clés manquaient à l'appel. C'est alors que, sans crier gare, un puissant désespoir la cloua sur place, là, sur le trottoir, les yeux dans le vague, le cœur palpitant. Comme un avant-goût de la vie sans Alain, sans sa douceur ni sa bienveillance, sans son amour ni sa loyauté. Alain, ce repère qui l'avait guidée tant de fois mais qui ne serait bientôt plus, forcé à l'oubli par la loi du temps qui passe.

Plusieurs minutes s'écoulèrent. Jeanne resta immobile, les pieds enracinés sur le trottoir sale baigné par la lumière déclinante, avant de repartir, hébétée, en direction de l'herboristerie. La boutique était toujours ouverte mais vide. Jeanne y entra pour récupérer ses clés dans sa blouse de travail pendue à la patère à côté du comptoir. En s'approchant pour saisir sa blouse, elle entendit des voix s'élever derrière la porte entrouverte de la remise. Elle reconnut Charlène et les deux autres employées dont les voix empreintes de colère lui parvenaient par bribes.

« La curiosité est un vilain défaut » lui avait maintes fois répété son père. Elle tendit cependant l'oreille pour distinguer la teneur de cette assemblée secrète, plus par réflexe que par réel intérêt.

« … après quatre ans à travailler ici ! Les affaires vont plutôt bien, en plus… J'en reviens pas de me faire jeter comme ça !

— T'inquiète pas, Maria, on va pas se laisser faire par cette petite garce, siffla Charlène. Depuis qu'elle est arrivée, elle se croit tout permis. La vieille n'en a plus que pour elle.

— Pas que la vieille d'ailleurs… Tout à l'heure, j'ai même vu le fils Masoni lui tourner autour, renchérit Agathe.

— Augustin ?

— Le blondinet avec les taches de rousseur, je connais pas son nom.

— Alors ça, c'est trop ! s'emporta Charlène en tapant sur le plan de travail en bois. Ça fait des semaines que j'essaie de lui parler, à Augustin ! » Elle fit une pause et reprit d'une voix déterminée : « Il y a plus le choix, il faut qu'elle dégage. »

Frappée par le ton haineux de Charlène, Jeanne recula d'un pas. Son coude heurta un objet posé sur le guéridon derrière elle. Le porte-stylo tomba avec fracas et répandit son contenu sur le sol. Elle s'accroupit pour ramasser à la va-vite les quelques feutres et stylos lorsque le visage de Maria apparut dans l'entrebâillement de la porte.

« Tiens tiens, quand on parle du loup… »

Jeanne se releva précipitamment, mais Charlène s'était déjà ruée sur elle pour la saisir par le bras. Elle l'entraîna sans ménagement dans la réserve et la fit asseoir sur le tabouret en bois dont elles se servaient pour récupérer livres et plantes entreposés sur les plus hautes étagères.

« Ça tombe bien que tu sois là, Jeanne » dit-elle mielleusement. Elle caressa son visage d'une main puis saisit sur le plan de travail un objet que Jeanne ne put distinguer. Elle était pétrifiée, chaque muscle de son corps rigidifié par la peur. Les deux autres femmes, postées à distance, observaient la scène les bras croisés, hargneuses, mais le léger plissement de leur front trahissait leur trouble devant la colère froide qui se dégageait de leur collègue.

D'un geste lent, Charlène déplia les ciseaux aiguisés dans sa main. Puis elle regarda Jeanne. Un sourire dément éclairait son visage d'une lueur effrayante.

« Tu te rends bien compte que tu ne nous apportes que des ennuis, petite Jeanne, si fragile, si jolie… À cause de toi, Maria a perdu son travail aujourd'hui. Soi-disant la vieille n'a plus assez de budget pour la garder. Mais nous, on connaît la vérité, pas vrai ? Pas vrai ? répéta-t-elle devant le mutisme de Jeanne qui finit par secouer la tête nerveusement.

— Ben voyons… Tu es tout innocente… » ricana Charlène. Elle s'approcha à quelques centimètres du visage de Jeanne, si près qu'elle pouvait sentir son haleine de café et de tabac. Elle se retint de grimacer.

« Laisse-moi t'expliquer. Tu veux tellement en faire plus pour te faire remarquer, pour nous faire passer pour des incompétentes, pour des nulles, que la vieille est en train de tomber dans le panneau. Tu parles, si elle peut faire quelques économies, cette pince, elle va pas s'en priver ! »

Elle se tourna vers ses deux collègues pour vérifier qu'elle avait bien toute leur attention. Ces dernières opinèrent du chef en signe de soutien, probablement trop effrayées pour la contredire ou pour la retenir.

Quelles lâches, songea Jeanne entre deux battements de cœur effrénés. Je ne serai jamais ce genre de personne, se promit-elle, les dents serrées.

« Alors, c'est très simple, reprit Charlène en approchant la pointe luisante des ciseaux près de son œil écarquillé de terreur. Si tu donnes pas ta démission, je te balafre ta petite gueule de gitane. Tu auras moins de succès avec les garçons, après ça. »

En plongeant son regard dans les prunelles incandescentes de Charlène, Jeanne comprit qu'elle disait la vérité.

Chapitre 38

Juillet 1971

3 h 12. Hélène lança un énième coup d'œil au cadran de son réveil avant de se tourner sur le côté pour tenter de se rendormir. La douleur qui lui tenaillait le ventre depuis deux heures était presque insoutenable. Elle finit par se lever, s'éclipsa dans la salle de bains courbée en deux et s'assit sur la cuvette fermée des toilettes, le bras enserrant son abdomen meurtri.

Au petit matin, après de maigres heures d'un sommeil agité, elle constata qu'elle saignait. Elle venait pourtant d'avoir ses règles quelques jours auparavant. Son bas-ventre la lançait par à-coups, la forçant à s'accroupir pour soulager la douleur aiguë qui la griffait de l'intérieur. Sous la paume de sa main, elle perçut un léger gonflement au niveau de l'aine. Elle inspecta la masse discrète du bout de ses doigts et sentit son pouls s'accélérer. Un petit coup à la porte la sortit de ses pensées où les mots « tumeur » et « cancer » s'étaient déjà insinués, lourds de signification. La mort rôdait peut-être, tapie dans un coin de ses entrailles. Elle se leva prestement et manqua défaillir, se retenant de justesse au rideau de la baignoire.

« Ça va, maman ? Ça fait vingt minutes que tu es là-dedans. Faut que je me lave les dents, je vais être en retard.

— Oui oui, ça va » dit-elle d'une voix blanche.

Les mains moites, elle déverrouilla le loquet de la salle de bains. Pierre la contempla sur le seuil en fronçant les sourcils.

« Maman, tu as pas bonne mine, tu devrais aller t'allonger. »

Il passa devant elle sans plus de considération et sortit quelques minutes plus tard avec son cartable sur le dos. Allongée sur le canapé, les yeux mi-clos, Hélène luttait contre le puissant vertige.

« À ce soir ! » lança Pierre en claquant la porte.

Jeanne dormait toujours ; elle était rentrée particulièrement tard de l'herboristerie la veille, ne comptant pas ses heures, comme à son habitude. Ou bien revenait-elle d'un rendez-vous galant. Comment Hélène aurait-elle pu le savoir ? Elle lui parlait si peu, recluse dans ses secrets, presque impénétrable, et il restait si peu d'énergie à Hélène pour essayer de la faire parler.

La porte de la chambre s'ouvrit mais elle garda les yeux fermés, concentrée sur les mouvements réguliers de sa respiration. Elle entendit Jeanne s'activer dans la cuisine sans un mot, ouvrir les placards, remuer casserole et couverts. Les bruits lui parvenaient à travers l'écran nébuleux que sa douleur avait installé entre elle et l'extérieur. Elle restait immobile, la main posée sur son ventre, tributaire des vagues lancinantes qui la submergeaient par à-coups.

Une main fraîche vint se poser sur son front, puis une voix se fraya un chemin jusqu'à son cerveau.

« Tiens, maman, bois ça. »

La main qui maintenait sa nuque l'aida à se relever, mais Hélène refusa d'ingurgiter quoi que ce soit.

« Ça va te faire du bien, allez, fais-moi confiance. »

Hélène approcha le bol de ses lèvres, le liquide chaud dégageait une odeur d'herbe coupée et de fleur des champs. Le goût amer de l'infusion la fit grimacer. Jeanne la força à terminer le bol jusqu'à la dernière goutte, puis déclara laconiquement qu'elle devait partir travailler.

Au bout d'une demi-heure, Hélène se redressa, la douleur lui octroyant finalement un moment de répit. Elle ne croyait pas au pouvoir de ces recettes chamaniques mais s'était bien gardée de le dire à sa fille. Cependant, à moins d'une heureuse coïncidence, l'infusion avait bel et bien fait effet. Son abdomen était plus léger, dénoué, bien que la petite boule près de l'aine, elle, n'eût en rien disparu.

Après avoir survécu à sa journée de travail et à une nuit en position fœtale pour limiter les assauts de la douleur récidivante, Hélène sut qu'elle n'aurait pas d'autre choix que d'aller consulter leur médecin de famille. La pensée obsédante du cancer qui se propageait sans doute à l'instant même à l'intérieur de son corps ne l'avait pas quittée une seule seconde. Bien que terrorisée à l'idée de consulter, elle devait en avoir le cœur net. Enfant, elle en avait fréquenté, des cabinets de médecins, lorsqu'elle accompagnait sa mère malade. Depuis, elle n'avait gardé que d'affreux souvenirs. Elle y avait vu des visages déformés par la souffrance, émaciés, parfois apeurés, des corps léthargiques, anesthésiés. Elle avait senti cette odeur si particulière, mélange de produits désinfectants et d'organismes à l'agonie. Y avait entendu la voix tantôt rassurante, tantôt brusque des infirmières, les grognements et les appels à l'aide des patients. Même la sucette que lui tendait le médecin en lui frottant le haut du crâne avait un goût rance. Elle tenait cet environnement en horreur et limitait ses consultations personnelles au strict minimum, voire moins.

Les sourcils du docteur Madiguan s'arquèrent d'étonnement quand il la vit assise, seule, dans la salle d'attente. Elle se leva et vint à sa rencontre pour lui serrer la main.

« Madame Brunel, que puis-je faire pour vous ? »

D'une voix plus soucieuse qu'elle ne l'aurait souhaité, elle expliqua en détail ses symptômes tandis qu'il la faisait entrer dans son cabinet. L'auscultation ne dura pas plus de cinq minutes. Il s'assit en face d'elle et se mit à griffonner à toute vitesse une ordonnance pendant qu'elle se rhabillait.

« Ne vous inquiétez pas, madame Brunel, cela m'a tout l'air de n'être qu'un fibrome utérin. »

Devant les yeux interrogateurs de son interlocutrice, il joignit les mains et se pencha en avant comme s'il s'adressait à une enfant, la considérant par-dessus ses lunettes en écailles. Avant qu'il n'ait prononcé le moindre mot, Hélène se raidit sur sa chaise.

« Les fibromes sont généralement bénins, ce sont de petites tumeurs sans danger, mais qui peuvent provoquer les saignements et les douleurs que vous m'avez évoqués. Je vous ai prescrit de l'ibuprofène et du Spasfon si les douleurs persistent, et pour vous rassurer nous procéderons à un examen complémentaire d'ici quelques semaines. »

Il se leva, l'invitant à faire de même, puis la raccompagna à la porte en souriant.

« Revenez me voir dans trois ou quatre semaines. »

Le sentiment de soulagement qui aurait logiquement dû l'envelopper en sortant dans la tiédeur de la rue ne laissa place qu'à une vague incertitude. Son aversion pour les médecins altérait son jugement, elle le savait ; elle n'avait pas confiance en leurs attitudes suffisantes et condescendantes qui trahissaient à l'occasion une réelle ignorance non avouée, en plus d'un ego démesuré.

Elle reprit son quotidien au restaurant, anesthésiant chimiquement les douleurs occasionnelles grâce à la prescription néanmoins efficace du docteur Madiguan. Deux semaines plus tard, lors d'une soirée particulièrement animée au restaurant où elle ne cessait de courir entre les tables, submergée de commandes, elle se retrouva coupée dans son élan par une violente nausée qui la laissa un instant figée avec ses trois tartares de bœuf entre les mains.

Sandrine, une autre serveuse, la bouscula sans ménagement.

« Hélène, bouge-toi, la 4 attend depuis vingt minutes. »

Hélène fit un pas en direction de la terrasse puis rebroussa chemin, posa maladroitement les trois assiettes sur le plan de travail et se précipita aux toilettes sous l'œil incrédule de David et de ses deux commis.

Au bout d'une dizaine de minutes, David essuya ses mains sur son tablier et alla taper à la porte des toilettes.

« Ça va, ma belle ?

— Oui… Ça va mieux. J'arrive, excuse-moi. » Il reconnut à peine la voix caverneuse provenant de l'autre côté de la porte. Lorsqu'elle sortit des toilettes, le visage livide et luisant de sueur, il dut la soutenir pour l'empêcher de s'effondrer.

« Tu as raison, ça a l'air d'aller beaucoup mieux.

— Ça doit être les cachets que je prends pour mes maux de ventre, j'en ai peut-être un peu abusé ces derniers temps » dit-elle en passant une main moite sur son front.

« Assieds-toi, laisse-moi finir le service et dans une heure je te raccompagne. »

Elle s'écroula de fatigue dans son lit et se fit surprendre le lendemain matin par un nouveau haut-le-cœur qui la sortit de son lourd sommeil. Elle resta penchée de longues minutes au-dessus de la cuvette des toilettes, impuissante face aux vagues qui lui soulevaient l'estomac jusqu'à la laisser vidée, hébétée.

En proie à une angoisse grandissante, elle décida d'avancer son rendez-vous de contrôle et fit un crochet chez le docteur

Madiguan avant son service du midi. Ce dernier ne put cacher une légère irritation face à son impatience. Elle expliqua à toute vitesse ses récentes nausées et sa fatigue extrême, embarrassée de son affolement devant le regard indifférent du médecin.

« Vos dernières règles ? questionna-t-il.

— Il y a un mois.

— Bien, nous allons faire une échographie et une prise de sang. »

Hélène n'avait jamais vu de machine semblable et s'allongea à contrecœur sur la table d'examen. Une fois son pull relevé, le docteur plaça une sonde enduite d'un gel froid sur le bas de son ventre et la fit glisser méthodiquement tout en observant un petit écran relié à un appareil bourdonnant. Elle vit son visage se détendre pour finalement esquisser un sourire.

« Félicitations, madame Brunel, vous êtes enceinte. »

Un fluide glacial traversa son corps jusqu'à la base de son crâne. Ses yeux alternèrent entre le visage concentré du médecin et l'écran sur lequel apparaissaient des formes indistinctes en noir et blanc qui ne ressemblaient selon elle en rien à un fœtus. Quel était donc cet appareil insensé ?

« C'est impossible, annonça-t-elle, catégorique.

— Eh bien, même si je n'utilise l'échographie que depuis quelques mois, ce que j'ai sur ces images m'affirme le contraire, répondit-il, amusé. Nous en aurons la confirmation avec la prise de sang. »

Hélène secoua la tête, laissant l'information faire son chemin jusqu'à son cerveau embrumé.

« Mais j'ai… j'ai eu mes règles et vous… Vous m'avez dit que c'était un fibrome ! s'emporta-t-elle. Je ne peux pas avoir cet enfant. »

Le sourire du médecin s'effaça aussitôt.

« L'avortement, madame Brunel, en plus d'être illégal, est fortement déconseillé à ce stade de votre grossesse. Je suis navré de vous dire que vous allez devoir vivre avec. »

Hélène sortit du cabinet au pas de course et rejoignit le restaurant, son cœur martelant ses côtes comme un oiseau qui chercherait à sortir de sa cage. Des frissons couraient sur sa peau malgré la chaleur. « Impossible, se répétait-elle à haute voix, Louis est stérile, il ne peut pas avoir d'enfant, j'ai eu mes règles, c'est une erreur, une erreur... »

À la vue de son visage déformé par l'émotion, David vint à sa rencontre. Elle se jeta dans ses bras, les mots noyés par ses sanglots étranglés.

« David, David... Oh, mon Dieu ! »

Il la fit asseoir et l'incita à respirer profondément. Elle le regarda avec de grands yeux implorants puis déclara, la voix chevrotante :

« Je suis enceinte. »

David se figea, sans comprendre. « Comment... ? Enceinte de qui ? Tu as vu quelqu'un après Louis ? »

Elle secoua la tête. « De lui. » Elle plongea son visage dans ses mains, menaçant de s'effondrer de nouveau.

« David, je suis trop vieille ! J'ai quarante et un ans, je suis fatiguée, je n'ai pas d'argent, pas de mari. » Elle releva la tête pour le regarder. « Comment vais-je faire ? »

Il s'accroupit et plongea son regard dans le sien.

« Souviens-toi de ce que tu avais dit à Mouna à l'époque. Un enfant est une bénédiction... »

Elle le coupa, au bord de la crise de nerfs. « Quand on a vingt ans et toute la vie devant soi ! »

David contempla son amie bouleversée. Elle était si belle, malgré sa bouche tordue de chagrin et l'échine courbée sous le poids d'un futur qu'elle ne se sentait pas capable d'assumer. Il lui prit le menton entre le pouce et l'index, puis reprit d'une voix assurée :

« Dans un premier temps, tu dois en parler à Louis. »

Hélène acquiesça en essuyant ses larmes du revers de la main. Dans sa dernière lettre, il disait avoir quitté Aspremont pour s'installer du côté d'Èze, dans une maison avec vue sur la mer, son rêve d'enfant. Elle avait rangé la lettre dans un tiroir avant de lire l'adresse inscrite en bas de la page. Elle ne voulait pas savoir, elle devait tirer un trait sur lui. Désormais, l'enfant qui grandissait au fond d'elle liait leur destin à jamais, qu'ils le veuillent ou non.

Le lendemain matin, alors qu'elle préparait le petit-déjeuner, répétant en boucle le discours qu'elle tiendrait à Louis une fois devant lui, quelqu'un tambourina à la porte avec force. Elle sursauta puis, comme un réflexe, ordonna à Pierre de s'enfermer dans la salle de bains. « Je suis plus un bébé » rechigna-t-il en refermant la porte derrière lui.

Elle s'approcha de la porte d'entrée tandis que les coups continuaient à pleuvoir, faisant trembler le chambranle. « Hélène ! C'est moi ! Ouvre ! »

En reconnaissant la voix de son amie, ses épaules s'affaissèrent. Elle esquissa un sourire soulagé et se demanda ce qui lui valait tant d'impatience. Instinctivement, son ventre se contracta de nouveau.

La chevelure rousse de Viviane fit irruption dans l'appartement, enclenchant un flot de paroles impressionnant pour une heure aussi matinale.

« Ma chérie, je suis si heureuse que tu sois encore là, j'ai cru que j'allais te rater avant que tu ne partes voir Louis. Je sais que vous devez y aller aujourd'hui avec David, il m'a tout raconté. Tu aurais quand même pu m'appeler pour me le dire, ce n'est pas une petite nouvelle, je ne sais pas comment je dois le prendre… »

Hélène posa une main sur le bras de Viviane et plaça son index devant sa bouche pour lui intimer le silence. Elle désigna d'un signe de tête la salle de bains où Pierre ne perdait probablement pas une miette de leur échange et la tira sur le palier de l'appartement après avoir refermé la porte.

« Les enfants ne sont pas au courant Vivi...

— D'accord, d'accord. Bref, il fallait que tu saches quelque chose avant d'y aller, et tu ne vas pas beaucoup aimer ce que je m'apprête à te dire. »

Hélène inclina la tête. Soudain, Viviane sembla mal à l'aise.

« Je ne t'ai même pas félicitée, même si j'imagine ce que tu peux ressentir... Je ne suis pas très bonne pour ce genre de choses... La psychologie de comptoir, tout ça... » Elle chassa l'air avec sa main. « Il vaut mieux que j'aille droit au but. Louis habite à Èze, oui, mais il n'est pas seul. »

Hélène ouvrit de grands yeux et sentit son estomac se rabougrir comme un raisin sec.

« Antoinette vit avec lui là-bas. Ils se seraient remis ensemble il y a peu de temps. »

Plus tard, à l'heure où le soleil entamait son lent déclin vers la grande bleue, Hélène doutait déjà de sa démarche. Viviane avait eu beau tenter de la convaincre, elle n'avait pas voulu changer d'avis : que Louis se soit rabiboché avec sa femme ne changeait rien, elle était enceinte et devait le prévenir.

Afin de faire taire ses ruminations, elle se concentra sur le paysage magnifique qui défilait devant elle. La route sinueuse surplombant les parois rocheuses semblait plonger dans la mer, d'un bleu aux mille nuances. Tantôt nuit, tantôt turquoise ou électrique, le bleu méditerranéen n'avait rien à envier à celui des îles paradisiaques qu'elle voyait sur les dépliants touristiques.

David conduisait, respectueux du silence imposé par Hélène. En atteignant les abords du village, ils contemplèrent un instant le spectacle stupéfiant qui s'offrait à eux. L'amas de maisonnettes provençales juchées au sommet du caillou abrupt dominait l'horizon de toute sa hauteur. Certaines d'entre elles paraissaient sur le point de s'effondrer au moindre coup de vent tant elles côtoyaient le vide avec insolence. Malgré la dizaine de kilomètres qui séparaient Èze de Nice, Hélène n'y était venue qu'une seule fois dans sa vie, il y avait si longtemps qu'elle avait oublié la magnificence du village perché.

Elle sortit de la voiture et ferma les yeux, caressée par les rayons réconfortants du soleil orangé, puis inspira une grande goulée d'air avant de se mettre en route. David l'attendrait sur la corniche pour profiter du coucher du soleil. Une fraction de seconde, elle remercia une fois de plus le destin d'avoir envoyé cet homme dans sa vie. Elle l'embrassa sur la joue et traversa l'arche voûtée pour s'engouffrer dans le village.

Elle trouva la maison sans mal. Une petite maison ocre coincée entre deux autres, plus grandes, qui la faisaient ressembler à une maison de poupée. Son doigt trembla lorsqu'il se posa sur la sonnette. Il y avait bien une chose qu'elle redoutait plus encore que d'annoncer sa grossesse à Louis : réaliser à quel point elle l'aimait encore. Le bruit strident du carillon résonna à l'intérieur de la maison. Et si c'était Antoinette qui lui ouvrait la porte ? Au milieu du flou artistique qui régnait dans son esprit depuis l'annonce de Viviane, elle n'avait même pas envisagé cette option, et fut soudain sur le point de prendre ses jambes à son cou. Des bruits de pas, pressés, se rapprochèrent de la porte. Le verrou s'actionna, Hélène retint son souffle.

Les pupilles brunes de Louis se figèrent en la découvrant sur son seuil, puis furetèrent nerveusement autour de lui avant de revenir à elle. Son visage s'affaissa dans une expression indéchiffrable.

« Bonjour » osa-t-elle pour se donner une contenance. Ses oreilles bourdonnaient ; elle ne savait pas à quoi s'attendre en débarquant chez lui, mais sûrement pas à ce visage dénué de toute émotion.

Tout en la dévisageant, il finit par ouvrir la bouche, avant de la refermer aussitôt. Hélène, dont le malaise faisait perler quelques gouttes de sueur le long de son dos, s'apprêtait à rebrousser chemin quand un son émergea enfin de la bouche de Louis. Il se racla la gorge. « Entre » dit-il en la laissant passer.

Elle déboucha dans un petit salon décoré avec goût. Le choix du mobilier et la décoration trahissaient une présence féminine dans la maison. De jolis tableaux ornaient les murs, eux-mêmes recouverts d'un papier peint ivoire ; des livres étaient rangés avec soin sur les étagères et le canapé gris molletonné ainsi que les deux fauteuils en cuir assortis complétaient l'atmosphère cosy de la pièce à vivre.

Au bout de la pièce, une porte vitrée donnait sur un minuscule balcon sous lequel l'immensité bleue scintillante s'étendait à perte de vue.

Derrière elle, Louis prit la parole avant même qu'elle ne puisse s'asseoir.

« Écoute, Hélène, je ne veux pas te jeter dehors, mais j'ai rendez-vous avec un ami pour boire un verre, j'étais sur le point de sortir…

— Inutile de me mentir, le coupa-t-elle en détaillant son débardeur blanc sale, le sourcil relevé. Je sais que tu vis de nouveau avec Antoinette, et qu'il serait préférable qu'elle ne me voit pas ici. »

Déstabilisé par cette entrée en matière, Louis demeura un long moment les bras ballants, puis baissa les yeux au sol, incapable de soutenir son regard plus longtemps.

« Je… Elle m'a récupéré à la petite cuillère… Elle a été là pour moi. On s'est pardonné, alors que toi… Tu ne donnais aucun signe de vie, tu compr…

— Tu n'as pas perdu de temps, mais je ne suis pas là pour parler de toi et Antoinette » coupa-t-elle de nouveau, plus sèchement.

Il se laissa tomber dans le fauteuil en cuir verni, puis releva la tête vers elle.

« Et pourquoi alors ? »

Elle croisa les bras sur sa poitrine dans une posture de défi. « Je suis enceinte » dit-elle d'une voix ferme.

Le visage de Louis s'assombrit. « Eh bien… Félicitations, j'imagine ? marmonna-t-il. Toi non plus, tu n'as pas perdu de temps, à ce que je vois.

— Je suis enceinte de toi, Louis » précisa-t-elle.

Il la sonda en plissant les yeux puis répliqua, agacé :

« Mais bien sûr ! Tu sais très bien que je ne peux pas avoir d'enfants. Alors qu'est-ce que tu me veux ? »

Elle décroisa les bras et sentit son courage flancher.

« Louis, reprit-elle plus doucement, c'est toi le père de cet enfant. » Elle posa une main sur son ventre, les larmes sur le point d'affluer. « Il n'y a eu personne d'autre. Je suis enceinte de presque trois mois. »

Il resta si longtemps la bouche entrouverte, les yeux perdus dans le vague, qu'Hélène finit par se rapprocher de lui. Ses yeux se posèrent sur elle, incrédules.

« Ce n'est pas possible… bredouilla-t-il.

— Et pourtant… »

Ébranlé, il se leva et fit les cent pas dans le salon en se frottant le crâne comme pour chasser cette étrange nouvelle venue bouleverser sa vie. Il disparut ensuite dans une autre pièce et en revint avec deux verres d'eau. Il en tendit un à Hélène, vida le sien d'un trait, puis le reposa sur la table avec fermeté.

« Tu ne peux pas élever cet enfant seule, Yanou, je veux être là pour lui, pour vous deux… Je n'aurais jamais pensé avoir cette chance un jour… »

Il s'arrêta, déglutit bruyamment. « Je n'arrête pas de penser à toi. J'aime Antoinette, mais je l'aime comme une sœur, et je suis incapable de t'oublier. Avec ce bébé, nous pourrions être une vraie famille… »

Dans un élan de tendresse incontrôlable, elle lui prit les mains et les serra. Leur contact lui procura un bien-être instantané.

« Tu pourras être là pour lui, tu pourras être là pour nous deux, quand tu le voudras. Je ne veux juste plus vivre avec toi, ni avec qui que ce soit d'autre. Je ne peux plus… C'est trop tard. »

Louis s'approcha d'elle jusqu'à n'être plus qu'à quelques centimètres de son visage. Il lui caressa la joue puis les lèvres du bout des doigts. Son haleine sentait le café et le chewing-gum à la menthe.

« Tu ne me supporterais plus » dit-elle en émettant un petit rire.

En guise de réponse, il posa doucement ses lèvres au coin de sa bouche. Comme si les parois internes de sa peau avaient été aspergées d'essence, Hélène sentit le feu du désir embraser son corps d'un seul coup. « Je ferai tout ce que tu veux, Yanou » murmura-t-il.

Il dirigea une main tremblante vers son ventre et y apposa délicatement sa paume, les yeux brillants. « Je suis à vous maintenant. »

Chapitre 39

Septembre 1971

Jeanne crut d'abord à une plaisanterie, bien que sa mère ne fût pas vraiment coutumière du fait. Elle esquissa un sourire moqueur, mais comprit à son expression qu'elle était tout à fait sérieuse.

Elle réitéra sa question d'une voix vibrante de colère : « Tu es quoi ? »

Jeanne n'élevait jamais la voix, elle n'en avait pas besoin pour se faire comprendre. Le poids des mots distillés à bon escient avait selon elle bien plus de mordant que n'importe quelle vocifération. Cependant, après le coup de tonnerre de cette fin d'après-midi, elle ne put garder longtemps son sang-froid.

Bien loin de la rassurer, le calme olympien avec lequel Hélène expliqua la situation lui donna l'impression que sa mère avait perdu la raison. Mue par une bouffée de ressentiment, les mots qu'elle prononça alors dépassèrent tout ce qu'elle aurait pu imaginer dire un jour à sa mère. Elle s'emporta, la traita d'égoïste et d'irresponsable. Avoir un enfant à plus de quarante ans, quelle idée ! Comment allait-elle faire, toute seule ? Quel serait le rôle de Louis dans tout ça ? Avait-elle pensé aux conséquences ? Déstabilisée par son agressivité, Hélène se contenta de garder le silence, ce qui amplifia davantage son indignation.

« Ne compte pas sur moi pour jouer le rôle de deuxième maman ! » conclut-elle, exaspérée, avant de partir en claquant la porte.

Une fois sur le palier, elle regretta ses paroles tranchantes mais resta néanmoins campée sur ses positions et refusa de parler à sa mère. Au bout d'une semaine de ruminations incessantes, elle décida qu'il était temps pour elle de couper le cordon. Le besoin de vivre sa vie, de s'affranchir de la responsabilité qu'elle avait toujours cru avoir envers sa famille, devint vital, impératif. L'arrivée de ce bébé ne représenterait qu'un frein à son épanouissement personnel.

Sa paie lui octroyait le luxe d'avoir son propre toit ; elle trouva donc un petit studio à côté de l'herboristerie, prit ses affaires quand sa mère était au restaurant, et déménagea en douce dans son nouveau foyer, un sentiment grisant de liberté au bord du cœur.

Le lendemain matin, Pierre poussa la porte de la boutique, son cartable sur le dos.

« Qu'est-ce que tu fais là, Pierre ? Tu devrais déjà être au collège, le sermonna Jeanne en le raccompagnant vers la sortie.

— Je veux vivre avec toi, Jeanne.

— Ce n'est pas possible, Pierre, je n'ai pas la place. »

Il se fit suppliant. « Je me ferai tout petit, prends-moi chez toi, s'il te plaît… Sinon je ne vais plus en cours, je fais la grève ! »

Jeanne secoua la tête, mais sentit ses défenses s'affaiblir.

« Tu me manques… ajouta-t-il en baissant la tête.

— Toi aussi, tu me manques, petit frère. Je passerai te voir à la maison le plus souvent possible, c'est promis. »

Il la questionna sur les raisons de son départ. Au vu de la tête de son frère quand elle lui avoua la vérité, Hélène ne l'avait pas encore mis au courant de l'arrivée prochaine d'un nouveau membre de la famille. Elle fulmina une fois de plus contre sa mère. Pourtant, fidèle à son caractère accommodant, Pierre ajouta, après quelques secondes : « Moi, je suis content d'avoir un petit frère ou une petite sœur. »

Jeanne sourit et lui assura qu'elle se libérerait plus tôt ce soir pour venir le chercher au collège. Pierre parut satisfait de ce compromis ; il plaqua un bisou sur sa joue et sortit du magasin en courant, manquant de bousculer au passage le postier qui s'apprêtait à pousser la porte. Ce dernier émit un rire amusé avant de tendre le courrier à Jeanne.

« Ah la jeunesse, mademoiselle Jeanne. Quelle énergie ! » Il suivit Pierre du regard, un sourire nostalgique en coin, puis souhaita une bonne journée à la cantonade avant de ressortir du magasin.

Elle le remercia et feuilleta distraitement les quelques factures. Au milieu de celles-ci, une lettre avec son nom joliment calligraphié à l'encre noire l'interpella. Le nom de Ludmilla Grinda et l'adresse du manoir étaient apposés au dos. Jeanne fronça les sourcils. Ludmilla ne lui avait jamais adressé de courrier, et pourquoi diable le faisait-elle à l'herboristerie ?

Elle décacheta l'enveloppe et sentit le monde s'évaporer autour d'elle. Une main sur sa bouche, elle continua sa lecture puis laissa retomber son bras, les yeux vitreux.

« Diane… » appela-t-elle fébrilement.

La silhouette menue de sa collègue sortit de la remise, occupée à broyer quelque chose à l'aide d'un pilon. « Oui ? » Elle arrêta net son mouvement en voyant Jeanne plantée au milieu de la boutique, le visage d'une pâleur inquiétante.

« Je dois aller prendre l'air, je ne me sens pas très bien… articula-t-elle. Tu peux garder la boutique ?

— Bien sûr… Que se passe-t-il ? Tu es toute blanche. »

Jeanne ne l'entendait plus. Elle fourra la lettre dans la poche de son tablier et sortit en titubant.

Les mots de Ludmilla tourbillonnaient dans sa tête, son écriture ronde et élégante transportant à travers les feuilles blanches le son de sa voix jusque dans son oreille. Elle pouvait presque l'entendre la rassurer. « Ne t'inquiète pas, *moya dorogaya,* je suis bien entourée… Je suis encore debout, et prête à me battre… Ce n'est pas comme ça qu'on abat une Sibérienne… »

Ludmilla était malade. Sans mentionner la cause exacte de son état dans sa lettre, cette femme qu'elle n'avait jamais entendue se plaindre était assez malade pour lui suggérer de passer la voir. Rapidement si possible. Jeanne sentit ses jambes se dérober sous elle. Arrivée sur le port, elle longea les bateaux de plaisance et les barques, et s'assit au bout d'un ponton, à l'abri des regards. Des larmes irrépressibles roulèrent le long de ses joues pour venir s'écraser à la surface lisse de l'eau.

Elle ne savait pas combien de temps elle était restée sur ce ponton, accablée par le chagrin et la chaleur, mais quand elle se leva, le soleil était déjà haut dans le ciel. Vidée de toute énergie, elle remonta la rue Arson, son pas lourd sur le béton brûlant. Une voix derrière elle la fit sursauter.

« Tiens tiens, quelle bonne surprise. »

Elle n'eut pas besoin de se retourner pour la reconnaître. Depuis l'incident dans l'arrière-boutique, elle n'avait pas revu Charlène. Bien décidée à ne pas se laisser faire face à ses féroces menaces, elle avait dès le lendemain rapporté l'épisode à Elizabeth, qui, scandalisée par son récit, avait licencié les trois employées dans la journée. La peur de la recroiser l'avait alors habitée pendant de longues semaines, mais la jeune femme semblait avoir disparu de la circulation, au grand soulagement de Jeanne.

Augustin, au contraire, passait de plus en plus à la boutique, parfois jusqu'à trois fois par jour, simplement pour le plaisir de lui dire bonjour. Ils s'étaient embrassés, un soir, en sortant du travail. Il avait les lèvres douces et beaucoup de délicatesse. Jeanne appréciait sa compagnie et sa simplicité, mais les délicieux papillons qui se débattaient dans son ventre du temps où elle était avec Alain ne s'étaient pas encore manifestés.

Ce dernier avait finalement arrêté de lui écrire, résigné quant au sort qu'elle avait décidé pour eux. Elle ne pouvait malgré tout s'empêcher de se demander s'il pensait toujours à elle, si lui aussi avait déjà rencontré quelqu'un, et d'en ressentir un pincement au cœur. Elle comprit que l'amour fou qu'ils avaient éprouvé l'un pour l'autre ne courait pas les rues, ce qui n'en renforça que davantage la mélancolie de leur histoire terminée.

« Alors, la balance, t'es plus si bavarde, d'un coup ? »

Jeanne ne ralentit pas, ne se retourna pas. Le souvenir du regard fou de Charlène plaquant la lame des ciseaux près de sa pommette était encore assez vivace pour lui hérisser les poils. Un sentiment familier lui enserra la gorge.

« Hep, hep ! Attends un peu, j'ai un truc à te dire. »

Charlène la rattrapa et lui saisit le bras.

« Lâche-moi ! cria-t-elle, au bord de l'hystérie, faisant se retourner les quelques passants sur le trottoir d'en face.

— Calme ! répondit Charlène en levant les bras en l'air. Dis donc, t'as pas bonne mine, la balance. »

Jeanne serra les poings et se posta devant elle, prête à en découdre. L'électricité qui parcourait son corps avait remplacé toute trace de peur. Ne restait qu'une immense pulsion de violence, comme elle n'en avait jamais éprouvé.

Des larmes de rage lui montèrent aux yeux, contre la vie et la maladie, contre la rouquine qui la toisait de toute sa hauteur, contre sa mère et son bébé, son père et sa boisson, sa sœur et sa lâcheté.

« Qu'est-ce que tu veux ? »

Elle lui aurait volontiers sauté dessus et griffé le visage jusqu'au sang. Un jeune homme se tenait en retrait à quelques mètres derrière elle ; il portait des lunettes et observait la scène d'un air préoccupé.

« T'es pas commode toi, aujourd'hui... marmonna la rousse. Bref, je voulais juste te dire merci. J'ai eu envie de te tuer quand la vieille m'a virée de la boutique comme une *falabraque*[1]. Et puis, j'ai été embauchée dans la boulangerie de Riquier, et pour mon premier jour, Marc m'a acheté une baguette. Le lendemain, il m'a acheté une baguette et m'a invitée au cinéma. »

Elle se retourna vers le jeune homme en lui faisant un signe de la main, minaudeuse.

« Depuis on s'est plus quittés, et j'ai jamais été aussi heureuse de ma vie. »

La jeune femme afficha un sourire radieux, méconnaissable. Méfiante, Jeanne resta interdite, les poings toujours serrés.

« Bref, t'y es un peu pour quelque chose, malgré tout. Bon je te laisse, à plus ! »

Avant qu'elle pût répondre quoi que ce soit, Charlène tourna les talons et s'éloigna au bras du jeune homme à lunettes.

Jeanne continua sa route jusqu'au magasin, partagée entre soulagement et sidération. Augustin l'y attendait, accoudé au comptoir, en grande discussion avec Diane

1. Bonne à rien.

qui avait plaqué sa main devant sa bouche pour étouffer un éclat de rire.

Lorsqu'elle poussa la porte vitrée, Diane se figea et retourna dans l'arrière-boutique sans attendre, l'air coupable. Son attitude quelque peu suspecte attira l'attention de Jeanne, mais Augustin semblait si heureux de la voir qu'elle se força à lui sourire en retour.

« Diane m'a dit que tu étais partie précipitamment, tout va bien ? » s'enquit-il.

Tandis qu'elle lui expliquait dans les grandes lignes la lettre et la place de Ludmilla dans sa vie, le manque d'Alain lui fit perdre ses mots. Elle retint ses larmes prêtes à rejaillir. Avec Alain, le silence aurait été suffisant, il savait tout cela. Augustin n'insista pas, et lui offrit ses bras en guise de réconfort tout en lui promettant de l'accompagner le jour où elle désirerait aller la voir.

Deux semaines plus tard, un dimanche après-midi pluvieux, ils se présentèrent devant le portail du manoir. Le cœur de Jeanne, pris dans un étau d'appréhension, l'empêchait de respirer correctement. Des gouttes de pluie s'infiltrèrent sous sa veste légère quand elle sortit de la voiture et la firent frissonner. Augustin lui prit la main ; sa paume chaude contre la sienne lui donna le courage nécessaire pour activer le carillon.

Abrité sous un parapluie, Jean-Marc les accueillit avec un sourire triste. Il les guida jusqu'au manoir, où, une fois à l'intérieur, Jeanne les informa qu'elle préférait voir Ludmilla seule. Les deux hommes hochèrent la tête de concert et s'attablèrent dans la cuisine pour discourir des derniers exploits de Poulidor au critérium national.

La rumeur des enfants s'amusant dans la salle de jeux lui parvint. Elle monta fébrilement les marches débouchant à l'étage, puis essuya ses mains moites sur son pantalon en toile avant de toquer à la porte de la chambre. Une voix faible traversa le bois.

« Oui ?

— Liuda, c'est moi, c'est Jeanne. »

La voix se fit plus ferme, presque joyeuse.

« Entre, *milaya* ! »

En la découvrant, frêle et perdue sous les draps blancs de son grand lit à baldaquin, Jeanne sentit sa gorge se serrer un peu plus, bien qu'elle ne laissât rien transparaître de son ébranlement. Deux bâtons d'encens se consumaient sur une commode, enveloppant la pièce d'une agréable odeur de feu de bois. Elle s'approcha du lit et plongea ses yeux dans ceux de Ludmilla afin de ne pas laisser traîner son regard sur ses clavicules saillantes, sa peau parsemée de taches brunes et ses cheveux gris ternes et clairsemés. Ludmilla lui prit la main, l'invita à s'asseoir au bord du lit. Tout son visage parut s'illuminer un instant. Jeanne aurait tant voulu trouver les mots, n'importe quoi, mais elle se contenta de lui sourire en retour en enfermant sa main fragile entre les siennes.

« Je suis heureuse que tu sois venue, ma chérie. J'avais peur de ne pas avoir le temps de… » Elle secoua doucement la tête. « Mais tu es là, c'est bien. » Elle se redressa avec difficulté sur son oreiller.

« Les médecins ne savent pas exactement ce qu'il se passe. Mon organisme se retournerait contre moi, qu'ils m'ont dit. Une question de système immunitaire défaillant ou je ne sais quoi. Je vois bien leurs visages fermés quand ils viennent me voir. Ils ont débarqué à trois l'autre jour, à me faire toute sorte d'examens et de prises de sang en discutant à voix basse, comme si j'étais un cas d'étude. »

Elle fit une pause, reprit son souffle.

« Je ne peux même pas parler aussi vite qu'avant, tu imagines ma souffrance, lui dit-elle en lui adressant un sourire complice. Bref, il y a deux jours ils ont voulu m'hospitaliser en me disant que c'était peut-être ma seule chance de m'en sortir, mais je sais qu'ils sont à court de solution. Et puis tu sais, je suis un peu comme ta mère, moi, les hôpitaux ce n'est pas vraiment ma tasse de thé. Alors j'ai décidé de rester ici, mais cela me condamne selon eux. »

Jeanne sentit les coins de sa bouche se plisser dangereusement. Un début de séisme émotionnel qu'elle tenta de dissimuler en saisissant la carafe d'eau sur la table de nuit pour servir tant bien que mal un verre à Ludmilla. Cette dernière posa une main sur son bras pour arrêter son geste. Leurs regards se croisèrent, quelques secondes qui parurent durer une éternité. Puis Ludmilla ouvrit les bras.

« Viens, ma fille. »

Les larmes qu'elle s'était promis de ne pas verser en sa présence jaillirent en un geyser de désespoir. Jeanne se colla contre sa poitrine efflanquée et retrouva son parfum de cannelle. Ses pleurs redoublèrent d'intensité, mouillant la chemise de nuit de Ludmilla qui lui murmurait des mots en russe qu'elle ne pouvait comprendre.

Elle était en train de mourir et pourtant, c'était elle qui la consolait.

« Tu as mal ? demanda Jeanne d'une voix étranglée.

— Non. Je me sens faiblir, comme une pile qui se décharge. Mais je n'ai pas mal.

— Tu as peur ? »

Cette fois, Ludmilla prit son temps pour lui répondre. L'oreille collée contre son torse, Jeanne entendait son cœur battre faiblement, un cœur qui allait s'essouffler et dont il ne resterait plus rien.

« Un peu. J'ai peur de ne plus voir les enfants ni d'entendre leurs éclats de rire. De ne plus voir David et ta mère. De ne plus pouvoir te serrer dans mes bras. »

Elle la repoussa délicatement pour la forcer à la regarder.

« Mais j'ai eu tant de chance, ma Jeanne. Les années où vous avez habité sous mon toit ont été les plus belles de toute ma vie. Vous avez été une bénédiction. Et toi, tu es une jeune femme exceptionnelle, ne l'oublie jamais. »

Le trajet du retour se fit dans le silence le plus total. Recluse dans son mutisme, Jeanne n'avait plus qu'une seule idée en tête, quelque chose qu'elle aurait déjà dû faire depuis des semaines si sa fierté ne l'en avait pas empêchée. Elle était harassée, rompue, et pourtant plus calme et clairvoyante qu'elle ne l'avait jamais été.

Arrivée aux abords du port, elle demanda à Augustin de la déposer à côté de l'église et plaqua un rapide baiser sur sa joue. « Merci » dit-elle simplement avant de sortir de la voiture.

Elle courut jusqu'à l'immeuble, se félicitant d'avoir gardé les clés avec elle depuis son départ, puis grimpa quatre à quatre les marches jusqu'au palier muni d'un paillasson vert.

Il était un peu plus de 19 heures. En approchant son oreille de la porte, elle perçut le tintement des couverts et des bribes de dialogue entre sa mère et Pierre. Cette simple scène du quotidien, espionnée à leurs dépens, la bouleversa. Elle toqua, et le silence se fit.

Ce fut Pierre qui ouvrit la porte, passant un œil timide par l'embrasure. Quand il l'aperçut, il lui sauta au cou sans aucune retenue. Hélène s'approcha à son tour, surprise de voir sa fille après de longues semaines sans nouvelle. « Tout va bien ? » demanda-t-elle, inquiète.

La pudeur des deux femmes les maintint à distance quelques secondes jusqu'à ce que Jeanne se décide à faire le premier pas. Elle s'avança, empotée, et prit sa mère dans ses bras pour la serrer contre elle. Hélène, le corps d'abord raide et les bras ballants, se laissa ensuite aller à leur étreinte, posant une main sur les cheveux de sa fille. Elle poussa un long soupir tandis que Pierre se joignait à elles, bien décidé à ne pas être laissé pour compte.

« Je vous aime tellement » souffla Jeanne tout bas. Elle dirigea son regard vers le ventre de sa mère. « Et je l'aimerai, lui aussi. »

Chapitre 40

Janvier 1972

Les griffes d'acier qui lui lacéraient le ventre semblaient vouloir la réduire au néant. Sa vision se troubla, elle était sur le point de défaillir. Avec un gémissement contenu, Hélène rassembla ses dernières forces afin d'expulser hors d'elle l'objet de sa douleur, une douleur intolérable dont elle avait presque fini par oublier le supplice.

Derrière le voile de ses yeux à demi clos, elle distingua la sage-femme tenant son enfant ensanglanté entre ses mains. Aucun son n'était encore sorti de la bouche du nourrisson, ce qui plongea Hélène dans un état de panique extrême et l'arracha immédiatement à sa léthargie. Elle regarda la sage-femme partir sans un mot avec son enfant dans une petite salle adjacente et se retrouva livrée à elle-même pendant quelques minutes, les pieds toujours posés sur les étriers, sans que personne ne prenne la peine de couvrir sa nudité. Elle agrippa un pan de son drap et se contorsionna en grimaçant pour le placer entre ses jambes, préservant le peu de dignité qui lui restait.

Enfin, un pleur aigu retentit dans la pièce d'à côté. Hélène relâcha sa respiration. Après ce qui lui parut une éternité, la sage-femme revint avec le sourire et plaça le petit corps du bébé drapé d'un linge contre son sein.

« C'est un garçon, il pèse 3,1 kilos et mesure 49 centimètres. Tout va bien, il fallait juste l'aider un peu à pousser son premier cri. Félicitations. Je vous laisse faire connaissance » dit-elle en s'éclipsant.

Un garçon. Un petit garçon comme Louis le désirait si ardemment depuis l'annonce de sa grossesse. Tant et tant qu'ils avaient déjà choisi son prénom depuis six mois. Tant et tant qu'Hélène avait eu peur de le décevoir en mettant au monde une fille.

« Enzo… » murmura-t-elle en effleurant le fin duvet noir qui recouvrait son crâne.

Louis, Mouna, Jeanne et Pierre firent irruption dans sa chambre quelques heures plus tard pendant qu'elle somnolait, Enzo endormi dans ses bras.

Pierre s'ébahit devant ses minuscules membres tandis que Mouna, expérimentée, l'arracha doucement à sa mère pour le bercer tout contre elle. Jeanne se pencha au-dessus de lui puis se retourna vers Louis qui, paralysé sur le pas de la porte, n'avait pas encore esquissé un mouvement en direction de son fils.

« Il te ressemble » lui confia-t-elle en souriant.

Louis sursauta, comme si la voix de Jeanne l'avait arraché au refuge de ses songes pour le ramener dans la réalité. Il regarda Mouna, puis Enzo, puis Jeanne, et se décida enfin à avancer.

Sans préambule, Mouna lui tendit l'enfant. « Tiens. Prends sa tête et tu la cales contre ton bras. Comme ça. Eh ben voilà, tu as fait ça toute ta vie ! » plaisanta Mouna devant la position rigide et l'air inquiet de Louis.

Il observa le visage boursouflé de son fils, hypnotisé par le spectacle du minuscule être humain qui faisait désormais de lui un père. En se tournant sur le côté, son émotion ne put échapper aux trois femmes qui échangèrent un regard de connivence.

Le lendemain, ce fut au tour de Viviane et David de rencontrer le nouveau-né. Un bouquet de fleurs plus gros que lui dans les mains, David avançait à tâtons dans les couloirs de la clinique, déclenchant des remontrances amusées de la part des infirmières. Pendant qu'il se démenait pour trouver un vase capable de contenir les fleurs en question, Viviane se pencha vers Hélène. « On ne m'avait jamais commandé un bouquet aussi énorme, et ce fada m'a fait rajouter des edelweiss, pour la chance, alors que c'est pas du tout la saison… Bref, il t'aime. »

Lorsque Hélène remit le pied dans son appartement avec Enzo hurlant dans son couffin, un puissant sentiment de découragement la submergea. Malgré l'insistance de Louis de venir vivre avec elle, elle n'avait pas cédé. Elle se débrouillerait seule, épaulée par sa présence distante et son soutien financier. Antoinette avait fini par accepter la situation, terrifiée à l'idée de perdre son mari une fois de plus, et un équilibre tacite s'était progressivement imposé dans cette triade étonnante.

Il lui arrivait de regretter son choix. Surtout lors de ses longues nuits blanches où la fatigue l'emportait sur tout. Sur sa volonté, ses choix, et même son amour pour son propre enfant. Des pensées sombres lui venaient alors à l'esprit, des pensées dont elle avait honte mais qu'elle aurait aimé partager avec quelqu'un malgré tout. Histoire de la rassurer, de lui garantir que cela ne faisait pas d'elle une mauvaise mère.

Peu à peu, après toutes ces années, elle réapprit les gestes, les berceuses, la patience.

Depuis qu'elle avait quitté Marco après avoir découvert son aventure avec la voisine d'à côté, Mouna lui rendait visite de plus en plus souvent. Elle débarquait à l'improviste, tenant Julie et Alexandre à bout de bras, l'air excédé mais enfin elle-même. Pète-sec, expansive, désopilante. Hélène se réjouissait de retrouver le caractère affirmé de sa fille. Le samedi soir, elle lui confiait les enfants pour aller danser avec ses copines, féminine en diable dans sa minijupe plissée à carreaux et son chemisier kaki. « Une bonne paire de claques dans la figure, rien de tel pour retrouver ses esprits ! » affirmait-elle, préférant tourner la trahison de Marco en dérision. Mais Hélène n'était pas dupe. Derrière son rire, le chagrin de Mouna n'en était que plus touchant.

Rapprochées par leur récente maternité et leur condition monoparentale, les deux femmes n'avaient jamais été aussi complices. Un soir où elle était restée pour dîner, Mouna la prit à part, vérifiant que Pierre demeurait hors de portée.

« Je continue à voir papa de temps en temps, tu sais... » Elle détourna le regard, mal à l'aise. « Il ne veut pas que je t'en parle, mais je pensais que tu devais savoir. »

Hésitante, elle expliqua comment Albert, qui se plaignait de douleur à la déglutition depuis quelques mois, avait découvert qu'il souffrait d'un cancer de la langue. Le diagnostic avait été posé sans l'ombre d'un doute. Son cancer en était déjà à un stade avancé, il devait se faire opérer demain pour l'ablation de la tumeur, avant de commencer la radiothérapie sans tarder.

L'alcool l'avait bel et bien rattrapé, pensa Hélène. Après avoir détruit son intégrité mentale, il avait attaqué sa santé physique. Tel un symbole, le mal s'était infiltré par sa bouche souillée par la boisson. Comme elle se taisait, Mouna ajouta : « Il est plutôt mal en point...

— Merci de m'avoir tenu au courant, répondit simplement Hélène.

— Tu ne vas pas aller le voir, n'est-ce pas ?

— Je ne sais pas, Mouna.

— Mais nous sommes sa seule famille ! Il va peut-être mourir… » dit-elle à voix basse, mâchoire serrée.

Hélène garda le silence, mais elle sut qu'elle ne pourrait rester aveugle face à l'épreuve endurée par son mari. Tout comme Jeanne et Pierre, qu'elle devrait mettre au courant sans tarder, et qui demanderaient sûrement à voir leur père.

Quelques jours plus tard, elle déposa Enzo chez Viviane et se rendit à l'hôpital Pasteur. Dans le bus qui remontait l'avenue Cimiez bordée de quelques-unes des plus belles bâtisses de la ville, des souvenirs qu'elle croyait définitivement enfouis remontèrent à la surface. Les flashs d'une vie commune où la rancœur avait fini par rayer le meilleur, tel l'acide attaquant les chairs, ne laissant subsister que la croûte purulente et douloureuse d'un amour lointain. Leur rencontre, leur mariage, la naissance de leurs trois enfants. Les épreuves, la complicité, le soutien. Une moitié de vie passée à ses côtés. Que garderait-elle de tout ça si Albert venait à disparaître demain ?

Il dormait quand elle entra dans la chambre, intimidée, le souffle court. Intubé par le nez, le bas du visage enveloppé de gazes et de bandages, Albert paraissait si abîmé qu'elle ne put se résoudre à s'approcher du lit à barreaux. Elle longea le mur et marcha vers la fenêtre. Celle-ci donnait sur le Paillon dont le niveau était dangereusement monté lors des dernières précipitations, menaçant de sortir de son lit pour déborder sur la chaussée.

Dans son dos, la respiration difficile mais régulière d'Albert s'élevait dans le silence de la pièce. Quand elle se retourna, il fixait sur elle ses yeux grands ouverts. Ils se dévisagèrent pendant de longues secondes, suspendus entre surprise et appréhension, apprivoisant la présence de l'autre à distance respectable. Son regard bleu perçant n'avait rien perdu de sa vivacité. Le reste de son visage osseux, lui, semblait avoir vieilli en accéléré, fondu comme la cire d'une bougie exposée à trop de chaleur.

Il fut le premier à rompre leur round d'observation et lui indiqua quelque chose qu'elle ne déchiffra pas tout de suite. De sa main, il désigna la table de chevet sur laquelle étaient posées une petite ardoise et une craie blanche qu'elle s'empressa de lui donner avant de s'asseoir au bord du lit.

Avec toute l'énergie dont il était capable, il griffonna, les yeux écarquillés, comme agrandis par une quelconque urgence. Il retourna l'ardoise. Un seul mot avait été écrit d'une main tremblante.

Pardon.

Elle posa sa main sur le bras perfusé de son mari. « Je sais, Albert. »

Il ferma les yeux et laissa échapper un soupir bruyant. Le silence s'installa de nouveau, non plus gênant cette fois, mais apaisé et serein. Puis, sans même le regarder ni s'en apercevoir, elle commença à lui faire la conversation. Doucement d'abord, elle lui parla de la pluie et du beau temps, des bonnes notes de Pierre à l'école et du travail de Jeanne à l'herboristerie. Au fur et à mesure de son monologue, sa langue se délia. Elle évoqua sa vie, son quotidien, son nouvel appartement rue Don-Bosco, à côté du café où ils aimaient tant aller. De ces quelques confessions anodines s'ensuivit un flot de paroles qu'elle ne put endiguer. Elle lui confia ses doutes, ses angoisses, sa joie de voir Enzo grandir en bonne santé, sa solitude, parfois. Des anecdotes du passé lui vinrent alors à la bouche, naturellement. Elle lui posa des questions auxquelles il n'était pas en mesure de répondre, mais dont elle connaissait de toute façon les réponses. « Tu te souviens le jour où… ? Et la fois où… ? » Elle parlait avec ses mains, lui mimait des histoires, leurs histoires, tout en remarquant le coin de ses yeux se plisser de contentement. Elle riait toute seule de ses anecdotes, de ces preuves du bonheur qui les avait bel et bien effleurés, fut un temps.

Évidemment, il se souvenait de tout, comme elle.

Lorsqu'elle eut terminé son long monologue, elle lui tapota la main puis soupira avant de se lever.

« À bientôt, Albert » dit-elle simplement. En quittant la chambre, elle aurait juré avoir vu une larme couler le long de la joue de son mari ; ou peut-être était-ce seulement son imagination. Quoi qu'il en soit, sur ses lèvres, le goût salé de ses larmes, lui, était bien réel.

Chapitre 41

Juin 1972

Jeanne était occupée à ranger son matériel lorsque la clochette à l'entrée de la boutique tinta doucement. Accroupie derrière le comptoir, la tête plongée dans ses bocaux de plantes, elle énonça d'une voix assez forte pour que le client puisse l'entendre :

« Désolée, nous sommes fermés ! Mais nous rouvrons demain à 9 heures. »

Les pas se rapprochèrent pourtant, comme si la personne flânait dans le magasin. Jeanne était déjà en retard à son cours de conduite, un apprentissage devenu sa priorité pour cesser de se faire trimballer à droite à gauche comme une assistée. Elle n'avait pas le temps d'être conciliante. « Je vais devoir vous demander de partir » dit-elle, agacée, en ramassant quelques herbes tombées au sol.

« C'est dommage, j'ai attendu la fermeture toute la journée » répondit une voix d'homme qu'elle ne connaissait pas.

Elle se redressa et se retrouva face à un jeune homme souriant d'environ son âge, aux cheveux châtains ébouriffés et aux yeux bleu lavande. Ils s'observèrent un instant, et son visage lui parut étrangement familier. Le silence se prolongea sans que le regard du jeune homme ne cille d'un millimètre. Personne ne l'avait jamais regardée avec une telle intensité. Elle se sentit rougir, mal à l'aise, puis détourna le regard en balbutiant quelques mots inintelligibles.

À vrai dire, il y avait bien quelqu'un qui l'avait déjà regardée de la sorte, il y avait des années de cela. Les images d'un garçon déluré au rire communicatif s'imposèrent soudain à sa mémoire. Elle arrêta brusquement de triturer le catalogue posé sur le plan de travail et reporta son attention sur son interlocuteur, les yeux plissés.

Il n'eut rien besoin d'ajouter. Jeanne leva une main vers sa bouche arrondie de surprise, le cœur battant la mesure jusque dans sa gorge.

Glissant les mains dans ses poches, il étira son sourire.

« J'en ai mis du temps à te retrouver, Jeanne Brunel. »

Chapitre 42

Octobre 1976

Ma tendre Annie,

Voilà trop longtemps que je n'ai pas couché de mots sur le papier à ton attention. Ce n'est pas faute de penser à toi, pourtant. Néanmoins, l'immense nouvelle que j'ai à t'annoncer aujourd'hui ne pouvait pas attendre un jour de plus.

Tout d'abord, sache qu'il y a une semaine, Elizabeth a décidé de me confier les rênes de l'herboristerie. J'ai du mal à y croire, mais désormais, c'est moi la patronne ! Et mon premier amendement en tant que nouvelle responsable a été de renommer la boutique. Je préfère te le dire, je ne suis pas peu fière de mon jeu de mots. Je l'ai rebaptisé « Belles-Amies » en l'honneur de nos amies les plantes et de Bel-Ami*, mon Maupassant préféré… Bref, tu as sûrement déjà dû comprendre, vive comme tu es. Pas mal, n'est-ce pas ?*

Bien sûr, j'ai aussi laissé le nom d'Elizabeth sur la devanture, en tout petit. C'est tout de même grâce à elle que je réalise mon rêve, et ce sera toujours elle l'âme de ces lieux. D'ici peu, elle déménagera en Angleterre, retrouver les plaines verdoyantes de son Eastbourne natal. Elle va beaucoup me manquer.

L'immense nouvelle, la voici. Je suis enceinte. C'est un garçon et il s'appellera Quentin, car je sais que c'était ton prénom préféré. Tu es la première à le savoir, personne n'est encore au courant, pas même Paul. Mais je sais qu'il approuvera ce choix.

Paul… Notre Paul. En le retrouvant, j'ai aussi retrouvé un bout de toi, un bout du préventorium, du père Charrin et de Mamie Jacqueline. Une preuve vivante de ces neuf mois de parenthèses qui ont changé ma vie. Tout comme les neuf prochains au bout desquels nous ne serons plus les mêmes, lui et moi.

À vrai dire, c'est lui qui m'a retrouvée. Il ne m'avait jamais oubliée ; moi non plus. Tu aurais vu ma tête quand je l'ai reconnu devant le comptoir de l'herboristerie, avec son œil pétillant et sa nonchalance habituelle, le tout allongé d'une trentaine de centimètres. Il n'a même pas attendu que nous sortions du magasin pour m'embrasser. Tout cela sonnait comme une évidence. La même évidence qui nous avait fait devenir amies, celle que l'on partage avec quelques rares individus, comme une magie humaine. À l'image, aussi, de celle qui relie maman à Louis. Un amour au-delà des conventions, au-delà du raisonnable. Un amour aux accents romanesques dont peu d'entre nous sauraient percer le mystère, tant il est digne des livres que je dévorais petite. Deux amants éternels défiant les lois de la société, deux flammes qui s'attisent et se brûlent parfois, et au milieu de ça un petit garçon, comme un cadeau tombé du ciel.

Mon père est mort il y a quelques mois, accompagné par ma mère, malgré tout, pour le meilleur et pour le pire, puisant dans le passé toute la tendresse dont elle était capable. Il était devenu méconnaissable, un fantôme luttant à peine contre la maladie, attendant que celle-ci l'emporte pour le soulager enfin de ses douleurs. Surtout celle d'avoir perdu une partie de lui-même, l'amour de sa vie, ce dont il ne s'est jamais vraiment remis. Mon fils ne connaîtra pas cet homme aux facettes éblouissantes, parfois aveuglantes, et cela m'attriste. Même s'il nous a rendu la vie impossible, je pense qu'il a fait de son mieux, avec ses casseroles et ses souffrances qu'il n'aura jamais voulu partager et qui l'auront dévoré de l'intérieur. Je ne lui en veux pas, maman non plus. J'ai décidé de ne retenir que le meilleur. Et d'avancer. Tête haute et buste droit.

Mouna avance, elle aussi. Avec ses deux enfants, son boulot chez Damart et sa gouaille à toute épreuve. Elle a enfin rencontré quelqu'un, quelqu'un de bien, qui saura l'aimer à sa juste valeur, et reconnaître le diamant brut de son grand cœur. Quelqu'un qui n'essaiera pas de le polir, car il aura compris que toute sa beauté réside dans son imperfection. Comme j'ai moi-même fini par le comprendre.

Mon Annie. Si le destin ne t'avait pas arrachée à nous, tu aurais été la marraine de cet enfant. Il aurait eu beaucoup de chance de te connaître, comme j'ai moi-même eu cette chance. La vie en a décidé autrement, mais je comprends maintenant ce que le père Charrin m'a écrit un jour :

« Mieux vaut avoir aimé et perdu ce que l'on a aimé, que de n'avoir jamais connu l'amour. »

Tu es dans mon cœur, aujourd'hui et pour toujours,

Jeanne

Chapitre 43

Juin 2014

Elle émerge de son demi-sommeil, les paupières si lourdes qu'elle peine à garder les yeux ouverts. Ses doigts sont engourdis ; elle essaie de les remuer, mais cela lui demande un effort surhumain. Le cathéter dans son bras la démange, elle aimerait se gratter, ou l'arracher.

Habitée de souvenirs confus, elle commence à se rappeler où elle se trouve, et pourquoi. Deux semaines auparavant, Louis était parti, succombant au cancer qui l'avait rongé pendant de longs mois. Il s'était battu vaillamment, elle l'avait épaulé jusqu'au bout, son amour comme fer de lance contre la maladie. Mais la douleur de sa disparition avait été trop grande. Sa tête n'avait pas pu suivre. Elle s'était effondrée un soir chez elle, inconsciente.

Elle ne peut plus parler, elle peut tout juste bouger, mais elle perçoit leurs présences. Ils sont presque tous là, réunis autour d'elle dans cette chambre d'hôpital aseptisée. Elle se dit qu'elle doit partir vite, elle n'aime pas qu'ils la voient ainsi.

Mouna, Pierre, Jeanne et Enzo, ainsi que leurs enfants, et pour certains les enfants de leurs enfants. Ça en fait du monde dans la petite chambre. Il y a ceux qui attendent dans le couloir et se rongent les sangs, et ceux qui ne se sont pas vus depuis des lustres et boivent un café à la machine. Son départ est aussi l'occasion de retrouvailles. Il y a toujours un mal pour un bien. Elle soupire, apaisée de les savoir ensemble. Cette famille dont elle est le dernier dénominateur commun. Elle, la petite orpheline d'Arras, a constitué sa propre meute, son propre clan, aimant et solidaire. Comme dans toutes les familles, il y a eu des hauts, des bas, des contentieux, des non-dits, mais un lien invisible les relie chacun de façon inextricable.

Jeanne lui prend la main ; leurs regards se croisent et elle comprend qu'elle peut s'en aller. Sa mission est terminée.

Elle ferme les yeux. Elle se sent prête à rejoindre son grand amour. Il l'attend, elle le sait.

Il l'a toujours attendue.

Remerciements

Ce livre n'était censé être qu'un cadeau de Noël. Un cadeau de Noël un peu ambitieux à l'attention de ma maman afin de retracer l'histoire passionnante bien que chaotique de son enfance. J'y avais pris mes aises, transformé un peu la réalité, romancé le tout, avant tout pour ne pas trop heurter sa pudeur, et le résultat avait été reçu avec les félicitations de l'unique jury, accompagnées de quelques larmes au coin de l'œil. Un pari de 400 pages remporté qui ne devait pas sortir des limites de notre salon familial.

Pourtant, de fil en aiguille, ce manuscrit a gentiment dévié de sa trajectoire et de sa fonction initiales pour finalement se retrouver ici, entre vos mains, et, égoïstement, il est devenu mon plus beau cadeau à moi. Partager ce livre avec vous, c'est accomplir l'un de mes rêves de petite fille, celui de devenir romancière. Mais c'est aussi partager un bout de mes origines, à travers l'histoire de ces trois femmes qui ont contribué à me faire devenir celle que je suis aujourd'hui. Des femmes de caractère faisant face au tourbillon de la vie. Des héroïnes du quotidien, comme tant d'autres.

J'espère qu'après votre lecture, ce livre aura aussi été un cadeau pour vous.

L'écriture est un monde solitaire, voilà peut-être pourquoi je m'y plonge avec autant de plaisir. Toutefois, rien ne serait possible sans une équipe solide et bienveillante autour de soi. Pour ma part, j'ai la chance d'être accompagnée au quotidien par un entourage extraordinaire qui me donne la sensation de pouvoir soulever des montagnes.

Mon équipe de toujours, d'abord : mon papa, ma muse de maman, ma marraine et mon frère qui, par leur écoute et leur soutien inconditionnel, m'ont toujours donnée la plus belle des inspirations. Je vous aime.

Dans la notion de famille, il y a également certaines personnes qui s'y sont invitées au cours de ma vie, mais qui sont devenues aussi légitimes à cette appellation qu'un vrai lien de parenté. Ce n'est pas depuis le tout début, mais depuis assez longtemps pour que j'oublie qu'il y a eu une vie avant eux :

Elodie, Mika, respectivement deuxième et troisième lecteur. Sœur de cœur et âme sœur que la vie a mis sur mon chemin et qu'ils embellissent de leur amour et leur présence solaire. Merci.

Merci à mes amis, qui ont accepté et appris à aimer mon grain de folie et ma vie à cent à l'heure qui nous empêche souvent de nous voir. Malgré tout je sais que vous êtes là, et que je pourrai toujours compter sur vous.

Et puis, il me tenait à cœur d'accorder une mention spéciale à cette équipe un peu plus récente que j'ai eu la chance d'intégrer avec des étoiles plein les yeux. Merci, de tout cœur, aux éditions Flammarion de m'avoir si bien accueillie au sein de leur famille d'auteurs : Christophe, vers qui je me suis tournée en premier et qui m'a ouvert la voie. Anna, pour sa confiance. Marie, pour cette couverture si inspirée. Virginie pour son accompagnement précieux dans les dernières retouches. Et enfin Louise, pour son enthousiasme, ses conseils et la justesse de son point de vue qui en fait à mes yeux une « machine de guerre » de l'édition, comme on dirait dans mon jargon de tennis. Je n'aurais pu rêver mieux que ces quelques passionnés pour m'accompagner dans cette nouvelle aventure.

Enfin, merci à vous, chers lecteurs, d'avoir passé quelques heures de votre temps en compagnie des femmes de ma vie, et de faire revivre, à chaque lecture, un peu de ma grand-mère.

Alizé

NORD COMPO
multimédia

Composition et mise en pages
Nord Compo à Villeneuve-d'Ascq

Imprimé en France par CPI
en avril 2022

Dépôt légal : mai 2022
N° d'édition : L.01ELIN000595.N001
N° d'impression : 169475